S0-BTT-939

ROSA HELIA VILLA

Itinerarios de una pasión

punto de lectura

ITINERARIOS DE UNA PASIÓN

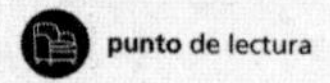

De esta edición:

D.R. © Punto de Lectura, SA de CV
Universidad 767, colonia del Valle
CP 03100, México, D.F.
Teléfono: 54-20-75-30
www.puntodelectura.com.mx

Primera edición en Punto de Lectura (formato MAXI): febrero 2008

ISBN: 978-970-81-2045-6

Diseño de cubierta: Jorge Matías-Garnica
Composición tipográfica: Miguel Ángel Muñoz
Corrección: Antonio Ramos Revillas
Cuidado de la edición: Jorge Solís Arenazas

Impreso en México

ROSA HELIA VILLA

Itinerarios de una pasión

A mi abuela Guadalupe Coss y a su hijo
Octavio Villa Coss, mi padre.

Déjame reposar
aflojar los músculos del corazón
y poner a dormitar el alma
para poder recordar estos días,
los más largos del tiempo

Jaime Sabines

Agradecimientos

Por muchas razones, mi deuda de gratitud debe quedar aquí expresada. Una de ellas es que no halla otra forma de saldarla; ¡fueron tantos a los que acudí en busca de información, de consejo, de comentarios críticos, quizá de estímulo para seguir adelante y concluir este libro!, que a riesgo de olvidar a alguno, debo comenzar por mi amigo, el periodista vertical, lingüista, crítico agudo y tenaz de la Real Academia Española (y de la Mexicana) don Raúl Prieto (Nikito Nipongo). Fue él quien, al leer una serie de artículos escritos por mí y publicados en el diario *Momento* de San Luis Potosí en noviembre de 1976, en protesta por el traslado de los restos de mi abuelo de su sepulcro en Parral al monumento a la revolución, donde fueron colocados por órdenes del presidente Luis Echeverría, me envió un telegrama de felicitación con la sugerencia: *escriba una novela*.

La idea cobró vida en notas, apuntes y fichas bibliográficas que dejé de lado algunos años para ocuparme en escribir otras cosas. En 1993 la retomé y comencé a darle forma, un tanto perdida en el dilema organizativo de la novela: había que contar la historia de 18 señoras, que fueron las que brevemente pasaron y significaron algo en la vida de mi abuelo, para confinarlas en una obra de corte histórico. Preparé esquemas, anteproyectos y de pronto, al tomar la taza de té de flor de la pasión que siempre me acompaña en estos menesteres, para darle un sorbo, se presentó ante mí con claridad la solución del problema y decidí que sería esta aromática bebida la protagonista encargada de ir hilvanando dentro de la novela las historias dispersas. Debo agradecer, por tanto, a la casa Fauchon de París, que desde hace más de 100 años distribuye desde la Place de la Madeleine la perfumada mezcla que tuve a mi lado durante las madrugadas, las tardes y las noches en que trabajé el texto, esta insospechada aportación a la solución de mi embrollo.

Mi madre y mi tía Julia Coss leyeron gran parte de las historias e hicieron agudas observaciones que atendí, a veces sí, a veces no. Con Guadalupe, mi hermana, doctora en historia y experta en villismo, intercambié opiniones y escuché con interés y seguí al pie de la letra (casi siempre) sus indicaciones.

Inmensa gratitud expreso a mis amigas del grupo que encabeza la ingeniera Yolanda Reza de Morales por su interés de escuchar, después de nuestros desayunos reglamentarios, las largas sesiones de lectura conforme avanzaba la construcción de la novela. Fue muy estimulante observar sus relaciones al dejar en suspenso la continuación para la sesión siguiente, y escuchar sus comentarios, mediante los cuales pude sentir la necesidad de acercar al conocimiento de la historia de la revolución, por medio de una novela histórica capaz de atrapar su interés y de informarlo, a ese gran público femenino (y, desde luego, también al masculino) de México, que no sólo desconoce por completo nuestra historia, sino que difícilmente —porque no tiene tiempo o carece del hábito y aun del interés— emprenderá la lectura de una obra voluminosa de corte académico, así sea magnífica, como el *Pancho Villa*, de Friedrich Katz o las *Memorias de Pancho Villa*, de Martín Luis Guzmán, o el *Francisco Villa y la Revolución*, de Federico Cervantes, verdaderos monumentos que honran la memoria de Villa y del villismo. Abrigo la esperanza de que este libro contribuya a llenar una pequeña parte de esas lagunas de desinformación y despierte el deseo del lector por acercarse a las grandes obras de nuestros historiadores.

Gracias doy asimismo al generoso y desmesurado entusiasmo de mi amiga la maestra Irma Dickinson y al de mi amigo el escritor Álvaro Muñoz de la Peña, lectores también y consejeros en esta tarea.

Debo agradecer a Jaime Sabines, ahora en el lugar reservado para él en el cielo de los poetas, su poesía. El trabajo creativo sigue unos caminos tan extraños e insospechados... tanto, que aun después de muerto, el buen Sabines me llevó de la mano hasta Germán Dehesa, y luego ambos hasta Magdalena González.

En un lugar también reservado para la gente creativa y talentosa cuya presencia física hemos perdido, pero que dejó infinidad de huellas a su paso por la tierra, debe estar mi amigo de Ciudad Camargo, Chihuahua, el director de cine y de formidables telenovelas históricas, Gonzalo Martínez Ortega. Él leyó mis historias y le gustaron, le entregué un borrador y se fue con el deseo incumplido de hacer, con un guión extraído de mi obra, la telenovela de la revolución mexicana, "que no hemos hecho, Rosita, y ya es tiempo de ponernos a trabajar en ello", me dijo la última vez que lo vi.

Gracias sean dadas, amplias y cumplidas, al admirable amigo, doctor Friedrich Katz, por su fervor villista, por haber dedicado su vida a desfacer los entuertos difamatorios tejidos en torno al paso de Pancho Villa por la historia; por el monumento que le ha levantado con su obra gigantesca *The Life and Times of Pancho Villa*; por sus palabras y sus observaciones dictadas por el rigor académico del investigador: "gracias a la estrategia novelística, encuentro legítimo que haya puesto usted a leer a Luz Corral informes que por entonces eran secretos; y a hablar a Calixto Contreras cuando llevaba siete años de muerto. Y colocó a Luis Aguirre en el velorio del general, cuando usted bien sabe que desertó en 1915", me dijo cuando me llamó por teléfono anunciándome el envío del prólogo que le había yo solicitado.

Mi novela está poblada por fantasmas y seres que aprovecharon este espacio para decir lo que en vida no pudieron, doctor Katz —le respondí—. Incluso he incorporado la otra versión del ataque a Columbus, documentada y poco conocida por el público. En los dos primeros casos, se trató de adecuar la realidad incorporándola a situaciones dadas en un entorno de novela, como usted ha observado. Licencias literarias, pues. A Luis Aguirre lo puse ahí porque sin duda, después de su deserción y su arrepentimiento ("cometí la debilidad y el error del que nunca me arrepentiré bastante"), afirma en su obra (*De Francisco I. Madero a Francisco Villa*, p. 235), que ahí hubiera querido estar. Digamos que fue una concesión graciosa a su arrepentimiento.

Iluminando su camino con millones de flashes, segura estoy de que las estrellas acompañaron hasta la morada eterna a Eduardo Arocha Cantú, fotógrafo potosino y también villista, quien se hizo cargo de la digitalización del material fotográfico de mi novela en su estudio profesional Artez de San Luis Potosí. Sé que hasta él llegará mi agradecimiento, que hago extensivo a sus colaboradoras Martha Rocío y Lucía, su esposa.

Agradezco muy especialmente a mi tía Juana María Villa de Gallardo y a mis primos, hijos de mi tío Trinidad Villa Casas, el haberme facilitado material fotográfico nunca antes publicado para incorporarlo a mi novela.

Gratitud especial expreso aquí a mi hijo Gunnar por su paciencia —y en ocasiones su impaciencia— ante mi inenarrable torpeza frente a la computadora. Sin su constante presencia para librarme de sustos y apuros, jamás hubiera podido concluir mi trabajo. Soy de otra época y no supero aún mi terror ante este instrumento extraordinario.

Mi deuda de gratitud me obliga también a mencionar al doctor Dubley Ankerson, amigo, lector de mi obra y consejero eficaz.

Gracias al licenciado Tenoch González, quien desinteresada y generosamente, mucho antes de que la obra estuviera totalmente concluida, hizo sugerencias y aportaciones interesentes a un proyecto de portada y formato en sus talleres de diseño gráfico.

Gracias a mis lectores y correctores que han hecho un trabajo tan profesional y cuidadoso y, por supuesto, a Jorge, mi amoroso crítico, el más incisivo y agudo que ha estado siempre a mi lado proporcionándome cualquier clase de apoyo a lo largo de mis años de periodista y de escritora en lo que él ha llamado mi "terapia ocupacional".

Prólogo

Al lado de Moctezuma y Benito Juárez, Francisco "Pancho" Villa es probablemente el personaje mexicano mejor conocido dentro y fuera de su propio país. Esto se debe a un sinnúmero de razones. Villa organizó y comandó el mayor ejército revolucionario en la historia de América Latina. Ningún otro ejército fue tan rápidamente transformado de guerrilla a ejército profesional capaz de derrotar al ejército federal en su campo de batalla y en su propio territorio. No obstante, los logros militares, por sí solos no hubieran podido transformar a Villa en el ampliamente conocido personaje en que se convirtió; otros factores bien distintos influyeron de forma más determinante. Existía el hecho de que Villa era uno de los pocos líderes revolucionarios en el mundo del siglo XX, a excepción de Emiliano Zapata, extraído de las capas sociales más bajas. Todos los otros líderes revolucionarios de primera magnitud —Lenin, Mao Tse Tung, Ho Chi Mihn, Fidel Castro— fueron hombres bien educados, a la cabeza de organizaciones políticas. La revolución villista fue la única que tuvo lugar en las fronteras de los Estados Unidos y las relaciones de Villa con la Unión Americana fueron únicas en su clase. Al principio, era admirado por los grupos más diversos del vecino norteño de México. Tanto empresarios y hombres de negocios como el mismo presidente Wilson llegaron a pensar que Villa establecería en México la clase de orden que ellos deseaban, garantizando los mismos privilegios que Porfirio Díaz había otorgado a las compañías norteamericanas. Cuando esto no ocurrió y aquellos se volvieron en contra de Villa, éste respondió a los Estados Unidos como nadie lo había hecho desde la guerra de 1812. Se lanzó contra el pueblo de Columbus, Nuevo México, y se convirtió en el primer extranjero que se lanzó a los Estados Unidos desde la guerra de 1812. La gran fuerza norteamericana enviada en su persecución fue incapaz de capturarlo.

En los días en que administró Chihuahua y las comarcas aledañas y a pesar del hecho de contar con pocos consejos y carecer prácticamente de educación, pudo gobernar uno de los territorios más adelantados, incrementar el bienestar de la población, redistribuir los bienes de los ricos entre los pobres y, al mismo tiempo, dotar a su ejército de recursos suficientes para llevar a cabo campañas victoriosas.

Pero Villa tenía también otra cara. Cuando se sentía traicionado y se enfurecía, Villa podía ser cruel. Cuando tuvo la sospecha de que algunas soldaderas carrancistas intentaban envenenarlo (otras versiones relatan que éstas simplemente lo insultaron) mandó a fusilar a 60 o 100 mujeres en el pueblo de Santa Isabel. Su vida personal ha fascinado a millones, y a los ojos de muchos mexicanos, él fue la personificación del macho mexicano: un jinete magnífico, un fantástico tirador y un amante con un sin número de esposas. Fue también un buen padre, proveedor de todos sus retoños.

Es éste el aspecto de la vida de Villa al que su nieta se enfoca. Es una obra de amor escrita por la nieta de Villa, Rosa Helia Villa.

El libro comienza con el velorio de Villa luego de su asesinato en Parral mientras tres de sus viudas se encuentran presentes en el funeral. Cada una de ellas hace recuerdos de su vida con Villa y de la vida de éste con otras mujeres. La más importante de estas viudas, y la única que desempeñó un papel en su vida política y quien más tarde sería reconocida como su esposa oficial —y probablemente la única con un título legal para ello— fue Luz Corral. A través de sus reminiscencias, tanto ficticias como reales, la autora intenta reconstruir varios aspectos de la vida política, social y militar de Villa, cuya vida amorosa está basada en una mezcla de ficción y tradiciones familiares que la nieta de Villa conoce mejor de lo que podría cualquier otro escritor ajeno.

El libro hace referencia a 18 mujeres que estuvieron o bien casadas con Villa —algunas al mismo tiempo— o bien ligadas a él por una relación pasajera. Probablemente hubo muchas otras.

Esta novela ofrece también una muy simpatizante y ciertamente no objetiva historia de la vida política de Villa. Si éste fuera un libro puramente histórico y no una novela, yo expresaría algunas reservas acerca de ciertas partes de la historia. La autora está convencida de que Villa no tuvo nada que ver con el ataque a Columbus y lo atribuye al agente alemán Lothar Wiertz. No existe una prueba de ello; pero esto es una novela, no un libro de historia. Los novelistas hacen uso, en ocasiones, de estrategias y modos de expresión que, pese a no corresponder rigurosamente a los acontecimientos históricos, pueden proporcionar un mejor punto de vista de la historia que algunos trabajos basados estrictamente en lo ocurrido. Es así como al final de la novela vemos a una cantidad de generales villistas y políticos —entre ellos a José María Jaurrieta, Calixto Contreras y Luis Aguirre Benavides, secretario de Villa, discutiendo en su funeral sus logros y su personalidad. En realidad, algunos estuvieron ahí, pero Calixto Contreras había muerto algunos años antes, y Luis Aguirre había dejado a Villa en 1915. Años después se arrepintió y escribió unas memorias donde dejó plasmada su simpatía y sus experiencias al lado del general norteño. No obstante, considero una estrategia novelística perfectamente legítima reunir a estos hombres y hacerlos intercambiar sus opiniones y puntos de vista acerca de Villa.

Contrastando con la multitud de libros que han sido escritos sobre Villa, este trabajo se enfoca, más que cualquier otro, a su vida y carácter personal. Es en estos aspectos de la vida de Villa en los que Rosa Helia Villa puede proporcionar una descripción y valoración mejores que cualesquiera de los numerosos trabajos escritos sobre el centauro del norte.

Friedrich Katz.
Chicago, septiembre de 1999

Prefacio

Con un deslumbrante tedeum celebrado en la catedral de la Ciudad de México se festejó el asesinato de Francisco I. Madero y el ascenso al poder tiránico de su verdugo, Victoriano Huerta. Así culminó la inmunda campaña de mentiras y burlas con que la reacción porfirista, movida por los intereses del capitalismo yanqui y del clero, batalló para aniquilar al iniciador del movimiento revolucionario de 1910.

Si eso se hizo contra el libertador auténticamente demócrata y notable por su bondad, ¿qué no iba a hacerse para combatir, cubriéndolo de lodo, al fiero y peligroso Pancho Villa, quien ya antes de Madero guerreaba contra Porfirio Díaz?

Han sido exagerados demencialmente los aspectos negativos de Villa, mientras se oculta todo lo positivo que tuvo este personaje sobresaliente de nuestra historia como militar, educador, administrador y guía social. Para barrer tal porquillero de patrañas y rescatar la memoria de Francisco Villa se escribió *Itinerario de una pasión*, obra vehemente y luminosa cargada de sabrosura.

Esta novela ocupa, en apariencia, un tiempo reducido: el del velorio de un cadáver acribillado por las balas, en cierto hotel de Hidalgo del Parral, Chihuahua, mas en ese lapso breve vuelve a rodar la existencia brava de Villa, muerto a los 45 años, y torna a agitarse trepidantemente su pasión por México y por las mujeres.

Asiste a la reunión luctuosa una gran masa de dolientes, en la que destacaban, sobre todo como recordadoras de la vida del general, tres de sus viudas; en primer término, el gran amor de su vida: Luz Corral. No se olvide que el subtítulo de la novela es *Los amores de mi general*, que pone de manifiesto su íntima sustancia. Son amores restaurados con un poético desparpajo. Y, a propósito, la autora del libro, que lo trabaja con un estilo barnizado de ironía, no resbala en lo cursi: de ello se cuida, con ojo avizor, pese a que salte de un amorío a otro.

Varias figuras políticas de México se han caracterizado por su poderosa capacidad sexual. El general Villa, empero, no era simplemente un garañón sin riendas; era un enamorado; eso sí, enamorado de abundantes mujeres a las que, empero, no conquistaba, esperando pacientemente a que ellas lo sedujesen.

Pero vuelvo con las viudas enlutadas. Ahí, en el hotel de Parral, en la noche del 20 de julio de 1923, 10 años después de la ejecución de Madero y cuatro después del asesinato de Zapata, las tres mujeres de Pancho Villa, unidas por el dolor que las agobia no pueden, sin embargo, refrenar el odio callado que entre sí se dedican. En su interior, llama doña Luz a las otras *par de putas*; a doña Austreberta la considera *ambiciosa* y *audaz*, aparte de *cabronaza* y *zorra*; por su parte, doña Austreberta piensa que doña Luz es una *gorda lépera* y *egoísta* y que doña Manuela no pasa de *zonza*, *insípida* y *taimada*; finalmente, doña Manuela califica de *brujas avariciosas* a doña Luz y doña Betita. Se detestan las tres damas, pero las tres saben que cordialmente están ligadas por el inmenso cariño que le tienen a su hombre destrozado, el tremebundo guerrero Francisco Villa, de fama universal; el gran amante muerto.

Villa vuelve a cabalgar, enardecido y jubiloso en esta tormentosa [...] verdaderamente de Doroteo Arango, el general Francisco Villa; en fin, Pancho Villa redivivo, alegre, iracundo; está lleno de energía. Así lo vieron sus viudas, las citadas y otras quince o más; así lo recuerda cada una de aquellas.

Por supuesto que no todos los pormenores del libro se ajustan exactamente a los hechos verdaderos, puesto que estamos ante una novela, pero bien pueden admitirse como piezas de un rompecabezas que la autora, al armarlo, consideró indispensable imaginar.

Francisco Villa era, de pronto, un cruel energúmeno; sin embargo más a menudo mostraba ternura. Cuando Villa decide ponerle nuevas placas a la primera calle de la Ciudad de México que mandó pavimentar su tocayo admirable Francisco I. Madero, como se llamará la calle —ahuyentando así a las muñequitas de porcelana cantadas por Manuel Gutiérrez Nájera, asiduas concurrentes del Country Club—, las lágrimas se derraman en el rostro bronceado de Francisco Villa al recordar al mártir.

Hay otras lágrimas, sólo que éstas son de cocodrilo: las de Álvaro Obregón, quien al perder la mano derecha se volvió más siniestro. Obregón llora al dar el pésame por la muerte de alguien a quien ha ordenado liquidar. En el año en que habrán de aprobarse los Tratados de Bucareli, 1923, manda ejecutar a Pancho Villa y, a la hora de su entierro llega Vasconcelos al cementerio a presentar las condolencias del señor presidente Álvaro Obregón. Este mismo cínico, en 1924, encarga a Morones que unos pistoleros suyos acaben con la vida del patriota opositor de aquellos convenios inicuos: otro Francisco, Francisco Field Jurado. Y este crimen, por él dispuesto, lo reprueba Obregón muy compungido.

El llanto de Villa era sincero y francas sus carcajadas. Astuto, pero no hipócrita como Obregón, abandonaba de tanto en tanto la cautela y se volvía hablantín. Tal inclinación vocinglera habría de perderlo en la entrevista insidiosa que, en su hacienda de Canutillo, le hizo Regino Hernández Llergo —según se asienta en la novela— y que aprovecharía Obregón como pretexto suficiente para cortarle la vida al Centauro del Norte. El entonces reportero de *El Universal*, más aficionado al chisme rendidor de dinero que al periodismo auténtico, picó a Pancho Villa para que se le desatara la lengua, haciéndolo confesar —o aparentándolo así— su velada aspiración a la presidencia. Y si no para él, Villa aceptaba que fuera de nuevo para Fito de la Huerta, recordando la forma caballerosa en que lo había tratado siempre don Adolfo, hombre valiente, limpio y patriota (uno de los motivos de su revuelta fue su oposición decidida a los Tratados de Bucareli). Con añadidos perversos, Hernández Llergo publica el largo diálogo sostenido con Villa, informando que Pancho estaba seguro de poder movilizar 40 mil hombres a favor suyo, y de tal modo le da a Obregón la última razón para terminar con Villa.

Aunque Álvaro Obregón no olvidaba que en Celaya había derrotado al general Francisco Villa y a su ejército, tampoco podía pasar por alto que, como consecuencia indirecta de aquella batalla se quedó sin una mano y medio brazo. En cuanto a De la Huerta, pese a que le tenía más cariño que a su tapado, Plutarco Elías Calles, los celos le roían el hígado a don Álvaro al comprobar que Adolfo de la Huerta goza de prestigio internacional y particularmente en Washington, mientras que Obregón sufre el desprecio del extranjero. Si a De la Huerta se le tiene en México y más allá de sus fronteras como persona culta y civilizada, a Obregón se le cataloga entre los bárbaros y los criminales. El 20 de julio de 1923, en plena confección en inglés y espanglés de los Tratados de Bucareli, ideados por el propio Álvaro

Obregón, matan a Villa los sicarios contratados por el Manco y que luego éste premiará.

Luz Corral vuelve a pintar en su conciencia a quien, siendo ella una muchachita, se le apareció todavía en calidad de coronel: "Pancho, mi Pancho" se lee en la novela; "ya desde mucho antes de casarnos era acosado por las mujeres. Y si no es que fuera un hombre lo que se dice guapo, de cara bonita, pero sí muy atractivo y varonil, muy apuesto y erguido. Su piel clara, tostada por el sol, hacía resaltar dos cosas: el brillo de sus dientes algo manchados, como los de todos en Durango, pero bonitos, parejitos, bajo la espesura de su bigote castaño rojizo; y sus ojos color miel, que podían ser muy dulces y tiernos o quemantes cuando miraba con pasión; o terriblemente duros, fríos y penetrantes, cuando taladraban al interlocutor en busca de sus verdaderas intenciones".

No creo que lo que acabo de transcribir pudiese ir en un ensayo histórico, en que por fuerza uno impone una cierta solemnidad y frialdad científicas, pero sí en un relato que tiene mucho de ficción. Distan aquellas de ser las precisas palabras de doña Luz dichas en su fuero interno, empero se acomodan a su criterio y temperamento [...] novelistas hacen uso, en ocasiones, de estrategias y modos de expresión que, pese a no corresponder rigurosamente a los acontecimiento históricos, pueden proporcionar un mejor punto de vista de la historia que algunos trabajos basados estrictamente en lo ocurrido".

Hay que subrayar, por otra parte, que la prosa de *Itinerario de una pasión* es agarradora: atrae la atención de quien la lee desde su principio. Claro, es obra que especialmente ronda en torno de una pasión carnal, la más agudamente deliciosa y torturante del ser humano. Y, cuidado, en este caso tal ser humano es nada menos que Francisco Villa. No deja de ser fascinantemente escandaloso: se casa una vez por lo civil y luego, las siguientes veces, a resultas de enamoramientos a primera vista, se casa por la iglesia sin que los curitas rezonguen.

Itinerario de una pasión se alimenta de un mar de datos, aspecto que podría hacerla novela histórica; con todo y que, antes que nada, sea novela: una novela muy bien contada. Por supuesto que algunos polemizarán acerca de ella; habrá, sin duda, quienes la considerarán un libro no para provocar discusiones, sino para disfrutarse como estupenda obra de arte.

Parvadas de personajes vuelan alrededor de la figura enhiesta de Pancho Villa, primordialmente mujeres, mujeres y más mujeres. Lo acompañan esposas, hijos e hijas; compañeros de guerra, admiradores; y lo persiguen enemigos temibles o amigos traicioneros... Un mundo, a ratos caótico, envuelve a Pancho Villa.

En un momento se encuentran Villa y Zapata en el salón del Palacio Nacional donde está la silla —remedo del trono imperial—, que Emiliano cede a Pancho. Y el general norteño se arrellana en ella. Zapata ocupa un sillón cercano y la célebre foto es tomada cuando Villa sonríe, quizá sintiéndose presidente. Años después, en Canutillo, le dirá a Hernández Llergo que él nunca deseó ese cargo. Añadió: "Yo he ocupado altos puestos en las esferas oficiales; he figurado muchas veces en la política, pero sé muy bien que soy inculto. Hay que dejar eso para los que están mejor preparados que yo. Yo, señor, quiero mucho a mi raza, pero sé que no soy más que Francisco Villa".

Trasladándose al país de las ilusiones, uno podría preguntarse, teniendo en cuenta que hemos padecido los mexicanos en este siglo pésimos mandatarios, ¿por qué ese Francisco Villa no fue presidente?, ¿no habría sido un gobierno benéfico al pueblo de México?

Las viudas beben durante el velorio té de flor de la pasión, infusión de efecto mágico. Cuenta la autora de la novela: "Ahora sí que mucho sabían las tres acerca de esas inaccesibles historias de infidelidades múltiples y frecuentes de Villa, y del papel secundario que les había tocado representar en la vida de su hombre, pero se consolaban con la certidumbre de que la mayor, la única y verdadera rival común era la pasión que lo consumía en pos de lo que ellas ya presentían inalcanzable: la justicia social; esa utopía donde sus 'hermanos de raza y sangre' alcanzarían una vida más humana y feliz. Y para alcanzarla, Villa no vivía sino para la Revolución, esa guerra inacabable de batallas perpetuas".

La novela no es sólo bordado de anécdotas domésticas, de confidencias [...] restauración del mundo militar y político de los tiempos villistas. Concierne, sí, a las mujeres de mi general, pero igualmente a la patria de Pancho Villa. Éste lucha contra don Porfirio, lucha contra Huerta y encima tiene que luchar contra Carranza y contra Obregón, aparte de luchar contra los invasores gringos y con los demás adversarios. A cada momento Villa lucha contra la muerte, hasta que ella lo vence.

Itinerario de una pasión termina con un grito: ¡Viva Villa!; al que yo añado otro: ¡viva Rosa Helia Villa!

Raúl Prieto Prieto
Río de la Loza.

—y una íntima tristeza reaccionaria
Ramón López Velarde

Poblada por voces antiguas, por sonidos lejanos e historias tejidas en las telas de araña que colgaban del cielo raso, de las vigas, las lámparas y los roperos, encontré la casa donde una vez ardió el amor entre la *Güera* Luz Corral y mi abuelo Pancho Villa.

Fue aquella, la quinta Luz, residencia oficial del comandante en jefe de la División del Norte y cuartel general de los Dorados, estado mayor villista. Y fue también la morada que abrigó el loco amor de la muchacha más bonita del pueblo de San Andrés y un ranchero bronco que apenas un par de años antes huía a salto de mata por la sierra de Chihuahua después de haber dejado malherido allá en Durango al violador de su hermana.

Yo había visitado varias veces esa casa cuando niña y la recordaba señorial, antigua, con un soleado patio y un brocal al centro rodeado de macetas floridas y helechos; un jazmín preñado de botones y flores recién abiertas que saturaban con su perfume la casa entera y se filtraba en la penumbra de los cuartos abiertos permanentemente hacia ese jardín, donde una magnolia había sido tocada por el don de la floración perpetua, igual que Luz Corral, de quien llegué a pensar que viviría para siempre.

Y tenía también su lado oscuro, con habitaciones clausuradas que cuando llegaban a abrirse dejaban salir un aire helado en el que flotaban las ánimas —según afirmaba Luz— y un olor de años acumulados, de antigüedad, que me estremecía.

En otro patio interior estaba el automóvil dodge, lleno de agujeros por la balacera asesina que se llevó a mi abuelo. Me asustaba verlo.

—Quieres saber, quieres que abra yo un hueco para poder asomarte al mundo íntimo del abuelo que te tocó llevar en la sangre —me dijo Luz la última vez que la vi—. Tienes razón —me dijo—, ¡se sabe tan poco en realidad! Yo también quería saber de sus amores con otras, aunque se me partiera en dos el corazón, nomás para que no me contaran. Y se me concedió por obra y gracia de un té de flor de la pasión que nos tomamos en la noche del velorio de Pancho allá en Parral tres de sus mujeres. Porque has de saber que la única viuda soy yo, ya que la primera esposa es la única ante la ley civil mientras no haya divorcio. Y ante la ley de dios también, mientras no pase a mejor vida la primera.

”Ahora verás, uno de estos días te voy a contar cosas, pero sólo algunas, a ver cuántas recuerdo porque todo se me olvida. Mis historias tendrás que leerlas en el libro que estoy escribiendo y pienso publicar antes que la vejez o la muerte me lo impidan, aunque hay cosas que no deseo contar por pudor, porque me duelen, porque son muy íntimas y ya ni sé si deveras ocurrieron o las vi detrás de mis ojos, alucinada por aquel té de pasionaria.

”No sé ya ni a qué atenerme ni qué creer —me dijo Luz con un dejo de melancolía en su voz grave, pausada, evocadora—. Mi existencia ha transcurrido entre presentimientos, corazonadas, premoniciones y augurios que me estremecen aún. Y tantas cosas inexplicables y extrañas han acontecido desde aquel día en que conocí a Pancho y se adueñó de mí para siempre allá, en el pueblo de San Andrés hace tantísimos años, cuando apenas comenzaba la revuelta en contra del dictador Porfirio Díaz, que estoy convencida

—agregó con aplomo—, sé muy dentro de mí que no se ha ido del todo...”

Creí en las palabras de Luz Corral cuando me aseguró haber visto con sus ojos “que aún son capaces de enhebrar una aguja”, la sombra de su añorado Pancho por las caballerizas; que ha escuchado su voz pidiéndole perdón por el sufrimiento que le causó y ha sentido también la tibieza de sus labios cubriéndola de besos.

Ahora, después de tantos años y de tantas historias, la casa es un museo con olor a pólvora, a ilusiones perdidas y a sueños jamás realizados que alberga las voces de los muertos entre muebles y objetos que acompañaron a los amantes durante su corta vida como pareja. Y se perciben también palabras de otros tiempos en las cartas que ahí se encuentran, en documentos del villismo y fotografías amarillentas de Chihuahua, una ciudad que muestra la desolación de todo aquello que ya no está. Y se escucha su lamento.

Se fueron para siempre las calles antiguas, las quintas señoriales construidas para durar mil años. Se fueron Pancho Villa y su mujer y yo no siento ya deseos de volver ahí. Ya no hace falta.

Desprendí cuidadosamente y traje conmigo las voces antiguas, las historias y los recuerdos que dejó entretejidos Luz Corral en los hilos tenues de las telas de araña; pendientes de las vigas, impregnados en las paredes, los cielos rasos y los roperos. Guardé en mi equipaje las voces de las ánimas y los ecos lejanos de la sierra, el retumbar de la caballada villista en la llanura y las ilusiones fallidas de toda la gente sin esperanza que vio en Pancho Villa una luz redentora y justiciera que se extinguió aprisa.

Puse en mi maleta el desconsuelo de los tarahumaras y las tristezas ancestrales de las legiones de indígenas y de pobres que apenas sobreviven allá en el norte.

Documenté los padecimientos sin fin de los "hermanos de raza y sangre" de mi abuelo y la infamia de los hombres traicioneros que mataron su ideal, para formar con todo esto la urdimbre de una trama a la que he de agregar, a manera del ensamblaje de un rompecabezas, los relatos disueltos en lágrimas de mi padre Octavio Villa (lloraba él cuando hablaba de su niñez, lloraba yo cuando lo escuchaba); las narraciones del tío Pancho Gil Piñón, hijo adoptivo de mi abuelo en cuya casa de Ciudad Camargo, Chihuahua, viví un año, y los recuerdos de las tías Celia y Juana María.

He atado a todo esto el hilo conductor tendido por la "síntesis" enciclopédica del estado de Chihuahua escrita por mi hermana, la que lleva el nombre de la abuela Guadalupe y la única que fue capaz de arrancar de labios de la tía abuela Julia Coss el secreto de la historia de amor de la que estaba prohibido hablar en su casa, donde se ha mantenido vigente el sentimiento del honor mancillado hasta la fecha, a más de 80 años del suceso. Y agregaré un punto más de apoyo, constituido por las memorias de Luz Corral, la primera esposa y tal vez único amor de Villa.

Con todo este bagaje pretendo reconstruir el itinerario de una pasión, la pasión que impulsó a Francisco Villa durante su vida hasta perderla en el empeño inútil por aniquilar todas aquellas estructuras de gobierno caducas y todo cuanto impedía a los mexicanos desposeídos acceder a una vida digna, en el intento por colocar al frente del país a un verdadero líder moral capaz de hacer de México un país de hombres libres y felices. No lo logró.

Con estas páginas busco, asimismo, rescatar una historia sentimental de amores y olvidos, como testimonio de un pasado que comienza apenas a ser desenterrado de raíz después de ocho décadas de haber estado medio cubierto a fuerzas, oculto al conocimiento de las nuevas generaciones, borrado de los libros escolares y tergiversado malignamente para que nadie supiera de la existencia de un hombre de leyenda cuya historia, no obstante, ha corrido de boca en boca, de libro en libro, de investigación en investigación y de generación en generación a lo largo de este siglo; que vivió y padeció intensamente, marcado por un destino glorioso y fatal, y murió en el inútil empeño por hacer humana y digna la existencia de sus hermanos, los hombres y mujeres, los olvidados de México.

San Luis Potosí, otoño de 1998.

En un amanecer de maleficio
Ramón López Velarde

Era el no sé qué de las malas nuevas. Era un miedo antiguo que a últimas fechas le arruinaba la vida. Era una vieja corazonada la que ahora golpeaba por dentro el pecho de Austreberta Rentería. Tan intenso era aquel latido, que creyó morir cuando vio acercarse a ella, como ave de mal agüero, al general Nicolás Fernández con un papel en la mano.

—Viene a avisarme que se murió Pancho, se lo veo en la cara —dijo para sí y en ese mismo instante se le fue el color.

Eran las cuatro de la tarde del día 20 de julio de 1923, pero desde las nueve de la mañana el telegrafista de la hacienda de Canutillo había recibido el mensaje con la noticia de la tragedia: "El general Francisco Villa murió asesinado esta mañana en Hidalgo del Parral..."

Desconcertado por el golpe, el encargado del telégrafo, sin saber qué hacer, entregó la mala nueva a quien pasaba por ahí a esa hora. Era el infortunado, el administrador de la hacienda, Pancho Gil Piñón, hijo adoptivo del general, quien bondadoso y agradecido supo ganar la confianza del padre y el afecto de quienes lo rodeaban, pero no era hombre capaz de resistir una noticia de tamañas dimensiones y cayó desmayado al leerla.

Enseguida acudieron varios hombres para auxiliar al asustado telegrafista, que no esperaba una reacción así del hijo mayor del general y tuvo que levantar al caído y sacarlo del desmayo en que lo había postrado la fuerte impresión.

—Si éste se desmayó, que es hombre, de seguro doña Beta se nos muere —dijo uno de los empleados.

—¿Quién va a darle la noticia? —se preguntaban mirándose unos a otros sin que ninguno dijera yo. Nadie se atrevía. Así se les fue la mañana entera, hasta que llegó el general Fernández, quien se hizo cargo de llevar la mala nueva.

Después del telegrama con la noticia fatal, se interrumpió el servicio telegráfico entre Parral y la hacienda, el cual no se reanudó sino hasta el filo del mediodía, lapso requerido en aquella ciudad para tomar las providencias necesarias en vistas a un alzamiento de los enfurecidos villistas y cubrir la huida de los asesinos. Después el terror se apoderó del país.

Desvanecida en un sofá de mimbre del corredor principal de la hacienda, Austreberta Rentería, última esposa de Pancho Villa, en el séptimo mes de embarazo, respiraba con dificultad y su pecho se agitaba por encima del chal que la cubría. Rodeada de sirvientes que gemían y alzaban los brazos al cielo, de mujeres que se arrodillaban en torno a ella para consolarla e iniciar las plegarias por los muertos, la mujer había caído fulminada después de la noticia que ahora le confirmaban los gritos desgarradores de su gente:

—¡Han matado al general...! ¡El patrón está muerto...! ¡Nos han matado a nuestro amo...!

Alcohol, sales, lienzos húmedos en la frente, de todo se intentaba para reanimar a la joven mujer que yacía desvanecida en aquel sofá de mimbre llegado de un almacén de muebles franceses apenas tres años antes, con todo el mobiliario de la casa grande de la hacienda.

Lentamente sus ojos se abrieron. Sin acertar a entender y como si despertara de un profundo sueño o saliera de un letargo, Austreberta se enderezó despacio, miró a su alrededor confundida, elevó la vista y recorrió una a una las vigas del techo pausadamente, como si las descubriera. Atontada por el golpe miraba sin ver mientras dos gruesas lágrimas, asomando finalmente a los ojos, desbordaban sus párpados y se deslizaban poco a poco en sus mejillas.

—El día tan temido llegó fatalmente —dijo para sí—. Pancho sabía que Parral era el destino final del viaje que, por razones más allá de nuestro limitado entendimiento, le fue trazado desde su llegada a este mundo. Lo supe ayer que se despidió de mí... Lo temía desde hace tiempo —murmuró con la enronquecida voz que casi sin lágrimas le salía del pecho—. Lo sabía... —repitió—. Fue Obregón, fue Calles, sé que fueron ellos. Lo sé aunque nunca Pancho me lo haya mencionado. Fueron ellos, dios mío, fueron ellos —repetía enloquecida— y nadie los va a castigar. Pobres de nosotros, pobre país, sólo dios sabe lo que va a ser de esta pobre patria.

Ocultó el rostro entre sus manos y lloró como nunca en su vida lo había hecho; lloró hasta agotar el caudal de lágrimas que le ahogaba el entendimiento, y cuando pudo recuperarse un poco, alzó la voz para que la escuchara el sirviente que estuviera a su lado y ordenó:

—Llamen a los niños y que venga Pancho Piñón para que me asista; debo salir a Parral inmediatamente y avisen a mi comadre Merceditas Franco que llegaré a su casa.

Los cinco niños mayores, viendo la confusión, el llanto y el movimiento a causa de la noticia, lloraban también sin saber qué hacer ni adónde dirigirse ni a quién acercarse en busca de una explicación. La respuesta les llegó de labios de su hermano *Piñoncito* —como ellos lo llamaban—, quien abrazó cariñosamente a cada uno de ellos y les dijo: “no estarán solos mientras me tengan a mí; vengan, vamos a ver a doña Berta”. Pero doña Berta, que padecía el mayor de los dolores, no quería saber de niños que consolar.

Fuera de la casa grande, una vez asimilada la noticia, la inquietud crecía. La gente de Villa, enfurecida, se armaba y sumaba voluntarios para arrasar Parral y al mismo tiempo los generales a cargo de la seguridad de la hacienda, Nicolás Fernández y Lorenzo Ávalos, tomaban el mando en la emergencia y ordenaban el patrullaje.[1]

Al intentar comunicarse con los demás ranchos de la inmensa propiedad: Las Nieves, Espíritu Santo, Carreteña, Torreón de Cañas, Vía Excusada, El Molino, San Antonio y Palo Blanco, fueron informados de la interrupción de las líneas telegráficas y la falta de comunicación con Parral.

Con la angustia atada a la garganta, Austreberta abordó su automóvil rumbo a la estación Rosario. Llevaba con ella a sus tres hijastras: Micaela, Celia y Juana María, y juntas abordaron el tren militar que regresaba a Hidalgo del Parral.

En aquella importante ciudad minera, distante de la hacienda unos 75 kilómetros, en el hotel Hidalgo, se velaba el cadáver del general Villa.

La ciudad presentaba un aspecto fantasmal y el ambiente tenso podía palparse aquella triste noche de verano. La luz mortecina de velas y quinqués temblaba a través de los visillos de las ventanas y dibujaba la silueta de sus habitantes que con terror apenas se animaban a entreabrir para enterarse de cuanto ocurría en la calle. En el interior del hotel, hundida en un mullido sillón de terciopelo verde y cubierta totalmente de la cabeza a los hombros con un denso velo negro español, abatida, sollozaba silenciosamente Luz Corral, la *Güera*, esposa de Villa desde 1911.[2]

Al centro del amplio vestíbulo del hotel Hidalgo, propiedad del general Villa, y rodeado por cuatro cirios, el féretro aparecía cubierto por la desolación. Igualmente desoladas se veían las figuras enlutadas que se acercaban a rendirle el último homenaje al triunfador único y absoluto de las grandes batallas de la revolución e iban penetrando tímida, temerosamente a la improvisada sala funeraria que olía a sangre, a sudor, a llanto.

Por la escalera principal, al fondo del vestíbulo, Manuela Casas descendía con paso lento y vacilante. Muy delgada y pálida, cubierta la silueta con un chal y ataviada con severo traje negro que la envolvía en luto de pies a cabeza, se reintegraba al grupo doliente después de haber amamantado a su hijo Trinidad, nacido apenas tres semanas antes en esa misma ciudad, en la casa de la calle de Zaragoza que el general había comprado para ella.

Afuera, el hotel Hidalgo ya se hallaba rodeado por una multitud desconsolada por la muerte de su general, el único hombre que había representado para ellos la esperanza de la reivindicación, porque había sentido, pensado y sufrido como ellos y por ellos se había involucrado en una guerra que ahora y sólo ahora veían perdida irremediablemente.

Las calles aledañas al hotel ya para la medianoche eran intransitables. De todas partes llegaba gente a caballo, en automóvil, en carretones o a pie y se unía al tumulto callejero y a la plegarias con el rostro desencajado por el miedo y el dolor.

Los rosarios, con su larga y monótona letanía, se repetían uno tras otro a instancias de las rezanderas del pueblo en torno a las fogatas que se iban encendiendo conforme la noche y el gentío avanzaban. Y pese al denso calor del verano chihuahuense, el frío producido por el terror que en la gente causaba aquella súbita orfandad helaba la sangre y hacía tiritar los huesos de aquellos hombres y mujeres de las huestes de la epopeya villista; gente fiel al jefe amado y admirado, al que aun en el retiro, lejos de las armas y en paz, seguían venerando.

Torre de David,
ruega por él.
Torre de marfil,
ruega por él.
Rosa mística,
ruega por él...

Simultáneamente y alumbrados por la débil luz de los faroles callejeros, coros varoniles de voces oscurecidas por la pena, voces antes enronquecidas por los gritos de ¡Viva Villa!, voces de sus "hermanos de raza y sangre", como los llamaba su general, entonaban, acompañados por guitarras lastimeras entre gruesas lágrimas y tragos de sotol "pa' calmar el dolor", el que consideraba su himno villista:

Yo soy soldado de Pancho Villa,
de sus Dorados soy el más fiel;
nada me importa perder la vida
si es cosa de hombres morir por él...

Trabajo le costó a Austreberta Rentería abrirse paso entre esa multitud herida para llegar hasta el lugar donde yacía el cadáver del padre de sus hijos. La escolta que acompañaba a la mujer y a las tres niñas avanzaba, rodeándolas a fin de protegerlas, pero tan pronto la multitud se daba cuenta de quién se trataba, respetuosamente se apretaba hacia los lados para abrirles paso.

—Son las huerfanitas que vivían con el general, su padre, y con la señora, su madrastra, en Canutillo...

—Ninguna de ellas es hija de esa señora; cada una tiene su mamá particular, y faltan todavía Agustín, Octavio, Toño y Miguel, que también viven en la hacienda...

—La que se va a armar —murmuraba el viejerío al paso de la guapa mujer que ahora, aun golpeada por tan tremenda pena, caminaba erguida y doliente de la mano de sus hijastras.

—Abran paso, háganse a un lado —ordenaba el jefe de la escolta al llegar al portón del hotel Hidalgo, bloqueado totalmente por el río humano que deseaba ver por última vez el rostro de su general, su héroe, su defensor, que los dejaba huérfanos y desamparados. Los recibe José Miraso, un comerciante zacatecano contratado por el general para administrar el hotel, que ahora cubierto por crespones aparece envuelto en desolación.

La larga fila, replegada hacia los lados y silenciosa, observa la silueta altiva, majestuosa de Austreberta cruzar el umbral, y las miradas de las compungidas mujeres que rezan el vigésimo rosario de la noche se cruzan presintiendo una catástrofe al encontrarse tres viudas de Villa en el mismo lugar. El morbo silencia las plegarias y las miradas convergen, expectantes, en la recién llegada. Se hace un silencio absoluto.

Desde el sillón de terciopelo donde se encontraba recibiendo condolencias saturadas de abrazos, lágrimas y flores, la corpulenta Luz Corral se pone de pie y se encamina a recibir a la recién llegada:

—Buenas noches, Austreberta —dijo, besó a las niñas y extendió los brazos a la mujer que la había desplazado en la hacienda y en el cariño de los hijos del hombre al que ambas habían consagrado su vida. Se estrecharon fuerte, largamente, como si nunca se hubieran odiado.

—¿Cómo pudo llegar antes que yo? —preguntó Austreberta.

—No me lo va usted a creer, Betita, pero desperté muy angustiada porque Pancho apareció en mis sueños. Dormía yo en mi habitación cuando más o menos a la hora que ocurrió la tragedia desperté y quise levantarme, pero como si alguien me hubiera avisado que siguiera acostada, volví a la cama y me quedé dormida.

"Apenas había cerrado los ojos, y entre dormida y despierta, vi entrar por la puerta de mi recámara a Pancho, que se acercó cariñosamente a mí y me dijo tomando mi mano:

—Güera, ¿está enojada conmigo?

"Yo me encontraba resentida con él y le contesté pretendiendo indiferencia:

—No, ¿por qué?

—Porque la he hecho sufrir mucho, pero ¿verdad que me perdona?

"Abrí los ojos y aun cuando la imagen de Pancho había desaparecido, quedaba en mi mano la impresión de las suyas que sentí heladas al estrecharme.

"Me levanté sobresaltada; algo presentía, algo trascendente. Para calmar mi inquietud, me puse a terminar un traje de seda color vino, cuando acudió a mi mente esta idea: ¿por qué me voy a hacer un traje de color si tengo que vestirme de negro?

"De pronto, oí que alguien me llamaba golpeando en mi ventana. Abrí el postigo y encontré a una amiga muy alterada que me dijo:

—¿Ya sabes la noticia que corre por el centro?

—No —le contesté—, ¿qué pasa?

—En el pizarrón del palacio federal hay un boletín que dice que asaltaron al general cuando venía saliendo de Parral en su automóvil, y que mataron a Trillo, su secretario, y a tu esposo lo hirieron gravemente.

"Aquella noticia no me cayó de novedad porque ya me latía que estaba cerca su fin.[3] Ordené entonces al chofer que me preparara el auto y me vine a toda velocidad a Parral

—concluyó Luz, y buscando con la mirada un lugar para instalar a las recién llegadas agregó—: allá al fondo está sentada Manuela Casas. No se ha dignado ni levantar la mirada para verme. Sepa dios qué estará sintiendo la pobre."

—Y dígame, Austreberta, ¿qué piensa hacer con tanto niño de Pancho? Ya tiene usted uno de él y no tarda en dar a luz al segundo, ¿por qué no me devuelve a Micaela y Agustín que tanto me quieren y arrancaron a la mala de mi lado después de tantos años de haber vivido conmigo? ¿Qué va a ser de todos nosotros y de la hacienda?

No hubo respuesta. Tomadas del brazo y muy juntas, como sosteniéndose una en la otra, las dos rivales, ahora aparentemente reconciliadas en el mismo pesar, se encaminaron a un sofá cercano del que se levantaron, para cederles el asiento, tres mujeres que lo ocupaban. Una vez acomodadas ahí, los ojos y los oídos de los dolientes, atentos al encuentro entre las tres viudas de Villa, volvieron a ocuparse de la plegaria que habían dejado pendiente:

> Dios te salve, María,
> llena eres de gracia;
> el Señor es contigo;
> bendita tú eres
> entre todas las mujeres
> y bendito es el fruto
> de tu vientre, Jesús...

Absorta en sus pensamientos, Luz deja regresar su mente hasta el día feliz —ahora así lo considera, entonces estaba aterrorizada— en que conoció a Pancho. ¡Cómo le gustaba despachar en la tienda!, negocio familiar de los Corral desde hacía medio siglo en el pueblo de San Andrés, y la única de importancia, por bien surtida, en toda la región.

Aquel almacén —evoca Luz—, que atendíamos mi madre y yo porque mi padre y mis hermanos se iban al monte a buscar caballos, a cuidar el ganado o a andar en cosas de hombres, era nuestro sustento.

Pegado a la nariz tengo su olor a sotol, a cera, a manteca, a ocote y a maíz, a perones y a manzanas, frutos de mi región que cosechábamos en septiembre y almacenábamos en cuartos oscuros y fríos de gruesas paredes de doble sillar, donde se mantenían frescos hasta bien entrada la primavera. Olor a carbón encendido en los anafres donde humeaba el café o el champurrado. Olor a los esquites, granos de elote tierno secados al sol y que convertidos en sopa calientan el cuerpo de los norteños y reconfortan a quienes trabajan en las heladas y boscosas montañas de la Sierra Madre.

Era nuestro negocio el almacén general del pueblo y un motivo de fiesta semanal para los serranos y los rancheros de las haciendas cercanas que acudían a surtirse de mercancías sábado a sábado.

En la trastienda se preparaba el quiote, tronco de mezcal tatemado de sabor dulce que, cortado con sierra en trozos gruesos y redondos, desaparecía rápidamente en boca de los niños que lo masticaban hasta extraerle todo el jugo y escupían ya convertido en bagazo.

También en aquella trastienda se almacenaban tambos, latas, cajas y costales con todo lo imaginable en su interior: conos de piloncillo, botellitas de azúcar rellenas de un vino dulzón con sabor a anís y a menta, paletas de leche quemada, cebada, avena. Pendientes del techo y colgados de gruesos ganchos, se mosqueaban las ristras de ajo, de chorizo y los racimos de velas de cebo, amarillentas, y de cera, muy blancas, como de alabastro. Recargadas contra la pared había ruedas de bicicleta y de carreta, gruesos hatos de escobas junto a palas, picos y carretillas; leña, carbón. Medias de lana y de popotillo, pabilo en conos, hilos para bordar, blondas y encajes. Vitrioleros panzones con cueritos de puerco en su interior, patitas en vinagre, chiles güeros, jalapeños y chipotles. Estambres, agujas, hilo crochet; pomada de la campana, tónicos de los más variados y horripilantes sabores, como el de aceite de hígado de bacalao y el Kepler. Parches porosos y antiflogistina, tenazas para rizar el cabello, horquillas y redes de seda, finas como telas de araña para proteger el peinado; listones multicolores, botones y agujas.

Había también legumbres desfallecientes, plátanos con manchones oscuros y nubes de mosquitos muy pequeños volando por encima de ellos. Y cuando los patines torrington aparecieron en la escena estatal, llegué a ver varios pares de ellos pendientes de una alcayata en el muro de la trastienda.

Al frente se encontraba la estantería de madera que instalaron mis abuelos. Era de madera de encino, con vitrinas muy antiguas en las que lucía la glostora al lado de las cajas de polvos Anthea para las damas; los cigarros Carmencita, Faros y los morralitos de manta llenos de tabaco con su fajo de hojitas de papel de arroz para preparar el cigarro de hoja.

Una de esas vitrinas se destinaba al pan, que llegaba de los hornos de ladrillo que mi padre había construido en el traspatio. Birotes y hogazas de pan polveado de harina, cochinitos de gengibre y piloncillo, roscas, polvorones y chilindrinas saturaban con su aroma toda la calle y hacían agua la boca del pueblo entero. A la vista de la clientela había también cerros de cobijas de lana, piezas de manta, de popelina y de gabardina de algodón; dril, manta de cielo y lana. Sombreros de palma y "texanas" finas de fieltro, para los rancheros ricos. Cazuelas, jarros, sartenes y cafeteras de peltre azul y verde con pintitas blancas; reatas, mecates, escobetas y bolsas de ixtle.

De todo había en nuestra tienda, hasta la que llegó el apuesto coronel Villa el día en que nuestras vidas se encontraron.

—¿Tiene miedo, muchachita? —le preguntó el "jefe Villa", como lo llamaba su gente ya por 1910, al ver que la guapa güera de ojos azul cielo no atinaba a sostener el lápiz con el que anotaba las mercancías entregadas a los revolucionarios, por el temblor que el cuerpo entero transmitía a su mano.

—Ha de estar asustada, señor —respondió su madre—; es la primera vez que la llamo para que me ayude y teme un regaño mío si no lo hace bien.

Acabé como pude la lista de las mercancías —recuerda Luz— y el jefe Villa leyó el recibo con la leyenda que él mismo me había dictado: "Por la patria. Sufragio efectivo. No reelección". Tomó la pluma y firmó lentamente: Francisco Villa.[4]

Luego de despedirse montó su caballo y partió seguido por sus hombres rumbo a la estación. Iba a infligir al ejército de Porfirio Díaz su primera derrota y a penetrar en la historia por la puerta grande asaltando por sorpresa el tren militar que venía de Chihuahua, e iniciando así el principio del fin de más de tres décadas de dictadura.

Al día siguiente, pardeando la tarde, solo y sin cuidarse de nadie, un hombre se detuvo a la puerta de nuestra casa. Yo, que lo había visto llegar, corrí a la trastienda mientras él hablaba con mi madre. Desde el sitio donde me encontraba podía escuchar claramente su conversación; decía de mí cosas bonitas y le pedía permiso para hablar conmigo. El corazón me brincaba en el pecho; temblaba de susto. Mi madre me llamó:

—Luz, ven acá.

Al oírla me retiré al fondo de la trastienda antes de contestar a su llamado, para que no se diera cuenta de que había estado escuchando toda la conversación. Sudando frío crucé la puerta y me presenté ante él. Le tendí la mano para saludarlo, que él tomó suavemente entre las suyas y me dijo:

—Qué mano tan fría; no tenga miedo, muchachita.

Y se entabló la plática. Me aseguró que unos cuantos días antes del combate de la estación había visto un retrato mío en la casa de la familia Baca, de Chihuahua, y que desde entonces había abrigado la esperanza de encontrarme. El retrato, recordaba yo con claridad, era uno de esos malísimos que suelen tomar los fotógrafos ambulantes y aparecía yo sentada ante una máquina de coser rodeada por mi madre y mis hermanos.

Sonreí por dentro con su ingenuidad. Luego me habló de su vida errante y solitaria y de la esperanza de que al término ya inminente de la revolución pudiera al fin volver a tener un hogar como el que perdió siendo muy joven. Me habló de su amor con palabras sinceras y francas de las que no dudé. Sentí que ante la sola presencia de ese hombre tremendamente seductor desfallecía.

—¿Tengo esperanzas de ser correspondido, Lucita? —preguntó mirándome directo a los ojos y volviendo a tomar mi mano.

Mi madre, que había estado vigilándonos de cerca y se daba cuenta del curso de la conversación, vino en mi ayuda respondiendo por mí:

—Ya lo pensaremos, señor Villa, vaya usted sin cuidado. A su regreso tendrá nuestra respuesta.

Sin soltar mi mano ni apartar de la mía su mirada penetrante que no resistí, tuve que desviar mis ojos, turbada, hacia la punta de mis zapatos. Pancho se levantó del asiento impulsado por la voz de la sirvienta:

—Que ai afuera un tal señor Feliciano Domínguez busca al jefe Villa.

Se despidió apresuradamente y salió al encuentro de su gente. Mi madre y yo respiramos aliviadas al verlo partir.

Pasaron los días y yo soñando con ese hombre corpulento e irresistible que se había llevado mi corazón.

En San Andrés ya andaba en boca de todo mundo nuestra relación y su heroísmo. La imaginación exaltada de la gente figuraba victorias épicas y, con verdad o sin ella, su nombre iba creciendo día con día.

—Que Villa tomó Santa Isabel con la mano en la cintura... Que Villa trae más de mil soldados... Que con Villa nadie puede... Que Villa le va a sonar a don Porfirio —decía la gente.

Comencé a bordar mi ajuar como todas las novias lo hacen tan pronto formalizan una relación. La mía no llegaba siquiera a noviazgo pero algo me impelía a hacerlo. Con el permiso de mi madre compré en Chihuahua lino de Irlanda para mis sábanas y manteles; bombasí delgadito y fresco para mis camisones porque, calculaba yo, si llegaba a casarme sería en tiempo de calor. También adquirí algunos algodones suizos y sedas italianas para vestidos.

Por aquellos días todas las muchachas del pueblo nos reuníamos, la víspera de las fiestas del santo patrón, en el altar de la parroquia para adornarlo y preparar el manto y el traje nuevo del señor san Andrés. Petrita Palomino, taquígrafa del gobernador, y Laura Rubio, empleada de gobierno, ambas simpatizadoras de la causa revolucionaria, se encontraban entre nosotras porque habían ido a pagar una manda. Yo escuchaba su conversación:

—He puesto mis cinco sentidos en hacer la túnica de san Andrés y quiera él concederme que me case con Pancho Villa —dijo Laura.

Petrita, fascinada también por los hombres de la revolución, le contestó:

—Yo le prendo este alfiler para que me case aunque sea con Chano Domínguez...

Y yo, que era casi la prometida de Pancho, no dije nada. Bajé la vista y sonreí.

Al filo de la tarde llegó la noticia de la derrota de los revolucionarios en las cercanías de Chihuahua, en un lugar llamado el Tecolote, de donde marcharon en retirada. Esa noche pedí con fervor al señor san Andrés que Pancho estuviera a salvo. Y fui escuchada.

Cuando volvió me encontró bordando detrás del mostrador.

—Yo quisiera que me hiciera una camisa negra —dijo, dirigiéndose a mi madre.

Por toda respuesta, ni tarda ni perezosa bajó ella una pieza de algodón fino, cortó la necesaria y me ordenó:

—Pronto, Luz, ponte a hacerla.

Yo, que nunca había hecho una camisa de hombre, respondí tratando de evadir el encargo:

—¿Y las medidas?

Pancho ordenó a su asistente que sacara una camisa de su maleta para que pudiera tomarlas. Mi madre sonreía y parecía gozar con mi temor; acaso pasaba por su mente la idea de que yo no pudiera confeccionarla y el prometido, decepcionado al no haber podido su novia pasar esa prueba prenupcial, desistiera de su propósito de casarse conmigo.

Todo ese día y el siguiente estuve pegada a la máquina, y cuando al fin estuvo lista la camisa, mi madre se la envió con un propio.

Con ella puesta llegó Pancho un día después, seña de que no le quedó tan mal.

—Vengo a despedirme —dijo—; nos vamos al norte. Si nos toca una bala, pos... nos fuimos; pero si triunfamos, por acá nos vemos Güera.

Ese día empezó la historia de mi angustia cuando Pancho se iba de mi lado, porque temía que le quitaran la vida. Porque temía que me quitaran su amor.

Por esos días, un grupo de gitanas acampaba en las afueras de San Andrés. Y allá fuimos unas amigas y yo para que nos leyeran la palma de la mano y nos echaran las cartas.

Yo, que traía dentro de mí el temor a escuchar lo que no deseaba, preferí limitarme a oír el relato del "resultado" de la consulta de cada una de mis compañeras; sin embargo, al terminar con la última, la adivina, una mujer gorda de mirada penetrante y fija, como de lechuza, y cabello enmarañado, caminó pausadamente hacia mí con un paso oscilante provocado por el vaivén de sus tres faldas sobrepuestas, arrugadas y pestilentes, atadas a la cintura con un puñado de cintas multicolores. Me estremecí al verla acercarse y más aún al oírla decirme:

"El hombre con el que te vas a casar está rodeado de un halo que lo ha protegido del mal que los hombres le procuran, pero no puede evitar el despertar malas pasiones en quien no se le puede igualar. Dile que se cuide de la traición y los celos..."

Y como viera mi mirada interrogante y atemorizada fija en sus ojos, agregó:

—Más vale que lo sepas, para que puedas advertírselo; veo muy claro su destino fatal, trágico... y es todo lo que puedo decirte —dijo por último, y se alejó lentamente, con el mismo ritmo oscilante de barco en alta mar.

Sentí un frío dentro de mí que me paralizaba y apenas acerté a pronunciar un "gracias" inaudible.

Las últimas horas de la tarde se despedían vistiéndose de negro, y un cielo sin estrellas nos cubrió durante todo el trayecto de regreso a San Andrés.

Pancho, mi Pancho querido, ya desde mucho antes de casarnos era acosado por las mujeres. Y no es que fuera un hombre lo que se dice guapo, de cara bonita, pero sí muy atractivo y varonil, muy apuesto y erguido. Su piel clara, tostada por el sol, hacía resaltar dos cosas: el brillo de sus dientes algo manchados, como los de todos en Durango, pero bonitos, parejitos, bajo la espesura de su bigote castaño rojizo, y sus ojos color miel, que podían ser muy dulces y tiernos o quemantes cuando miraban con pasión, o terriblemente duros, fríos y penetrantes cuando taladraban al interlocutor en busca de sus verdaderas intenciones.

Si a esas cualidades propias de su juventud y su recia personalidad agregamos las de su fama que crecía por momentos, ya tenemos claro el destino de mi Pancho en cuestión de amores.

Las mujeres le escribían costales de cartas y las gringas se morían por él.

Una vez estando en Aguascalientes me ordenó que invitara a nuestra quinta de Chihuahua a una familia amiga de él formada por cuatro personas, entre las cuales se encontraba Cristina, la única hija. Los atendí durante dos meses, como es tradición entre la gente del norte, y al cabo de ese tiempo regresaron al mismo lugar donde los conocí.

Nunca me escribieron para agradecer cuanto hice por ellos y yo regresé a Aguascalientes al lado de mi esposo.

Poco tiempo después de haber llegado, un día cualquiera, me avisa mi cocinero:

—La busca la señora Julia Vázquez, que estuvo con usted en Chihuahua.

Salí a recibirla al pie de los vagones privados donde me hospedaba y al verme, me abraza de pronto y se pone a llorar. En ese momento llega mi marido, quien, al verla, le dice furioso:

—¡Largo de aquí! Cómo se atreve a ponerle mal corazón a mi mujer. ¿Qué no comprendieron que con toda intención las mandé a Chihuahua con ella para que estuvieran seguras de que teníamos un hogar formado? Sólo que a su regreso su hija siguió coqueteándome con la aprobación de ustedes, ¡y ahora me vienen con escándalos![5]

La tomó con fuerza de la mano, la echó fuera y cerró la puerta. No me atrevía a preguntar nada, pues con lo que había oído estaba dicho todo. Por las piezas que más tarde encontré en el piano, cursis y de un romántico azucarado, comprobé que Cristina estaba locamente enamorada de él y que aún después de haber estado conmigo en mi casa, disfrutando de mi hospitalidad y de mi amistad, lo había seguido y asediado, hasta no conseguir lo que quería.

Supe más tarde que la había mandado a Estados Unidos donde dio a luz un niño y poco después se casó con un periodista norteamericano. Nunca volvió a México. Por casos como el anterior reñía yo frecuentemente con mi marido. Una vez, en medio de uno de estos altercados, me reprochó duramente:

—Ande, usté está loca. Si yo me pusiera a hacerle caso a todas las mujeres que me escriben y me dicen que me quieren, no tendría tiempo para nada más. A ver, Úrsulo —llamó a uno de sus ayudantes—, anda a traerme todas las cartas que te mandé quemar, si es que todavía no lo has hecho.

Al momento regresó con un montón en cada mano, que extendió hacia mí obedeciendo la orden que con la mirada le dio su jefe. Tomé una que firmaba "miss Cartland", de Oklahoma, que en no buen español pero lo suficiente para entenderse decía así[6] "general: soy una muchacha que tengo 18 años y soy dueña de muchos acres de tierra, no tengo padres, yo quisiera irme con usted, pero si usted es casado, dígame quién es el más bravo de sus soldados y yo me caso con él".

La otra era una periodista inglesa, vieja y muy resbalosa, llamada Ethel B. Tweedie, y le decía que, pese a haber sido muy amiga de don Porfirio y doña Carmelita, ella comprendía que había llegado para México la hora de acabar con las dictaduras, que lo admiraba muchísimo y que deseaba ardientemente volver a entrevistarse con él, pero ahora en la intimidad.

La gringa y la inglesa se ofrecían a mi esposo, ¿cuántas no harían lo mismo? Eran unas desvergonzadas.

Ante tamaña ingenuidad de mi parte, me di cuenta de lo injusta que he sido y cuán ridículo resultaba creer que mi marido se robaba a las muchachas por la fuerza, como lo hacía creer el rumor esparcido por sus enemigos, cosa que jamás creí, pues la mayoría lo buscaban, lo asediaban para entregarse a él deslumbradas por la fama que lo rodeaba, por el grado que ostentaba y por el deseo de compartir su celebridad. Sobre todo a partir de la toma de Ciudad Juárez, cuando el 9 de mayo de 1911 Pancho Villa se reveló como gran estratega militar en un combate de un solo día, cuando muchos temían que sería largo y sangriento, y puso fin a la dictadura porfirista que duraba ya 34 años.

Aún escucho su voz relatarme, palpitando de emoción, cómo después de haber informado del triunfo al presidente

Madero y haber dado las órdenes pertinentes a su gente, se dedicó a lo que consideraba "lo principal".[7]

—Me dirigí a la panadería de José Muñiz. Le ordené que pusiera a todos sus panaderos a elaborar la mayor cantidad de pan posible, lo cual hizo en el acto. Y como me dijera que para las cuatro de la mañana yo podría disponer del pan caliente, a la dicha hora me presenté a recibirlo, lo encostalé en costalería de malva y me lo llevé.

"A las cinco de la mañana penetraba yo a la cárcel. Allí repartí 10 costales de pan entre los soldados federales, más algunos barriles de agua que hice meter para ellos, pues por el momento no había otras provisiones preparadas.

"Esto hice yo comprendiendo que mis fuerzas se encontraban en iguales circunstancias de hambre cuando no peores que los soldados federales. Pero creyendo también que mi deber de vencedor era primero procurar alimento a los vencidos, porque en la guerra el hombre vencedor sobrelleva con buen ánimo la más grande necesidad, mientras que el vencido, y más si sobre vencido es prisionero, sufre a cada una de sus privaciones toda la amargura de su derrota, que es lo más amargo que hay. Por eso el vencido, si para él su causa es buena, merece la misericordia del vencedor, el cual no debe agravar el castigo de la derrota. Solamente los desleales, o más bien los traidores y los jefes crueles que se ensañan con las poblaciones civiles, y se vengan en los parientes de sus enemigos militares y matan sin motivo a los prisioneros que cogen, no tienen en la guerra ningún derecho a la compasión de los hombres guerreros que los vencen, pues la guerra es así.

"Digo, pues, que al verme entrar llevando bastimento, los federales presos en la cárcel me aclamaron con muy grande gratitud. A los oficiales prisioneros decidí llevarlos a comer al Paso. Invité a nueve de ellos, los acomodé en dos automóviles y en el hotel Zieger departimos todos como si no se tratara de vencedor y vencidos. Y cuando uno de ellos preguntó a otro:

—¿No te agradaría ahora quedarte en El Paso, Texas?

"Entonces, antes de que yo pudiera decir nada, uno de los capitanes lo atajó diciéndole:

—¡Cómo, señores! Este caballero nos ha invitado a comer. Somos sus prisioneros. Al traernos se ha fiado de nuestro honor. Por lo tanto estamos obligados a no comprometerlo y a regresar con él a Ciudad Juárez para permanecer ahí mientras no se determine otra cosa, sin olvidar jamás la noble acción que ha tenido con nosotros. Señores, Pancho Villa es un caballero y nosotros también. Debemos acompañarlo.

"Gran admiración causó a todo el cuartel general vernos regresar, pues ya decían allí algunos de mis compañeros que los oficiales federales no regresarían jamás.

"Hice yo aquel acto para demostrar que los hombres revolucionarios éramos generosos y de buena civilización. Y la verdad es que los nueve oficiales también demostraron que en las tropas de la federación había hombres de honor."

Todos leímos en el pueblo poco después de aquel combate —recuerda Luz—, con el orgullo de quien se siente parte de un hecho trascendente, la carta que el mismo señor Madero envió al periódico norteamericano *El Paso Morning Times* el 24 de abril de 1911, desde el campo de operaciones al oeste de Ciudad Juárez, y que fue publicada al día siguiente:[8]

> Al coronel Francisco Villa equivocadamente se le atribuye haber sido un bandido en tiempos pasados. Lo que pasó fue que uno de los hombres ricos de esta región, quien por consiguiente era uno de los favoritos de estas tierras, intentó la violación de una

de las hermanas de Villa y éste la defendió hiriendo a este individuo en una pierna. Como en México no existe la justicia para los pobres, aunque en cualquier otro país del mundo las autoridades no hubieran hecho nada en contra de Pancho Villa, en nuestro país éste fue perseguido por ellas y tuvo que huir, y en muchas ocasiones tuvo que defenderse de los rurales que lo atacaron, y fue en defensa legítima de sí mismo como él mató a algunos de ellos. Pero toda la población de Chihuahua sabe que nunca mató ni robó a ninguna persona, sino cuando tuvo que acudir a la legítima defensa.

Pancho Villa ha sido muy perseguido por las autoridades por su independencia de criterio y porque nunca se le ha permitido trabajar en paz, habiendo sido víctima en muchos casos, del monopolio ganadero en Chihuahua, que está constituido por la familia Terrazas, quienes emplearon los métodos más ruines para privarlo de las pequeñas ganancias que él tenía explotando los mismos negocios.

La mejor prueba de que Pancho Villa es estimado por todos los habitantes de Chihuahua, en donde él ha vivido, es que en muy poco tiempo él ha organizado un ejército de más de 500 hombres, a los cuales él ha disciplinado perfectamente. Todos sus soldados lo quieren y lo respetan. El gobierno provisional le ha conferido el grado de coronel, no porque haya absoluta necesidad de sus servicios, pues el gobierno provisional nunca ha utilizado en ningún caso personas indignas.

Por lo tanto, si se ha expedido el nombramiento de coronel, es porque ha sido considerado digno de él.

La fama de Pancho Villa alcanzaba ya dimensión internacional no sólo por su victoria indiscutible en Ciudad Juárez —y por todo esto que me contó, emocionado, que ya corría de boca en boca porque los familiares de los enemigos beneficiados y la misma tropa maderista lo había lanzado a los cuatro vientos—, sino por haber salido bien librado de la traición en contra del señor Madero en que Pascual Orozco deseaba involucrarlo.

Don Francisco había entregado al coronel Villa 10 mil pesos oro después del memorable triunfo de aquél, cantidad suficiente para volver a la vida privada, poner un buen negocio e iniciar nuestra vida de casados. ¡Quién entonces hubiera podido afirmar que muy poco después tendría que volver a las armas para combatir el levantamiento del traidor Orozco hasta aniquilarlo!

Al término de aquella histórica toma de Ciudad Juárez volvió Pancho a San Andrés. Mi respuesta, que ansiaba darle, fue un sí tímido y entrecortado por una emoción que me paralizaba.

A las puertas de mi casa la gente se agolpaba para hablar con Pancho, para verlo, para felicitarlo, para mostrarle su afecto y admiración. Y como viera que por el momento no habría tiempo para su vida privada, me dijo, entregándome un grueso fajo de billetes:

—Tenga, Lucita, para comprar todo lo necesario para la boda. Mi tren está a sus órdenes; váyase a Chihuahua con su mamá. Yo aquí las espero para ir arreglando todo.

Con apremios abordamos el convoy ese mismo día y nos fuimos a Chihuahua. Recuerdo divertida el revuelo que causamos en la elegante tienda adonde fuimos en busca del traje de novia. Yo deseaba uno ya hecho para no entretenernos en la confección, pero el único disponible era para una novia de Ciudad Camargo. Resignadas a esperar el tiempo que tardarían en realizar el mío, elegí las telas y les di los nombres que debían ir en el lazo. Al escuchar "Francisco Villa", la empleada que nos atendió corrió a hablar con el jefe del departamento, quien inmediatamente vino hacia nosotras:

—Mil disculpas, señorita, no sabíamos de quién se trataba, es un honor servirlas. Si el traje de novia que buscan es como éste que ya tenemos listo, les ruego tengan ustedes la confianza de llevárselo, es suyo. La dama de Ciudad Camargo puede esperar.

Nos llevaron a un saloncito privado, nos ofrecieron bebidas frescas y pastelillos, y pronto una multitud de ojos curiosos de clientas y empleadas se asomó a la puerta, y oía yo que cuchicheaban: "Pancho Villa se va a casar, ésa es la novia". Y suspiraban, y entraban al salón con cualquier pretexto y nos sonreían.

El día 28 regresamos a San Andrés. En el mismo tren iba una orquesta y algunos amigos de Pancho invitados a la boda. En mi pueblo, que Pancho había puesto de cabeza, todo estaba listo y el ambiente era de fiesta. La víspera de la boda fuimos a la iglesia y el buen cura Muñoz le preguntó:

—Coronel, ¿se va usted a confesar?

Pancho lo miró por un instante y respondió:

—Mire, para confesarme necesita usted no menos de ocho días y como usted ve, todo está arreglado para que la boda sea mañana. Además, necesitaría tener un corazón más grande que el mío para decirle todo lo que el Señor me ha dado licencia de hacer, pero si gusta, póngale a montón que iguale, me absuelve y arreglados...

El cura se alejó sin querer oír más.

Al día siguiente, a las 11 de la mañana, nos casamos en presencia de los vecinos del pueblo y de los rancheros cercanos que en nutrida caravana concurrieron. Así, mi vida se fundió a la suya, mi suerte se encadenó a su suerte y, después de tantos años, aún me estremece la emoción de ese recuerdo. ¡Éramos tan jóvenes! Pancho tenía 33 años, yo sólo 24.

En nuestra boda se sirvió un poco de vino de mesa y abundantes aguas frescas. Pancho era abstemio total. Alguna vez lo vi tomar una cerveza, pero odiaba el alcohol y lo consideraba desgracia nacional. La alegría de aquella fiesta fue auténtica y nuestra dicha absoluta.

Tres días después mi esposo me dejó para ir a Chihuahua, pero antes de una semana mandó por mí.

"Te espero tren de hoy", rezaba el telegrama que llegó a mis manos muy temprano el día de mi partida. Llegó además con un recado del telegrafista donde indicaba que el tren me esperaría hasta en tanto no estuviera yo lista.

Abracé con fuerza a mi madre y, besándola con profundo cariño, me alejé del lado de los míos para vivir mi propia vida, tan llena de zozobra, pero entonces tan llena de luz y de esperanza.

En Chihuahua me esperaba mi esposo gallardamente ataviado tal como había imaginado yo al príncipe de mis sueños desde que siendo niña había visto a don Carlos Zuloaga, rico hacendado chihuahuense, luciendo el traje de charro. Y ahora mi sueño se realizaba viendo al hombre de mi vida con ese traje de paño negro muy fino, con botonadura de plata que lo hacía lucir como nadie. Una imagen verdaderamente inolvidable.[9]

Luz Corral vuelve de su ensueño cuando un mayordomo del hotel se acerca a ella trayendo té de pasiflora en una taza de porcelana sobre una bandeja de plata y un frasco de gotas amargas para la bilis.

—Tome usted, señora, lo envía mi patrona doña Manuela —le indica, inclinándose sobre ella.

Luz extiende su mano y toma la taza con un temblor que la hace sonar sobre el plato y la obliga a derramar un poco del ardiente líquido. Rechaza las gotas amargas, sopla suavemente en la superficie del té y lo sorbe con cuidado.

Manuela Casas, la señora del hotel entregado a Villa como obsequio del minero parralense don Rodolfo Alvarado,[10] conocía, como la mayoría de las mujeres de su época, las propiedades curativas de las plantas. El té de tila y de flor de la pasión o pasiflora eran el mejor remedio para calmar la angustia y adormecer el alma herida, ella bien lo sabía. Pero esa larga noche de velorio interminable, la pasionaria, ingerida por tres mujeres que algo tenían que ver con el mágico y sugestivo nombre de la flor, no consiguieron descansar, sino al contrario, despiertas, alucinaban y veían su cuerpo mecido por un viento suave, flotando a través del tiempo.

Todos los dolientes que bebieron de aquel té, excepto las tres viudas, durmieron aletargados, unos de pie, otros en los sillones o en el suelo y por un largo rato cesaron las lágrimas y los lamentos. Los rosarios y los cánticos de las piadosas damas de la vela perpetua, las terciarias franciscanas y las beatas catequistas a quienes tanto ayudó el general Villa cuando supo que daban atención espiritual a los niños por los que él tanto se había preocupado, se escuchaban claramente dentro de aquella sala funeraria, aunque venían de la calle y no cesaron en toda la noche:

Oh María, madre mía,
oh cosuelo del mortal,
amparadme y llevadme
a la patria celestial.

Fue una noche muy larga y muy triste en la que Austreberta, Manuela y la Güera Luz, gracias a los efectos del té de flor de la pasión en mujeres predestinadas, por un extraño designio más allá del entendimiento humano, a vivir atrapadas por la pasión amorosa durante sus años frescos, revivieron los días de contradictoria feliz angustia, de dolorosa alegría, de emocionado pesar, de esperas interminables e inenarrables congojas al lado del hombre de leyenda que yacía inerte frente a ellas. Su hombre, el de muchas mujeres y de ninguna, el hombre más famoso y popular de México y más allá de sus fronteras durante los últimos 12 años...

Luz se adormece, y en esa duermevela dialoga con ella misma: "¿Qué podría yo tomar para el olvido?", se preguntaba frente al espejo velado por la bruma en su recámara de la quinta Luz, la casona de la calle décima, construida por su esposo para ella.

Al lado de la imagen que en sueños la visita, reflejada, surge borrosa la de él, que le pregunta:

—¿Por qué me quiere olvidar, Güera? ¿No fue feliz a mi lado, no le di mi amor, no la llené de cosas hermosas? ¿No puse en sus manos a mis muchachitos cuando nuestra hija murió para que no estuviera usted sola y triste? ¿Qué le hizo falta, Lucita?

—Quiero olvidar mis dolores, Pancho; quiero olvidar mi frustración y mi rabia por tener que compartirlo aún muerto. Quiero olvidar que fue de otras, sus amores, su camino hacia el altar del brazo de otra y de otra y de otra... Quiero olvidar, Pancho; necesito olvido en el alma y paz en el corazón.

El torbellino interior de Luz Corral gira y gira lentamente. En aquella noche de duelo mira detrás de sus ojos entrecerrados los ojos negros y profundos, rodeados de oscuras ojeras, de Petra Espinosa, madre de Micaela, la niña ajena y amada como si ella, la misma Güera la hubiera parido; aparecen ante ella y se desvanecen rápidamente entre tules y azahares nupciales y surgen enseguida los de Agustín —el ansiado primer hijo varón de Pancho... y de otra mujer—, también profundos, penetrantes y vivos para reducirse en ese espacio mental hasta convertirse en dos puntos luminosos de los cuales emergen dos mujeres vestidas de novia del brazo de Pancho Villa, el novio, ataviado con traje de charro, de paño negro y tachonado de plata reluciente, tal y como se vestía el rico hacendado don Carlos Zuloaga.

La primera mujer que hizo latir apresuradamente el corazón de Doroteo Arango se llamó María Isabel Campa, de Durango. Fue su grande y único amor de juventud. Él tenía 17 años y ella 16 cuando tuvieron que separarse porque él salió huyendo de la Acordada después de haber dejado herido a Agustín López Negrete, hijo del patrón que atentó contra el pudor de su hermana intentando violarla.

Pocas veces pudo volver a verla, jurarle amor eterno y a darle palabra de matrimonio que se cumpliría tan pronto cesara su persecución y pudiera establecerse a la vista de todos en un lugar como Durango o Chihuahua.

Antes de lograrlo, María Isabel quedó embarazada y en 1898 dio a luz una niña. Dos años después murió la joven madre de los golpes que recibió al caer de un caballo. Tan pronto supo Doroteo de la existencia de su niña, inició una serie de regresos —apresurados, clandestinos— al lugar de su querencia, que continuaron aún después de muerta Marisa, como la llamaba él.

¡Cuánto penó por la desaparición de aquella mujer y cuánto amó a su hija ausente!

Los padres de Isabel se hicieron cargo de la niña y mes con mes recibieron puntualmente el dinero que el padre enviaba para su manutención, hasta el día en que Doroteo —ya con su nuevo nombre de Francisco Villa— fue por ella para enviarla a un internado para señoritas, fundado por las monjas del sagrado corazón en San Francisco, California, y luego la trajo a su lado y la entregó al cuidado de Luz, su mujer, cuando ésta perdió a su pequeña Luz Elena de año y medio de edad.

Aunque Reynalda era ya una adolescente al llegar de la mano de su padre a Chihuahua para vivir con su madrastra, la Güera la quiso mucho y lloró durante largos años su muerte, cuando la tuberculosis se la llevó en 1919 al regreso del exilio cubano, durante su estancia en San Antonio, Texas.

Habrían de transcurrir 10 años antes de que Villa volviera a pensar en el matrimonio. En malahora. A los 31 de edad y cuando el destino empujaba apenas sus pasos hacia los umbrales de la historia, Pancho se encuentra ya bien establecido en Chihuahua con un negocio de compraventa de ganado. Es entonces cuando pierde totalmente los estribos por Petra Espinosa, tres años menor que él, guapa, desinhibida y de cuerpo tentador.

Se casan en noviembre de 1909 y en septiembre del año siguiente nace la hija de ambos, Micaela.

Por esas fechas, ya Francisco Villa y Pascual Orozco habían sido incorporados al movimiento maderista por Abraham González, dirigente estatal del Partido Antirreeleccionista. Un año más tarde, precisamente en la madrugada del 20 de noviembre de 1910, en la plaza principal de un rancho llamado La Cueva Pinta, en las montañas de la Sierra Azul, no lejos de la capital de Chihuahua, el joven Villa, sentado al calor de las fogatas entre varios grupos de hombres, escucha el Plan de San Luis leído por uno de los miembros del partido...

Luz Corral se estremece en aquel su sueño revelador cuando ve a Pancho, jubiloso, llegar hasta el hogar que con Petra había formado para darle la noticia:

—Si vieras, vieja, qué feliz y orgulloso estoy de que me hayan considerado digno de ser parte de este movimiento. Don Panchito Madero, a pesar de ser hacendado y rico, ha sabido interpretar bien nuestros sufrimientos y nuestros sentimientos. En el Plan de San Luis ha expresado todo lo que debe hacerse para acabar con los siglos que llevamos sometidos al capricho y a los abusos sin fin de los patrones latifundistas de horca y cuchillo. Nomás le digo que al concluir la lectura del plan revolucionario, un grito formidable y unánime de todos nosotros repercutió en las montañas que nos rodeaban, y todos, con las armas y los sombreros en alto gritábamos: ¡Abajo el tirano! ¡Viva la libertad de los hombres! ¡Viva Francisco I. Madero!, y locos de entusiasmo nos abrazamos jurando morir antes que abandonar nuestra empresa.

Después se procedió a elegir a los jefes militares. Cástulo Herrera quedó como jefe del grupo, por haber sido cabeza del partido en la capital del estado. A mí me eligieron jefe de la primera compañía, con mando sobre 24 hombres: seis cabos con cuatro hombres cada uno, ¿cómo la ve? A partir de hoy soy el comandante Francisco Villa, nombrado por activistas revolucionarios muy serios y de profundas convicciones e inteligencia capaces de atraer a todo aquel que los escucha. Muchos más se nos irán uniendo sobre la marcha.

Pronto Villa se perdió en el torbellino revolucionario involucrándose más y más sin sospechar siquiera el papel protagónico que estaba llamado a desempeñar. Volvía al hogar siempre rodeado de gente y continuaba ahí, ajeno a la vida familiar, hablando de planes, de reclutamientos, de estrategias... Petra se limitaba a atenderlos y a estar pendiente de las órdenes del esposo. Su mundo real y prosaico de pronto se vio transformado por obra de lo que ella llamó desde entonces "la maldita revolución".

—Está usted como embrujado, Pancho; pos qué le dio don Abraham, que ya hasta de sus negocios particulares se ha alejado por andar en la bola. A su casa ya ni asiste, y si llega a venir, somos su hija y yo quienes no existimos para usted; éste, más que su hogar, es una extensión de su despacho —le reprochaba Petra con gran sentimiento.

—Usted es la que no entiende nada, Petrita; don Panchito Madero necesita de toda nuestra voluntad para trastornar el estado de las cosas en este país. No podemos fallarle. Ya vendrá el tiempo de vivir en paz y regresar a la tranquila vida civil. Ahorita ni me lo pida, mi compromiso es con la revolución.

Y Petra no dijo nada, ni volvió a quejarse ni a reclamar para sí o para su hija la presencia puntual y cotidiana del señor de la casa, que iba y venía, ordenaba desayunos, comidas o cenas para él y su comitiva en cualquier momento del día o de la noche y dormía pocas horas en el hogar.

Muy pronto el contingente al mando del activo Villa llegó a 600 hombres y fue considerada la tropa más disciplinada del ejército maderista.

La fama de Villa crecía con rapidez y un día corrió de mano en mano un ejemplar del periódico *El Tiempo* publicado en la Ciudad de México cuando Porfirio Díaz aún controlaba la capital, donde apareció un artículo titulado "Este don Francisco Villa", firmado por Ignacio Herrerías:

> Es el hombre más respetado entre los revolucionarios, que si quieren y obedecen ciegamente a Orozco,

> temen más a Villa porque saben que no se tienta el corazón para hacerse respetar.
>
> Se le atribuyen muchos delitos antes de haberse lanzado a la revolución, pero se asegura que desde que está en ella es el más honrado y el más recto, sobre todo impidiendo que su gente cometa abusos de ninguna clase.

El nuevo revolucionario dedicaba cuerpo y alma a la lucha, pero un día regresó intempestivamente a su casa, cuando Petra lo hacía a 100 leguas de distancia, y la encontró en la banqueta, platicando con uno de los oficiales bajo su mando. Al verlo llegar, Petra palideció y el subalterno, cuadrándose, le informó del motivo de su presencia:

—Fui enviado con el propósito de dejarle razón aquí con su esposa, mi jefe, para que tan pronto regrese, tenga a bien presentarse ante don Abraham González. Veo que ya regresó. Me retiro a dar parte.

Villa nada respondió y entró precipitadamente a su casa con una mordida en el corazón. Un par de días más tarde anunció que saldría para Bustillos y volvería en dos o tres semanas.

Dicen que regresó a los dos días y encontró al caballo del mismo oficial atado al poste frente al balcón de su casa. Afirman que no bien había entrado Villa, el oficial comisionado para llevarle las "razones" salió y se fue montado en su caballo a galope tendido. Aseguran que al poco rato, Petra salió sola y llorosa con una petaquilla en la mano. La chismografía local atribuyó el rompimiento a la sospecha de adulterio entre Petra y el oficial, pero de cierto nada se supo porque Villa jamás habló con nadie del asunto. Petra juró por todos los santos su inocencia y no se le llegó a conocer otro hombre, pero tampoco se le permitió volver a ver a la niña.

Se supo más tarde que a la niña se la llevó su padre a vivir con Mariana, una de las hermanas de Villa.

—Mi muchachita, Micaela... —repite Luz al verla nuevamente en sus sueños inducidos por aquel té maravilloso.

La segunda de las dos mujeres que desfilan por su mente alucinada es Asunción Villaescusa, madre de Agustín, mujer brava y ladina a quien el joven aprendiz de revolucionario salvó de la cárcel allá por 1912, cuando, acusada con otra mujer de haber envenenado a sus respectivos maridos, el pueblo entero de Santiago Papasquiaro obligó al juez a dictar sentencia sumaria condenándolas a morir en vida mediante cadena perpetua.

Villa había conocido a esta mujer años atrás durante su peregrinar a salto de mata por la sierra de la Ulama, que corre entre Santiago Papasquiaro y Tejame, allá en Durango, cuando huía de la Acordada, la policía más feroz de Porfirio Díaz.

Era ella hija única de agricultores adinerados, dueños de la hacienda de La Concha, que habían venido a menos a causa de monopolios del reducido grupo de hacendados protegidos del dictador.

Chona Villaescusa, casada por entonces con un maderero rico, zafio y pendenciero, le dio de comer y lo ocultó. No pasaron inadvertidos a los ojos del fugitivo los encantos de esa mujer, intocable para él por ser de otro, y porque aun a riesgo de su propia vida le había brindado refugio a espaldas del marido.

Con el correr de los años la vida dio un giro completo en contra de Asunción, que fue a parar con sus huesos en la cárcel acusada de homicidio en primer grado por haber matado a su esposo, con el agravante de que una cómplice, su comadre, la había ayudado y de paso, a su vez, ésta había mandado también al otro mundo a su propio marido.

Al conocerse la noticia de que Villa había vuelto a Durango y visitaría el pueblo de Santiago Papasquiaro, la mujer, con la remota esperanza de salvarse de la prisión le envía un recado pidiéndole "por el amor de dios y de María santísima" auxilio en su desgracia porque ya se siente sepultada en vida.

—Consulté con la divina providencia, comadre —dijo Chona a su compañera de celda— y le mandé recado al general.

—Si serás pendeja, Chona, ¿tú crees que andando tan alto se va'cordar de ti?

Encerradas en su estrecha celda las dos mujeres se truenan los dedos, se muerden los labios y caminan impacientes en el limitado espacio en espera de un milagro. Escuchan pasos que se acercan, oyen el sonido metálico de la llave que penetra, con un chirrido, en el candado y el golpe del aldabón al caer sobre la puerta.

De pronto, como una aparición, la figura de Villa, el general de brigada al que ya consideraba la voz del pueblo, "un santo para los pobres y un diablo para los patrones", se presenta en la celda:

—Recibí su recado, Chonita; claro que me acuerdo de usté; la deuda de gratitud de un fugitivo que recibe alimento y consideración de alguien es para siempre. ¿Qué puedo hacer por ustedes?

Tan aturdidas estaban las mujeres y tan maravilladas por la milagrosa aparición, que no reaccionaban. Una risita nerviosa atacó a la compañera de Asunción:

—¿Qué les pasa, muchachitas?, digan algo —ordena Villa desconcertado.

—Es que me gana la risa de ver a Chona pelando tamaños ojotes —respondió la mujer tapándose la boca con su mano derecha.

—Nos van a refundir en una crujía inmunda para siempre, don Pancho. Sálvenos; prefiero dejarme picar por los tantísimos alacranes que hay aquí en Durango pa'que de una vez me muera, que deatiro dejarme podrir en vida —responde Chona sin parpadear y como en trance por la aparición de Villa—. Pero si me salvo desta, ya le prometí al santo niño que me voy de monja, a pasar el resto de mi vida en un convento pa' rezar por la salvación de mi alma y la de tanto desgraciado que anda por el mundo, incluidos los dos cabrones, perdonando don Pancho, que nos tocaron por esposos a ésta y a mí —dice con vehemencia señalando con la mirada a su comadre.

—Cosa grave es matar, pero mandar al otro mundo al propio esposo es más grave todavía. Ya el juez dictó sentencia y los hombres del pueblo están enchilados, yo digo que con razón —responde Villa y agrega—: No creo poder hacer nada; mejor vayan encomendando su alma a dios. Nadie mata al marido por golpeador o por andar con otra. Para eso está la separación. No tienen ustedes perdón...

Chona mira de frente al general, posa tímidamente sus dos manos sobre los brazos fuertes del hombrón y le dice dejando caer despacio cada palabra:

—La verdad, ¿quiere usted saber la mera verdad, general? Si le pedí que viniera fue porque esta verdad no podíamos echarla así nomás a los cuatro vientos durante el juicio que además no duró ni la víspera... Y como bien sabe uno con qué clase de alacranes está tratando, no nos fuera a salir el tiro por la culata... Pero a usted sí le queremos decir la verdad, para que no nos juzgue mal. ¿Quiere saberla, general? Por ésta —le dice besando la cruz hecha con sus dedos— que no le vamos a mentir, verdad de dios que no. ¿Está dispuesto a escucharnos —pregunta insistente y sin esperar respuesta sigue adelante. Verá usted. Además de las golpizas que nos daban (a ésta, su viejo, y a mí el mío), además de sus exigencias y de la vida infernal a su lado que no podíamos remediar porque no teníamos ni la esperanza de recurrir al divorcio, ya que, como usted sabe, no existe en las leyes de Durango, teníamos la exigencia de nuestras respectivas familias de cargar con la cruz que nos tocó llevar a cuestas. Y estábamos resignadas, uno de mujer no debe abrir la boca. De modo es que las razones para que nos háyamos jugado la salvación del alma son otras y de mucho peso; ¿quiere saberlas?

Villa asiente retorciendo el extremo de su bigote con la unta de los dedos índice y pulgar y entrecierra los ojos en un gesto típico que taladra las retinas del interlocutor al tiempo que dice:

—Cuente pues, la escucho.

—Mire usté, general. Nuestros maridos mucho hablaban en contra de eso que nombran revolución: que si un rico de San Pedro de las Colinas, un tal don Pancho Madero, le iba a sonar a don Porfirio; que si don Abraham González iba a levantar la polvadera, que si nos iba a llevar la chingada por andar desparramando ideas en contra de los señores hacendados, porque nosotras vimos que algo bueno se estaba tramando, algo que perjudicaba a Porfirio Díaz y a su camarilla. Por culpa de ellos mis padres cayeron en desgracia, ¿cómo no estar a favor de quien componga tantísimos años de injusticias?

"Y supimos que andaban nuestros viejos espiando, llevando y trayendo chismes y juntándose con los pelones federales pa' desgraciar el movimiento contra el dictador acá en el norte. Por eso los matamos, general, porque eran enemigos de eso que nombran revolución. Yo digo que hicimos un bien a la raza, ¿usté que opina? Usté, general, pasó a fastidiar a los Terrazas, dueños de medio Chihuahua cuando les pegó en la hacienda de los Álamos. ¡Caray!, lo tarugos que hemos sido, apenas si se puede creer. Dicen que ellos solitos son dueños de seis millones de hectáreas en el estado, y que en ese terreno cabrían tres países completitos del otro lado del mundo, que nombran Holanda, Suiza y Dinamarca. Pos cómo no iba a ser de justicia que usté les cayera encima. Cómo va a ser que todo para ellos y nada para los demás. Usté, don Pancho, les quitó nomás tantito, y ya se supo que con el dinero que le pagaron por el ganado que se agenció, compró ropa y alimentos para nuestra gente, ¿cómo, pues, no vamos a estar con usté y a chingar, con perdón, don Pancho, a los traidores que lo quieren amolar? Ya no puede librarse usté de la adoración de la gente; por primera vez en nuestra pinche existencia alguien da la cara por los jodidos; ¿cómo no estar de su lado?"

Sin moverse de donde estaba y después de un largo silencio, Villa asintió con la cabeza, nada respondió y sólo dijo entre dientes antes de salir por donde había entrado:

—Asosiéguense, muchachitas; nos vemos luego.

Cuando volvieron a verse, es decir, al día siguiente, Chona y su comadre ya estaban libres. Por la noche, en casa de Epitacio Múzquiz, rico agricultor y dueño de la fábrica de pinole más importante de Santiago Papasquiaro, se ofreció una gran fiesta en honor del duranguense cuyo nombre andaba ya en muchas bocas y que honraba al pueblo con su presencia.

Sería un plan prefabricado, sería el destino, conjunción de los astros o cosas del amor, que surgen entre hombres y mujeres cuando todo es propicio, el caso es que después de los juegos de salón, la música, el baile y la cena, todos los comensales salieron a ver la lluvia de estrellas, fuegos de artificio con que el cielo obsequia a los mortales de vez en cuando. Todos menos Villa y Asunción, quien llevando la fiesta a otro lado preparó un agasajo a fin de mostrarle al general las dimensiones de su gratitud por haberla librado de la cadena perpetua, ahí nomás, al abrigo de una troje medio destechada a través de la cual podía verse la lluvia de estrellas...

Esa noche fue concebido Agustín.

Luz no conocía esa historia, pero ahora, bajo los efectos del té de pasionaria, se le reveló con la misma claridad que si hubiera estado viendo la historia de una película. Nunca conoció a Asunción, y dos años más tarde, cuando la madre de ésta fue a entregarle a Agustín porque su situación económica era precaria, supo que al año de nacido el niño, Chona cumplió su promesa e ingresó en un convento. Años después la mandaron de misionera a la selva guatemalteca y nunca volvieron a saber de ella.

Dicen que la monja que todas las noches se aparece en la torre izquierda de la catedral de Durango es el ánima de Asunción que vela por Villa, el padre de su hijo, el único y verdadero amor de su vida.

Notas

(1) Antonio Vilanova, *Muerte de Villa*, México, Editores Mexicanos Unidos, 1966, p. 92
(2) Ibid., p. 94
(3) Luz Corral, *Pancho Villa en la intimidad*, Chihuahua, Centro Librero La Prensa, SA de CV Editores, 1977, p. 242. Se ha tratado de mantener el estilo coloquial de la autora en la obra citada, agregando, en los párrafos pertinentes, expresiones fuertes, propias de su vocabulario.
(4) Ibid., p. 14
(5) Ibid., p. 117
(6) Ibid., p. 118
(7) Martín Luis Guzmán, *Memorias de Pancho Villa*, México, Compañía General de Ediciones, SA, 1975. pp. 99-101. Tomado de las memorias personales que el general Villa dictó a Manuel Bauche Alcalde, director del periódico *Vida Nueva*, bajo el gobierno de Villa en Chihuahua.
(8) Documento recopilado por el ingeniero y coronel Federico M. Cervantes y publicado en *El centenario del nacimiento de Francisco Villa*, México, Biblioteca del Instituto Nacional de Estudios Históricos de la Revolución Mexicana, 1978, p. 33
(9) Luz Corral, *op. cit.*, p. 24
(10) Antonio Vilanova, *op. cit.*, p. 26

Entre los escombros de mi alma búscame,
Escúchame.
En algún sitio mi voz, sobreviviente, llama,
Pide tu asombro
Tu iluminado silencio.

¿Es que hacemos las cosas sólo para recordarlas?
¿Es que vivimos sólo para tener memoria de nuestra vida?

Jaime Sabines

La Güera, viuda de Villa, parpadea como si volviera de su visión, pero continúa su mente alucinando. La imagen doble producto de su ensueño avanza hacia el altar por el pasillo largo, muy largo de la nave central de la catedral de Chihuahua. En las bancas, la tropa de pie presenta armas y escucha con atención la voz paternal y severa de su jefe que se dirige a ellos:[1] "Nunca hagan violencia a las mujeres. Llévenlas a todas al altar, que al fin y al cabo los matrimonios por la iglesia no obligan a nadie y de este modo no se privan ustedes de su gusto ni las desgracian a ellas. Ya me ven a mí, tengo a mi esposa legítima ante el juez del Registro Civil, pero tengo otras, también legítimas ante dios o, lo que es lo mismo, ante la ley que a ellas más les importa. Ninguna, pues, tiene que esconderse ni de qué avergonzarse, porque la falta o pecado, si los hay, son míos.

"Y no se les olvide que ningún hombre puede abusar de una mujer si ella no lo permite, la matará a golpes si no accede, pero no logrará nada. Las mujeres se van con los hombres porque ellas quieren irse, no porque se las roben.[2]

"Dicen que yo me he robado mujeres, pues sepan ustedes que no me las robo, ellas se han ido conmigo por su voluntad."

Las imágenes se desvanecen para dar lugar a la presencia viva, tangible —¿cómo dudarlo si podía verlo frente a ella? — de Pancho, su esposo, el hombre que tanta felicidad y tanta desdicha le había dado durante tan pocos años.

—Ya se me está entristeciendo otra vez, Güera, ¿no quedamos en que se terminaron las tristezas y los sustos y ahora se trata de vivir en santa paz? —pregunta Villa con voz suave que se desvanece junto con él.

Vuelve Luz a ver el lecho seco del río Chuvíscar que corre por la capital del estado, no lejos de su casa, la quinta Luz, el hogar edificado sobre sueños, y se ve a sí misma de rodillas orando en la capilla decorada con maderas preciosas de la Huasteca potosina, trabajada con maestría por Jorge Unna, ebanista de origen alemán radicado en San Luis Potosí que viajó con seis de sus mejores carpinteros hasta la capital norteña para complacer a la señora esposa de Francisco Villa.

Ahí, de rodillas ante su altar privado, pasó Luz muchas horas implorando al cielo protección para el general. Ahora su mente la lleva de regreso al día en que rogaba a la corte celestial el auxilio urgente para librar del presidio y de la muerte al esposo...

—Señor san Andrés, santo patrono de mi pueblo, acompáñame en el viaje que voy a emprender para salvar a mi marido de la cárcel. Tú sabes bien cuál es la verdad, tú sabes de la enorme injusticia que iba a cometer el chacal Victoriano Huerta al ordenar la ejecución de mi esposo dizque por insubordinación y robo de una yegua, cuando tú y yo y toda la gente que rodeaba a Pancho en el regimiento sabemos la verdad. No quiero ni pensar que se está cumpliendo la predicción que me hizo la gitana allá en mi pueblo: "Donde quiera que vaya Pancho Villa crecerá la envidia..."

Por envidia a él, Orozco quiso involucrarlo en la felonía contra el señor Madero, y ahora esto. Sé bien que Huerta es un pervertido, que no tolera tener a su lado a un hombre del arrastre y la personalidad de Pancho, pero haber desestimado sus triunfos y haberlo mandado fusilar es más de lo que creí capaz.

Ciudad Jiménez es un pueblo lánguido en las orillas del semidesierto de Chihuahua. Sus casas son viejas y pobres, con balcones hasta el suelo y rejas por las que noche tras noche platican los novios y se acarician, limitados en los excesos de su ardor por los barrotes de hierro que garantizan la tranquilidad de los amos de la casa.

El aspecto abandonado y melancólico de la mal llamada ciudad, que apenas llega a pueblo de unos 20 mil habitantes, se anima un tanto hacia el fin de semana. La vida cotidiana transcurre monótona y, sin sobresaltos, gira en torno a las actividades religiosas. Las beatas salen al rosario por las tardes y cuentan chismes; los niños, después del catecismo, se revuelcan en la tierra jugando a las canicas, o levantan nubes de polvo jugando a "los encantados" o a "la rueda de san Miguel" bajo la luz mortecina de los faroles callejeros. O, con el oído alerta, escuchan las historias de los mayores que se mecen en sus poltronas, mientras toman el fresco de la calle, recién regada al anochecer, en las banquetas. Se habla de espantos, de aparecidos o de las increíbles historias de Villa, que una noche se retira a dormir en un punto de la sierra Tarahumara, y a la mañana siguiente aparece a 700 kilómetros de distancia donde nadie lo esperaba.

Afirman que no es humano. Juran por todos los santos que es un espíritu redentor de los pobres puesto aquí en la tierra para hacer el bien y ajusticiar a los ladrones explotadores del pueblo. Se habla de las antiguas haciendas donde penan los fantasmas de los conquistadores españoles arrastrando cadenas por la eternidad, por haber despojado de sus tierras a los indios para adueñarse de todo el territorio rico en metales preciosos. Se afirma tener conocimiento de entierros de plata y oro que anuncian su presencia con llamas vivas en el lugar preciso donde vieron con sus propios ojos a uno que cayó muerto cuando quiso escarbar, y a otro que después de romper tres picos y dos palas tuvo que renunciar a la "escarbación".

Gustan de las historias catastróficas, de bigamias y adulterios, de crímenes pasionales y de milagros nunca vistos. Repiten y repiten el milagro de las lágrimas de sangre derramadas por el Cristo de la misión tarahumara y de la muchacha a quien sonrió el santo niño del desierto.

En los días de guardar, la fiesta del pueblo arroja un poco de luz por las apacibles y sombrías calles en torno a la plaza principal, cuando se instalan los cohetes en las torres de la parroquia y los niños esperan ansiosos la oscuridad para presenciar el espectáculo increíble, el estallido de la pólvora en luces de artificio mientras chupan pirulís llenos de tierra, la que levantan ellos al patearla nomás, por diversión, y la que eleva el huracán de jinetes recién llegados de las rancherías aledañas para disfrutar del espectáculo multicolor.

Después de "la pólvora" y al son de la banda municipal instalada en el kiosco, los rancheros se animan y bailan, unos con los pies descalzos; otros, con el guarache de llanta y bien pegado el rostro lampiño al cachete sudoroso y colorado de su pareja, tan harapienta como el afanoso bailarín que ya ebrio, hace su lucha por conseguir más tarde algún favor especial de su acompañante.

Frente a la parroquia, del otro lado de la arbolada plaza de armas, el palacio municipal yergue su sencilla fachada. En los otros dos costados, casonas típicas de la época colonial, austeras, con tres ventanales a cada lado del portón de madera tallada enmarcado en cantera, dejan ver a través de un cancel de gruesas rejas los patios cuadrangulares llenos de macetas floridas. En ellas viven los "principales" de la región: los hacendados, quienes además de la casa grande de la hacienda, mantienen una casa en el pueblo y otra en la capital del estado; viven también ahí los comerciantes y las autoridades, es decir, la gente "de razón", incapaz de mezclarse con quien no es de su clase.

Ellos participan desde lejos de las celebraciones del pueblo. Prefieren organizar su fiesta aparte. En la huerta, si la noche está buena, se sirven refrescos, rompope y aperitivos a las damas. Sotoles, aguardientes y whiskies a los caballeros, que se reúnen para arreglar el mundo. Hablan de la añorada paz porfiriana y la probable creciente del río Conchos; de lo poco que vale el dinero y de la conveniencia de enviar oro y familia a los Estados Unidos, "al otro lado".

Después se sirve la cena en el comedor principal, oportunidad única para lucir la porcelana de Meissen y el cristal de Baccarat, traídos de París por los abuelos, cuando eran dueños de las tres haciendas; los cubiertos de Christoffle y la mantelería de China. El café y los licores se ofrecen a los señores en el salón de juegos, donde se organizan las mesas de dominó, de ajedrez y de billar, mientras las damas, en la sala principal llena de tapetes chinos y persas, cortinajes de terciopelo, espejos franceses y muebles austriacos, practican una actividad favorita de las mujeres, pueblerinas o no: la maledicencia.

Los óleos ovalados con la imagen del abuelo liberal que luchó al lado del benemérito por la causa de la Reforma y del otro abuelo imperialista que se batió por la causa de los conservadores, comparten los largos muros con el enorme lienzo del divino rostro, el retrato de bodas de los padres y la gran fotografía familiar donde el padre, la madre y los 12 o 14 hijos se muestran satisfechos de haber cumplido como dios manda formando una familia cristiana donde un hijo cura y una hija monja constituyen la gloria y la honra del hogar, un hijo militar equilibra el fiel de la balanza, un hijo poeta sale al quite en los momentos de aburrimiento de los convivios sociales y un par de hijas solteronas, de bigote y cejijuntas vinieron a ser la bendición de sus padres, el báculo de su vejez, pues verán por ellos y permanecerán a su lado hasta no cerrarles los ojos.

Toda esta galería es testigo perpetuo de los chismes de actualidad, de las negaciones de futuros noviazgos y anheladas alianzas; de los preparativos de la próxima fiesta de caridad y de la "bajada" de la santísima virgen del perpetuo socorro para la procesión anual. Se sortean los cargos diversos para el arreglo del altar, del traje de la virgen, la limpieza de las joyas de su corona y de las santas sandalias. Las madres estiran el cuello y alargan la vista en busca de las parejas que, urgidas de intimidad, desaparecen en busca de la complicidad de las sombras de la veranda de la huerta para besarse.

En una de esas reuniones de los principales de Ciudad Jiménez, ofrecida en honor del general Victoriano Huerta y el brigadier Francisco Villa, quien llegaba después de una serie de triunfos espectaculares en contra de Pascual Orozco y había pasado ya por Valle de Allende y Parral entre aclamaciones, ramos de flores, coronas y guirnaldas,[3] compartió Villa esta gloria con su superior, el general Rábago, creyendo que así no despertaría los celos de éste ni los de Huerta.

No tuvo que esperar mucho para conocer el resultado de su inútil precaución.

Esa noche Pancho fue asediado —dada la fama de seductor de que gozaba— por las mujeres más bellas de la fiesta, en un frenesí femenino que lo acosaría toda la vida. Entre ellas se encontraba Piedad Nevárez, joven debutante e hija de un acaudalado ganadero de la próspera y naciente Ciudad Delicias que había viajado a Ciudad Jiménez especialmente para asistir a la fiesta en honor de los generales victoriosos.

Apenas la descubrió, Huerta le dedicó durante las primeras horas de la noche sus miradas más ardientes, que crecían en intensidad conforme las copas se sucedían, pero no eran correspondidas por la guapa muchacha a quien repugnaba el general.

Piedad, a su vez, miraba con insistencia hacia donde estaba Villa, lo buscaba y se hacía la encontradiza mientras él bailaba con otras pieza tras pieza, ignorándola, dándose a desear. Tan pronto Piedad queda libre, Huerta se acerca a ella, hace una leve caravana y sin esperar su asentimiento, la toma de la cintura y la conduce al centro del salón para iniciar el vals que interpreta una orquesta de cuerdas. Ella busca por encima del hombro de su pareja los ojos de Villa. Termina la melodía y se escucha la orden:

—Tengan la bondad de pasar al comedor; la cena está servida.

Y hacia allá se dirigen. Del brazo de Huerta, la señora de la casa. Del de Villa, una hermana soltera de la misma.

Se acomodan en la enorme y espléndida mesa 28 comensales. Los candelabros resplandecen. Se inicia el servicio.

Piedad, desde el lugar opuesto al de Pancho, eleva su copa y disimuladamente brinda con él, quien corresponde también con discreción, mientras Huerta, para quien nada pasa inadvertido, los vigila a través de sus gruesos lentes empañados ya por el sopor etílico y el disgusto de no verse aún correspondido.

—Pasemos al salón a tomar el café —sugiere la anfitriona al final de la cena.

—Caballeros, las mesas de dominó esperan —anuncia el anfitrión.

—Discúlpenme un momento —murmura Villa, quien poniéndose de pie y retirando su silla, desaparece.

—¿Me excusan un instante? —solicita Piedad sin importarle las miradas condenatorias de las señoras, y se escabulle hacia la veranda de la huerta, donde ya la esperaba Pancho.

A Pilar le habían contado que Villa las volvía locas, que era irresistible, que caían en sus brazos como moscas. "Ah dio, ¿tanto así será?", se preguntó aquel día, antes de asistir a la celebración. Y ahí estaba. Loca en efecto por encontrarse a solas con Villa. Nomás para tantearlo, para echar una platicadita, no para otra cosa.

En busca de la complicidad de la sombras nocturnas, la pareja se interna en la espesura de los setos y se entrega, sin palabras, sin preámbulos y como atraída por una fuerza irresistible a los excesos devastadores de esa loca y súbita atracción.

¿Cuánto tiempo transcurrió? Apenas el necesario para que las tazas de café se enfriaran en las mesitas de los respectivos salones donde ya se comentaba, detrás del abanico o con el puro en los labios y entre dientes, el atrevimiento de Villa y el descaro de Piedad.

—¿Dónde andará el brigadier, mi general? —preguntó a Huerta ladina y provocativa una de las invitadas.

—No soy pilmama de mis subalternos —respondió tajante sin levantar la mirada de la mesa de juego y agregó—:

ese garañón no piensa más que en la guerra y en las mujeres, ya aparecerá por ahí.

—Habla usted como un puritano, general —le respondió ella.

Huerta no contestó.

Y en efecto, los perdidos aparecieron poco después. Con el cabello desordenado, Piedad pasaba sus dedos por el escote de vestido tratando de que todo estuviera en su lugar. A su lado, el furtivo acompañante la encaminó hacia el piano donde ya un grupo numeroso rodeaba a la pianista que se disponía a interpretar una pieza.

Dirigiéndose a Villa, la artista lanza tres palabras que caen como latigazos en los oídos de Huerta:

—Para usted, general —e inicia un nocturno de Chopin.

Huerta, que esperaba fueran para él todos los honores, se despide rápidamente sin disimular su enojo y se marcha antes de que termine la pieza musical. Pancho, con el brazo echado al hombro de su pareja, encantado del asedio de las muchachas y halagado por la pianista, permanece en aquella fiesta de la cual nadie parece desear retirarse.

Antes de volver a su cuartel, Villa manda a dos subalternos en busca de unos músicos para llevar serenata a Piedad.

—No puedo apartarla de mi mente, chula; prométame salir a pasear conmigo mañana —suplica prendido a los barrotes del balcón cuando ella se asoma. Eran las tres de la mañana y el frescor de la madrugada, con su rocío leve, mantenía bien alerta a los románticos trovadores que por órdenes de Villa debían dedicarle a su dama en turno lo más inspirado de su repertorio.

Y mientras los enamorados preparaban sus planes para el día siguiente, la luna trepadora recorría lentamente uno a uno los barrotes de la reja de la ventana y alumbraba con pálida y blanca luz los rostros de los músicos, las guitarras, el violín, el acordeón y el contrabajo que no paraba de tocar.

> De la sierra, morena, yo vengo;
> de la sierra, buscando un amor.
> Es morena la chata preciosa
> que vengo buscando, pues se me juyó.

Villa sabía muy bien qué canciones calaban hondo en los corazones femeninos, y le cantaba al oído a Piedad, a través de los barrotes de la reja sin soltar su mano.

—¿Otra pieza, chula? —inquiría con voz ardiente el galán sin intenciones de retirarse.

—Mejor ya cierras la ventana, niña, que tu 'apá ya anda como tigre por el patio; no te vaya a ir mal —suplica la nana.

—Qué va; si supieras tú cómo me fue ya —responde cínica y sonriente Piedad al tiempo que desprende su mano derecha del barrote donde la aprisionaba Pancho para lanzar con la punta de los dedos un beso al enamorado—: Mañana a las siete, ándele, váyase a dormir un ratito para que reponga sus fuerzas —agrega ahogando una ligera risita burlona.

Después del toque de diana y de pasar revista a la tropa, Villa sale del cuartel con una briosa yegua fina tomada al enemigo y un impetuoso caballo alazán. Piedad lo espera fuera de su casa con ropa de montar, chaparreras y sombrero tejano. Monta el caballo que se le ofrece. Sabe hacerlo y posee una fama bien ganada de ser la mejor amazona de la región. Al trote primero y a galope tendido después, parten rumbo al monte hacia una caverna muy conocida por Villa desde sus tiempos de fugitivo.

Lejos de las presiones de sus respectivos mundos, de las prisas de la noche anterior y ajenos a cuanto allá a lo lejos pudiera ocurrir, la joven pareja vuelve a entregarse frenéticamente a la pasión que los abrasa desde el mismo instante en que sus miradas se encontraron.

—Quiero casarme con usted hoy mismo, chula —propone Villa sofocado.

—Está usted loco; jamás lo permitirán mis padres. Con la fama que tiene usted de seductor...

—Entonces de aquí nos vamos a la parroquia a buscar un cura, porque yo no la dejo ir así nomás. ¿Qué dice? ¿Se arriesga?

—¿Que no fue suficiente con la demostración que le acabo de dar mi general? —responde Piedad fingiéndose ofendida por la duda.

El matrimonio se celebró a las dos de la tarde, después de la misa de una y media, rápidamente y sin mayor trámite. El resto del día lo pasaron en una discreta habitación del Charley-Chi, único hotel del pueblo, donde Villa era bien conocido. Desde ahí enviaron una nota con la noticia a los padres de Piedad.

Con los primeros rayos del sol del día siguiente, Villa tuvo que despedirse de su nueva esposa para presentare al toque de diana en el cuartel y entonces se dio cuenta de que su yegua fina había desaparecido.

—Mi general —informa el brigadier al general Huerta cuando se reporta ante él para recibir órdenes—, supe que un capitán del ejército se llevó una yegua que pertenecía a unos enemigos nuestros. Quiero que me haga usted el favor de darme una orden para que se me entregue.[4]

—No necesita usted ninguna orden mía para eso. Mande que le entreguen la yegua, téngala quien la tenga —respondió de mal modo.

Y así se hizo, la yegua fue devuelta pero Huerta vio en el incidente una oportunidad para vengar la ofensa de la noche anterior cuando Villa, sin enterarse siquiera de los devaneos de su jefe, le había ganado la partida en el galanteo.

Al día siguiente, en el mismo cuarto del hotel Charley-Chi, Piedad frotaba con alcohol el cuerpo de su esposo y lo cobijaba para provocar una cura de sudor que haría descender la fiebre.

—Ahora sí, mi jefe, dése preso; de aquí no lo dejo salir mientras no se encuentre bien —amenazaba Piedad mientras lo envolvía con los brazos tendida a su lado.

Cuando se hallaba el enfermo en lo más copioso del sudor, se presentan un mayor y un capitán que se cuadran ante él. El primero le transmite la orden:

—Dice mi general Huerta que pase usted enseguida al cuartel general.

Piedad se les enfrenta:

—Díganle ustedes al señor general Huerta que el general Villa está enfermo y lo tengo en sudor.

—Usté no se meta, Piedad, esto es asunto mío. Ahorita mismo obedezco —responde Pancho disponiéndose a levantarse de la cama sobre la que salta su mujer y lo abraza:

—No, señor —insiste enérgicamente—, no se me va a mover usted ni un milímetro, porque no se lo voy a permitir, ¿o quiere pescar una pulmonía?

—Ya ven ustedes cómo me encuentro —dice el enfermo a los oficiales—. Si el asunto es urgente, me levanto enseguida. Si no, díganle a mi general que iré a verlo a primera hora mañana por la mañana.

Los emisarios se marchan. A la mañana siguiente el hotel se encuentra rodeado de soldados, dos baterías apuntan hacia la puerta de la habitación de los recién casados y un teniente coronel, aún con la sorpresa en el rostro, se introduce en ella para explicar al enfermo que el general Huerta le había advertido sobre una posible sublevación del coronel

Villa, "para que tomara las providencias necesarias". Por eso estaba ahí, sitiándolo y ordenándole entregarse.

Envuelto en una cobija y sin más compañía que su asistente, se presenta el detenido en el cuartel.

—Buenos días, mi general —saluda a Huerta.

—Buenos días, señor general —responde lacónico Huerta y sale de su oficina.

Después entran dos coroneles que ordenan a Villa:

—Entréguenos sus armas, de orden superior.

Villa no entendía lo que estaba ocurriendo y sólo advertía cómo a sus costados se iba formando una escolta. Lentamente desabrochó su cinturón y entregó las pistolas. Luego, escoltado, fue obligado a marchar hacia un patio que no veía con claridad a causa de la debilidad y del mareo que lo aquejaban, pero sin preocupación por lo que consideraba un malentendido que pronto se resolvería.

Mareo y debilidad desaparecieron de golpe cuando vio, formado y listo para ejecutar las órdenes, a un pelotón de fusileros ante el cual le ordenan colocarse así nomás, sin motivo alguno, sin conocer alguna razón, nada más porque sí.

—Yo no soy traidor ni un enemigo enmascarado, ni siquiera un prisionero —pensaba Villa—. ¿Por qué me tratan entonces de este modo?

La aflicción ahora lo ahoga y continúa sus cavilaciones ante lo que considera su asesinato inminente.

—Estos señores que aquí mandan representan al gobierno del pueblo, por cuya causa yo combato desde hace dos años como hombre revolucionario. Y como son ellos los que me van a matar, columbro que los intereses del pueblo no están ya en manos de quienes los defienden, sino en manos de enemigos.

Con la voz quebrada por el miedo y la decepción, Villa pregunta al coronel responsable del fusilamiento:

—¿Quiere usted decirme por qué me van a fusilar? Si he de morir, al menos tengo derecho a saber por qué. Yo he sido un fiel servidor del gobierno, he pasado trabajos con ustedes, he corrido peligros. Creo justo que por lo menos me digan la causa de que yo muera fusilado...

Las lágrimas le impiden seguir. Lágrimas de dolor por verse tratado de ese modo, por la ingratitud de sus compañeros. Lloró Villa en aquel momento lágrimas de amargura, de desamparo, de impotencia y de una inmensa desilusión. Se quebró su voz, tragó sus lágrimas y pensó: "si he de morir, será sin darles el gusto de ver que me estoy quebrando".

—Es orden superior —fue la respuesta del coronel.

Villa los mira interrogante, como deseando adivinar de quién venía la orden superior, cuando escucha la voz de otro coronel:

—Un momento, compañero; no lo fusile todavía. Espere que hable yo con mi general Huerta.

Pasados unos minutos vuelve con el desaliento en el rostro y en la voz:

—Mi general Huerta manda que se cumpla la orden.

Entonces aparece un viejo maestro y amigo de Villa, el teniente coronel Rubio Navarrete, quien avisado de la apurada situación interviene:

—¡Un momento, señores, un momento! Dejen que yo hable con el general Huerta —ordena y corre hacia el cuartel.

Los minutos de tensión se agotaban rápidamente llevándose las pocas esperanzas de que la orden fuera revocada.

Corriendo, como se había ido, regresó Rubio Navarrete:

—Que suspenda la ejecución —gritó desde lejos temiendo no llegar a tiempo para detener el bárbaro cumplimiento del asesinato aquél—. Por orden del presidente Madero se suspende la ejecución.

Villa mientras tanto, viéndose perdido, había comenzado a regalar su reloj y su dinero a los soldados del pelotón que lo iba a ejecutar.

Rubio Navarrete se acerca a él, lo toma de un brazo y lo conduce hasta donde se encuentra Huerta.

—Mi general, ¿por qué manda usted que me fusilen? —pregunta el reo—. ¿Acaso no he sido hombre fiel para ustedes y para la causa? ¿He cometido algún acto fuera del cumplimiento de mi deber?

Y ante aquellas palabras merecedoras de una respuesta franca, Huerta contesta lacónicamente y con altanería:

—Porque así lo requiere el honor militar. —Y volviendo la espalda, se retira.

Poco después se informa a Villa de su traslado a México por tren para ser juzgado por un consejo de guerra y que se le concede el derecho a despedirse de la tropa que había estado bajo su mando, la cual será formada frente al carro de ferrocarril en el momento que él lo aborde.

En la estación de Ciudad Jiménez, Piedad, que había sido informada puntualmente de todo lo acontecido a su esposo, esperaba con ansia la llegada del famoso prisionero a quien nunca volvería a ver.

Nueve meses más tarde habría de nacer Águedo, un niño robusto de cabello rojizo como el del padre. La bella madre moriría en el parto.

Notas

(1) Ettore Pierri, *Pancho Villa, la verdadera historia*, México, Editores Mexicanos, S.A., 1978, p. 51

(2) Antonio Vilanova, *Muerte de Villa*, México, Editores Mexicanos Unidos, 1966, pp. 31-32

(3) Rubén Osorio, *Pancho Villa, ese desconocido*, Chihuahua, Ediciones del Gobierno del Estado de Chihuahua, 1993, p. 52

(4) Martín Luis Guzmán, *Memorias de Pancho Villa*, México, Compañía General de Ediciones, SA, 1975, p. 147

He mirado a estas horas muchas cosas sobre la tierra
y sólo me ha dolido el corazón del hombre.

Jaime Sabines

En el estribo del vagón —cárcel donde viajaría durante tres días hasta la capital del país— Francisco Villa observaba conmovido a toda aquella gente que con él había vivido largas horas de combate y con él como jefe había soportado hambre y sed, penas inmensas, muerte de sus compañeros y alegrías indescriptibles en las horas de triunfo.

Sacudido también por la más profunda emoción veía cómo en los ojos de la gente relampagueaba la ira al verlo colocado en tan injusta situación, y a duras penas contuvo las lágrimas para dirigirse a ellos diciendo:[1]

—Soldados de la libertad: la gratitud mía para ustedes es cosa que yo no podría expresar con palabras. Ustedes me han acompañado en todas mis penalidades y han batallado junto conmigo por servicio de la causa del pueblo: han sido buenos soldados y leales amigos. Ignoro la suerte que me espere pero cualquiera que mi destino sea en estos momentos, yo les recomiendo la fidelidad al señor Madero, pues ése es el camino que yo les he enseñado. Reciban con esta despedida mía la expresión cariñosa de mi gratitud y recuerden siempre cómo los ha querido su jefe, que los abraza a todos.

Luego ordenó que le trajeran su caballo ensillado para enviárselo así al coronel Rubio Navarrete, el fiel amigo que le había salvado la vida. También le envió su espada, a la que tanto afecto le tenía. Y pensando aún lo poco que daba a cambio del milagro de estar vivo, en plena marcha del tren y colgado del estribo, gritaba Villa a su maestro en el arte de la guerra:

—¡Considere también suya la casa que tengo en Chihuahua... tan pronto pueda le mandaré las escrituras...!

Su voz se apagó con el estruendo de la máquina que, tomando velocidad, aceleró su marcha rumbo al sur.

Desde el estribo, Villa veía alejarse el polvoso paisaje y se preguntaba:

—¿Estaría en mi destino que después de haber combatido a tantos federales y de haber deseado tantos hombres federales mi muerte, viniera a deber mi vida a un hombre federal de mucho ánimo y muy grande pericia, y no a un hombre revolucionario?

En aquella primera División del Norte al mando de Huerta había hombres de la federación y hombres revolucionarios para combatir la revuelta del traidor Pascual Orozco. ¡Qué paradójico encontraba Villa todo esto! Rubio Navarrete estaba ahora al servicio de la federación, por lo cual Villa le debía la vida a un federal, de los fieles a Madero, claro está.

La marcha del tren, con todo y su amarga razón, fue para el prisionero una larga cadena de sorpresas que dejaron en su ánimo, tan deprimido y golpeado, la certidumbre de la bondad de su lucha y de que la razón estaba de su lado; de que, si todo para él iba a concluir con ese viaje, la etapa que él había protagonizado había sido —ahora lo veía claro— gloriosa.

"¡Viva Francisco Villa! ¡Muera el traidor Orozco!", era el grito a lo largo del camino que concluyó tres días después.

En el andén de la estación en la Ciudad de México esperaban al famoso reo una gran cantidad de periodistas entre los que Villa pasó silencioso, nada quiso responder a sus preguntas.

Más tarde, en la celda donde lo recluyeron, una crujía de alta seguridad hecha de cemento blindado y sin más mobiliario que un excusado abierto y un catre de parrilla de fierro, el general brigadier Francisco Villa pensaba para sí con profunda tristeza:

—En otros años, luchando con los representantes de la llamada justicia, di muerte a muchos hombres para salvar la vida y defender mi honor. Entonces peleaba yo contra todos, pues ni para ganarme el sustento me dejaban en paz. Pero es lo cierto que aquellos enemigos míos de entonces no lograron nunca tenerme encerrado en una cárcel, como lo logran éstos de ahora, o sea, cuando la justicia ha venido a ponerse de mi lado gracias a la lucha de los hombres revolucionarios que combatimos por la causa del pueblo.

Era triste para Villa pensar aquello, pero era verdad.

El santo señor san Andrés concedió a Luz la gracia solicitada ante el altar de su residencia "La quinta luz", y allá a la Ciudad de México llegó la Güera, con su hija Luz Elena de tres meses, para estar al lado de su esposo prisionero; pero todavía habría de padecer largos días de gestiones, interrogatorios, revisiones y condicionamientos antes de obtener el permiso para ver al prisionero. Finalmente la voluntad indomable de la Güera lo logró. Iba ella dispuesta a hacer no importaba qué con tal de liberar al esposo de la injusta situación en que se hallaba.

—Mire, Pancho, conozca a su niña, tómela en sus brazos— le dice dulcemente en cuanto lo ve y agrega—: dígame a quién recurro, qué debo hacer; permítame ayudarle, para eso estoy aquí.

—Le suplico que no le vea la cara a nadie, Güera; ya veré yo cómo me las arreglo para salir de aquí —responde el deprimido general sin apartar los ojos de la pequeña que apretaba suavemente contra su pecho—. Me van trasladar a Santiago Tlatelolco y ya veremos.

—Déjeme ir a ver al señor Madero; dígame quién puede ayudarnos, qué debo hacer. No puedo esperar cruzada de brazos a que suceda todo eso que dice; por favor, no me niegue el derecho que me asiste como su esposa; quiero sacarlo de aquí.

—Ya le dije que no haga nada, mi Güera; estése sosiega; verá que todo sale bien —responde categórico—. Hay que saber esperar, ya veremos.

Nada estaba más alejado de la mente de Luz que obedecer las órdenes del marido preso, y así, una vez fuera de la prisión, ordenó al chofer de su auto dirigirse a las calles de Berlín número 21, residencia del señor Madero, adonde llegó en los momentos en que él salía junto con su hermano Gustavo para asistir al funeral de don Justo Sierra, cuyos restos acababan de llegar de España.

—Que pase a la sala la señora de Villa y que la atienda mi hermana Angelita —ordenó, y dirigiéndose a Luz agregó—: Disculpe, señora, que no pueda atenderla; créame que haremos lo posible por ayudarla.

Luz apenas pudo sonreír levemente y balbucear un "gracias, don Pancho", que no ocultaba su desilusión ni su angustia por lo que consideraba ponía en riesgo la libertad, o al menos el traslado de su esposo a la prisión militar de la cual —ella lo intuía por su conversación con el prisionero— la fuga sería menos difícil.

La gestión, no obstante sus temores, tuvo éxito. El presidente Madero intervino y el traslado del general Francisco Villa se efectuó el día 7 de noviembre de 1912. Fue todo cuanto Luz pudo hacer antes de regresar por el mismo camino que, desde el remoto estado de Chihuahua la había traído a la capital. Ahora sólo quedaba esperar un nuevo milagro del señor san Andrés, el santo de su devoción. Y ocurrió. Para el 2 de enero del año siguiente ya se encontraban el general preso y Carlos Jáuregui, su cómplice en la fuga, en los Estados Unidos.

La huida fue cuidadosamente planeada y puntualmente ejecutada. Bastaron un abrigo, unos lentes oscuros y una sierra para cortar las rejas, además de buenas dosis de sangre fría para poder salir por la entrada principal, sin ser notados, como si se tratara de uno de tantos abogados y su secretario.

En un auto que los esperaba afuera de la prisión partieron rápidamente hacia Toluca, luego en tren hacia Guadalajara y Manzanillo, después en un barco a Mazatlán y por último en tren hacia los Estados Unidos.

"¡Francisco Villa se ha fugado de la prisión!", pregonaban los "extras" por la calle dos días después de la fuga. Pronto recorrió la noticia el mundo entero, y hasta la ventana de la alcoba de Luz, en su quinta de la calle Décima llegó la noticia una mañana.

De nuevo el sentimiento contradictorio de angustia y alegría; de nuevo el retumbar del corazón contra su pecho; de nuevo la esperanza de volver a verlo, de nuevo el recomenzar y el agolparse en su mente pensamientos y temores por el futuro inmediato que se presentaba así nomás, como siempre, de improviso, sin anunciarse.

De ese estado de agitación la separa el urgente y enérgico sonido del aldabón sobre su puerta y la voz de un sirviente que anuncia:

—Que ai la busca el señor don Nicolás Saldívar, señora; ya lo pasé a la sala.

El encuentro con el viejo amigo a quien Villa solía confiar asuntos delicados y confidenciales fue efusivo y trajo un poco de paz a la agitada alma de Luz.

—Vengo por usted de parte de Pancho; debemos salir hoy mismo en el tren de las 11. Nomás voy a darle un recado a don Abraham González y vuelvo por usted; conque aprevéngase nomás con lo indispensable para irnos, pero ya.

Una hora más tarde ya viajaban rumbo a El Paso Luz Corral y su hija. Cruzaron la frontera a eso de las 11 de la noche y media hora más tarde abandonaron el tren en la estación de aquella ciudad tejana.

La ansiedad que se había apoderado de Luz desde el día que se llevaron preso a Pancho se encontraba instalada en el mismo lugar de su alma, y la asfixiaba. A bordo del auto de un buen amigo que las fue a buscar, la esposa del prófugo intentaba recobrar la calma respirando profunda y lentamente, como Villa le había enseñado para mantener el control sobre sus emociones. Observaba en silencio, a través del cristal empañado por el frío, el aspecto de esa ciudad tratando de desentrañar el secreto del irresistible atractivo que ejercía en todos los habitantes de Chihuahua.

Después de todo, no poseía el señorío de aquella capital de su estado, y los edificios de ladrillo, muy al estilo inglés, que albergaban oficinas, bancos y cajones de ropa, nada tenían que ver con las edificaciones neoclásicas de la bella ciudad mexicana. Casitas de madera con techos de dos aguas constituían el aspecto característico de la vivienda tejana; calles de tierra bien aplanada y, a lo largo de la Main Street, las construcciones evocaban apenas el pasado colonial e hispano de la ciudad. Todo era muy limpio y el alumbrado proporcionaba un toque alegre al centro de la ciudad, donde se ubicaba el hotel Zieger, el más importante de la localidad, por el que pasaron de largo para llegar un poco más adelante a otro de menor categoría pero más discreto, donde su amigo don Nicolás alquilaba permanentemente un departamento.

Un hombre de lentes, sin bigote y envuelto en una enorme capa española extendió los brazos para recibir en ellos a Luz.

—Si no viene usted ahora, capaz que no volvemos a vernos —le dijo.

Ella titubeó, miró a don Nicolás y volvió la vista hacia el desconocido, quien continuaba invitándola a echarse en sus brazos.

—Soy yo, señora, su esposo, disfrazado de abogado. Yo, que esperaba con ansia que vinieran mis dos viejas.

Luz se abraza entonces al cuello del esposo, que arropa amorosamente bajo su capa a la temblorosa mujer, fundiéndose ambos en un interminable abrazo. El guerrero deja entonces fluir sus lágrimas sin reserva alguna, que humedecen el rostro y el cabello de aquella pueblerina asustada y llena de antiguos temores que ahora, en brazos de Francisco, se desvanecen.

—¿En qué momento entró? ¿Cómo es que vino y sin decir palabra se ha posesionado Pancho de mi subconsciente? —se pregunta Luz volviendo bruscamente de su ensueño, y pide que le sirvan otra tacita de té.

En aquella interminable noche de duelo, el sonido de un motor que se acerca a las puertas del hotel Hidalgo alerta a los adormecidos dolientes. No es medianoche aún y tal pareciera que el tiempo hubiera detenido su marcha en espera de un imposible retroceso en los inverosímiles acontecimientos de ese día.

Ya están casi todos los 500 Dorados rodeando el lugar. Han acudido, como en otros tiempos, a pasar lista de presente al lado de su jefe. Ya están los antiguos jefes y oficiales de las brigadas de la famosa División del Norte. Ya no hay espacio para más dolientes en Parral. Caballos, carretas y automóviles avanzan con dificultad hasta las puertas del lugar donde dejan a sus pasajeros y se retiran de inmediato para dejar el paso libre al que sigue en la larga fila.

Hay por la calle una extraña atmósfera de duelo llena de gemidos y llanto, desmayos y ataques de histeria; imprecaciones y mal contenidas lágrimas de ira, de rebeldía contra una injusticia más en perjuicio de la desarrapada humanidad de los pobres del norte, quienes inútilmente aportaron su cuota de muertos y de sangre para mejorar su suerte, porque de nada les sirvió.

Sale humo de los anafres callejeros donde hierve el café o se tateman los elotes que se desgranarán en los estómagos permanentemente vacíos de aquellos que bajaron de la sierra y recorrieron a matacaballo, como en los tiempos de guerra, las extensas praderas o los llanos interminables pa' seguir al jefe y morirse por él si fuera menester, o acompañarlo en su viaje final.

Mujeres con el rosario en una mano y el aventador de petate para atizar el carbón en la otra murmuran plegarias llorando y moqueando. Como en un campamento villista de aquel tiempo, que ahora parece tan lejano, vivaqueaba este gentío en los alrededores del hotel Hidalgo durante el transcurso de la noche más larga y más amarga de los "hermanos de raza y sangre" del general que se les iba dejándolos, ahora sí que a merced de su negra suerte.

De un studebeaker con placas norteamericanas desciende un individuo maduro, muy alto, de cabello cano, acompañado por un joven que se le parece. Se detienen ante el umbral del portón frente a un guardia, piden ver a la señora de Villa y le extienden una tarjeta de presentación:

Butzon Borglum Sculptor Consultant
By the hour or project
San Antonio, Tex. P.O. Box 908

El guardia titubea, no sabe con certeza si dirigirse a doña Manuela Casas, la señora del hotel Hidalgo, a doña Austreberta Rentería, la señora de la hacienda de Canutillo o a doña Luz Corral, la señora de Chihuahua. Una voz viene en su auxilio:

—Señor Borglum, usted aquí, apenas puedo creerlo, qué gentil, cuánto le agradezco su presencia en esta difícil situación —dice Luz y le extiende los brazos para estrecharlo afectuosamente.

—Señora Lucita —dice el norteamericano en buen español—, estábamos en El Paso mi familia y yo cuando escuchamos la fatal noticia. Ayer apenas regresamos de Dakota del Sur para establecernos definitivamente en Texas; ya recordará usted que deseábamos dejar el norte para vivir acá. ¿Se recuerda usted de mi hijo Lincoln?

El joven que acompaña al viejo amigo de doña Luz se inclina cortésmente y roza con sus labios la mano de la Güera. Ella lo abraza.

—Ya eres un hombre, y tan guapo. ¿Terminaron ya su trabajo escultórico en las montañas de granito con las cabezas de los cuatro presidentes norteamericanos allá en Mount Rushmore? ¿Pudieron realizar todo aquello que me platicaban en San Antonio cuando nos conocimos?

—No hemos terminado aún el trabajo en las montañas Doane en Rushmore; eso va a tardar algunos años todavía. Tenemos que volver al campamento y dejar a la familia en Texas. Mi esposa le envía sus condolencias, y yo quisiera, si es que para ello no hay inconveniente, que me permita usted tomar el molde para hacer en bronce la máscara funeraria del general Villa. Deseo tributarle este último homenaje a su esposo, el más grande revolucionario de México.

Luz guarda silencio un momento, después vuelve la vista hacia Austreberta y Manuela que parecen dormitar, y aunque el efecto del té de la pasión ha sido el mismo en la Güera, y cada una padece las mismas alucinaciones y el mismo torbellino interior, nadie parece advertirlo.

Toma entonces por el brazo a los dos hombres y se encaminan los tres al comedor. Se sientan en torno a una mesa.

—¿Por qué desea usted hacer esa mascarilla, qué lo movió a ello?

—Además de mi homenaje personal, existen razones muy profundas, señora Villa. Por cierto, déjeme contarle que hay un escultor de nombre Hugo Villa trabajando en nuestro gran proyecto de Dakota.[2] Es italiano y entusiasta admirador del general Villa. También lo conocí, como a ustedes, en San Antonio. Con él he hablado largamente de la grandeza del general, a quien aprendí a entender gracias a usted.

"Ahora que la atroz guerra mundial concluyó en Europa, la figura de hombres como él se magnifican. Aquellas sí que fueron matanzas de exterminio. En esa guerra se cometieron crímenes como nunca en toda la historia de la humanidad.

"Qué inverosímil me parece ahora la actitud de los ingleses que se desgarraban las vestiduras y clamaban al cielo y armaron un escándalo internacional cuando el general Villa ordenó la ejecución del escocés William Smith Benton en 1914, lo que además, a la luz de la razón, él mismo se buscó por haber irrumpido borracho, por la fuerza y armado, en la mismísima casa del general, exigiendo algo a lo que no tenía derecho. ¡Hágame usted el favor!, los súbditos de su majestad aduciendo salvajismo, cuando ninguno de los participantes en esa guerra tiene la mínima autoridad moral para condenar a nadie. Hay que ver los millones de hombres desaparecidos en todos los campos de batalla. Verdaderamente los crímenes de esta guerra, en ambos bandos, no tienen paralelo en la historia del mundo.

"Yo he seguido muy de cerca a los analistas de mi país respecto de lo que ha ocurrido en México después del derrocamiento del régimen del dictador Díaz, por supuesto no a los que fueron comprados por Carranza. He leído con atención a John Reed y mi admiración por su esposo crece no sólo en mí, sino en muchos de mis compatriotas norteamericanos. Hay una fuerte corriente de opinión en su favor y pienso que los errores del general Villa quedan totalmente borrados cuando se conoce la verdad sobre su esfuerzo sobrehumano en favor de quienes llamó 'hermanos de sangre y raza', y destacan sus merecimientos.

"Es tan difícil encontrar actualmente a un hombre de su estatura que jamás se haya ensuciado sus manos con dinero ajeno y no haya traicionado a quien confió en él. Fue un verdadero vendaval en etapas recientes de la historia de este país que no eran propicias para el discurso y los modales refinados del antiguo régimen porfirista. La revolución requería de hombres insumisos, inquietos, rebeldes, y en el general Villa se reencontraron los más profundos sufrimientos de un pueblo que entre pólvora, griterío, motín y guerra intentaría rescatar sus heredades y sus derechos.

"Sí, doña Luz —continuó con voz pausada y vehemente el escultor—, como un norteamericano no involucrado en su guerra puedo tener un juicio objetivo y entiendo perfectamente a Villa. Admiro profundamente, como usted bien sabe, la historia y la cultura de este país tan hermoso y tan sufrido. Y Villa es un exponente de su época y de los hombres insumisos que desean acabar con tanta injusticia. Tenía que atacar el falso orden social, donde la riqueza está repartida en forma tan desigual y las leyes o se aplican pésimamente o no se aplican.

"De su esposo, doña Luz, no se conoce ninguna celada, ningún crimen político, ninguna traición. Atacaba de frente a sus enemigos, pero como a él no se le podía matar de igual manera, sus asesinos tuvieron que recurrir a la emboscada. Su asesinato es su glorificación y también la negra mancha indeleble de los que fueron sus victimarios. Y más, mucho más podría yo decir de él si el lugar y el momento fueran propicios —agrega el escultor—, pero deseaba que supiera usted mi sentir personal y el de muchos de mis conciudadanos de los Estados Unidos respecto de este gran hombre, no obstante que puso en ridículo ante el mundo a nuestro ejército, cuando el general Pershing no pudo, con 10 mil hombres, encontrarlo y llevarlo, como públicamente lo prometió, preso a los Estados Unidos.

"La gente progresista de mi país organizó mítines en defensa del general Villa, exigiendo el inmediato retiro del cuerpo expedicionario de Pershing. En uno de los que se realizaron en Nueva York con el fin, un orador calificó de vergonzosa para Norteamérica la presencia de las tropas yanquis en el país vecino. Y otro orador dijo: 'Si los mexicanos se propusieran perseguir a los despojadores de su país, tendrían que llegar hasta Wall Street'.

"La acción de nuestro ejército en México, doña Luz, hizo renacer, mejor dicho, fortaleció la simpatía del pueblo por Pancho Villa, que se convirtió en símbolo de la lucha contra los usurpadores extranjeros. Hasta el conservador *Times* inglés admitió que 'cuando más avanza el general Pershing, tanto más el pueblo mexicano apoya a Villa.

Carranza perdió rápidamente la poca popularidad que tenía'. Por eso mi homenaje personal será, si usted me concede el honor, conservar su imagen para siempre en una máscara funeraria."

Luz Corral asiente y llama a Pancho Piñón para que acompañe a los escultores y se les proporcionen las facilidades necesarias para el cumplimiento de sus deseos. Pide a las otras dos viudas y a los dolientes que abandonen la sala funeraria durante el tiempo que dure el trabajo de los artistas.

Alumbrado por los cuatro cirios que ardían lánguidamente, el féretro que guardaba el cuerpo sin vida del general parecía más pequeño y más desolado cuando la sala quedó vacía. Regresa Luz al sillón de terciopelo verde; las palabras del escultor Borglum han sido como un chorro de aire fresco para su agotado corazón, han iluminado su cansado rostro y desde el fondo del salón observa sin interés la escena donde dos hombres en mangas de camisa preparan atareados, en una cazuela de cocina, la mezcla de yeso que aplicarán al rostro amado del esposo de aquella mujer que recuerda.

Notas

(1) Martín Luis Guzmán, *Memorias de Pancho Villa*, México, Compañía General de Ediciones, SA, 1975. p. 148 y ss.

(2) Jane Zetner Culp y Lincoln Borglum, *Unfinished dream, Mount Rushmore*, Aberdeen, S.D. North Plain Press, 1979, pp. 46, 48, 51. El molde original de la máscara, tomado en yeso sobre el rostro del cadáver del general Francisco Villa, fue mostrado a la autora por el maestro Lincoln Borglum en su residencia de La Feria, Texas, en el año de 1986.

Después de todo —pero después de todo—
sólo se trata de acostarse juntos,
se trata de la carne
de los cuerpos desnudos,
lámpara de la muerte en el mundo.

Y estoy aquí, si estoy,
a pesar de mí mismo,

Jaime Sabines

Los golpes apresurados, fuertes, urgidos de atención sobre la puerta de aquella casa alquilada en El Paso, despertaron a Luz y a Pancho muy temprano el 23 de febrero de 1913. Carlitos Jáuregui, con el rostro demudado, extiende a su jefe un ejemplar de *La Extra*, que en inglés y en español da la noticia de la traición de Victoriano Huerta: "Madero asesinado junto con el vicepresidente Pino Suárez", rezan las ocho columnas del diario.

Villa recibe la noticia de la misma manera que hubiera recibido un golpe en la nuca. Tarda en reaccionar enmudecido, chocado por la sorpresa. Le cuesta trabajo respirar y articular las palabras.

—Se tardó el chacal en darse a conocer —dijo Villa con palabras oscuras que le agotaban el aliento—. ¿Cómo pudo don Pancho ponerse en manos de un individuo de esa calaña?, ¿cómo pudo ser tan ingenuo, si bastaba ver a ese hijo de puta para darse uno cuenta de la clase de sierpe que era?

Villa se ahogaba de pesar, temblaba de ira y de dolor, se mesaba los cabellos una y otra vez lanzando toda clase de injurias él, que jamás las usaba.[1]

—Hijo de perra, hijo de la grandísima puta madre que lo parió; ¿cómo es posible que haya sido capaz de cometer tamaña traición al hombre que le confió su seguridad? —increpaba con desesperación, con rabia, con impotencia. La sangre se agolpaba en su rostro, golpeaba con los puños la pared, pateaba los sillones, resoplaba con una especie de estertor mortal hasta que, finalmente, desde lo más profundo de su ser un gemido desgarrador pudo ser expulsado al tiempo que el llanto se desbordaba a raudales por el pecho. Y era este hijo de la chingada el que me quería fusilar "porque su honor militar así lo exigía". Bonito cabrón. Pero todo esto tendrá que pagarlo, Güera, te lo juro por lo más sagrado. ¡Qué desgracia la de este país de haber visto nacer en su suelo a un traidor así! Verás que yo le hago pagar a ese engendro del infierno todas las que debe. Yo mero voy a acabar con él, lo juro —decía entre sollozos que lo sacudían de pies a cabeza.

Cubrió su rostro con ambas manos y lloró largamente, con dolor profundo y verdadero, la muerte del hombre bueno que lo salvó del paredón, que lo entendió y salió en su defensa; del hombre a quien escuchó por primera vez hablar de democracia, de justicia para los pobres de este país, de mejor repartición de la riqueza, de hermandad entre los mexicanos.

—Demasiado bueno para que durara. Demasiado idealismo, demasiada candidez, demasiada bondad. Y pensar que alerté al señor Madero cuando Bernardo Reyes y Félix Díaz, prisioneros como yo en Santiago Tlatelolco me invitaron a sumarme a la rebelión que tramaban... ¿Por qué no contestó mis cartas el presidente? ¿Las habrá recibido? Su respuesta hubiera dado lugar a que yo le contara con exactitud todo cuanto se tramaba en su contra. Nunca consideré que Reyes y Díaz tuvieran los tamaños suficientes para llevar a cabo una rebelión a la que yo jamás me hubiera prestado. Fui fiel a Madero en vida y lo seré después de la muerte.[2] Tantos lo alertaron contra la traición, tantos le aconsejaron no fiarse de Huerta, ¿por qué, Güera, no les hizo caso?

La mujer lo dejó desahogarse; luego, suavemente colocó sus manos en los hombros del esposo abatido y sentándose sobre el brazo del sillón le habló con dulzura:

—Entiendo su dolor, Pancho; no me diga nada, yo puedo leer su pensamiento. Nos regresamos a México, ¿verdad? Tendré todo listo para cuando usted lo disponga, nomás tenga cuidado. Si no se tentó Huerta el corazón para hacer lo que hizo al hombre que le confió su seguridad y su vida, y sin el menor asomo de vergüenza se sentó en la silla y se autonombró presidente, cuídese muy bien de él, más le vale, porque lo trae entre ojos, no lo olvide. Si lo agarra, ahora sí lo fusila; conque cuídese mucho, mi Güero —aconseja Luz con evidente preocupación besando tiernamente los cabellos de su esposo—; voy a ordenar que tengan todo listo para salir en el momento en que usted lo disponga. Yo, como siempre, esperaré en San Andrés lo que usted decida.

Qué larga fue esa travesía. Nevaba y la llanura, inmensamente blanca bajo un cielo luminoso y transparente, depositaba en el ánimo de Luz una carga de melancolía. Con la vista perdida en el horizonte, miraba sin ver los restos de los "ajusticiados" que de tanto en tanto aparecían colgados de los postes de telégrafo y mecidos por el viento en un vaivén siniestro que erizaba el cuerpo de quien tenía la mala fortuna de pasar cerca de aquellos cadáveres enhiestos, como palos secos, con la piel adherida a los huesos. Pobres infelices, víctimas de los "pelones" que se fueron a la bola creyendo que el mañana esperado y promisorio, anunciado de padres e hijos desde que se tenía memoria y se divisaba, también de generación en generación y con infundada esperanza lleno de cosas buenas, estaba ahí nomás, a unos balazos de distancia...

Aquella inmensa planicie, blanca ahora bajo la nieve, y el resplandor azuloso del amanecer invernal cargaban el acento en la desolación y la pobreza de las chozas plantadas en medio de nada, donde quién sabe por qué extrañas razones sus habitantes decidieron vivir ahí, en el llano pelón, sin un árbol, ni un charco de agua, ni una loma siquiera para atajar el ventarrón.

Toda esa llanura que se extendía ante los ojos de Luz —cualquiera lo sabía— era de los Terrazas. ¿Quién —se preguntaba ella— le escrituró Chihuahua a los Terrazas? Dicen que les pertenecen seis millones de hectáreas. ¿Es moralmente permisible que todo ese chingo de tierra pertenezca a una sola familia? —se preguntaba la Güera aderezando sus cavilaciones con los adjetivos fuertes que habían menester en estas ocasiones y que ella utilizaba siempre, deseando que el idioma tuviera un mayor número de palabras gruesas para asestárselas a gente como ésa, "porque por malas que sean las palabras, peores cosas se merecen, y siempre serán piropos, comparados con las chingaderas que nos han hecho", afirmaba Luz con frecuencia porque disfrutaba escandalizando a sus interlocutores.

De lejos, los pueblos con sus humildes casas y sus torres irremediables parecen poner una nota alegre en el paisaje del desierto. De cerca ya se ven tal cual: tristes, secos, olvidados, misérrimos.

Ni los ranchos de las haciendas son bonitos, no son ni la sombra de lo que fueron en otros tiempos. Las bardas y las paredes de adobe parecen tener mil años, siempre se han visto semiderruidas. ¿Quién las construyó? En todas se encuentran huellas de grandezas pasadas, de lujos europeizantes, ¿a dónde fueron a parar sus dueños? En tiempos de Juárez hubo mucha destrucción, ¿quién fue el ganón?, ¿cuándo? ¿Quién se llevó toda la riqueza que produjeron esas propiedades? —se preguntaba Luz sin encontrar respuesta.

Los niños, siempre panzones y llenos de lombrices, corretean, anémicos, entre el polvo. Las mujeres chimuelas y embarazadas a perpetuidad, apenas llegan a la edad de concebir, comienzan a echar al mundo año tras año un chilpayate para el que no habrá otra esperanza que la de ser peón en alguna hacienda de los Terrazas, o de los Creel, si es que no lo matan por ahí en alguna de las levas que le toquen cuando crezca, si es que llega a crecer... si es que se libra de morir en su niñez, como la mayoría de nuestros muchachitos, de anemia por falta de alimento, o de alguna enfermedad, por falta de atención médica.

¿Quién ha dicho que México es alegre y colorido y questo y que lotro? ¿Pos que nunca habrán andado, quienes así hablan, por los pueblos y rancherías de mi país? A lo mejor allá por el sur, donde llueve tanto, las yerbas tapan la mugre y la miseria, y todo se ve florido y lleno de color, pero lo que es acá por el norte, ni pa' cuando. Todo es abandono y pobreza.

Qué triste es todo esto —pensaba Luz con el rostro afligido—; la felicidad no se hizo para el jacal del peón; es cosa nomás para los patrones y su descendencia.

Eso lo sabe cualquier jodido. Con razón mi pobre Pancho se anda partiendo el alma en busca de un poco de justicia y felicidad para su gente. Porque él ha padecido como ellos, igualito, y puede que más.

El sonido monótono de las ruedas del tren sobre los rieles adormece a Luz, que viaja con su niña en brazos recargada en el cómodo asiento de su alcoba.

En las estaciones donde el convoy se detiene arrecia el frío, y las figuras humanas arrebujadas en gruesos sarapes de lana, apenas si se animan a dejar su lugar junto al anafre que les proporciona algo de calor para irla pasando mientras llega la hora de abordar el tren pasajero.

Soldados de nariz roja y capote verde, con el máuser al hombro, se pasean por los andenes frotándose las manos y esperando ansiosos cumplir con su turno de vigilancia para volver al cuartel, donde la constante entrada y salida de viejas, el trafique con la marihuana y el chínguere, y el chacoteo con sus compañeros, hacen más llevadero lo duro del servicio, lo incomible del rancho y los malos ratos de las balaceras.

La máquina se detiene en Villa Aldama y una multitud de vendedoras se acerca a las ventanillas para ofrecer alimentos humeantes en sus canastas cubiertas por mantelillos bordados al punto de cruz. Un organillero se pone de pie y comienza a dar vueltas a la manivela del instrumento que deja escuchar una melodía antigua y triste.

Un coro de voces femeninas ofrece su mercancía:

—Burritos, cómpreme burritos de machaca y de huevo...

—Tamales, hay tamales de chile, de carne y de azúcar...

—Esquites, lleve su bolsa de esquites fresquecitos...

Por entre aquel gentío aparece un pelotón de soldados que, luego de recibir instrucciones, abordan el tren y se dedican a registrar los carros.

—Buscan a Pancho Villa —dijo alguien—; dicen que cruzó la frontera y ya regresó a México, y luego luego asaltó el tren de la Wells Fargo para apoderarse de un montón de barras de plata, quesque para armar a su gente. ¡Ése es mi general!, pinches gringos, después de habernos robado la mitad de nuestro territorio, mucho más merecen. Que vayan pagando, aunque sea en abonos lo que nos deben. Pa' cobrarles tenemos a Pancho Villa...

—Andan tras de Villa —dijo otro; dicen que le informaron a Huerta de su paso por la frontera y lo quiere agarrar; con el coraje que le trai porque se burló de él con su escapada de la cárcel... ¡Ajúa!, éstos son hombres. Villa volvió pa' ponerles la muestra.

—A poco mi general va a ser tan güey de viajar en un tren pasajero para dejarse agarrar así nomás por el cabrón asesino que ahora resulta ser el dizque presidente —dijo uno más.

—Simón, cómo no —comentó burlón otro.

El sargento habla con el garrotero:

—Llévenos usted inmediatamente a la alcoba donde viaja Pancho Villa —ordena.

—Pos eso sí que va a estar difícil, mi sargento, porque aquí nomás viaja su señora, su niña y unos ayudantes; ¿usté cree que iba a viajar aquí mi general?

Con un fuerte empellón en el hombro, el sargento obliga al empleado del ferrocarril a caminar delante de él hasta la alcoba de Luz, donde llama a la puerta con fuertes e insistentes golpes.

Hasta entonces, Luz Corral, mal hablada y maldiciente crónica, se había abstenido de usar palabras gruesas dada su condición de esposa del general Villa, pero su paciencia, de suyo escasa, tenía un límite y ése se estaba rebasando ahí, en esos momentos. Abre la puerta ella misma con un ademán violento y pregunta al oficial:

—¿Que no hay respeto para las mujeres solas? ¿No puede uno viajar en paz, sargento?, ¿me quiere usted decir por qué chingados viene a molestarme?

La voz enérgica, indignada y sonora, emitida por esa mujer corpulenta, rubia y de gran aplomo, intimidó al sargento que, inhibido, respondió:

—Perdón, señora... es que traigo órdenes...

—Qué órdenes ni qué ocho cuartos —atajó ella sin dejarlo terminar—; haga rollo sus órdenes y de mi parte métaselas donde le quepan al traidor asesino que tiene usted como "jefe supremo de las fuerzas armadas", —dijo en tono burlón y agregó—: ¡Fuera de aquí, fuera; mi esposo no es su pendejo para dejarse atrapar así nomás. Dígale a su "presidente" que sus horas están contadas, que se lo mando decir yo, la esposa del que volvió a México nomás para darle en la madre en menos que canta un gallo. Ya lo van a ver.

Y azotando la puerta en la nariz del sargento, Luz Corral le dio la espalda, echó el cerrojo, volvió a su asiento, levantó la ventana y ordenó a la vendedora que esperaba el pedido:

—Dame seis burritos de machaca, m'hijita, y dile al organillero que toque *La norteña de mis amores*, que tanto le gusta a Pancho.

Y arrellanada en su cómodo sillón, con Luz Elena entre sus brazos, la Güera escuchó con deleite la canción mientras el tren reiniciaba la marcha a vuelta de rueda. Por el vidrio empañado por una leve capa de hielo, veía pasar ante ella al gentío de rostros enrojecidos por el frío, de soldados que se frotaban las manos y saltaban en un pie y en el otro para calentarse, de manos que se alargaban hacia las brasas encendidas de los anafres para recibir un poco de calor. Y al final del andén, con un estremecimiento que dio al traste con su recién adquirida y momentánea tranquilidad, advirtió a un grupo de gitanos que bailaban y saltaban para calentarse, y trajeron a su conciencia la pesadilla que diariamente le ahuyentaba el sueño, aquella premonición siniestra de San Andrés, su pueblo, adonde se dirigía.

¡Apresúrense niñas, derritan rápido el agua para lavarle el cabello a Lucita! —urgía la vieja nana a las sirvientas de la casa paterna de Luz.

En tiempo de lluvias, las mujeres de San Andrés hacían captar en tinas el agua que caía del cielo para serenarla y, después de exprimirle el jugo de algunos limones, la usaban para enjugar el cabello de las niñas de la casa, previamente masajeado con aceite de oliva virgen. Hoy había que romper los témpanos del depósito y derretirlos en honor de la "niña Luz" que estaba de regreso.

El revuelo que arman las recién llegadas y sus tres ayudantes trae en vilo a toda la casa, y la tienda, la añorada tienda llena de olores a infancia y a evocadores tiempos ya idos, permanece abierta, llena de antiguas amigas de Luz que esperan impacientes su llegada.

Con el cabello reluciente por el tratamiento aplicado como cuando era niña, la Güera, apoyada de codos sobre el mostrador igual que antes, recibe a sus amigas. Entre ellas sobresale Higinia Godínez, famosa por su afición a la cizaña. Después de saludos y abrazos a varias de ellas, esta última, aún con la mano de Luz entre las suyas, le recrimina:

—Ya volviste a dejar solo a tu marido, ¿pos no que "hasta que la muerte los separe"?

—Ya, no seas venenosa —interviene Tencha.

—Yo nomás digo esto porque quiero muscho a mi amiga —responde, arrastrando la ch con ese sonsonete tan típico de Chihuahua—, además porque no debe dejar solo a Panscho porque... bueno, porque me constan muschas cosas. Y no me crean si no quieren, pero, mira, Luz, cuando vayas a Schihuahua pídele a tu schofer que te lleve a la quinta Prieto. Dicen que tu esposo se va a casar con una tal Juana Torres, de Torreón, que fue a seguirlo hasta El Paso. ¿No te diste cuenta de esto ahora que andabas por allá con él?

"Además, cuando llegues a pasar por la esquina de las calles Octava y Terrazas, fíjate bien en una casa pintada de rosa, con una reja negra muy alta y un letrero de bronce que dice "quinta Esther".[3] Ahí vive una señora embarazada como de cinco meses; se llama Esther Cardona Canales; ve, anda, platica con ella, a mí no me creas."

Con los ojos desorbitados, las amigas de Luz miran a Higinia y salen en defensa de la amiga agredida:

—Qué bruta eres, ahora sí no te mediste, Higinia; vas a tener que ir a confesarte; esto no se hace.

Antes de que otra de ellas inicie su andanada de reproches contra la intrigante, Luz interrumpe con energía:

—Pues a mí no me vas a venir tú con intrigas de mi esposo, cabrona, chismosa; te me vas pero ya. Pancho es libre de hacer lo que mejor le parezca, para eso es hombre. Yo soy su esposa legítima, y mientras me dé mi lugar y no me falte nada, nada tengo que reclamarle. ¡Vámonos —le ordena tronando los dedos—, largo de aquí, largo, solterona amargada!

Tras ella sale Luz con el rostro aún encendido por la ira para ver cómo se aleja, y se da cuenta de que su casa está rodeada por una docena de temibles agentes de la reservada, enviado por Victoriano Huerta en busca de Pancho Villa.

—Ahí sigan, bola de güeyes —dijo Luz al pasar cerca de uno de ellos—. A mi esposo no lo han de encontrar —y cerró tras de sí el portón de la tienda con todo y tranca.

Dos meses pasaron, se fueron las heladas y los primeros brotes de primavera comenzaron a dar señales de vida cuando alguien llevó hasta la casa de la familia Corral la noticia de que unos hombres armados y a caballo acababan de llegar a la presidencia municipal.

—Anda, corre a darle a Luz la noticia —ordenó a un mozo la madre de aquella—. Ve pronto, no vayan a ser huertistas.

Al enterarse de las aterradoras nuevas que se difundían con rapidez por el pueblo, la Güera se apresuró a poner a salvo sus pocas pertenencias de valor, que consistía en cuatro estuches con joyas; algunas familiares, otras, regalos de su esposo. Con rapidez cavó un hoyo bajo un manzano de la huerta y los enterró. No bien había concluido cuando, aún arrodillada bajo el manzano, sintió la presencia de alguien, a quien no acertó a identificar contra la luz. Era un hombre corpulento, envuelto en un capote militar:

—Pos qué anda usté haciendo en la huerta con este solazo, muchachita.

—¡Pancho, es usted! —gritó alborozada, y poniéndose de pie se arrojó en sus brazos y lo apretó contra su pecho con tanta fuerza, que él sonriendo le dijo sorprendido:

—Claro que soy yo, su esposo, al que está usted a punto de asfixiar con este abrazo tan apretado que me destroza las costillas.

—Y más que lo voy a apretar; es un milagro que esté usted aquí. Y no se extrañe de verme loca de alegría por encontrarlo sano y salvo; si me la paso nomás con el Jesús en la boca por lo que dice la gente: que si pronto veremos un combate feroz aquí en San Andrés, que van a tomar Chihuahua y Ciudad Juárez, y quién sabe cuántas cosas más. Ando zonza de miedo, me paraliza el terror, me enloquece el pensar en lo que podría sucederle.

"Huerta trae unas ganas de echarle el guante. Usted anda apenas reclutando hombres, mientras el pelón aquel ya es amo y señor del ejército. La desventaja está en contra de usté, mi viejo, ¿cómo podría estar tranquila sabiendo esto?"

Pancho acaricia suavemente los cabellos fragantes de la mujer recargada en su pecho y le responde:

—Nada va a pasarme, mi Güera; a mí las calaveras me pelan los dientes. La suerte y la razón están de nuestro lado; ya verá cómo en un dos por tres acabamos con los huertistas y con el "señor presidente", los asesinos de don Pancho Madero y del gobernador don Abraham González, mi amigo, mi protector.

—Hay otras cosas que agregan más angustia a mis penas, Pancho —susurra Luz en un tono casi inaudible, como sin ganas de decir lo que está diciendo—. Me han venido a contar que allá en Chihuahua hay otras dos mujeres...

No puede terminar su reproche porque los labios del esposo lo impiden ahogando las palabras en los labios de ella con un beso largo, cálido, apasionado. Y no se habló más del asunto.

Algo presentía Pancho —recuerda Luz y evoca aquella escena— cuando, a media noche y acurrucada en los brazos del esposo que duerme profundamente, repasa los últimos días vividos en El Paso, las llamadas telefónicas frecuentes, las reuniones misteriosas en la sala de su casa, su viaje de regreso a San Andrés y finalmente el reingreso del esposo al país acompañado tan sólo por un grupo de nueve hombres y convertido ahora, al cabo de unas cuantas semanas, en un contingente de más de 1,500 que sigue aumentando. Tan grande es así la popularidad, el prestigio de mi Pancho. ¿Mi Pancho?, ¿puedo realmente llamarlo mío?

Un temblor en todo el cuerpo la sacude al pensar en los combates que se avecinan y no logra conciliar el sueño.

Deja la cama cautelosamente para no despertar a su esposo y comienza a recoger la ropa esparcida por la habitación. De la guerrera de Villa cae un papel; es la copia de un telegrama enviado recientemente al gobernador de Chihuahua, que lee Luz con sobresalto:

> Señor general Antonio Rábago: Sabiendo yo que el gobierno que usted representa va a pedir la extradición mía, he resuelto venirle a quitar tantas molestias. Aquí me tiene ya en México, propuesto a combatir la tiranía que defiende usted, sea la de Victoriano Huerta, Mondragón y todos sus secuaces.[4]

Luz dobla cuidadosamente el papel y lo coloca de nuevo en el bolsillo de donde había caído, sale del dormitorio y se dirige a la cocina, prepara un té de anís, lo lleva a la mesa y, apoyando la frente en su mano izquierda lentamente, medita con tan grande preocupación, que puede escuchar los latidos de su corazón golpeando el pecho.

Ahora cobra sentido toda aquella constante angustia que la viene consumiendo.

Pancho huyó de la cárcel y Huerta tuvo que tragar su orgullo y una buena dosis de bilis al verse burlado. Ahora viene el contragolpe, la oportunidad de vengar la afrenta. Conoce de sobra el poder combativo del hombre a quien Pancho le ganó la conquista amorosa y se le fue del paredón y del presidio, y sabe que es el único enemigo y de estatura suficiente para ponerlo a temblar. Huerta sabe perfectamente que una vez eliminados Madero y Abraham González, debe eliminar a Villa o Villa acabará con él. Por eso había pedido a los Estados Unidos la extradición del reo prófugo sin imaginarse siquiera que Pancho ya estaba aquí, dispuesto a terminar con él.

Aspira Luz profundamente el aroma del té y lo bebe a pequeños sorbos. Se levanta, recobra la compostura y dice para sí misma:

—El borrachazo, usurpador y asesino, el tal dizque "presidente don Victoriano" tiene un miedo mortal a mi viejo, y tiene razón. Pobre pendejo si cree que le va a poner de vuelta la mano encima. Ya verá cuán caro le va a costar haber traicionado a quien confió en él. Si Pancho ya le traía ganas, al haber asesinado al señor Madero firmó Huerta su sentencia de muerte, porque de que se muere, se muere. Mi viejo no habla de oquis.

Enseguida vuelve al lecho y a los brazos del marido, despierto ya al advertir la ausencia de Luz.

—¿Qué hace despierto, mi general?; vuélvase a dormir; necesitas descansar; ¿no ve que le esperan buenas broncas de aquí en adelante? —le dice acurrucándose de nuevo a su lado.

—Quién puede dormir, Güera; traigo muchas telarañas en la cabeza. Muertos don Pancho y don Abraham, ya no sabe uno ni en quién confiar. Los que antes se les arrastraban, los apoyaban y los aplaudían, ahora se fueron del lado de Huerta, ¡hágame usted el favor! El gobierno de Chihuahua, la alta sociedad y el clero lo felicitaron, apenas se puede creer. Me han contado que se lanzaron jubilosos a las calles y que adornaron las fachadas de sus casas y, junto con la prensa, se han solazado en proclamar las "glorias" de los vencedores.

"Parece que nadie en este país tiene decoro ni vergüenza. Según se ve, nadie entendió la integridad y la pureza de Madero. Ahora se honra y se felicita a quien mata a traición. Las familias acomodadas ya volvieron de su exilio voluntario en Europa o en el otro lado, porque confían en que el nuevo gobierno restablecerá las condiciones económicas y políticas y todos los privilegios de que gozaban bajo el gobierno de don Porfirio, y están enloquecidos de alegría. ¿Entiende usted, Güera?

"Ahora resulta que nadie, nadie según colijo yo, desea el bienestar de los mexicanos olvidados por el dictador. Somos un país de pobres, ignorantes y analfabetas, donde hay unos cuantos multimillonarios vividores que se interesan porque así sigamos, como los Terrazas, por ejemplo.

"Usté bien sabe que don Luis es el rico más rico de todo México y 'orgullosamente chihuahuense', según él.

"Sucede que, si los mexicanos tuviéramos memoria, no se nos habría olvidado que Luis Terrazas, hijo de un carnicero, fue gobernador del estado de Chihuahua en 1859 y utilizó el poder para hacerse de grandes haciendas, que le expropió a don Pablo Martínez del Río, dizque en castigo por haber militado del lado conservador en la guerra de Reforma. Ya encarrerado, se pone a expropiar tierras a las colonias militares "abandonadas" (aquellas que se crearon para combatir a los apaches, con la promesa de que quienes pelearan contra los indios, recibiría tierras). No conforme con eso, el buen don Luis confisca tierras también a las comunidades indígenas.

"Ya para entonces, su intención de permanecer en la silla del gran poder lo lleva a promover su candidatura a la reelección, sólo que la pierde porque le falló el colmillo político al no haber apoyado a Díaz, sino a Lerdo de Tejada para la Presidencia. La gubernatura la gana entonces Ángel Trías, pero en 1879 éste renuncia y Terrazas recupera el poder.

"Cómo ve la chulada de historia ésta, Güera, ¿le sigo? Bueno, pues vuelve a perder la gubernatura nuestro cacique en 1884, y no la recupera sino hasta 1902. Y resulta que entre esas dos fechas, las compañías deslindadoras fueron, como todos sabemos, el vehículo ideal para efectuar los despojos a diestra y siniestra. Y tal parece que hemos olvidado también las consecuencias de esos brutales despojos: revueltas contra los Limantour, las revueltas de Tomochic y Temósachic... etcétera. A don Luis lo sucedió... ¡adivine quién!"

—Eso sí lo sé muy bien —respondió Luz—, su yerno, Enrique Creel. Pero me estaba usted contando algo distinto antes de esta historia.

—Ah, sí, es verdad. Bueno, pues me han venido a contar que ya echó a andar a su hijo Alberto para reclutar hombres y fortalecer las filas de Huerta.[5] Todos ellos andan de prontitos a los pies del chacal para darnos en la madre, ¿cómo la ve? Y todos en ese pequeño mundo están encantados con la muerte del único hombre que pretendió cambiar el injusto estado de cosas en este país ¡por primera vez en más de 30 años!

"Se sabe que hasta ahora solamente el gobierno de Sonora ha desconocido a Huerta y que los demás gobernadores se apresuraron a felicitarlo y a manifestarle su adhesión. Falta nomás el de Coahuila, Venustiano Carranza, pero ya pasó un mes y no ha dado color, no ha dicho ni sí ni no. Lo preocupante es lo que cuentan unos diputados de la legislatura de aquel estado, vea nomás:

"El día 18 de febrero se recibió en el congreso del estado un telegrama donde Huerta informaba tener prisioneros al presidente Madero y al vicepresidente Pino Suárez y haber asumido la presidencia por mandato del congreso de la unión. El mismo texto se envió a todas las legislaturas de los estados, y sólo la de Sonora ha dicho no a la usurpación.

"En Coahuila, los diputados convocaron a una sesión extraordinaria el día 19 donde se acordó desconocer al gobierno ilegítimo. Al gobernador Carranza correspondía suscribir el telegrama, cosa que no hizo. Lo que sí hizo un par de semanas más tarde fue dictar otro donde felicitaba a Huerta y le manifestaba su adhesión. Cuando un ayudante de su confianza lo llevaba al telegrafista con órdenes de transmitirlo inmediatamente a palacio nacional, el líder de la cámara, Atilano Barrera Velázquez, acompañado por los diputados Dr. Alfredo V. Villarreal y Jesús Sánchez Herrera, preocupados porque se enteraron de que no se había dado curso aún al mensaje expresando la voluntad del pueblo de Coahuila, rechazando al usurpador, acudieron a las oficinas del señor Carranza, y quiso la casualidad, o vaya usted a saber qué fue lo que propició esto, pero llegaron a tiempo para interceptar al mensajero y le quitaron el telegrama. Enseguida entraron al despacho del gobernador y pasaron tres días discutiendo, tratando de disuadir al señor gobernador de tamaña monstruosidad.

—¿Cómo no va usted a acatar la voluntad del pueblo que gobierna, señor? —alegaban los congresistas—. ¿Cómo va usted a estar de acuerdo con la traición y el asesinato de un paisano nuestro, don Pancho Madero, nuestro presidente? Eso la Historia jamás se lo perdonaría porque se convertiría usted en cómplice de ese cruel magnicidio. No lo haga, señor gobernador, porque eso sí que el congreso del estado, representado aquí por nosotros, se lo demandaría. Y es más, aquí mismo le pedimos que encabece usted la rebelión en contra del usurpador. Es a nosotros, los coahuilenses, a quien corresponde.

"Y me aseguran —agregó Villa— que, cuando ya era demasiado tarde para evitar las suspicacias de Huerta por un reconocimiento extemporáneo, tampoco aceptó telegrafiar el susodicho repudio en acatamiento al acuerdo del congreso local, pero rapidito evacuó Saltillo —por aquello de las dudas (el miedo no anda en burro, como decimos los rancheros, Güera) y le anduvo dando vueltas al asunto.[6]

"El caso es que no le quedó de otra y, presionado por los diputados aquellos, convocó a una reunión en la hacienda de Guadalupe para el día 26 de marzo, donde se redactó y se firmó un plan, dicen que contra el usurpador, pero no se ha dado a conocer, y nada se sabe. Ya es 4 de abril y los rumores (puros rumores, porque no hay parte oficial) aseguran que el señor Carranza anda con su gente en Monclova, donde se supone que en unos cuantos días mas se dará a conocer el susodicho plan.

"Todo esto me da muy, pero muy mala espina. Veo claramente que el señor Carranza, burócrata del porfiriato durante toda su vida, difícilmente querrá continuar la lucha del señor Madero. ¿De donde va a sacar los deseos de redimir a un pueblo que ha padecido la opresión de un gobierno del cual él mismo formó parte (como jefe político, como presidente municipal, como diputado, como gobernador) y con el que siempre estuvo de acuerdo? ¿Usté cree que de pronto se va a volver en contra de los grandes hacendados, los industriales, extranjeros y locales, y los explotadores de nuestra raza que siempre lo apoyaron? ¿Va a volverse contra sus socios y sus propios intereses? Está por verse.

"¿Y sabe qué otro indicio tengo para desconfiar del señor Carranza? Nada menos que el rechazo de los hermanos de don Pancho por parte de ese señor. Han estado viniendo a mí montones de maderistas que, con intenciones de apoyar a don Venustiano y por haber oído el run-run del plan contra Huerta se han acercado a él para ofrecerse de voluntarios, y han sido rechazados o recibidos fríamente. No, si es muy cierto que todo se sabe, por eso mejor me voy a ir con tiento, Güera. Bien podría yo seguir enumerándole más y más pruebas de que el señor don Venustiano no es lo que muchos pensaron que sería, por eso hay que irse con pies de plomo.

"Me hice la promesa de acabar con Huerta y lo haré solo o apoyado por quienes piensan como yo. Por lo pronto ya tengo un grupo de hombres armados, buena caballada y gente amiga del otro lado. En El Paso está Silvestre Terrazas encabezando una junta que nombran revolucionaria constitucionalista. Ya les ofrecí mi respaldo y juntos vamos a ver si lo del plan de la hacienda de Guadalupe es lo que esperamos, y a aguardar todavía si es que llega a firmarse en Monclova, y si cuaja, o qué. Si no, le seguimos como ha sido acordado. No necesito de 'planes' para acabar con Huerta, con mi pura gente me basta y sobra."

El Plan de Guadalupe, firmado unos días antes, se dio a conocer en Monclova el día 6 de abril y Villa, al enterarse de su texto, sólo dijo:

—Hay que verlo bien. Es un plan político que para empezar solamente rechaza al usurpador y no ofrece nada para los pobres. Y aunque en él se busca derrocar a Huerta, para mí que trae cola, invisible todavía, pero la presiento. Eso de que no tenga ni una sola línea de beneficio social, como dicen los leguleyos, me da mala espina.

"Tengo que consultar a mis amigos los licenciados para que me expliquen dónde autoriza la constitución eso de nombrarse 'primer jefe', de donde salió eso o qué. Vamos a secundar el plan, pero la aceptación total de ese movimiento se va a quedar pendiente hasta no tener bien claras las intenciones del ex gobernador de Coahuila y una entrevista personal con el señor o con sus representantes."

La entrevista esperada llegó cuatro meses después. El primer jefe envió a su secretario Alfredo Breceda, y al del gobernador de Sonora, Juan Sánchez Azcona, a conferenciar con Villa para invitarlo a sumarse al movimiento antihuertista, lo que aceptó con una sola condición: recibir indicaciones solamente de Carranza y de nadie más. Tampoco acepta la subordinación de sus tropas a la jefatura del cuerpo del noroeste al mando de Álvaro Obregón, que incluía las fuerzas del estado de Chihuahua.

Este cuerpo del ejército constitucionalista, como se llamó al creador por Carranza, era uno de los siete en que se subdividió; los otros eran el del Noroeste, de Occidente, de Oriente, del Centro, del Sur y del Sureste.[7]

El general Villa quedó reconocido entonces como único y supremo jefe de las operaciones en Chihuahua.

Notas

(1) Luz Corral, *Pancho Villa en la intimidad*, Chihuahua, Centro Librero La Prensa, SA de CV Editores, 1977, p. 45

(2) *Ibid.*, p. 44

(3) *Ibid.*, p. 234

(4) Federico Cervantes M., *Francisco Villa y la Revolución*, México, Ediciones Alonso, 1960, pp. 49 y 50

(5) Friedrich Katz, *La guerra secreta en México*, México, ERA, 1982, vol. 2, p. 239

(6) Entrevista con el señor Benjamín Castro, nieto del diputado Atilano Barrera Velázquez, que en compañía de su madre, la señora Josefina Barrera de Castro, relató este hecho a la autora. El diputado Barrera fue fusilado posteriormente por Carranza.

(7) Guadalupe Villa, *Chihuahua, una historia compartida*, México, Gobierno del Estado de Chihuahua, Instituto Dr. José María Luis Mora, Universidad Autónoma de Ciudad Juárez, 1988, p. 230

Un lugar al que llegan de repente
mi cuerpo y tu delirio

Jaime Sabines

No lejos del sillón donde se encontraba Luz, despejada y alerta por efectos del té de flor de la pasión, como si la pesadez de la negra noche y el tremendo dolor de la repentina viudez no existieran, Austreberta Rentería recibía con cierta timidez las condolencias de aquel río humano que desfilaba ante ella con brazos consoladores que la envolvían, caras de sincera pena que compartían con ella el trago amargo, y manos sudorosas que dejaban en las suyas su pegajosa y tibia humedad.

El olor a cera de los gruesos cirios alrededor del féretro, el aroma penetrante de los nardos y los jazmines, el ruido apagado de las pisadas quedas, el roce de los zapatos contra el piso, la falta de oxígeno en aquel lugar saturado de dolientes y los efectos de la infusión, actuaban en el organismo de la joven viuda —la última mujer en la vida del centauro— y le producían la desazón del alma que devoraba el cuerpo y el letargo aquel que conducía a la alucinación.

También ella repasaba su vida y percibía con inexplicable claridad cuanto había ocurrido a sus espaldas. Las apariciones se presentaban con la intensa realidad del sueño. Luego, ¿estaba soñando? Se sabía triunfadora en la guerra del amor y vencedora de su mayor enemiga, Luz Corral, a quien hizo salir de la hacienda para quedarse como única señora de la casa grande, investida de todas las felices atribuciones propias de la favorita, y victoriosa también de todas aquellas mujeres que llegaron a soñar con ocupar ese lugar al lado del hombre indomable que, no obstante, había comido mansamente de su mano los últimos dos años.

Sin embargo, debía admitir que el orgullo que obligó a Luz a tragarse le había sido suministrado a ella también de igual manera cuando supo que en la misma hacienda, aunque en otra casa, vivía Soledad Seañez, una rival más, no tan peligrosa y difícil de derrotar como la Güera, pero imposible de subestimar porque también había parido a un hijo de Villa, Antonio, apenas dos años mayor que su propio hijo Panchito.

¿Dónde estaba Soledad en esas horas de duelo? ¿Por qué no había salido como ella, volando de la hacienda para estar al lado del padre de su hijo en la dolorosa y definitiva despedida?

Austreberta respondía apenas con un cerrar de ojos a las frases de pésame convencionales. De afuera llegaba el murmullo de los interminables cantos lastimeros, de las lágrimas saturadas de sotol, del trote lento de los caballos y del ruido de los vehículos que depositaban a las puertas del hotel Hidalgo más y más dolientes y más y más soldados destinados a la custodia de la pueblerina ciudad cuyos aterrados habitantes esperaban, en esa noche interminable, que algo peor ocurriera en cualquier momento.

Agobiada por la pena, por el viaje, por las ilusiones perdidas y por la desazón en el alma que le devoraba el cuerpo, pareciera que Austreberta hubiera perdido la mitad de su peso. Con el rostro afilado y la humanidad apenas sostenida por el soplo del espíritu, la viuda sostenía en su regazo la cabeza de Juana María, pálida y frágil niña de ocho años recién cumplidos e hija de Juana Torres, mujer de Villa que murió de repente una mañana cuando la pena por haber perdido el amor y la voluntad del esposo se volvió tan insoportable que le detuvo el corazón.

Cuando el general se enteró de la muerte de Juana dicen que ni parpadeó, pero que inmediatamente mandó a su cuñada, la esposa de su hermano Hipólito, a que recogiera a la niña y se hiciera cargo de ella: "cuando pueda yo vivir en paz, rodeado de mis hijos, Juanita estará conmigo. Mientras, ai me la cuidan, yo veré que se les haga llegar lo de sus gastos", les dijo. Y durante dos años, los más largos, los más duros de su vida y pese al rosario de problemas que lo acosaron, fue a visitarla con frecuencia, hasta que logró lo que cada vez deseaba con más vehemencia, vivir en paz. Entonces comenzó a reunir a todos sus hijos y eligió a la mujer que lo había andado rondando durante los años de persecución y lo había acompañado en los ratos de aislamiento y soledad. Fue ella Austreberta Rentería y su papel de madrastra no resultó nada fácil, aunque, a decir verdad, con todo y el empeño que puso en aquel esfuerzo, por amor o por temor, se comportó medianamente con ellos. No aceptaba el papel de madre de los hijos de otras y en la represión de sus excesos disciplinarios mucho tuvo que ver el ojo vigilante del padre.

La otra niña que duerme en el mismo sofá al lado de su hermana es Celia, hija de Librada Peña, de Torreón, y un año menor que Juana María. Librada cruzó brevemente por la vida de Pancho Villa y dio a luz a esa bella criatura en Valle de Allende a mediados de 1915. Sus abuelos la entregaron a Villa, su padre, cuando fueron requeridos para ello porque la madre hacía tiempo que ya no vivía.

Celia ha vivido también durante dos años en la hacienda y, al igual que sus hermanas, llama "señora" a doña Betita —como ha ordenado Austreberta que se le llame— porque no les nace llamarla mamá, aunque así haya pretendido, sin lograrlo, exigirles.

Ocurre lo mismo a Micaela, adolescente de 13 años, totalmente identificada con Luz Corral, a cuyo lado vivió durante 10 años feliz y en paz, sin haber recordado nunca un hogar ni una madre anterior. Con Luz viajó al exilio a Cuba y a San Antonio; de ella recibió amor maternal, y ella hizo realidad su más hermoso sueño: tener un piano. Ella contrató al maestro y escuchó paciente las primeras melodías de su repertorio y el primer recital. Ella la alentó a cada momento y fue la madre ideal y su mejor amiga, pero un día, inexplicablemente y cuando pensaba que la tranquilidad de una vida familiar se había instalado para siempre entre ellas, la vio partir de su lado para no volver jamás. Entonces le fue impuesta la presencia de Austreberta a quien aborreció a primera vista. Fue como volver a quedar huérfana. Lloró ríos caudalosos de lágrimas y se volvió taciturna y silenciosa. "Cosas de adolescencia", pensaba la madrastra, quien no soportaba escuchar las largas sesiones de ejercicios pianísticos de Micaela.

Reencontrar a mamá Luz en el velorio de su padre ha sido la sorpresa de su vida y, pese al dolor inmenso que la atormenta, Mica ha corrido loca de alegría a colgarse de su cuello y duerme ahora, acurrucada en el sofá, al lado de la Güera.

Austreberta resiente ese apego a otra mujer por parte de la niña que no ha sabido, no ha podido o no ha querido conquistar en tres años. Con los ojos entrecerrados pero fijos en las dos, advierte la ternura de la escena y por su mente desfilan los años anteriores, con todo y sus eventos ignorados, gracias a las revelaciones propiciadas por el té de pasionaria. Piensa y recuerda, y en el subconsciente, su otro yo le reprocha a Luz todo cuanto hubiera querido decirle frente a frente si se hubiera atrevido, cuando su calidad de empleada se lo impedía porque era su costurera, allá en la hacienda.

—Tú fuiste siempre la favorita, Güera. Pancho te quiso a ti más que a ninguna. Eché mano de todas mis artimañas para obligarlo a llevarme a la hacienda como empleada porque sabía que una vez ahí desbancarte sería fácil. Te fuiste lejos cinco años, y ésos son muchos años. Ya no le hacías falta, se acostumbró a vivir sin ti. Tu lugar en el lecho había sido ocupado por otra, por mí, la humilde costurera.

"Mientras tú vivías en Cuba y en los Estados Unidos como una reina, acá tu hombre sufría derrotas y persecuciones. ¿Qué sabes de los padecimientos de Pancho durante todo ese tiempo?, ¿quién crees que lo consoló, curó sus heridas y le procuró atención durante la feroz cacería que organizaron los gringos para encontrarlo? ¿Tienes una remota idea de lo que fue para Pancho escapar de 10 mil soldados extranjeros más otros tantos carranclanes, que lo acosaban para atraparlo?

"Tú lo ignoras todo porque lo viviste desde lejos, Luz, te faltó coraje para quedarte y te sobró miedo para sufrir o morirte al lado de tu esposo. Disfrutaste a su lado los años gloriosos y nada quisiste saber de la derrota. ¿Para qué iba querer entonces a un amor que desertó de su deber?

"Yo en cambio lo amé silenciosamente durante muchos años. Rezaba porque le fuera bien en los combates y padecía de lejos las puñaladas de los celos cuando veía cómo se le ofrecían las mujeres a ese hombre que nos atraía hacia sí con un poder de seducción apenas igualado por su inteligencia y su fuerza excepcional para el mando. Caímos por igual en sus redes mujeres y hombres. Mucha gente de razón, montones de mexicanos grandes lo siguieron porque creyeron en él y le fueron fieles. Tú misma los recibiste varias veces en la quinta, no creo que los hayas olvidado. Te besaban la mano, te llevaban flores y tú te dejabas querer.[1]

"Yo era por entonces una simple costurera a tu servicio y cuantas veces llegaba un personaje importante a visitarlos, empleados y sirvientes de ustedes nos las arreglábamos para conocerlo aunque fuera de lejos.

"Allá en tu casa conocí (bueno, divisé nomás) a todas esas celebridades: al doctor Miguel Silva, al licenciado Emilio G. Sarabia, a Federico González Garza y a Roque, su hermano, que fue presidente de la república después de Eulalio Gutiérrez; a Francisco Lagos Cházaro, también presidente, a Miguel Díaz Lombardo, al ingeniero Manuel Bonilla y a muchos otros personajes de la política y del ejército. Hasta los federales lo respetaban. Te has de acordar de Rubio Navarrete y de Felipe Ángeles, fieles hasta la muerte. Cómo se habrán avergonzado los pelones que mandaron fusilar al general Ángeles después del discurso aquel que les leyó ya con los pies en el paredón, donde defendió, como decían los periódicos, con sincero ardor a su jefe. Era fino Ángeles, educado en Francia, un aristócrata del corazón que quiso dejar al mundo su testimonio de respeto y reconocimiento al general Villa, al amigo perseguido y traicionado, temido, envidiado... Debes haber leído por allá por donde andabas, porque todos los periódicos del mundo publicaron fragmentos de ese discurso, sobre todo esas últimas palabras del general Ángeles, ¿las recuerdas?[2]

> Culpo del estado actual de Villa y los suyos a los gobiernos que no han tenido compasión de los desheredados y que los han vuelto fieras. Además, a Villa lo han echado a perder sus cómplices. Por corregir sus errores expuse mi vida (...) En México tenemos muy fuertes pasiones y nunca creemos en la bondad de nuestros enemigos. Cuando yo penetré en Chihuahua, vine buscando a Villa para

> pedirle magnanimidad en el trato con los prisioneros (...) A Villa lo han hecho malo tanto los gobiernos despóticos que hemos tenido como los que lo rodean. Los gobiernos al lanzarlo al desierto y perseguirlo lo han hecho fiera. Villa es bueno, con sus amigos es todo bondad, con sus soldados y oficiales siempre fue paternal y enérgico. No supieron aprovechar su grandeza (...) pero la historia sabrá colocarlo en el lugar que merece.

"El general Ángeles fue uno de esos hombres grandes de verdad, que cuidó a Pancho y siempre le mostró fidelidad, respeto y adhesión a su causa, ¿cómo olvidarlo? El atemperó en muchas ocasiones la ira de su jefe y suavizó su rudeza, procuró su bien y pulió mucho de su aspereza. Gracias a sus conocimientos y a su sabia dirección, el ejército villista fue el más grande, el más profesional y el mejor organizado de su época. ¿Recuerdas el estupor que causó al país la desaparición en la División del Norte de uno de aquellos lastres que padecía también el ejército federal, el viejerío que seguía siempre a sus hombres, las soldaderas?[3]

"Todo aquel montón de mujeres vivía enamorado de Pancho, se morían por acostarse con él, por tener un hijo suyo o porque las mirara siquiera. Cuando le daba la mano a alguna o les dirigía la palabra, se alocaban toditas y causaban la envidia de las demás. Yo a mi vez padecía del mismo mal. Cómo odiaba a las mujeres que pasaban por su vida y lo asediaban y a chaleco querían que las embarazara, creyendo las ilusas que así lo atraparían. No se daban cuenta las pobres de lo inútil de su empeño. Nadie pudo jamás atar a Francisco Villa. Ni tú ni yo ni aquellas que fueron antes de nosotras.

"Pancho era un ser libre, nacido con una clara misión de la cual él estaba consciente: el darse sin medida a todo aquel necesitado de su protección. Era generoso, tierno, con un enorme corazón que entregaba sin condiciones a quien lo amaba, pese a ser de naturaleza desconfiada, pese a ser rudo, con la rudeza que imprimió en su ser la inmensa serranía y la aridez del desierto de Chihuahua. Con la aspereza del hombre solitario, acosado e inerme y con la infinita generosidad de quien ha recibido un beneficio de quien menos lo esperaba, en el momento preciso. Pancho Villa sabía darse sin medida, pero ¡ay de aquel que llegara a fallarle!"

Austreberta mira a la niña dormida en su regazo y el rostro de la madre, Juana Torres, aparece ante ella. Su visión se amplía y la observa paseando por las veredas del amplio y cuidado jardín de la quinta Prieto[4], el hogar que Pancho dispuso para ésta y sus dos hijos, donde además viven sus hermanos Hilario y Luz.

Juana es pálida, delgada y de mirada triste. Teme a Villa y aunque vive en una casona señorial donde nada le falta porque así lo dispuso él, para ella es una jaula de oro.

La historia de este amor comenzó cuando Juana dejó traslucir un ligero gesto de agrado por haber conocido al general Villa, y la madre de la muchacha enloqueció de alegría y dedicó todo su tiempo, a partir de entonces, a tratar de introducirse en los caminos del hombre más famoso del momento y a conseguir un matrimonio ventajoso para su niña, lo cual vendría a resolver los problemas económicos de la familia. Empeño innecesario, porque a Villa ya le había cuadrado la muchacha.

Juanita y su madre eran honorables y bien conocidas y respetadas en Torreón, donde la muchacha trabajaba como cajera en la fábrica de ropa The Torreón Clothing, co. Ahí la conoció Villa y ella le contó a su madre la fuerte impresión que causó en todos los empleados el haber visto de cerca al conocidísimo personaje que llegó, invitado por los propietarios, a conocer la fábrica que maquilaría uniformes para la División del Norte, porque en los talleres de Chihuahua no se daban abasto.

La fama del general era inmensa ya por entonces, y la noticia que corría de boca en boca a principios de aquel año de 1913 fue la de la organización, en el pueblo de La Ascención, distrito de Galeana, de la escolta de Dorados, a partir de los elementos de una fracción llamada cuerpo de guías. Por la avenida Colón, en la ciudad de Chihuahua, donde se encontraba el antiguo cuartel de rurales, se acondicionaron a la perfección caballerizas para 600 caballos, una talabartería especial para la escolta a fin de tener constantemente y en magnífico estado equipo de monturas y mitazas. El sombrero consistía en una texana Stetson xxxxx, y el uniforme era una cazadora de lana color verde olivo, igual a la que llevaban los oficiales del ejército americano. A la altura del segundo botón de la cazadora, mostraban una placa dorada con la inscripción: "Escolta del general Villa", "Oficial de órdenes". De lo dorado de la placa vino el calificativo de Dorados que se dio a aquellos 300 hombres, que vestidos así, marcial y elegantemente, como siempre le gustó a su jefe, causaban revuelo en el sector femenino de cualquier población. Tanto, que se llegó a considerar un problema las bandadas de muchachas que rodeaban el cuartel en espera de verlos salir en aquellos caballos pura sangre, con su general al frente, quien era, a su vez, el más acosado por las mujeres que pasaban frente al cuartel a todas horas, le enviaban cartitas y regalos, lo esperaban a la salida, lo invitaban a sus fiestas, a sus casas. En fin, lo asediaban.

Por ello, nadie logró entender de qué manera, despreciando como despreciaba Villa las presiones femeninas, la madre de la muchacha pudo convencerlo de que su virtuosa hija, la señorita Juana Torres, había sido presa de un repentino sentimiento amoroso derivado de la admiración sin límites que le profesaba al señor general, pero como era tan tímida e inocente, no sabía cómo darle a conocer sus sentimientos.

Presionada por la ambiciosa madre, ocurrió el encuentro de la pareja, a solas, en una atmósfera propicia. Deslumbrada por los obsequios de Villa —a quien no desagradó la Juanita y acabó alborotado por ella como un adolescente y le hizo la corte y le llevó serenatas— en el momento adecuado, la titubeante muchacha cedió, confundiendo el sentimiento amoroso con el encandilamiento momentáneo de quien se ve agasajada y consentida por un hombre poderoso y ducho en conquistar terrenos. Sólo que la confusión se aclaró en su corazón demasiado tarde.

La boda —porque siempre había boda, ¡de veras que le gustaba a Pancho casarse!— tuvo lugar el 7 de octubre de 1913 y el embarazo ocurrió casi el mismo día. Villa depositó a Juana Torres en la quinta Prieto y volvió a ella muy pocas veces.[5] Sus encantos amorosos con aquella mujer fría, endeble e indiferente desalentaba con rapidez la pasión del esposo, quien sentía por ella un amor más parecido a la ternura paternal que al ardor de un recién casado.

La visitó para consolarla cuando murió su primer hijo, luego volvió para conocer a Juana María, la segunda niña nacida el 29 de junio de 1915, y para celebrar alguna que otra cena o reunión con grupos reducidos de amigos íntimos. También acudió en una ocasión para poner a salvo, dentro de esa casa, el oro destinado a los gastos urgentes de la guerra.

Francisco Villa asoma de nuevo a la mente alucinada de Austreberta y lo ve ahora desesperado abriendo gavetas, roperos, volteando colchones, levantando cobijas, cojines y tapetes.

—Aquí dejé un dinero que no aparece por ningún lado. ¿Dónde están los 40 mil pesos que guardé aquí el mes pasado? —pregunta a su mujer—. Por esta desaparición va a creerse que yo he cogido ese dinero para algún uso mío, cuando estaba destinado para los gastos de la División.[6] ¡Juana! —le repite sacudiéndola enérgicamente por los hombros—, ¿qué sabe usted de ese dinero?

—Yo no sé nada de ese dinero —le responde trémula y con los ojos desorbitados por el terror que le causa la ira del esposo.

Arreciando su cólera, de todos tan temida, dijo con voz de trueno:

—El ladrón, quien quiera que sea, sufrirá su castigo, porque ese dinero no me lo roban a mí, sino a la causa del pueblo. Y si por robar al pueblo castigo hasta con la muerte a nuestros enemigos, mayor castigo habré de dar por eso a los hombres de la revolución.

Después salió dando un portazo que hizo retumbar la casa entera, e inmediatamente llamó a su hermano Hipólito para ponerse los dos a indagar las causas de la desaparición y el paradero de aquella descomunal suma de monedas de oro. Pronto descubrieron que habían sido la hermana y la madre de Juana quienes lo sacaron del armario donde él mismo lo había guardado para prestarlo al otro hermano que no vivía con ellos en la casa de Villa.

Con el dolor profundo y la ira del que se siente traicionado, Villa ordena que las aprehendan y las pongan presas.

Al enterarse, Juana se presenta llorosa ante su esposo y le ruega:

—Pancho, se lo suplico, se lo imploro, mande que dejen libres a mi madre y a mi hermana, son inocentes; todo es obra de los intrigantes y calumniadores que me rodean. Hay aquí muchos hombres y muchas mujeres que me odian. Tenga piedad.

Villa no se ablanda. Ni siquiera le responde. Con un gesto de desprecio le da la espalda y se aleja. Los días transcurren, las mujeres siguen presas y el dinero no aparece por ningún lado. Continúan las súplicas de Juana y el desprecio de Villa, cuya furia va en aumento.

—Tu madre y tu hermana seguirán presas mientras ese dinero no aparezca —le dijo la última vez que le dirigió la palabra, antes del rompimiento definitivo, que ocurrió el día en que la torpe y desesperada Juana escribió una carta a su madre y la escondió en la canasta de la comida que diariamente llevaba a su madre presa. El carcelero la interceptó y en vez de entregarla en la celda de la mujer, la llevó enseguida al general, quien la abrió inmediatamente y leyó:

> Mamá, sufro mucho por lo que pasa. Pero ¿qué quiere, mamá, que yo haga con este bandido? Mi vida con él es un tormento, quisiera morirme. Mamá, ya me canso de rogar a este hombre que las deje en libertad. Se lo pido con mis súplicas, se lo pido con mis lágrimas. Pero él es un mal hombre, sanguinario y sin corazón, que sólo sabe hacer maldades y que no se duele ni perdona sino con las dádivas del dinero. Mamá, yo no sé qué hacer. Mamá, yo no tengo paz ni reposo: el resuello de este hombre me amancilla. Su conducta contigo me es más insoportable que la muerte.

Villa estruja el papel ente sus manos y considera: "¿Debo ir en busca de esa mala mujer que así me traiciona, para matarla? La hice mi esposa ante la ley, he sido un esposo bueno, un buen padre, la he mimado, la he agasajado, ¿cómo puede albergar sentimientos tan negros hacia el hombre que la ha amparado con su cariño y sólo ha tenido actos de generosidad para ella y su parentela? ¿Cómo se atreve a calificarme de bandido? ¿Son actos de crueldad los de mi justicia?

"En mis primeros tiempos, cuando luchaba yo solo contra la injusticia de los hombres ricos y poderosos, acaso hubiera yo caído en muy grandes yerros por mi ignorancia y por mi inexperiencia. Pero no, no debo seguir los impulsos de la ira. Necesito platicar con alguien. Llamaré a Luisito, mi ayudante, mi confidente. Él es frío y tiene buena cabeza para razonar."

—A ver, Celso, hazme el favor de llamar a Luisito y me le dice que se presente aquí inmediatamente —ordena Villa a su asistente.

Entra Luis Aguirre unos momentos después y toma asiento cuando su jefe se lo indica.

—Mire, Luisito, lo que son las mujeres. Lea esta carta nomás —le dice y pone la carta en sus manos.

El secretario lee la carta con estupor mientras Villa le expone una serie de razonamientos:

—Juana Torres es mi mujer por el cariño y por la ley. Pude yo tomarla por la fuerza en horas en que nadie resistía los impulsos de mi voluntad y no quise hacerlo. Pude yo tomarla con el halago de mis dádivas, y tampoco lo hice, pues en mi grande deseo por ella, vi sus escrúpulos de pertenecerme fuera del matrimonio y mi cariño respetó ese sentimiento suyo. La hice mi esposa, la amparé con los derechos del matrimonio civil. ¿Comprende, Luisito? Como la quería, la hice mi mujer legítima: Juana Torres es mi mujer legítima, Luisito. Además, como la quiero, la he regalado siempre como a una reina. ¿Y qué sucede ahora, Luisito? Sucede que ella trata con sus peores formas al hombre que la supo respetar, al hombre, Pancho Villa, que la levantó hasta donde ni sus sueños hubieran podido nunca levantarla. Quería yo a Juana Torres, Luisito, pero ya no la quiero. Es una mala mujer. ¿Qué castigo cree que debemos darle?

—Mi general, yo qué le voy a decir, perdónela usted.

—Sí, Luisito, toda mujer merece perdón, pero según yo creo, hay ofensas que no se perdonan sin castigo.

Diciendo esto, Villa se puso de pie, tomó la carta de manos de su secretario y se dirigió con grandes zancadas a la habitación de Juana, donde ella, sentada ante un bastidor, bordaba un tapiz. Sin que mediara explicación, el esposo le extendió la carta ordenándole:

—Juana, léame esta carta, ya sabe cómo soy de malo para leer.

Cuando vio aquella hoja, la mujer perdió el color, se le demudó el semblante y dejó ver en sus ojos desorbitados el terror, porque sintió de pronto que en ese momento Villa la mataría. Y la verdad es que él, con toda la fuerza de su cólera, sentía fuertes impulsos de matarla.

Ella nada decía. Petrificada, muda, tensa por la angustia, veía la carta y lo veía a él.

—Ande, m'hijita, léame pronto esta carta que ya me anda por oírla —urgía Villa.

Ella continuaba sin poder despegar los labios. Temblaba todo su cuerpo sin control y en su mente reconocía la magnitud de la maldad y la traición que había hecho al hombre que tanto la había amado.

Villa no se apiadaba y con saña repetía acercándosele:

—Léamela, ándele, ¿qué no conoce esa letra? ¿Conque no me la quiere leer? —presionaba a la traicionera mujer.

Él se acercaba y ella temblaba con mayor fuerza hasta casi desfallecer, y temblaba tanto, que el mismo sacudimiento le impedía leer. Pero viendo que no podía desobedecer más tiempo, empezó a leer y simultáneamente comenzó a fluir un llanto que la ahogaba impidiéndole articular bien las palabras y cortando su respiración.

Cuando finalmente pudo terminar la lectura, el hombre ofendido, que estuvo a punto de perdonarla cuando la vio desfallecer de miedo, de vergüenza y quizá de remordimiento, superó el momento de debilidad y le ordenó de nuevo:

—Yo soy un ignorante que no entiende. Ande, vuelva a leer esa carta que tanto habla de mí.

Y nuevamente leyó ella sin dejar de llorar, con la mirada taladrante de Villa, llena de ira y rencor, sobre ella.

—Así somos todos los hombres en nuestra pasión, Luisito —comentaba mas tarde a su secretario—. Cuando la mujer de nuestro amor nos ofende, nos gozamos en hacerla sufrir con la misma complacencia con que antes queríamos que gozara por nuestros hechos. Vaya usted a poner en libertad a esas dos ladronas y déles dinero suficiente para que se vayan de Chihuahua. Dígales que tienen 24 horas para salir del estado y que no quiero volver a saber de ellas ni de Juana Torres. Busque después al licenciado Lozoya para que inicie cuanto antes los trámites de divorcio. Juana Torres murió para mí.

El tío de Juana se suicidó mientras su madre y su hermana se encontraban encarceladas.

Notas

(1) Antonio Vilanova, *Muerte de Villa*, México, Editores Mexicanos Unidos, 1966, pp. 27-47

(2) Federico Cervantes M., *Francisco Villa y la Revolución*, México, Ediciones Alonso, , 1960, pp. 607-608

(3) Antonio Vilanova, *op. cit.*, p. 40

(4) Pat Queen, en *Pancho Villa, intimate recollections by people who knew him*, New York, Hastings House Publishers, 1977.

(5) Martín Luis Guzmán, *op. cit.*, pp. 291-293. Juana María Villa, hija de la protagonista de esta historia, afirma que las cosas no ocurrieron como aquí se relatan. Ángel Rivas, en *El verdadero Pancho Villa*, da otra versión; Luis Aguirre Benavides, en sus memorias, *De Francisco I. Madero a Francisco Villa*, describe ampliamente el suceso, que coincide con los aquí citado; L. Fischbein proporciona una evidencia más en la entrevista con Peterson y Cox que aquí se cita, y Luz Corral la incluye en sus *Memorias*, referidas por nosotros ampliamente. En todo caso nos atenemos al texto de Guzmán porque en esta parte se apega a las memorias personales que el general Villa dictó a Manuel Bauche Alcalde y que, como antes se afirmó, tuvo a la vista. Actualmente se encuentran en poder del licenciado Hipólito Villa Rentería. Quizá algún día se logre una publicación facsimilar de los cinco cuadernos que las conforman.

(6) Luz Corral, *Pancho Villa en la intimidad*, Chihuahua, Centro Librero La Prensa, SA de CV Editores, 1977, p. 159

Poner la mano
sobre tu corazón guadalupano

Ramón López Velarde

La interminable noche de duelo avanza y las tres viudas de Villa continúan el viaje alucinado de regreso a ese pasado poblado de revelaciones insospechadas, y con plena conciencia de una realidad anterior, ajena a ellas y lacerante.

Las lágrimas que ahora fluyen suave y silenciosamente por las mejillas de Luz Corral y ruedan hasta empapar su blusa, han sido provocadas por el más doloroso de los recuerdos: la muerte de su hija Luz Elena en agosto de 1913. Pronto se cumplirán 10 años, pero el dolor sigue ahí en el pecho, punzante y listo para convertirse en río de lágrimas a la menor provocación.

Diez años han pasado también de los primeros, inmensos triunfos de Villa bajo la bandera del constitucionalismo, y también de los primeros y más intensos celos sufridos por ella cuando tuvo conciencia de que Villa era un hombre inasible y debía resignarse a compartirlo con otras, porque jamás sería suyo solamente.

Así, tal como en esa noche de duelo y de evocaciones dolorosas lloraba también Luz cuando tuvo que alejarse de Chihuahua una vez más por decisión del esposo, la muerte inexplicable de su niña Luz Elena y la presunción de envenenamiento, les hacían temer un nuevo atentado del que había que ponerla a salvo.

Lloraba Luz porque un nuevo presentimiento le oprimía el corazón conforme se alejaba de Chihuahua, de su esposo y del hogar conyugal. Su relación con Pancho ya no era la misma; la casa, tras la muerte de la niña, parecía helada y vacía, y a él lo sentía tan distante...

Francisco Villa era un hombre de la guerra. Los años de persecución sin tregua que habían herido su corazón y su espíritu, aguzaron también sus sentidos y lo convirtieron en un combatiente instintivo, como el puma de la sierra. Y todo ese conocimiento, sumado a la increíble energía que emanaba de su persona, los había consagrado a luchar por quienes él llamaba "sus hermanos de sangre y raza".

Las mujeres no somos importantes en su vida —pensaba Luz llegando finalmente a una conclusión ya instalada en su alma desde hacía tiempo—. Somos, si acaso, el consuelo, el reposo, la paz, la alegría, qué se yo; el desfogue de la pasión que lo consume cuando toda su energía no está concentrada en planear el combate siguiente, la campaña próxima o la batalla en turno.

No somos importantes para él sus mujeres, bien lo sé. Así lo amo y lo acepto. Es mi esposo y el supremo comandante de la División del Norte. ¿Tendré espíritu de musulmana?, porque no siento que los celos me consuman. Sé que no puedo cambiar las cosas y si quiero tenerlo, debe ser aceptándolo tal cual. Y así lo acepto.

Luz temía ante todo la separación. Ya no era una muchachita ingenua y sabía que un hombre joven, famoso y seductor no permanece solo mucho tiempo. Y ella estaba dejando solo al suyo en el lánguido estío de aquel año, fundamental para el villismo, de 1913.

Principiaba el mes de septiembre. El calor sofocante del último mes de verano era atenuado por las lluvias, lo que animaba a los pobladores de la capital del estado de Chihuahua a salir de sus casas, armados de paraguas e impermeables olorosos a naftalina, que generalmente envejecían y pasaban de moda guardados en los roperos por falta de uso, y sólo en esta corta temporada podían lucir y sacar a orear por aquellas estrechas calles recién lavadas y frescas.

Ahora, los pobladores no tenían que sufrir la calcinación del sol que desde el mes de marzo, cuando la nieve se derrite y deja de soplar el viento helado, hasta bien entrado agosto, cuando se establece el corto tiempo de aguas, reseca lagos, ríos y bordos, evapora la poca agua que quedó en las presas, acaba con el ganado matándolo de sed y se lleva a los niños por el camino de la deshidratación, la diarrea y el cólera.

Hay charcos y lodazales por las calles sin empedrado, pero a nadie parece importarle; por el contrario, son tan raras las lluvias en Chihuahua que sus vecinos disfrutan aun las incomodidades que acarrean, y en lugar de recluirse en sus casas, salen con el mayor entusiasmo armados de sus paraguas, y hacen más intensa la vida de la ciudad bajo la lluvia.

Por eso, aquella nebulosa y húmeda mañana se repitió una escena común a la temporada, cuando salieron dos hermanas bien vestidas y cargadas de paquetes de los almacenes Ketelsen y Degetau,[1] el cajón de ropa más exclusivo de la ciudad, perteneciente a los alemanes de los mismos apellidos, radicados en Chihuahua desde finales del siglo anterior. Las muchachas se detuvieron brevemente en la banqueta mientras intentaban abrir sus paraguas para protegerse de la llovizna que empezaba a caer, sólo para recibir de forma repentina un chapuzón de agua lodosa salpicada por las llantas de un automóvil último modelo, que contrastaba notablemente con las calandrias, carretelas y tranvías de mulas y era uno de los pocos y raros que circulaban por el empedrado del centro, único sector de la ciudad con este tipo de pavimento, y contrastaba notablemente con las calandrias, carretelas y tranvías de mulas.

El auto se detiene bruscamente unos metros adelante y de él desciende un hombre corpulento que se descubre y dice apenado:

—Perdón, señoritas, les ruego disculpen la torpeza de mi chofer.

—No es nada, señor, sólo un poco de agua —respondió una de ellas al tiempo que sacudía el agua de su falda.

—¡Válgame dios, cómo que un poco de agua, si están ustedes empapadas. Miren nomás cómo las dejamos. Permítanme presentarme, soy Francisco Villa, para servirles. Pero déjenme hacer algo por ustedes, ¿podríamos llevarlas al lugar que ustedes ordenen? A ver, Eugenio, ven acá, carguen estos paquetes —señala con la mano en ademán de llamar a sus dos ayudantes; enseguida se coloca en medio de las dos mujeres, las toma del brazo y cruzan los tres la calle para colocarse bajo el toldo del banco Minero, justo cuando arrecia la lluvia.

—Yo soy Guadalupe Coss y ella, mi hermana Natalia —dijo extendiendo su mano, que Villa tomó con timidez y, cosa que nunca había hecho, la rozó apenas con los labios, tal y como había visto hacerlo en las películas, y alguna vez a los señorones de la "alta sociedad". Sin soltarla, levantó la mirada para fijarla en los ojos de la muchacha turbada que le respondió:

—Mucho gusto y gracias por su ayuda, pero aquí pueden dejar nuestros paquetes, ya viene el tranvía.

—¿Volveremos a vernos? —preguntó él—. Prométame que volveremos a vernos. Usted diga cuándo, dónde y a qué hora y ahí estaré.

Natalia lo recorrió de pies a cabeza con la mirada y le dijo fríamente:

—Mi hermana está comprometida, señor.

Y le dio la espalda para dirigirse al tranvía que en ese momento se detenía frente a ellos.

—A las seis en catedral, a la salida del rosario —le dijo Lupe casi entre dientes y con disimulo y se marchó tras su hermana para abordar el vehículo, pero alcanzó a escuchar:

—Por ahí le caigo, chula —y volvió a su auto luego de ver desaparecer el tranvía calle abajo.

—Ahorita mismo me investigan quién es, dónde vive y si es verdad que tiene novio esa preciosidad de criatura —ordenó Villa a sus dos acompañantes—; pero búiganle porque me urge la información. Vámonos de regreso a la casa.

Antes del mediodía el informe solicitado estaba en sus manos:

> La señorita Guadalupe Coss Domínguez es la segunda de siete hermanos, tiene 18 años y está comprometida para casarse con un sobrino nieto del general Luis Terrazas. El parentesco es por el lado de la señora Carolina Cuilty Bustamante, esposa del general. Su padre es de Ciudad Guerrero y tiene propiedades en los Ranchos de Santiago, pertenecientes al distrito de aquel lugar. El señor Coss es un hombre respetado por quienes lo conocen pero afirman que adolece de un grave defecto: es un jugador empedernido.

A la salida del rosario, Lupe y Francisco se encontraron y tomados de la mano caminaron apresurados hasta donde estaba el automóvil y partieron.

—¿Adónde, mi general? —preguntó el chofer.

—Sólo tengo dos horas —dijo Lupe—; doy una hora de catecismo y dedico la siguiente a preparar niñas para la primera comunión.

—Lo que usted ordene, ¿adónde quiere que vayamos? —dijo él.

—Adonde usted guste, cualquier parque está bien —dijo ella.

El jardín Lerdo de Tejada que presenció aquel súbito enamoramiento entre un hombre rudo, apasionado, acostumbrado a guerrear y a darse de golpes con la vida, y una niña bien, hija de familia, sin preocupaciones ni temores ni angustias y en edad de merecer, era el más bello de Chihuahua y uno de tantos que ofrecen su verdor y su frescura en las ciudades de traza española. Fuentes, flores, andadores flanqueados por setos de trueno ocultan a medias las bancas y convergen en un kiosco donde una o dos veces por semana la banda municipal deja escuchar música popular mientras los jóvenes dan vueltas en busca de su pareja para iniciar un cortejo singular y prolongado del que estará pendiente la mirada suspicaz y vigilante de las madres de las muchachas. Las residencias —"quintas" se llaman acá— de las familias más poderosas del estado rodean el parque y conforman un conjunto señorial y elegante en el barrio más aristocrático de la ciudad.

Esa tarde, el jardín estaba solo cuando se detuvo frente a uno de sus andadores el auto con la pareja. El frescor de la lluvia y la oblicua luminosidad de las últimas horas de la tarde conferían un toque romántico y melancólico al lugar.

—Regresa por nosotros dentro de hora y media —ordenó Villa a su chofer mientras ayudaba a Lupe a descender del auto.

Caminaron unos pasos diciéndose cualquier cosa, ambos igual de turbados, igual de anhelantes, atraídos por la misma fuerza, con la misma intensidad. No había cerca ni miradas ni oídos indiscretos. Todo era propicio para el romance.

—Ya sé quién es usted —dijo ella—; no pensé nunca tener la suerte de toparme así nomás, de repente, con un hombre tan famoso que vive en peligro constante.

—En peligro estoy yo de creer lo que me están diciendo sus ojos, chula —respondió, con la mirada fija en ellos.

Rodeó con su brazo la breve cintura de Lupe y caminando despacito por la vereda de tierra apisonada, acercó lentamente sus labios a los de ella y sin detenerse llegaron hasta un encino donde aquella ardiente y prolongada caricia continuó.

Recargados en el tronco, sin más palabras, sin respirar siquiera y abrazados con tal fuerza que quien hubiera podido verlos pensaría que se trataba de un solo cuerpo, se olvidaron del tiempo y se entregaron con frenesí a hora y media de caricias incandescentes que no subieron más de tono porque el ruido del motor del vehículo propiedad del anhelante galán los volvió a la realidad. Era hora de regresar a la tierra. Lupe abrochó con rapidez los botones de su blusa y compuso su cabello. Enseguida, tomados de la mano y sin decir palabra, abordaron el auto.

Recargada en el hombro de Pancho, Guadalupe cerró los ojos con arrobamiento. Él levantó la barbilla de su dama y volvió a besarla. Quemaban las bocas, los rostros, los cuerpos.

—¿Nos vemos mañana a la misma hora? —preguntó él.

—Sí, hasta mañana, si dios es servido —respondió ella con un sonrojo que le hacía estallar el rostro. Lupe vivía rodeada de un mundo conformado por mujeres honestas y recatadas, pero hoy, de las dos fuerzas opuestas que luchaban en su interior: la rígida moral victoriana de su familia y el flamazo pasional que la había empezado a consumir, había triunfado este último.

La mañana prometida nunca llegó, al menos en el momento deseado. La niña Lupe se fue al rancho por órdenes terminantes del enfurecido padre, urgido de enviarla lo más lejos posible del tremendo conquistador. Al prometido agraviado, el pariente político de Terrazas, le llegó el chisme, y alarmado corrió a ver al futuro suegro. Natalia se encargó de confirmar la noticia de la cual ella misma fue testigo inicial. Del idilio en el parque se tuvo que enterar luego, porque no faltó un informador diligente que se lo hiciera saber: alguien que pasaba por el jardín, algún transeúnte que advirtió su presencia a bordo del auto del famoso general, o un tercero que vio a Lupe correr de la mano de Villa hacia el dodge último modelo a la salida de la iglesia. En un pueblo chico, donde la presencia de un personaje causa conmoción y la gente ociosa no tiene más quehacer que estar al pendiente de cuanto éste hace o deja de hacer, los movimientos del hombre más famoso del momento haciendo la corte a una niña bien eran la mejor oportunidad para practicar chismografía y maledicencia. Actividades muy favorecidas a la salida de misa.

Lupe, la bella Lupe, y Pancho Villa, nada menos, estuvieron besándose en el parque Lerdo de Tejada. ¡Jesús y María santísima nos amparen! Esa muchacha se volvió loca.

Loco, o punto menos, estaba el enamorado Pancho sin Lupe, pero el amor tiene tantos caminos...

—Vengan acá, muchachitos, los necesito para una misión muy delicada y confidencial —ordenó Villa a los dos hombres de su confianza que lo habían asistido en este episodio—. Me van a seguir de cerca al padre de Lupe; quiero saber qué hace desde que dios amanece, hasta que se recoge en su casa, ¿me oyeron? Y tan pronto sepan o lo vean que se le pega a la baraja y agarra dos o tres días de jugada, me avisan inmediatamente, ¿está claro?

—Clarísimo, mi general —respondieron, cuadrándose los dos hombres asignados a la delicada misión.

No había concluido la semana cuando el par de investigadores regresaron de su gira con las nuevas:

—Con la novedad, jefe, de que el señor padre de la señorita Lupe lleva ya toda una noche jugando en la quinta Espinosa allá en la calle cuarta, y está perdiendo.

—Bien —repuso Villa— que traigan mi auto. Acompáñenme.

La quinta Espinosa,[2] caserón ubicado frente a la plaza de toros, llevaba el nombre de su propietario, un español que tuvo la buena idea de abrir una especie de club recreativo para solaz y esparcimiento de la población masculina, y en ocasiones especiales, de la femenina. Rodeada de unas tres hectáreas de jardines, contaba con baños de vapor, un rebote y un gran salón donde semana a semana se bailaba hasta más allá de la media noche.

Los señores, después del juego de rebote y del baño de vapor, se sentaban a jugar cartas o dominó y ahí frecuentemente les amanecía. No había cantina en aquel lugar y los concurrentes tenían que conformarse con beber cerveza —que la había muy buena, importada de Míchigan, de Belfast, Irlanda, y local, de la cervecería de Chihuahua—, café, aguas de seltz o la famosa agua mineral Bromo Hygeia, importada también de Míchigan.

En ese lugar se encontraba el padre de Lupe, desvelado y nervioso, tratando de reponerse de las apuestas perdidas mediante la revancha a la que, por supuesto, se negaba el ganador, cuando lo localizaron los investigadores del jefe.

"Así lo quería encontrar", murmuró para sí Villa cuando vio la situación aquella en la que se encontraba el padre de la muchacha en turno, que lo traía de cabeza. Enseguida dijo en voz alta dirigiéndose al perdedor:

—Yo mero juego con usted, mi amigo.

El padre de Lupe no quería creer lo que veían sus ojos. ¿Y quién era el valiente que podía atreverse a negarle algo al jefe supremo de la División del Norte?

—Como quiera usted, aunque ya no me queda nada para apostar —respondió.

—Le voy a proponer una tratada y usted no se me va a poder negar; mire: si yo pierdo, le pago aquí mismo una cantidad suficiente para rescatar todos los bienes que lleva perdidos. Y si gano, de todos modos le doy eso que le dije, pero usted me da a su hija Lupe. ¿Cómo la ve? Se la pongo fácil, don Epifanio, usted gana de todas todas.

El hombre no dijo ni sí ni no, y solamente agachó la cabeza con resignación.

Villa se sentó a la mesa de juego a las 10 de la noche, rodeado de una docena de sus hombres, quienes no permitían a nadie acercarse. Trepados en sillas, en mesas o en bancos, cerca de un centenar de curiosos se disputaban un lugar para presenciar, aunque fuera de lejos, aquella histórica partida de conquián.

Los astros señalaban claramente que Villa sería el ganador de todas las partidas, de todas las batallas y de todos los amores durante una larga temporada que apenas comenzaba. Y ganó.

—¡Ah, qué diablo de jefe! —dijo Uribe, uno de sus hombres.

—Te me vas ahorita mismo tú, Uribe, a ver que preparen mi tren con un carro y un cabús, y das aviso a los jefes de estación para que mantengan la vía despejada de aquí a

Ciudad Guerrero. De paso envías un mensaje a Lupe al mismo lugar para que espere en la estación mi llegada, ¡pero ya! —urgió Villa a su asistente, que salió como exhalación.

—A ver usted, Luisito, encárguese de cumplir mi compromiso aquí con el señor Coss —dijo, y agregó colocándose la tejana y poniéndose de pie—: señores, que pasen buenas noches.

A bordo de su tren —a cuya máquina habían enganchado solamente lo que Uribe había considerado indispensable: el carro comedor, el carro dormitorio y el cabús de escolta— y mientras cenaban, Pancho Villa comentaba a sus acompañantes:

—Miren nomás lo que son las cosas. Con la aversión que siento por los Terrazas, quién iba a decir que la prometida de uno emparentado de ellos lo dejaría por mí... ¿Y ya saben ustedes que el mismo general Terrazas y sus hijos andan reclutando gente para detener las aspiraciones de los desarrapados garrientos, como nos llama? No es ésta la primera vez que sus privilegios y sus inmensas riquezas se ven amenazados, así que ellos ya saben estar alerta y esperar con las armas en la mano para defender sus "tierritas" y sus "centavitos bien habidos", como llaman cínicamente a su inmensa fortuna. El chiste que tanto hace reír a algunos, a mí me encabrona; ustedes ya lo han oído: "¿El general Luis Terrazas es de Chihuahua?". "No, Chihuahua es del general Terrazas".

"Y también me enchila el cuento aquel a propósito de una venta de 100 mil reses. Dicen que Terrazas preguntó: '¿Las quiere todas negras, o de cabeza blanca y cuerpo negro?' ¡Carajo, no hay derecho! Miren, además de ser dueño del mayor latifundio, siete de los más grandes ranchos son propiedad de parientes suyos, como Enrique Creel y Carlos Zuloaga. El inmenso rancho Biviácora es del magnate periodista Randolph Hearst.[3] O sea que lo que no es de los Terrazas, su familia o sus incondicionales, es de los extranjeros. ¡Estamos lucidos!

"La riqueza insultante de esta familia es todo un monumento a la injusticia de una época que nombran de 'paz, orden y progreso' y que no terminó con la renuncia de don Porfirio. Ni termina aún, y sólo dios sabe hasta cuándo terminará. Por eso ordené el fusilamiento de su administrador en la hacienda del Carmen apenas comprobé la verdad de la denuncia de que ahí se trataba con crueldad a la peonada. ¿No creen ustedes, pues, que había un palo enmedio del casco donde se azotaba a quienes no completaban la tarea o no pagaban a tiempo sus deudas? Además, el muy cabrón de Terrazas exigía eso que llamaban más antes 'derecho de pernada', o sea, desflorar a la novia la noche antes de su boda.[4]

"Hay mucho odio en contra de esa gente que nada ha hecho por sacar de esta desgracia que son la ignorancia, la miseria y el vicio a mis hermanos de sangre y raza. Antes al contrario, se fomenta el vicio vendiéndoles los litros enteros de sotol, para que se embriaguen y no piensen, y se les adormezca permanentemente la razón y no vean su desgracia y no tengan aspiraciones para salir de esa situación, y no deseen otra cosa más que el día de su raya para ir a gastarla en embriagarse. Ésa es su única aspiración gracias a que en la propia hacienda donde son casi esclavos se les proporcionan los medios para vivir embrutecidos, perdidos de borrachos. Y a toda esa bola de rufianes patrones amparó Díaz, ¿cómo pues permitir que las cosas sigan así?"

Largamente habló Villa con los hombres de la escolta de sus sueños y sus esperanzas, y apenas tuvieron tiempo para dormitar un par de horas, mientras volaba el convoy reventando sus calderas hacia donde se encontraba Lupe Coss.

La bruma de la mañana comenzaba a levantar cuando el silbato y el ruido lejano del tren se escucharon en la estación de Ciudad Guerrero.

Guadalupe esperaba en el andén con tal ansiedad, que no podía estar ni sentada ni de pie. Su amiga de la infancia —en cuya casa pasó la noche luego de haber recibido, por un verdadero milagro, en propia mano el telegrama de Villa anunciando su llegada— la acompañaba con los nervios de punta.

—¡Ay Lupe!, criatura del Señor, ¿estás segura de lo que vas a hacer, no te arrepentirás? —preguntó y la rodeó con sus brazos estrecha, fuertemente.

Lupe, con los labios apretados, los ojos brillantes por la emoción y las lágrimas contenidas a duras penas, movió la cabeza enérgicamente indicando que no, que jamás se iba a arrepentir.

En ese momento, el tren disminuyó su marcha para detenerse. Aún en movimiento, se abrió la puerta de un vagón y, colgado prácticamente de ella para no caer, apareció Francisco Villa. Lupe corrió hacia él, quien la tomó por la cintura, la subió al carro en vilo y gritó al garrotero: "no se detengan, continúen la marcha, regresamos a Chihuahua".

El tren de Villa permaneció en las afueras de la capital del estado durante dos días completos. Solamente el personal de confianza podía entrar en los compartimientos privados de la pareja que durante todo aquel tiempo olvidó la existencia de otro mundo aparte del suyo.

Al tercer día mandó el ardiente esposo traer al señor obispo Nicolás Pérez Gavilán en persona para que los casara. Al término de la breve ceremonia los cocineros le ofrecieron a su general y a la reducida comitiva la sorpresa de lo mejor de su recetario. "Cordon-Bleu" y un par de botellas de champaña. "Como en las bodas de los ricos, mi general, para brindar por su felicidad", dijo el jefe de cocina.

El señor obispo levantó su copa:

—Que la santísima virgen María de Guadalupe, cuyo nombre llevas, muchachita, te acompañe para que seas el faro de luz que ilumine el camino de este hombre que acabas de tomar por esposo. Que haya paz y se termine el bandidaje, y la gente buena, decente y honrada pueda vivir de nuevo con tranquilidad en nuestro amado estado de Chihuahua.

Villa, abstemio de tiempo completo, alzó no obstante su copa y dijo para corresponder al brindis del obispo:

—Señor, en nuestro país quienes se dedican al bandidaje son los terratenientes, los rurales y los generales de Porfirio Díaz. La gente humilde como yo lucha por la justicia y por una suerte mejor.

En la casa de Lupe Coss reinaba el desconsuelo. Doña Antonia, su madre, no encontraba paz ni reposo ante tamaña desgracia y prefirió dejar la ciudad para no tener que dar la cara a nadie.

La hija consentida entregada en manos de aquella fiera, un rufián, un salteador, un enemigo de la gente decente. Y por si esto no bastara, el señor obispo, el máximo representante de su religión en el estado se había prestado a la burla sacramental de casar a la pareja, a sabiendas de que el novio era casado. ¿Cómo pagaría por ese crimen?

—¿Adónde vamos a ir a dar? Cómo es posible, Epifanio, que así haya usted procedido. Se va a condenar en el fuego eterno del infierno por haber entregado a su hija en manos de un hombre que vive en el pecado, un adúltero sin entrañas —reprocha la madre atribulada al padre jugador—. Nunca volveré a dirigirle la palabra. Es usted un engendro del demonio. Para mí, usted ya no es mi marido. Ya se murió.

Lloraba mañana, tarde y noche. Organizaba rosarios, novenarios, tridúos de misas. En aquel pueblo, sus compañeras, las hijas de María, las damas de san Vicente de Paul, las terciarias franciscanas, las damas de la vela perpetua la acompañaban en su dolor y en sus ruegos.

Todos los días al caer la tarde, rosario en mano daban vueltas reza y reza alrededor del patio de aquella casa enlutada y manchada por la deshonra. Las preces suplicaban que el obispo violador del sacramento fuera castigado con todo el rigor divino y que Lupe regresara sin mácula. Las buenas mujeres exigían a la corte celestial lo que ni las 11 mil vírgenes hubieran podido conceder.

Cuando doña Antonia tuvo noticia, por boca de uno de sus parientes de la ciudad, del embarazo de su hija, reunió a cuatro de sus hijas, al único varón y a todos sus sirvientes, y los puso a descolgar de sus dos casas, con un frenesí y una urgencia fuera de todo control, cuanto cuadro de santo, virgen o similar había; sacaron de cómodas, roperos, estantes y cajones, cuanto escapulario, estandartes de cofradías, hábitos de carmelita descalza y de terciaria franciscana pudieron encontrar. Hallaron medallas milagrosas, chales, velos y mantillas españolas, misales y breviarios con bisagras plateadas o doradas y cubiertas de concha nácar o piel de cabritilla que hacía largos años no utilizaban, porque habían sido adquiridos para una primer comunión, un bautizo u ocasión especial; rosarios, cilicios, veladoras, estampitas; santos de vestir con cabeza y extremidades de pasta y cuerpo de trapo. Estofados de vírgenes y beatos que llevaban siglos bajo sus capelos de cristal delgadito y frágil; arcángeles de porcelana, angelitos con fuente para agua bendita.

Bajaron de su sitio en la pared principal de la sala al divino rostro y a un óleo de la virgen de Guadalupe, con las cuatro apariciones en las esquinas, firmado por el pintor

Margarito Vela de San Luis Potosí, con marco de plata grueso, obra maestra de la orfebrería mexicana del siglo XIX, la litografía con la virgen de los Remedios, que adornaba el comedor, y la de nuestra señora de la cabeza, con el marco Luis XV que estuvo siempre en la cabecera del lecho conyugal.

También se retiró de su lugar el viacrucis traído de Europa por los parientes de la abuela materna en tiempos de la guerra de Independencia, y tampoco se escapó el retrato de su santidad Pío X, con todo y bendición al calce.

Luego formaron en el corral una pira que ardió durante seis horas y atrajo al pueblo entero. Nada se salvó. Lo único que medio chamuscado rescató de aquella hoguera sacrílega una piadosa vecina fue un ejemplar de *La imitación de Cristo* de fray Kempis, y un cuadro muy antiguo, orgullo de la familia por varias generaciones, que representaba a la virgen de pie, traspasada por una daga. Llevaba la firma de un tal Juan Correa y por el reverso tenía una inscripción que decía:

> Stabat Mater dolorosa
> Justa crusem lacrimosa
> Deus pendebat filius.

De este cuadro sólo quedó la cara de la Virgen, lo que de inmediato se interpretó como un milagro.

Las beatas se arrodillaban en cruz y elevaban preces al cielo clamando: ¡profanación, herejía, las fuerzas del mal se han apoderado de nuestra hermana, el diablo anda suelto!, y urgidas de la presencia de alguien investido de los más altos poderes y con facultades para exorcizar aquel demoniaco suceso, corrieron en busca del cura del pueblo, quien de inmediato se presentó en la fogata armado con una botella de agua bendita y la roció, hasta agotarla, sobre las llamas, sobre unos perros que también presenciaban la quemazón, sobre las mujeres, los hombres y los niños que cantaban azorados ante aquel insólito espectáculo:

> Viva María,
> muera el pecado
> que los demonios han fomentado,
> y viva Jesucristo
> crucificado.

—Ésta es una afrenta a nuestra fe, un acto de herejía que la gente piadosa, de buenas costumbres y temerosa de dios no puede presenciar sin arder en santa ira —clamaba ante su perpleja grey el señor cura y agregaba en tono grandilocuente—: Yo te conmino, Antonia Domínguez, en nombre de dios y María santísima, a que en un acto de contrición te arrepientas públicamente de tu gran pecado, acudas de inmediato a confesarte y acates con humildad la severa penitencia que tu pecado merece, so pena de convertirte en reo de excomunión.

Por toda respuesta, doña Antonia, que llevaba seis horas atizando la hoguera con todo cuanto en su casa oliera a iglesia católica, vio arder la última brasa, dio la espalda a la concurrencia y dando un portazo, echó el aldabón y se encerró en su casa.

—Habrase visto —dijo para sí sofocada, con el corazón queriéndosele salir del pecho, la mandíbula trabada y el rostro aún ardiendo por la muina, más que por el calor de la pira—; un obispo casando a un hombre casado; esto es el apocalipsis, dios nos coja confesados...

Nunca volvió a pisar una iglesia católica. Dejó de asistir a las reuniones de la cofradía del santo sepulcro, abandonó sus clases de catecismo y dejó de preparar niños para la primera comunión; se alejó para siempre de las reuniones en las que vestían santos y niños dios, ignoró para el resto de su vida los ayunos de cuaresma y los días de guardar. Perdió fe y este hecho empeoró las cosas porque ahora sí que no había consuelo a su dolor.

No podía, no quería o no sabía ni como mujer ni como madre, entender aquella pasión auténtica de su hija por Francisco Villa. Mucho menos la de este célebre combatiente por Lupe, la orgullosa compañera del hombre que pronto se alejó para desempeñar el rol protagónico de los mayores triunfos de la revolución a partir del mes siguiente en que se desencadenó una serie de victorias espectaculares.

La astucia y su muy personal manera de planear los combates fueron motivo de atención mundial. Era el hombre clave de la revolución en México y el pueblo lo consideraba *la Revolución*.

Paradójicamente, el primer jefe, ex porfirista de pura cepa, urgido de ganar la popularidad que ya sentía le estaba arrebatando Villa, acudía frecuentemente a la retórica bien conocida y de eficacia probada por él en otro tiempo, para convencer a la población de sus preocupaciones redentoras, y se contradecía en su fuero interno diciendo, en privado, cosas históricas en las que estaba muy lejos de creer y mucho más lejos de cumplir.[5]

> Las nuevas ideas sociales tendrán que imponerse en nuestras masas; y no es sólo repartir las tierras y las riquezas nacionales; no es el sufragio efectivo, no es abrir más escuelas, no es igualar y repartir las riquezas nacionales; es algo más grande y más sagrado; es establecer la justicia, es buscar la igualdad, es la *desaparición de los poderosos* para establecer el equilibrio de la conciencia nacional.

Pero su discurso público y sus verdaderas intenciones privadas nada tenían que ver entre sí, y congruente con ello, hacía de espaldas al pueblo y en un tono de máximo secreto, cosas que también habrían de tener consecuencias históricas, como insistir ante los jefes de las fuerzas militares revolucionarias, que las tierras incautadas *debían ser devueltas a sus dueños*, esos poderosos cuya "desaparición inminente" Carranza proclamaba a los cuatro vientos. Villa, desde luego, se oponía a la devolución de tierras en el estado, entre otras razones, porque había efectuado ya repartos desde la época de Abraham González en Chihuahua, después de la batalla de Ojinaga.

En aquel entonces, Villa había expedido un decreto concediendo 25 hectáreas de las mejores tierras que acababa de confiscar, a todo varón mayor de 18 años. Más tarde hizo extensivo ese decreto a los estados de Durango y Coahuila y posteriormente a los que se encontraban enclavados en los territorios dominados por sus fuerzas.[6]

—Mire usted, amigo Magaña —argumentaba Villa ante Gildardo Magaña, representante de Zapata, durante una reunión sostenida ante aquél y un grupo de revolucionarios que acudieron de todo el país el 15 de noviembre de ese año a felicitarlo por sus victorias en contra de Huerta—, si el señor Carranza pudiera ver con nuestros ojos, si hubiera vivido, como yo, el tormento de un muchacho perseguido por las fieras de la Acorda de Porfirio Díaz y hubiera recorrido las rancherías y las comunidades indígenas escuchando a la gente, no se opondría como se opone al reparto de tierras. No hay un solo campesino que no pueda decir por qué lucha a mi lado; cualquiera dirá que es por la tierra, antes que por otra cosa. Durante cuatro siglos han luchado de mil maneras por ella.

"Nomás hay que estar atentos para ver en qué para el broncón que ha surgido entre el jefe de usted, mi general Emiliano Zapata con su Plan de Ayala y la obstinación por la devolución de sus tierras, y don Venustiano, con su terquedad de no aceptar el reparto, mucho menos devolver ni un terrón de lo incautado en el estado de Morelos. ¿De dónde pues le va a nacer a este señor entender a la gente humilde? —dice Villa enfático y continúa—: Usted, amigo Magaña, conoce el problema de la tierra tan bien como yo, porque es la causa más poderosa de nuestra guerra.

"Poco a poco los dueños de las grandes haciendas creadas en su origen por las concesiones feudales españolas se fueron apoderando de las tierras comunales de los pueblos sin dejarle a la gente ni para donde hacerse, y los forzaron a convertirse en esclavos de sus inmensas propiedades. No les quedó ninguna esperanza en el futuro.

"Y para acabarla de atrasar, luego llegó don Porfirio, que nomás veía para arriba y entregaba a manos llenas montes, valles y planicies enteras como concesiones a los extranjeros, o los declaraba áreas abiertas a la colonización sin ponerse a considerar a los que ya vivían ahí, como fue el caso de las tierras de los indios yaquis de Sonora: usted bien recordará que por causa de la cruel arbitrariedad del dictador don Porfirio, una raza pacífica durante más de tres siglos y dedicada a la agricultura, quedó transformada en una tribu agresiva y peleonera que al verse despojada arbitrariamente de sus tierras, desde entonces le declaró la guerra al presidente.

"Imagínese nomás, amigo Magaña, en qué cabeza cabe expedir leyes como esa perversa *Ley de tierras de 1896*, responsabilidad única (no hay que olvidarlo) de Porfirio Díaz, que permitía denunciar en el país cualquier tierra que no estuviera amparada por un título legal.[7]

"En primera, ningún campesino o indígena sabía qué cosa era eso de 'título', porque en esas tierras habían nacido sus tatarabuelos y los padres de los padres de ellos, y del cultivo de esas mismas tierras habían vivido seis o siete generaciones sin que jamás el gobierno hubiera cuestionado su derecho de propiedad.

"Y de repente, sin más ni más, esta misma gente se ve despojada de sus tierras, echada de sus hogares y obligada a morir o a convertirse en esclavos por los grandes terratenientes amparados por Díaz. Y cuando esta gente presentaba resistencia o se negaba a abandonar su parcela, ahí estaban los soldados porfiristas con sus tácticas persuasivas de exterminio a los rebeldes."

Magaña, que escuchaba atentamente las palabras de Villa, igual que todos los jefes revolucionarios presentes, respondió: "yo también conozco muchos casos de pueblos enteros arrasados. Allá en el sur ha habido tantos... Uno de los peores casos fue el asesinato de más de 400 familias, nomás para que un propietario, que era dueño ya de 15 millones de acres de tierra, pudiera aumentar su propiedad en unos cientos más. Y muchas atrocidades ocurridas allá en Morelos, en Puebla o en Tlaxcala podría yo contarles, pero ustedes deben conocer otros casos similares acá en Chihuahua, en Durango o en Coahuila. Es la misma historia que se viene repitiendo en todo el país desde que Porfirio Díaz llegó al poder".

—Mire usted, compañerito Magaña —repuso Villa—, sin conocernos de antes, su jefe Zapata, yo, igual que la mayoría de los mexicanos, mayoría de pobres —aclaró— porque los pobres, los des-po-se-í-dos —dijo despacio separando las sílabas— que somos mayoría en este país y creo que en el mundo, sabemos muy bien que nada hace más feliz a un hombre que ser el dueño de su casa, de la tierra que pisa y de sus aperos de trabajo. Y ése es el derecho que nos negó Porfirio Díaz.

"Los peones de las haciendas vivían soñando con las parcelas o los ranchos que una vez fueron de sus abuelos y ellos anhelaban volver a tener, y tan fuerte era ese sentimiento, que los mismos amos de la hacienda regalaban a cada peón, para apaciguarlos, un terrenito que podían trabajar en su tiempo libre.

"Digo yo, con tamañas carencias, nada raro me parece que toda esa bola de campesinos se haya levantado en armas a la primera llamada; lo raro es que no lo hubieran hecho antes. Y cada día voluntariamente se agregan más. En la División del Norte contamos ya con 50 mil hombres, y se siguen reportando más y más cada día. Calculo conservadoramente que las fuerzas revolucionarias en todo el país llegan a 200 mil, y podrían ser más, pero todavía no necesitamos reclutar tantos. Las cosas van bien ahora; cuando vayan mal los llamaremos. Por lo pronto, necesitamos hombres que siembren maíz y engorden ganado para alimentar al ejército, y que hagan niños que crezcan bien para ser soldados."

—Sí, señor —afirmó vigorosamente Magaña—, igualito pensamos los zapatistas. Lástima que el señor Carranza no piense igual. Se niega a respaldar el Plan de Ayala y yo colijo que este señor no es ni revolucionario ni reformador.[8]

—Ahora mismo voy a enviar una carta al general Emiliano Zapata, que se servirá usted poner en sus manos, amigo Magaña —dijo Villa— porque quiero que sepa de mi honda simpatía por sus esfuerzos sinceros para lograr recuperar las tierras de nuestros hermanos de raza y sangre en el estado de Morelos.[9]

Enseguida, Villa se puso de pie y estrechó fuertemente a Magaña.

Las heladas tempranas de aquel mes de noviembre anunciaban un invierno crudo que en nada habría de mermar el optimismo desbordado de los habitantes del norte que vieron, al finalizar el año de 1913, un augurio de tiempos mejores con la entrada triunfal de la División del Norte a la capital del estado de Chihuahua el 8 de diciembre, en medio de un incontenible regocijo popular.

Ese mismo día, Francisco Villa fue nombrado gobernador provisional del estado. Y también ese mismo día el general Luis Terrazas, su hijo, los hermanos Creel, los Cuilty y los otros dos o tres dueños de toda la riqueza, los negocios y los poderes legislativo, ejecutivo y judicial de Chihuahua, se cambiaron a vivir por la calle de la amargura, no sin razón.

Primero fueron cortésmente invitados por Villa a cooperar con un poco de sus "centavitos" en favor de la causa revolucionaria. Después se expidió el decreto confiscatorio de los bienes muebles e inmuebles de los enemigos de la revolución, familiares y cómplices en negocios turbios y tranzas políticas diversas.

Enseguida comenzó el éxodo de la aristocracia norteña al otro lado de la frontera norte, desde donde pudieron ver que toda la inmensidad de bienes confiscados quedó bajo la administración del banco del estado, el cual a su vez rendía cuentas a la administración general de bienes confiscados. Al frente de este comité estaba Silvestre Terrazas, secretario general del gobierno villista, con la consigna de vigilar que los ingresos producto de la renta de esos bienes se destinara escrupulosa y puntualmente a la compra de elementos para la División del Norte y para la causa revolucionaria.[10]

Era Terrazas un hombre que gozaba de enorme prestigio en el estado de Chihuahua por haber sufrido cárcel y persecución a causa de su tenaz oposición al régimen de Díaz como periodista disidente y director del periódico *El Correo de Chihuahua*, y a partir de entonces, uno de los hombres fuertes de Villa.

El regalo navideño del gobernador Francisco Villa a su gente fue el abaratamiento de la vida en general y una condonación de 50 por ciento en los rezagos de las contribuciones, lo que trajo como consecuencia la gratitud, el apoyo y la confianza de la gente del norte, además de un incremento en la ya inmensa popularidad de su gobernante. Con Villa, el estado de Chihuahua mantuvo vigente el concepto de soberanía hasta entonces inexistente en la entidades de la llamada federación, no es extraño, por tanto, que los revolucionarios norteños lo reconocieran como su jefe y caudillo absoluto y consideraran su mando por encima de la autoridad de Carranza, el ex gobernador porfirista.

—¿Cómo entender al primer jefe, Lupe? —preguntaba Villa a su esposa después de la batalla de Ojinaga—. Las leyes de la guerra dicen que debe tratarse con humildad al derrotado, y eso es lo que he hecho desde endenantes, pero acabo de tener con él una conferencia telegráfica solicitando su autorización para amnistiar a varios federales derrotados por mis fuerzas y mire nomás con lo que me sale —agregó al tiempo que le extendía un papel arrugado en el que Lupe leyó:

> En respuesta a su atenta solicitud, permítame señalar inconveniencia conceder amnistía a comprendidos por ley 25 enero 1862. STOP. Recuérdole al concluir lucha Primera Jefatura me honro en presidir expedirá Ley Amnistía a nivel nacional. STOP. Procédase con apego a la ley. STOP.[11]

—¿Qué dice esa ley, Pancho —preguntó Lupe confundida.

—Es una ley inhumana y cruel que emitió Juárez para ser aplicada en una guerra civil, entre hermanos, Lupe, entre mexicanos. Y ahora el señor Carranza la ha puesto de nuevo en vigor y la usa como justificación para obligarme a pasar por las armas a todos esos hombres que no saben ni por qué pelean.[12] No hay derecho; lo que busca es malquistarme con mi gente para que el sanguinario sea yo y no él —dijo con desaliento y se fue a dormir. Necesitaba reponer sus fuerzas, la batalla lo había agotado—. Debo entrevistarme con el señor Carranza, a lo mejor frente a frente nos entendemos —pensó un instante antes de quedarse dormido.

Y llegó el inevitable día de su encuentro con don Venustiano Carranza, el primer jefe.[13] Villa lo recibió en Chihuahua con toda la solemnidad y pompa protocolarias.

—Fue para Pancho una tremenda desilusión —contaba Lupe a su hermana Natalia, la primera de la familia que se atrevió a buscarla contraviniendo las órdenes maternas—. Esperaba yo con ansia llegar a nuestra casa después de aquel primer día de fiesta, honores, desfile, pétalos de rosas y agua de colonia que el pueblo de Chihuahua prodigó en honor del hombre que, según creíamos, enarbolaba la bandera de la dignidad nacional, y me moría por conocer la opinión de mi marido, aunque su mirada y su actitud ya anunciaban algo catastrófico, a pesar de haberle encomendado yo la entrevista a la divina providencia. "Cuénteme Pancho (le pedí), ¿tan mal está la cosa? Ya presentía yo que se iba a llevar tremenda desilusión, qué quiere, cosas de la intuición femenina. ¿Adiviné?"

—Sí, señora, adivinó usted. Aunque no fue lo que se llama una desilusión; yo también traía por dentro un no sé qué de desconfianza, pero quería pensar que se trataba de un prejuicio, una zonzada de esas que luego le vienen a uno a la cabeza. Y no. Este individuo es de otra generación... Demasiado porfirista, es decir, falso, demasiado "prudente", más bien taimado. Carece de todo el calor humano y de toda la bondad y la decisión que siempre vi en el señor Madero.

"Mi primer impulso fue de respeto hacia aquel anciano que tenía representación del honor y la justicia, de todo aquello por lo que nuestra gente moría en los combates. Lo abracé muy conmovido, pero a las pocas palabras que hablamos, mi sangre empezó a helarse, porque comprendí, por su actitud, que no era correspondido en mis sentimientos y que para él no era yo un amigo, sino un rival.

"Jamás me miró derecho, y toda su conversación se redujo a reclamarme nuestras diferencias de origen haciéndome ver que él lo había sido todo: desde presidente municipal, jefe político, gobernador y senador, hasta primer jefe. Y luego se dedicó a machacar una y otra vez cosas de decretos y leyes que yo no entendía, pero que tampoco eran el punto clave de nuestras cuestiones. Ante sus ojos tenía los resultados de mi actuación y yo pensaba: ¿Que la realidad no será suficiente para demostrar lo que con sus ojos está viendo?

"Entonces me limité a escucharlo fijándome en todos sus movimientos, y cuando vi que se levantaba las antiparras para leer algún escrito, aquello, sin saber por qué, no me gustó, porque di en figurarme que el señor Carranza profesaba un invencible desprecio hacia todos aquellos que habían militado en las filas maderistas. A ellos atribuía el fracaso de Madero."

Después de Natalia, uno a uno fueron visitando a Lupe sus hermanos Licha, María, Eva, Julia, la más pequeña, y sólo su hermano Librado se negó a acompañarlas. Y aunque pasaban largas temporadas en la ciudad, ni el padre ni la madre mostraban el menor interés por volver a verla.

Doña Antonia seguía con su interminable duelo incapaz de salir a dar la cara. ¡Estas son penas, hijitas! —repetía una y otra vez, suspirando profundamente, a su prole. Su desdicha no se parecía a la de nadie más.

A veces, ya pardeando la tarde, caminaba sin rumbo por las calles en torno a su casa, como ánima en pena que no encuentra consuelo; pero un día se sintió de pronto atraída por un coro de voces que, desde el interior de una iglesia evangélica, cantaba algo que parecía dirigido precisamente a su adolorido corazón:

> Cuando te abrumen penas y dolor
> cuando los pesares sufras con rigor,
> ven, tus bendiciones cuenta y verás
> cómo aflicciones nunca más tendrás.

Tímidamente se acercó al portón de madera de encino abierto de par en par. Se asomó. Al verla, dos mujeres de guantes blancos y sombreritos de paja con flores, y velo que les tapaba las cejas, sin dejar de cantar la tomaron suavemente de la mano y la introdujeron al templo. Ella no se resistió. Entonces se dio cuenta de que el consuelo le llegaba por la magia del canto de los "aleluyas", como despectivamente llamaban los católicos a los protestantes, haciendo burla de su costumbre de entonar cantos de alabanza.

—¡María Purísima! —pensó, olvidando su juramento de no volver a invocar jamás a ningún habitante del paraíso celestial— y yo que tanto los aborrecía. Bien decía mi madre, nunca digas "de esta agua no beberé, porque ahí te ahogas".

Era el templo la Santísima Trinidad una de las muchas congregaciones evangélicas del estado, fuertemente influido en lo religioso por la fe de ingleses y norteamericanos, donde las iglesias católicas constituían una minoría. Y ahí se encontraba esa noche doña Antonia Domínguez contándole sus tribulaciones al reverendo Vargas, pastor de la grey. Ella, que en todas las ventanas que daban a la calle en sus casas de Chihuahua y de Ciudad Guerrero había colgado la estampita del divino rostro y la leyenda discriminatoria: "en este hogar somos católicos y rechazamos toda propaganda protestante. Viva la santísima virgen de Guadalupe. Viva Cristo rey".

Reticente al principio, doña Toñita fue cediendo ante las consoladoras y reconfortantes palabras del pastor, quien argumentaba con lo más selecto de su repertorio bíblico seguro de lograr incorporar a su redil a esa pobre alma en pena y ayudarla a sobrellevar su aflicción.

—Nada hay en este mundo capaz de devolver la honra a mi hogar, y tampoco hay forma de que vuelva yo a creer en la santidad del clero católico —decía sacudida por los sollozos—, pero necesito recuperar mi fe en dios; ayúdeme usted a cargar mi cruz —suplicaba al reverendo Vargas.

Al mes siguiente, doña Antonia y sus hijos habían sido ya bautizados y eran miembros de la iglesia evangélica metodista de Chihuahua.

El 16 de mayo de 1914, Guadalupe Coss dio a luz un niño grande y robusto, como el padre. Le pusieron por nombre Octavio. A la semana siguiente y en uno de esos días en que Villa se las arreglaba para encontrar un par de horas libres a fin de visitar al hijo recién nacido, porque se encontraba inmerso en la planeación de dos importantes batallas, la de Paredón y la de Zacatecas, Octavio fue bautizado por el vicario general Vicente Granados y su padrino fue el general Felipe Ángeles.

Nadie supo jamás por qué razones Lupe se hizo el ánimo de volver a la casa paterna cuando Pancho Villa se marchó a Torreón en preparación de la toma de Zacatecas. Si fue la soledad o fueron los celos; si una repentina toma de conciencia del futuro que le esperaba al lado de un hombre cuya mayor preocupación era su ejército, la batalla siguiente y el aniquilamiento de Huerta, o si aquello tan parecido al amor eterno fue sólo un flamazo que ardió intensamente y se apagó un instante después; nunca llegó a saberse, pero el hecho causó tal revuelo, que muchos años después aún se hablaba del asunto en todo el norte.

Nadie nunca antes se había atrevido a dejar al general Villa. ¿Cómo, pues, ahora una mujer loca de amor —porque también la historia de esa frenética pasión corrió de boca en boca— se apartaba de pronto del hombre que se hallaba en la cima de la gloria, del padre de su hijo, del gobernador del estado?

—¡Ah, dio...! —decían los escépticos.

—¡Qué cosas tiene la vida! —decían, santiguándose, las viejas beatas a la salida del rosario.

Notas

(1) Guadalupe Villa, *Chihuahua, una historia compartida*, México, Gobierno del Estado de Chihuahua, Instituto Dr. José María Luis Mora, Universidad Autónoma de Ciudad Juárez, 1988, p. 159. Era el de Ketelsen y Degetau, ubicado en la calle de la Libertad, el mejor establecimiento comercial del estado. Fue construido en 1882.

(2) Ángel Rivas López, *El verdadero Pancho Villa*, México, Costa-Amic Editor, 1976, p. 35

(3) Guadalupe Villa, *op. cit.*, p. 156

(4) Ibid., p. 225

(5) Ibid., p. 234

(6) Federico Cervantes M., *Franciscol Villa y la Revolución*, México, Ediciones Alonso, 1960, p. 88

(7) Jorge Rufinelli, *John Reed, Villa y la Revolución Mexicana*, México, Nueva Imagen, 1983, pp. 128 y ss.

(8) John H. Mac Neely —profesor de historia del Texas Western College—, en *Excelsior*, 24 de octubre de 1954. Citado por Federico M. Cervantes, *op. cit.* pp. 89-90

(9) Gildardo Magaña y Carlos Pérez Guerrero, *Emiliano Zapata y el agrarismo en México*, México, CFE Editorial, t. III, p. 333

(10) Federico Cervantes, *op. cit.*, pp. 78-79

(11) Guadalupe Villa, *op. cit.*, p. 227. Martín Luis Guzmán, *Memorias de Pancho Villa*, México, Compañía General de Ediciones, SA, 1975, p. 212

(12) Federico Cervantes, *op. cit.*, p. 66. Al respecto, Antonio Vilanova señala en *op. cit.*, p. 36: "Villa no fue ni más ni menos cruel que cualquier otro jefe revolucionario. Por ejemplo, durante las batallas de Celaya el general Obregón puso el siguiente telegrama al primer jefe don Venustiano Carranza: 'Celaya, Gto. abril 15 de 1915. primer jefe. Faros, Veracruz, Ver. Hónrame

comunicar a Ud. que anoche fueron pasados por las armas, 120 oficiales y jefes villistas, entre ellos Joaquín Bauche Alcalde y Manuel Bracamonte de Sonora... Respetuosamente. general en jefe de las operaciones. Álvaro Obregón'."

(13) Federico Cervantes, *op. cit.*, pp. 114-115

Señora de la luz, te mando, te suplico
Óyeme hablar sin voz
Oye lo que no he dicho,
Con este amor te amo,
Con éste te maldigo.

Estoy harto de la palabra revolución,
...No es parto sin dolor, es parto entero,
convulso, alucinante

Jaime Sabines

En la cima de la gloria, efectivamente, estaba Villa. Y pese a que el abandono de su esposa lo lastimaba, encontró el mejor bálsamo que pudiera existir para curar sus heridas en el reconocimiento de la prensa internacional a su genio militar. *El Napoleón mexicano*, lo llamaba la prensa extranjera.

La revista norteamericana *Army and Navy Journal*, editada en Nueva York, publicó el 2 de mayo de 1914 un artículo titulado "El bien equipado ejército villista", que halagó al jefe de la División del Norte más de lo que hubiera podido hacerlo una felicitación de Carranza. En el texto se afirmaba lo siguiente.[1]

> Nunca en la historia de México ha habido un ejército tan espléndidamente equipado y bien organizado como el que está bajo las órdenes de Villa, de acuerdo con una información confidencial de un oficial del ejército que estuvo en la batalla de Torreón y ha venido observando el desarrollo militar

en el norte de México. Más que esto, Villa es descrito como el *Napoleón mexicano*. Se le considera por quienes han observado sus operaciones, y son competentes para juzgar, como un jefe militar más grande que Porfirio Díaz.

Como resultado de este reporte y otros que han sido recibidos en el Departamento de Guerra de los Estados Unidos, los movimientos del líder militar constitucionalista están siendo observados cuidadosamente. En el caso de hostilidades (entre México y los Estados Unidos como resultado de la ocupación de Veracruz por los americanos), se considera que Villa haría la más tenaz resistencia a las fuerzas americanas, mejor que ninguno de los jefes mexicanos. Se les describe como un espléndido organizador y un líder audaz.

Sus tropas están entrenadas para el uso de las bombas de dinamita. Algunas de ellas están equipadas con correas, las cuales son capaces de lanzar bombas a una distancia de tres a 400 pies. Con bombas de dinamita en varias ocasiones un pequeño destacamento de tropas mixtas derrotó a un regimiento entero del enemigo.

De acuerdo con los informes, las tropas de Villa, lejos de andar desarrapadas —como las que han sido vistas en la frontera y las huertistas cerca de Veracruz—, han sido recientemente vestidas con uniformes modernos, ropa interior, calcetines y zapatos. Parecen aristócratas en apariencia comparados con el ejército federal y otras fuerzas. Todos están armados con rifles máuser o con remingtons de alto poder. Ahora llevan 300 cartuchos y Villa afirma tener 35 de las más modernas ametralladoras.

Pero la más interesente revelación del informe respecto a las condiciones de las tropas de Villa es el excelente sistema de abastecimiento de sus tropas que ha sido organizado. El general Villa no ha descuidado el más pequeño detalle. Hasta tiene un tren de agua, de tal manera que, durante la campaña de Torreón, sus tropas se mantuvieron constantemente abastecidas con agua, mientras estaban en la línea de fuego. Mientras que los federales se sentían exhaustos por el calor extremoso, las tropas de Villa estaban frescas y vigorosas.

El cuerpo médico del ejército de Villa está comandado por el coronel y doctor Andrés Villarreal, graduado en la universidad de Johns Hopkins. A sus órdenes hay un tren hospital con capacidad de atender a 1,400 heridos durante 40 días. En el tren hay todos los elementos de hospital del más moderno tipo y cuenta con un espléndido cuerpo de bien entrenadas enfermeras. Después de la batalla de Torreón, el comandante federal pidió una tregua para enterrar a sus muertos y recoger a sus heridos, pero Villa le replicó que él no tenía heridos, porque cada uno de los que habían caído durante la lucha eran inmediatamente transportados a su tren-hospital.

El general Villa ha mantenido en secreto para el Departamento de Guerra su efectivo, que se estima entre 14 mil y 16 mil hombres. Se tiene la impresión de que cuenta por lo menos con 16 mil equipados y armados en la forma descrita (...) Villa es un genio militar. Se coloca durante la batalla ligeramente a retaguardia del centro de la línea de fuego. Desde este punto observa y cuando ésta empieza a oscilar, él los alienta primero amable y

> gentilmente con palabras de mando. Pero si esto no es efectivo, se lanza a ellos como un tigre y los maldice. Tiene una admirable personalidad que simpatiza al soldado mexicano. Su bravura no puede ser puesta en duda, pues es un verdadero tigre cuando se exalta.
>
> El general Villa sigue a su ejército como un bien entrenado soldado. Cada semana a las 10 llama a consejo a sus generales. Estas juntas se realizan en forma y siguiendo un orden de asuntos. Villa escucha cuidadosamente los informes y sugerencias de sus generales. Al terminar, delinea la campaña para el día, lo mismo que para la noche y sus subordinados llevan la responsabilidad de cumplir sus instrucciones. Los oficiales y la tropa tienen fe ilimitada en su jefatura y piensan que están sirviendo a las órdenes del *Napoleón mexicano*. En caso de guerra (con los Estados Unidos), se predice que Villa sería el comandante en jefe de las fuerzas unidas mexicanas. Es temido lo mismo que honrado por todo México y se cree que se convertirá en el dictador del país entero.

En el archivo de la memoria de Luz Corral no existían imágenes previas en torno de muchos de los tormentosos idilios de su esposo, y todas esas revelaciones, desencadenadas a partir del primer sorbo de té de flor de la pasión, que la herían profundamente y arrojaban luz en torno a una infinidad de preguntas sobre las cuales nunca había podido encontrar respuesta, le provocaban poco a poco, a partir de cada nuevo velo que caía ante sus ojos, una especie de ternura, de afectuosa compasión hacia Manuela y Austreberta, compañeras suyas de viudez, a quienes con seguridad ocurría lo mismo que a ella, por el efecto mágico de la misma infusión que las tres habían bebido.

Ahora sí que mucho sabían las tres acerca de esas inaccesibles historias de infidelidades múltiples y frecuentes de Villa, y del papel secundario que les había tocado representar en la vida de su hombre, pero se consolaban con la certidumbre de que la mayor, la única y verdadera rival común era la pasión que lo consumía en pos de lo que ellas ya presentían inalcanzable: la justicia social; esa utopía donde sus "hermanos de raza y sangre" alcanzarían una vida más humana y feliz. Y para alcanzarla, Villa no vivía sino para la revolución, esa guerra inacabable de batallas perpetuas.

Maldita guerra —pensaba Luz—, siempre la guerra. ¿Es que de verdad ha tenido México paz alguna vez? Generaciones y generaciones de mexicanos han vivido en medio de años, décadas, siglos de guerras.

De guerras hablaban mis tatarabuelos, mis bisabuelos, mis padres. Y los hijos y los nietos siguen hablando y viviendo en la guerra. Hemos tenido más de 100 años de guerras continuas en este país. ¿Irán a acabar algún día?

Porque las tres décadas dizque de "paz, orden y progreso" de que tanto alardeó don Porfirio fueron puro cuento y desencadenaron este infierno que ahora vivimos. Se la pasó dorándonos la píldora mientras brotaban por dondequiera durante su gobierno las rebeliones indígenas, sublevaciones agrarias, broncas e inconformidades que rápidamente silenciaba la acordada, su policía rural formada por auténticas fieras, por perros de caza enemigos de sus propios hermanos; y los rurales, y los jefes políticos, y los gobernadores y qué sé yo en cuanto grupo apoyaba Díaz su "paz".

Si ya desde cuando el inepto Santa Anna, con sus derrotas tras derrotas, nos traía a mal traer y casi acaba con la población de hombres de México, que llevó al matadero inútilmente. Y luego, la guerra de Reforma, los franceses, el emperador, Juárez y su dictadura. Liberales y conservadores, centralistas y federalistas, levas, contingentes de "sangre" —eran los estados simples alacenas de carne de cañón— "religión y fueros", guerra de Independencia y así, hasta el infinito.

Ganaron finalmente los liberales, el más importante de los cuales era, ¡hágame el cabronsísimo favor... Porfirio Díaz! Pobre país, pobre patria; con esos liberales, para qué queremos conservadores. Si hasta ganando perdemos. ¿Tendremos que resignarnos a vivir de este modo, siempre con el Jesús en la boca, rodeados de sangre, de muerte y de guerra?

Igual que en los ensueños de Luz, las visiones continuaban pasando vertiginosamente por las respectivas mentes de las otras dos mujeres, acompañadas por un sonido monótono en sordina, de voces antiguas y ruidos extraños que las arrullaban. Luz las mira y se pregunta:

—¿Qué estará pasando por la mente de estas pobres muchachas pendejas? ¿Tendrán tamaños para aguantar el peso de las revelaciones que de seguro, igual que por la mía, están pasando por su mente? ¿Serán capaces de sobrevivir sin Pancho?

Zacatecas se ganó el 23 de junio de 1914 y con esta victoria quedó Huerta, a quien todo mundo llamaba ya "el chacal", herido de muerte; como también atacado por una rabia mortal y un rencor apenas superado por su torpeza, quedó el señor Carranza, pese a que el enorme y decisivo triunfo villista era tan sólo para honra y gloria de la revolución convocada por él. Pero nada de esto ensombrecía, no obstante, la dicha de Villa, que cumplía así su promesa de acabar con Huerta.

Rodeado de la admiración y el auténtico y leal afecto de sus generales, visitaba a los heridos que eran atendidos por el equipo médico de la División del Norte a bordo de los carros-hospital del convoy y comentaban, presos aún de la euforia del triunfo, los incidentes del combate:

—Nos la vimos negra para tomar Zacatecas, muchachitos, pero lo hicieron ustedes muy bien, me enorgullece ser su jefe —dijo el general en voz alta al entrar al primer vagón de oficiales—. Y andan diciendo por ai que hubo tantos muertos, que los zopilotes nomás se comían de coronel para arriba, pero en todo caso serían pelones federales, porque nuestras bajas fueron relativamente pocas. Los felicito de corazón, muchachos.

—Igualmente, mi general —respondió un capitán de cabeza vendada y ojo parchado—. Con todo y que al viejo chocho de Carranza lo mataba la envidia nomás de pensar que la batalla más importante de la revolución la ganáramos nosotros; bueno, la ganara usted, porque la muina es contra usted. No le quedó de otra, porque como don Venus no sabe de estrategia militar... Mire que ordenarle al general Natera marchar sobre esta plaza, de a tiro se vio ignorante, nomás lo mandó al matadero. Pos cuándo con 2 mil 500 hombres hubiera podido tomar Zacatecas. Al pobre ya se lo andaba cargando, con todo y su gente, la huesuda, nomás por el capricho del primer jefe.

—Lo que Carranza buscaba —interviene otro oficial herido— era procurar a otro general capaz de derrotar a Huerta en Zacatecas para demostrar a la opinión pública que no solamente el general Villa era capaz de lograr triunfos importantes, como lo afirmaban tanto la prensa local como la extranjera al señalarlo a usté, mi general, como el único calificado para vencer a las fuerzas federales, sino que, en su soberbia, el señor Carranza no dudó en exponer a la derrota a un contingente militar inferior en número y recursos al enemigo, a sabiendas de que sería fácilmente destrozado porque en Zacatecas Huerta estaba bien fortificado y guarnecido.

Un grupo de oficiales con vendajes y curaciones de heridas menores canta, acompañado de una guitarra. La mayoría sostiene un cigarro de hoja entre los labios, el anhelado cigarrito que les asentará los nervios:

> Con las barbas de Carranza
> voy a hacer una toquilla
> pa' ponérsela al sombrero
> del general Pancho Villa.

Era aquél un extraño escenario de sobreexcitación por la victoria que aliviaba el dolor. Los heridos parecían no sufrir demasiado gracias a la euforia del doble triunfo: sobre Huerta y sobre la errática soberbia de Carranza, quien se había ganado a pulso el desprecio y la burla de los combatientes norteños. Bien pronto esa burla y desprecio se extendería por todo el territorio villista en el norte del país.

—Mientras Pánfilo Natera marchaba, por órdenes del señor Carranza a la derrota segura, usté, mi general —dijo otro herido más—, nos organizó rápidamente allá en Torreón y nos dio los ánimos para venir a darles en la puritita madre, con perdón suyo, mi general, a los pelones. Mire, mi jefe, a lo mejor ya vio usted esto que traigo desde hace días guardado para mostrárselo, pero como no había tenido la oportunidad, estaba esperando nomás el momento. Y, pos ahora es cuando —dijo, al tiempo que sacaba debajo de su almohada la hoja de un periódico doblado varias veces.[2]

Villa lee. Es una sección del *New York Herald* fechada en El Paso y traducida el 13 de junio de 1914. El artículo firmado por W. A. Willis dice:

(...) bajo una sistemática reducción de autoridad al quitarle (Carranza) gradualmente aquellas funciones que siempre ha ejercido sin reparos, Villa ha tenido paciencia extrema, pero ciertos actos oficiales en la última semana, que han sido sabidos por los amigos de Villa, han puesto el asunto en su punto álgido. Se me ha informado que Jorge D. Carothers está en Saltillo para hacer una última llamada a Carranza a fin de que modifique sus métodos, advirtiéndole que de no hacerlo, precipitará una situación que sólo puede traer graves consecuencias.

(...) Muchos de los actos de Carranza que han causado disgusto a Villa fueron sabidos por estos mensajes. Lo que ha encorajinado a Villa (...) es la persistencia con la cual Carranza continúa su táctica, tan pronto como algo molesto pasa, para provocar otro disgusto.

Todo esto ha convencido a Villa de que es víctima de un cuidadoso complot para privarlo de toda autoridad (...) Villa se disgustó por el despido de su amigo Eusebio Calzada como director de los ferrocarriles para poner en su lugar a un partidario de Carranza.

Hay algo más serio en esta cuestión de los ferrocarriles: quejas de que desde hace un mes, los trenes enviados en dirección de Saltillo y Monterrey, desde Torreón, por Villa a sus subordinados, misteriosamente no han vuelto.

Se dice que Villa mira esto como una maniobra para privarlo de material rodante.

(...) Las municiones desembarcadas en Tampico que, como se afirma, Villa compró con su dinero,

Carranza ordenó que fueran distribuidas por el general don Pablo González y don Jesús Carranza.

Se me informó que Villa mandó decir a Carranza que esas municiones eran de su propiedad y que deben llegarle.

Despacho recibido en Tampico dice que mil 600 cajas de cartuchos y dos aeroplanos de las Antillas fueron embarcados para Villa. Si esto es cierto, se podrá evitar el conflicto.

Mientras que en Chihuahua Villa discute su posible retiro del ejército, mejor que traerle a México el desastre de que se precipite una lucha con Carranza, nada de eso se dice entre los amigos de Villa. Hay un hondo y amargo resentimiento, pero los villistas consideran a los norteamericanos como amigos.

(...) Puedo afirmar que las condiciones son más graves que nunca. Sabido esto en Torreón y Chihuahua, muchos americanos que habían vuelto a sus hogares están preparándose para salir.

Villa termina de leer el artículo y, estrechando la mano del herido, lo devuelve a su dueño. Nada comenta al respecto y continúa su visita a las víctimas de las balas de Huerta, quienes, no obstante, continúan ebrios de alegría hablando una y otra vez de cómo fueron encadenándose a su favor los hechos increíbles: con Natera en las afueras de Zacatecas, a punto de ser aniquilado; con la rotunda negativa de Carranza para que Villa marchara con toda la División del Norte sobre Zacatecas; con el fuerte respaldo de todos los generales de la División, quienes estuvieron dispuestos a presentar su renuncia al primer jefe si persistía en sus órdenes de retirar al general Villa del mando; con el berrinche de

Carranza, quien de sobra sabía que el triunfo sería de Villa y no suyo. Y finalmente, con la desobediencia de Villa a Carranza, el combate de Zacatecas y el triunfo indiscutible de la División, los jefes, oficiales y tropa afirmaban tener razones para poder irse felices de este mundo.

Los combatientes triunfadores leían y releían la copia de un telegrama que circulaba de mano en mano. Era éste el último de los seis que se cruzaron entre Villa, instalado en Torreón, y Carranza, en Saltillo, donde claramente se podía palpar la clave de los éxitos del comandante en jefe de la División del Norte y se gozaban, una y otra vez, y hacían los chistes más crueles y las burlas más descarnadas acerca de "don Venus" y su torpe actuación al frente del país y se regocijaban nomás de imaginar su "ira divina", porque a estas alturas —decían los combatientes—, el primer jefe ya se sentía "parido por las diosas". El texto decía:

> Si él (Villa) lo escuchara a usted, el pueblo mexicano que ansía el triunfo de nuestra causa, no solo anatemizaría a usted por resolución tan disparatada, sino que vituperaría también al hombre que, en camino de libertar a su país de la opresión brutal de sus enemigos, abandonaba las armas para sujetar a un precio la obediencia a un jefe que va defraudando las esperanzas del pueblo por su actitud dictatorial (...)

—Y nos hizo los mandados la orden de don Venus. Y le quitamos de enfrente a Huerta. Esa gloria nadie nunca podrá quitárnosla, mi general. ¡Viva Villa! —gritaban a coro al paso de su jefe por los vagones del carro-hospital. Y, no obstante su euforia, que desfogaban en burlas y chistes crueles, la tropa abrigaba una razón más de profundo resentimiento contra Carranza por su ingratitud y su disimulo después del enorme triunfo en Zacatecas. Triunfo con el cual ya podía pararse el cuello el "primer jefe". Y cuando pronunciaban estas dos palabras lo hacían socarronamente, con profundo desprecio.

—Es un mal nacido, hijo de... don Porfirio —decía uno.

—Lo cual es peor que ser hijo de puta —gritaba más allá otro, con carcajadas que contagiaban a los demás.

—Si no sabe agradecer tamaña victoria, pues que no nos la agradezca y ya. Pero eso de haber destituido al general Felipe Ángeles de su cargo de subsecretario de Guerra, la mera verdad es el colmo —expresó indignado el general Chao.

—Quedrá usté decir chingaderas, perdonando la mala razón, mi general —dijo un capitán que lo escuchaba—. Así premia el viejo decrépito el éxito de la campaña en Zacatecas.

Rieron todos de nuevo. A Felipe Ángeles no le afectó demasiado la destitución, y de hecho lo acercó más a su jefe Villa.

Cuando dos meses más tarde Venustiano Carranza desfiló triunfantemente el 20 de agosto de 1914 por las principales avenidas de la Ciudad de México, orgulloso de la gloria que le proporcionó el ejército villista, Pancho Villa no marchaba a su lado para compartir los laureles. No había sido invitado.

Luz Corral, que en todo momento tenía presente a la gitana aquella de San Andrés, se daba cuenta cada vez que la ocasión se presentaba —y a últimas fechas se presentaba con mayor frecuencia— de lo certero de su predicción: "A donde quiera que vaya Pancho Villa crecerá la envidia..." Y se estremecía.

Los insultos de la prensa a sueldo pagada por Carranza, que ya esperaban los villistas, no causaron en éstos los daños esperados por el primer jefe, y sí en cambio, en los carrancistas hizo estragos la publicación de un artículo firmado por el artillero de la División del Norte, general Felipe Ángeles, donde desvirtuaba la supuesta desobediencia de los generales del ejército villista en Torreón, el mes de junio de 1914.[3]

> No se trató de insubordinación militar —afirma Ángeles—, se trataba de la desobediencia a un jefe que carecía de investidura legal, de un jefe aceptado tácticamente como tal, pero que estaba lejos de representar la autoridad que emana de un poder constitucional, desobedecerlo no era un crimen ni un delito (...) La orden del señor Carranza al querer que la División del Norte se fragmentara es patente si nos percatamos de que en realidad no deseaba asegurar el triunfo, sino, según declaración de sus mismos adictos, para restarle elementos a Francisco Villa y evitar que fuera el autor de la campaña más importante de la revolución.

Seguirían después los intentos por reconciliar aquellas dos fuerzas: la razón y la sinrazón, pero fueron infructuosas las gestiones de avenimiento.

Fallaron las diligencias de Álvaro Obregón ante Francisco Villa, quien se indignó tanto por las propuestas inaceptables del enviado de Carranza, que a punto estuvo de mandarlo al paredón.[4]

—Señora —dice Felipe Ángeles a Luz Corral—, el general Villa va a fusilar al general Obregón. A nadie ha querido escuchar, a ver que puede usted hacer por él.

Luz acude a Villa y le pregunta:

—¿Qué pasa entre ustedes que está la quinta rodeada por los Dorados y retiraron la banda que venía a tocar?

—Voy a mandar a fusilar a este tal por cual de Obregón —responde Villa—; hoy me ha puesto de parapeto en Sonora y ya me cansé de sus cochinos actos.

—Está muy bien hecho —contesta Luz—, dado que va de por medio tu honor militar, pero si tú fusilas a Obregón, mañana toda la prensa extranjera dirá: Francisco Villa mandó asesinar a su compañero y amigo, y sobre todo, su huésped, pues tú sabes que la hospitalidad es sagrada en todas partes del mundo.

Villa no contestó, pero después de descansar un rato, se levantó de la cama y llamó al jefe de la escolta para que buscara al maquinista y le ordenara preparar el tren del general Obregón para salir inmediatamente después del baile que en su honor se daría esa noche, si el general así lo deseaba, rumbo al sur. Enseguida buscó a su esposa para decirle:

—Ahora sí, ya pasó todo.

Notas

(1) Federico Cervantes M., *Francisco Villa y la Revolución*, México, Ediciones Alonso, 1960, pp. 112-113

(2) *Ibid.*, pp. 150-151

(3) *Ibid.*, pp. 186-187

(4) Este hecho ha sido narrado por la mayoría de los historiadores de la Revolución. Luz Corral, presente en los momentos que ocurrió, lo narra en *op. cit.*, pp. 105-107

Los amorosos andan como locos
entregándose, dándose a cada rato

Jaime Sabines

Una nueva historia de amor desfiló tras los ojos cerrados de Luz Corral.

En una lejanía de tiempo y espacio que no podía ubicar con precisión, y a través de una luz tamizada, le pareció ver una vez más al rostro ya casi familiar que asomaba curioso entre el centenar de ojos ansiosos por saber lo que estaba ocurriendo en el exterior del banco Minero de Chihuahua, cuya esquina, rodeada por una pared de triplay, había sido cerrada a fin de ocultar a la vista de los mirones todo cuanto ahí estaba sucediendo.

Y sucedía que, habiéndose negado Luis Terrazas hijo a entregar el dinero que se le solicitaba en apoyo de la causa revolucionaria, alegando falta de liquidez y todo un rosario lacrimógeno de desventuras, dijo, no obstante, saber dónde podrían encontrarlo: en dos de las columnas del banco Minero de Chihuahua situadas en el exterior. Y allá fueron a taladrar la primera de ellas, de la que chorreó tanto oro, que llenaron 10 costales. De la segunda solamente se obtuvo la mitad, pero alcanzó todo ese oro para equipar los carros hospital de la División del Norte, para uniformar bien a la tropa y garantizar el pago de sus haberes durante un largo rato, para comprar más armas y entregar a jefes y oficiales una compensación constante y sonante.[1]

¿Dónde había visto antes aquel rostro curioso, ahora recurrente en sus alucinaciones? Luz no recordaba el lugar preciso "puede que en alguna fiesta, en mi casa, o sabrá dios dónde", pensaba; pero ahora sabía, con certeza de verdad revelada, que se trataba de María Dominga de Ramos Barraza, bautizada así por haber nacido en uno de esos domingos de cuaresma. María tenía una hermana, Lugarda del Sagrado Corazón de Jesús, y una tía flaca, fea y seca que ya no se cocía al primer hervor. Se llamaba Felícitas y vivía instalada mucho más allá de bien y del mal.

Venida a menos, ella hablaba, siempre que la ocasión se presentaba, y aun si no se presentaba, de un pasado de riqueza y abundancia cuando niña, aun cuando nadie recordara con precisión quiénes fueron sus progenitores.

Poseía doña Feli —como la llamaban en el pueblo—, no obstante, una distinción natural que la colocaba por encima de las demás mujeres quedadas de la ciudad de Durango. Miraba a su prójimo por encima del hombro y desempeñaba bien su papel de tutora de las dos niñas —María Dominga y Lugarda—, ambas en edad de merecer. Mantenía el decoro y la elegancia en el vestir con harapos franceses de alta costura que habían conocido mejores tiempos. En los días de fiesta lucía encajes amarillentos de glorias pasadas y zapatillas desgastadas con tacones chuecos y pelados, y echaba mano de antiguas sábanas de lino y cortinas de brocado para coser los vestidos de las niñas. Pretenciosa, afirmaba:

—Es que no consiguen buenas telas por acá, como en tiempos de mis padres, por eso tengo que usar lo que de alta calidad encuentre a mano, aunque sea antiguo. Las muchachas están en la edad de las exigencias, y como todo mundo las invita y acuden a tantos compromisos sociales, es mi deber vestirlas bien.

Villa las conoció en Durango durante una de tantas tertulias ofrecidas en su honor. María Dominga lo deslumbró con su fresca y voluptuosa belleza de curvas pronunciadas, senos increíbles, labios carnosos y ojazos negros. Durante aquel sarao cantaron, rieron, bailaron y María Dominga, Lugarda y la tía suspiraron y tejieron un buen ramillete de ilusiones a causa de su encuentro con el famoso general, quien sólo tuvo ojos para María.

La tía se percató inmediatamente de la situación y preparó el terreno; no era cosa de dejar pasar una oportunidad como ésta. Por eso, al filo de la madrugada y antes de despedirse, se levantó de su silla, se compuso la falda muy pegada, de terciopelo lavanda y meneándose como culebra erguida se acercó al invitado de honor:

—¿Aceptaría usted merendar mañana con nosotras, señor general? Verá usted, somos tres mujeres solas que la estamos pasando muy mal. Tuvimos tierras y propiedades heredadas de mi difunto hermano, el padre de estas niñas, pero las hemos ido vendiendo para poder sobrevivir. ¡Ay!, qué alivio sería contar con la protección de un hombre como usted; es tan difícil vivir a merced de la gente que se aprovecha de la debilidad femenina, cuantimás si viven solas y en la pobreza.

—Nada deben temer si yo estoy cerca. Cuenten con que por ahí llegaré mañana —respondió Villa mordiendo el anzuelo, con la ingenua satisfacción que siempre le producía saberse protector de algún necesitado.

Al día siguiente la tía Felícitas viste un traje de crepé de seda azul plúmbago, de puños luidos y trasero brillante y desgastado por el uso. Los tacones chuecos le deforman un poco la figura al caminar, pero no pierde la elegancia. Oprime entre sus manos un deshilachado pañuelito de encaje de Brujas que ha perfumado con una gota de extracto de heliotropos escurrida con dificultad del frasco de cristal de roca de la casa Burjois de París que tomó del estuche de Moiré de un color incierto y desteñido por los años. También destapó la caja de polvos de arroz Anthea, tomó la borla y la pasó por su rostro, como en las grandes ocasiones. Se miró al espejo y sonrió con un gesto de aprobación, mientras pasaba por sus cejas el dedo índice ligeramente ensalivado.

Era Felícitas una ruina —distinguida, eso sí— que se regocijaba de tener ante ella a un posible proveedor de bienes y servicios. Con la mejor de sus sonrisas abre la puerta al oír los golpes del aldabón:

—Pase usted, señor general —dice dirigiéndose al huésped distinguido, con una voz melosa previamente ensayada—, qué honor tenerlo en esta su casa. Las niñas no tardan en llegar, fueron a su clase de bordado. ¿Puedo ofrecerle una limonada mientras tanto?

Villa asiente y escucha, luego de recibir la bebida, historias de infortunios y lamentos sin fin. Tarde se le hacía a doña Felícitas para dejar salir la noticia del supuesto y repentino amor que María siente en su corazón desde ayer por el más famoso general de México.

—Lástima de ser usted hombre casado, señor general.

—¿Lástima por qué, doña Felícitas?

—Porque según veo, María vino al mundo para tener amores con usted.

—Pues permítame decirle, señorita, que una cosa es el matrimonio y otra cosa es el amor. Y si busca usted adivinar mis verdaderas intenciones, verá que no tarda en descubrirlas. Por cierto, ya le procuré una ayuda, me informaron que la recibió usted esta mañana, ¿no fue así?

—Así fue, señor general, y le aseguro que puede usted contar conmigo para todo lo que guste mandar. Mi gratitud no tiene límite, pero quisiera yo saber si la peripecia de estar usted casado no le sería un estorbo para hacer feliz a otra mujer.

—Eso, doña Felícitas, dependería no sólo de mí, sino de la voluntad de ella para que fuéramos felices los dos.

—Muy bien, señor general, sepa usted que mi sobrina María Dominga de Ramos, tierno botón de rosa que acaba de cumplir 21 años, lo contempla a usted con grande amor, pero siente el sonrojo de ese cariño, pues estima que siendo usted hombre casado, ya no puede ser con honra marido de otra mujer. Pero sepa también que estoy propuesta a convencerla de la pureza de ese cariño, puesto que se lo manda dios, y a declararle el buen cariño que usted también le tiene, para que se ampare en usted según se ampara una esposa cerca de su esposo.

Así hablaba la socarrona de la tía Felícitas. Y como fuera mucha el ansia de Villa por ver consumado aquel concierto amoroso pintado por ella, la urgió para que ese mismo día le hiciera buenas sus promesas.

—Apacigüe sus ánimos, mi señor general —le dijo ella— y refrene sus ansias un ratito. No son éstas hazañas de guerra que los hombres puedan consumar tan pronto como sus armas lo permitan. Son peripecias del corazón que andan otros caminos. Mis promesas son ciertas como la luz del día y ellas se cumplirán en forma que usted y María Dominga de Ramos conozcan la ventura que yo les descubro.

—Pues si no me queda de otra —respondió el inquieto pretendiente, cuya urgencia se debía a su inminente partida hacia la junta de generales convocada por el primer jefe, pero tuvo que resignarse a viajar, esta vez, solo.

Dos días más tarde recibe, en su cuartel general del pueblo de Guadalupe, cercano a Zacatecas, una carta que le acelera el pulso:[2]

> Señor general Villa: este negocio está ya conforme a sus deseos y los míos. Y según conviene al futuro

> de mi sobrina María Dominga de Ramos Barraza, que responde con sus mejores modos a las buenas expresiones que usted y yo tuvimos en nuestra plática y da por buenas las expresiones de usted. Aquí quedamos a sus órdenes para recibirlo y agasajarlo en cuanto usted quiera aparecer delante de nosotras; o puede también si lo aprecia más a su gusto, dictar sus providencias para que María y yo pasemos a visitarlo al pueblo de Guadalupe.

No bien terminó la lectura cuando las órdenes urgentes pusieron en marcha una máquina, un carro y un cabús del tren villista, donde un oficial y una escolta llevaban las órdenes perentorias de traer de regreso inmediatamente a "unas señoritas de la amistad del señor general Villa".

Al día siguiente, muy temprano por la mañana, Villa en persona acude a recibirlas y las ayuda a bajar del tren. Doña Felícitas, muy erguida y sonriente, con una lamentable piel de zorro terciada sobre sus hombros, intentaba, sin lograrlo, ocultar la cabeza del animal roída por los años y la polilla. María mostraba con cierto descaro sus formas a través de una ajustada blusa tejida a mano desabrochada más abajo del nacimiento de los senos. La falda, también tejida y ajustada, se amoldaba a las caderas y los muslos, que ella mecía cadenciosamente causando terremotos en el corazón del incontinente anfitrión. Villa pasó su brazo derecho sobre los hombros de María y, caminando, llegaron hasta el cuartel general.

Sentados ante una espléndida mesa preparada en honor de las dos distinguidas visitantes, dijo a Villa la tía Felícitas, casi en secreto, mientras él retiraba la silla para que la dama se sentara:

—Señor general, viva usted seguro de que yo he cumplido mis promesas; ahora falta que de esta fecha en adelante usted cumpla las suyas. María Dominga de Ramos es para usted, y lo es por el solo convencimiento de su cariño y por obra de sus impulsos naturales.

—Esta cena, doña Felícitas —le respondió—, es la que considero la fiesta de mis desposorios, y tan luego lleguemos a la capital, me casaré con su sobrina; tiene usted mi palabra.

La tía honró con su presencia, como huésped por unas horas, la casa del comandante de los Dorados y fue enviada de regreso a Durango en cuanto amaneció.

La noche aquella, María hizo la felicidad del general. Apasionada y ardiente, tal como él la había imaginado, se comportó como una experta, lo que sorprendió un tanto al enamorado, sabio como era en combates nocturnos, y seguro de que recibiría en su lecho a una casta virgen. Nada dijo, sin embargo, la confusión de su mente al otro día por la mañana tuvo su origen en el llanto y el quebranto de María.

—¿Qué traerá ésta? —se preguntaba Villa—. ¿Habrá venido a mí por obedecer a su tía? ¿Me habrá dicho la verdad esa mujer, o habrá quizá conseguido con engaño lo que a mí me ofrecía como obra del consentimiento y del amor de su sobrina María?

—¿Y ora pues, qué se trae muchachita? —le pregunta Villa.

—Estoy deshonrada —responde ella con la vista baja y las palabras entrecortadas por los sollozos—. No podré volver a comulgar. Nunca debí haber aceptado venir a su lado, don Pancho, es usted un hombre casado y yo me siento sucia y manchada para siempre por el pecado.

—No diga eso, chula, yo la quiero de verdad y pienso casarme con usted nomás termine la encomienda que tengo pendiente en Aguascalientes. A ver, deje limpiarle sus lágrimas, venga, vamos a dar una vueltecita.

—Eso sí que no, ¡nunca! —respondió—. Jamás permitiré que nadie me vea la cara. Ya no tengo honra cual ninguna. No podré volver a ver de frente a nadie.

—Ande, venga, no sea tontita —dijo Villa tomándola de la mano con suavidad pero firmemente para sacarla de la alcoba nupcial en el carro privado del tren de la División del Norte.

Rápidamente María alcanzó a sacar de su modesta maleta abierta una chalina negra que echó sobre su cabeza cubriendo el rostro para que nadie la viera. Así salió todos los días, al caer la tarde, a pasear por los alrededores, y a recorrer los largos pasillos del convento de Guadalupe para repasar una y otra vez con la mirada los grandes lienzos de pintura colonial que ahí se encuentran.

Día tras día después de haber llorado desde la salida hasta la puesta del sol, salía María Dominga a hacer su recorrido, y los habitantes de aquel pequeño pueblo veían la extraña figura toda cubierta por un chal negro salir del cuartel villista y regresar a él como si se tratara de alguna de las ánimas del purgatorio. Y aun había quien juraba que no era un ser de este mundo.

Las historias más extrañas sobre aquella "aparición" corrieron de boca en boca, y durante muchos meses, la gente, aburrida y ociosa, tuvo tema de conversación.

—¿Qué estoy haciendo aquí? —se preguntaba María— ¿A qué le voy tirando sola y prisionera en este vagón de ferrocarril? Creí haberme enamorado del general Villa, pero esto no ha de ser amor. ¿Qué me pasa?, ¿por qué reacciono así? Espero el final del día con ansiedad. Después de mi paseo ya me anda por volver, porque empiezo a sentir un ardor en mi piel que aumenta conforme se acerca la noche. Siento que una brasa ardiente me quema entre las piernas y me muero porque llegue Francisco a hacerme el amor toda la noche, hasta perder el conocimiento y saciar mi urgente necesidad de amor. O quién sabe si será amor, pero ardo en deseos de estar con él. Pero cuando amanece y me paro frente al espejo, y me pruebo uno tras otro mis vestidos nuevos y todo cuanto me ha dado para tenerme contenta y no me fije en su ausencia durante el día, me siento inmensamente vacía y sola. Y lo que es peor, esperando con ansia que llegue de nuevo la noche, una noche más de pecado mortal. Porque estoy en pecado, soy la amante de Pancho Villa.

"Mi alma no tiene salvación, de eso estoy segura. Me voy a condenar en el merito infierno. Aunque, quién quita y me tome dios en cuenta que hago la lucha por apagar mis calenturas.

"Él ve que por mí no queda. Tres veces al día me remojo en la tina llena de agua fría a la que agrego unos buenos trozos grandes de hielo, de las barras que diariamente entregan al cocinero.

"El pobre ha de pensar que estoy loca, porque nomás me trae el hielo, me mira con unos ojos llenos de preguntas y muy prudente se retira. Pero el hielo y el agua no duran ni la víspera, porque apenas entro en la tina, el agua comienza a hervir y se evapora toda. Y yo sentada sobre el peltre pelón, sin gota de líquido y lo que es peor, sin haber podido apagar mi ardor."

María Dominga de Ramos hace rato que dejó de asistir a la realidad. Cree vivir una novela trágica. Se siente atrapada. Dos fuerzas opuestas luchan dentro de ella. Quiere y no quiere. Habla sola. Llora y se consuela.

—De oquis me visto y me arreglo —piensa mientras se contempla en el espejo de su alcoba. Se pule las uñas con el cojincito de gamuza del estuche de plata que le fue entregado con los regalos de ese día enviados por Villa. Repasa la colección de vestidos que no sabe ya dónde colgar. Se siente halagada, pero también abandonada, sola y aburrida.

—Me va mejor de lo que nunca soñé. Llegué con medias de popotillo zurcidas, gruesas y feas, como las de los toreros. Traía un corpiño percudido y remendado. Ahora tengo docenas de medias de seda y corpiños de lino y encaje.

"Mis únicos zapatos llevaban plantillas de cartón para tapar los agujeros de la suela fatigada, cuando bajé del tren del brazo de mi general. Ahora tengo 12 pares, la mitad sin estrenar. ¿Qué más puedo pedir? Creo que debo seguir intentándolo, sobre todo porque el general está manteniendo a mi tía y a mi hermana, no sea que nos vaya a levantar la canasta."

Pero la sucesión de noches ardientes y largos días de llanto ya habían acabado por cansar al dedicado amante, quien no atinaba a encontrar las señales del delito cometido que así afligía a esa mujer. Los malos modos de ella lo herían durante el día y se borraban de noche. Y esto, lejos de hacerlo rabiar, lo movía a reprocharse la mansedumbre con la que aceptaba tan confusa situación. Entonces pensó en Luisito, su secretario, su eterno confidente, su fiel amigo:

—Luisito, ¿qué tiene esta mujer? Le propuse mi cariño, que ella aceptó, aun cuando sea muy decente y muy fina y muy honrada y religiosa. ¡Señor, con sus propios pies llegó hasta mi presencia! ¿Qué mal le hago yo, Luisito, sino quererla y acariciarla?

—Son cosas difíciles de decir, mi general —le respondió.

—No, Luisito, nada es difícil de decir cuando se sabe. Si lo lleva usted en el pensamiento, expréselo desde luego.

—Yo creo que esta mujer no lo quiere, mi general.

—Muy bien, señor. Puede haber mujeres que no me quieran. Pero si ésta vino hasta mí y me aceptó, y me acepta de muy buena manera por las noches, aunque no esté usted para saberlo, ¿qué más puede pedir? Yo la quiero y se lo digo y se lo demuestro con la mejor sinceridad de mi ánimo ¿No soy hombre bastante para la más alta mujer de mi pueblo?

—Usted es un hombre casado, mi general.

—Sí, Luisito, pero uno es el matrimonio y otro es el amor —responde Villa con el mismo argumento con el que siempre justifica sus excesos en cuestiones de amor.

—Para algunas mujeres no hay amor sin honra, mi general.

—¿Y no es grande honra, por estar casado Pancho Villa, que él descubra a una mujer y que la escoja y la quiera y la atraiga y la acaricie? El matrimonio, Luisito, se hace tan sólo por miedo a que el amor se acabe. Honrada por un hombre es la mujer que ese hombre quiere, y que él cobija con su cariño.

—En Chihuahua está su esposa, mi general —replica el secretario casi entre dientes, como no queriendo contradecir a su jefe.

—Bien, Luisito, si aquella es mi esposa, allá está la honra de mi matrimonio. Aquí está la honra de mi amor.

—Pues entonces será lo que decía yo antes, mi general, que no dándole a la señorita María su cariño no descubre en usted ni la honra ni el amor. Ai usted sabrá, mi jefe.

El viaje desde el cuartel general en Guadalupe, Zacatecas, hasta Aguascalientes se inició un mes después. De noche, María Dominga de Ramos seguía siendo la amante apasionada, pero no bien amanecía, la luz del sol la seguía encontrando llorosa, atufada y malmodienta.

Había que poner ya un remedio a esa situación que parecía no tener un desenlace conveniente a la vista. Hoy por hoy, el general de División tenía sus cinco sentidos puestos en lo que le esperaba en la convención revolucionaria de Aguascalientes y no era cosa de distraerse por las neurastenias de una joven caprichosa.

Cavilando en ello estaba Villa cuando le informan que un señor de origen italiano, de nombre Stefanini, desea verlo. Lo recibe y escucha de éste el ofrecimiento de un rico aderezo de zafiros y diamantes en venta, y de pronto aparece con claridad la solución al problema. Lo adquiriría no obstante su elevado precio de 50 mil pesos, para obsequiárselo a María como regalo de despedida, porque de que se iba se iba.

—Llamen a Luisito para que pague esta compra —ordenó a su ayudante. Enseguida tomó el estuche y salió hacia donde se encontraba María.

—Tenga usted, chula, le traigo este regalito para que siempre que lo mire se acuerde del mal hombre que soy yo —le dijo poniendo el estuche en sus manos y marchándose en el acto.

Pasaron varios días sin que devolviera ella el regalo y sin que él acudiera más a la alcoba nupcial. Una semana después, ya estaba decretado el repudio, y sin que Villa volviera a verla ni a recibirla, pese a los diversos intentos que hizo María para que la atendiera, la mandó de regreso a su casa.

Siete meses más tarde, doña Felícitas le mandó avisar al general del nacimiento de un niño al que pusieron por nombre Miguel.

Lo que son las cosas —recordaba Luz—, hace apenas tres años cuando Pancho mandó recoger a todos sus hijos para juntarlos en la hacienda, María recibió al emisario con gritos y majaderías.

—¡Sobre mi cadáver se va usted a llevar a mi hijo; sólo muerta me lo podrán quitar! —dicen que le dijo al capitán enviado.

—Pero es que yo traigo órdenes de mi general, señora. Debo llevar al niño a Canutillo. Verá que va a estar muy bien ahí; déjeme usted llevar al niño con su padre, no puedo volver sin él.

—Ya le dije que sólo muerta —repitió y le azotó la puerta en las narices al mentado capitán.

A los dos días, María Dominga de Ramos apareció muerta sentadita en la sala. Dicen que la bilis derramada se le subió al corazón. Vaya usté a saber...

El niño Miguelito fue llevado al lado de su padre a la hacienda de Canutillo al día siguiente.

Notas

(1) Martín Luis Guzmán, *Memorias de Pancho Villa*, México, Compañía General de Ediciones, SA, 1975. pp. 288-289

(2) Martín Luis Guzmán refiere esta historia atribuyendo a la protagonista el nombre ficticio de Conchita Fierro. Este episodio no está consignado en los libros manuscritos por Manuel Bauche Alcalde, que contienen las memorias dictadas a éste por el general Villa y que sirvieron de apoyo a la obra citada de Guzmán, como se afirmó antes y quien, según se dice en el prólogo, siguió aquel texto hasta la página 270. En todo caso se trata, según testimonio de quien conoció esta historia, de María Barraza, madre de Miguel. Nunca existió ninguna Conchita Fierro. Muchas mujeres solían acercarse al general Villa para ofrecer a sus hijas, nietas, ahijadas, sobrinas, entenadas, o a ellas mismas, como lo han asentado ampliamente sus biógrafos. Lo que aquí se consigna es, quizá, como en el relato de Guzmán, ficción, si bien la mujer, el hijo y las fechas son reales.

No me des nada, amor, no me des nada.
Yo te tomo en el viento

Jaime Sabines

La convención nacional revolucionaria, efectuada en Aguascalientes el 14 de octubre había quedado atrás. Lo único que todos tuvieron bien claro, después de los intensos debates, fue el incumplimiento del señor Carranza de sus compromisos y la ruptura entre villistas y carrancistas. Ahora Villa era el dueño de la situación y el paso libre hacia la capital del país lo colocaba a la cabeza del movimiento revolucionario.

Los trenes de la División del Norte detuvieron su marcha entre el pueblo de Tacuba y la hacienda de los Morales, y mientras se entrenaba a la tropa en preparación del gran desfile militar que recorrería las calles principales del centro de la gran ciudad, el general Villa revisaba los recortes de la prensa nacional y extranjera que hablaban de él y eran puestos en sus manos diariamente a primera hora por su secretario. El comentario de una revista norteamericana le alegra el resto del día. Pancho Villa se hallaba muy complacido seguro de que su ejército haría el mejor papel.

> Con uniformes modernos, ropa interior, calcetines y zapatos. Parecen aristócratas en comparación con los soldados del ejército federal y otras fuerzas. Todos están armados con máusers o con rémington de alto poder.[1]

Recapitulaba el jefe de la División toda la serie de acontecimientos recientes en su lucha, tomaba notas y preparaba el material para comenzar a dictar sus memorias a Manuel Bauche Alcalde, director del periódico *Vida Nueva*, órgano de información del gobierno villista en Chihuahua, quien lo acompañaba siempre y lo auxiliaba en la tarea compiladora.

Veía el general que ahora sí su relación con Carranza se había definido en Aguascalientes. Era la guerra total entre los dos ejércitos que acababan de romper lanzas de la manera más estrepitosa y se separaban bajo los nombres de convencionistas, los de Villa, y constitucionalistas, los de Carranza.

Villa estaba satisfecho de su actuación apegada a los compromisos contraídos antes y a la legalidad, y no quitó el dedo del renglón en su punto de controversia durante la convención: el respeto al Plan de Guadalupe (que el mismo primer jefe había firmado y ahora se negaba a cumplir); es decir, que asumiera la presidencia provisional, se iniciara de inmediato la reforma agraria y social y se convocara a elecciones para volver al orden constitucional extraviado en manos del ex gobernador de Coahuila.[2]

Al lado de Villa había hombres de "mucha civilización" —como decía la gente a media calle—. Embajadores, gobernadores de una docena de estados y personas prominentes de diversas ocupaciones le habían vuelto la espalda a Carranza y se sumaban a la legalidad propuesta por Villa. La oposición a la negativa de cumplimiento a sus propios acuerdos era enérgica y clara por parte de la mayoría de los mexicanos, pero los carrancistas habían abandonado el terreno pacientemente para lograr adueñarse del poder formando una fracción con gente adicta al antiguo régimen porfirista, de iguales mañas y similares ambiciones, y dispuesta a sostener, a como se presentaran las cosas, al primer jefe en el poder. Don Venus —afirmaban sus otrora adictos— era un costal de marrullerías, y no se le podía subestimar.

Villa se encontraba en la cima del poder, adonde lo había elevado su prestigio militar y sus políticas social y agraria aplicadas con mano generosa. Los norteamericanos lo consideraban su amigo y no escatimaban muestras de admiración hacia él no sólo porque en su territorio había impuesto el orden y la prosperidad, sino porque la gente que lo seguía y lo respetaba como militar, le rendía una especie de culto de veneración y se mostraba bien dispuesta incluso a morir por él.

Otra razón para creer en la pureza de las intenciones del jefe de la División del Norte era que no aspiraba, como Carranza, al poder. Consciente de su baja escolaridad, sencillo y rudo, nunca externó siquiera la idea de llegar a la presidencia de la república; por el contrario, sus intenciones fueron reiteradas en el documento que con motivo de las Conferencias de Torreón firmaron él y Obregón para dirigirlo al señor Carranza, donde se establecía como principio el hecho de que: "no sería candidato a la presidencia de la república ningún militar con mando de tropas".

A bordo de su tren, y mientras ve a través de la ventana los movimientos de las tropas en preparación para el desfile, recuerda cómo, hace apenas unos días, juraron en Aguascalientes carrancistas, zapatistas y villistas cumplir y hacer cumplir los acuerdos de la convención, que fue declarada soberana, y firmaron las banderas para sellar el compromiso. Pero Carranza no estuvo presente, y para que no se creyera que era por falta de interés, envió un largo escrito atacando a Villa y declarando solemnemente estar dispuesto a abandonar el cargo de primer jefe del ejército constitucionalista y el de encargado del ejecutivo de la Unión, e incluso a ausentarse del país, si la convención así lo consideraba, pero bajo ciertas condiciones: la renuncia de Villa a la División del Norte y la salida de ambos del país. La renuncia de Zapata al mando de sus fuerzas y su salida del país también se impuso como condición.

La Asamblea le respondió enviándole un dictamen en el que se deplora su ausencia y se insiste en la necesidad de su renuncia al poder para organizar formalmente el gobierno de la república sobre la base de la unidad revolucionaria. Se toma por último el acuerdo, "por convenir así a los intereses de la revolución", de cesar en sus funciones al primer jefe del ejército constitucionalista encargado del poder ejecutivo C. Venustiano Carranza y como jefe de la División del Norte al C. Francisco Villa. Se procede a nombrar presidente interino: 98 votos de los delegados favorecen esta resolución, el de Obregón entre ellos, y 20 en contra. Triunfó la candidatura de Eulalio Gutiérrez y se emitió un manifiesto a la nación donde se informó que se han constituido en asamblea pre constituyente y con ese carácter han elegido a un presidente provisional.

Villa propuso que, junto con Carranza, lo pasaran por las armas, si con ello se salvaba la república. Luego informó que acataba las resoluciones de la asamblea. El primer jefe, alarmado, salió de México simulando que iba a visitar las pirámides de Teotihuacán,[3] y en Apizaco le entregaron un telegrama de la convención informándole que el general Eulalio Gutiérrez había sido designado presidente de la república por 20 días, y que él había sido cesado junto con Villa de sus cargos respectivos.

Carranza, como todos lo esperaban, desconoció los acuerdos de la convención y se rodeó de los pocos adictos que le quedaban. La convención declaró rebelde a Carranza y se dio a Gutiérrez amplias facultades para perseguirlo.

Villa, en acatamiento a lo ordenado por la convención, entregó sus armas al presidente provisional, pero le devolvieron el mando de inmediato para sostener la soberanía de la convención y perseguir a Carranza.

Vuelve Villa de sus cavilaciones cuando le avisan que debe pasar revista a sus tropas antes del desfile. Y así llega el momento del encuentro entre él y Zapata para desfilar con un aire victorioso por las calles de la antigua Tenochtitlán, y retratarse en la oficina presidencial del palacio nacional, donde Villa fue quien ocupó el asiento del primer mandatario. Y dicen que al sentarse en tan regio lugar se preguntó: "¿qué tendrá esta silla, que todos los que en ella se sientan se vuelven malvados?" Enseguida se imprimió la placa fotográfica para la historia.

El 4 de diciembre se encontraron los dos revolucionarios en Xochimilco. Conferenciaron y se abrazaron, confiados en que había triunfado el bien sobre el mal; ya sólo era cosa de reorganizar al país...

Un sinnúmero de cosas extrañas habrían de ocurrir al general Francisco Villa durante su estancia en la capital. Después de haberse sentado en la silla presidencial, de haber hecho exhumar el féretro de Madero para colocarlo en uno de plata, y de haber develado una placa con el nombre del presidente Francisco I. Madero para darle su nombre a la antigua calle de Plateros en el centro histórico, el general triunfador atendió invitaciones, recibió honores, escuchó en audiencia pública peticiones y paseó por las hermosas y antiguas calles mucho tiempo. Saboreaba su triunfo a plenitud. Había alcanzado el éxito, aunque había expresado en más de una ocasión que ya le andaba por regresar a Chihuahua. Político inexperto bien consciente de ello, tanto él como Zapata sabían que la truculenta y engorrosa tarea política ya no era asunto de los que pelearon la guerra, sino de otros...

La vida tiene sus compensaciones, Luisito; quién iba a decir, después de la tristeza que me dejó un mal amor, que ahora así nomás, de pronto y a la vuelta de una esquina encontraría el clavo que sacaría el que traigo clavado en el alma —comentaba el general a su secretario unas semanas más tarde.

Caminaba Villa por la alameda central de la Ciudad de México cuando sintió, físicamente, como si tuviera el cañón de un revólver pegado a su nuca, la mirada de Librada Peña, aquella tímida muchachita mormona de ojos castaños y cabello color canela nunca olvidada del todo porque "va usté a creer, Luisito, siempre aparece en mis sueños", recordaba el jefe.

Librada tenía sólo 17 años cuando la conoció y le enseñó a él, nada menos, al experto conocedor de todos los secretos en cuestión de combates bajo las sábanas, el valor espiritual de la relación entre un hombre y una mujer.

En efecto, inexplicablemente, Villa soñaba con ella todas las noches, o la evocaba por un momento en las situaciones más inverosímiles: en medio de un combate, durante la planeación de alguna batalla, en reunión con sus generales, de noche o de día, sin importar quién compartiera su lecho. Recordaba a Librada como un ser incorpóreo, intangible, como una ilusión difusa de cuya existencia llegó a dudar creyéndola frecuentemente producto de sus sueños.

¿Cuánto tiempo había transcurrido desde su peregrinar por aquellas colonias de mormones establecidas en Chihuahua desde el siglo pasado, donde siempre lo acogieron como el alma en pena que era, y le prodigaron amistad y abrigo? Pancho Villa soñaba y soñaba con la colonia Dublán a orillas del río Casas Grandes, y con aquella otra, de praderas fecundas extendidas a lo largo de la rivera del río Piedras Verdes. Y en la rica Chuichupa, cerca de Temósachic.[4]

Soñaba siempre con aquellos días de paz y aprendizaje entre gente bondadosa, de ideas rígidas y un tanto fanática de su religión, tan ajena y extraña para los no menos fanáticos católicos de Chihuahua, cuya cerrazón irracional nunca compartió.

La mayoría de los habitantes de aquellas colonias mormonas eran gringos que habían llegado durante la última década del siglo pasado directamente de los Estados Unidos con una precisa misión evangelizadora; pero al expandir su religión, muchas almas norteñas fueron ganadas por los evangelizadores mormones para la causa de John Smith, el profeta, y también muchos corazones quedaron atrapados en los anzuelos del amor. Entonces comenzaron a celebrarse matrimonios entre mexicanas y "güeros", más que entre gringas y mexicanos, porque eran ellos, los mormones misioneros en edad casadera, quienes iban de dos en dos por las aldeas, pueblos y ciudades a difundir su verdad, y al hacerlo, más de uno quedaba prendado de los encantos de la niña de la casa a cuyas puertas llamaban para llevar "la buena nueva".

Soñaba Villa con la placidez de aquellos días porque, además, su mundo interior, su visión de la vida cambió y nada volvió a ser lo mismo para él después de haber escuchado de boca de los hombres más respetados de aquellas comunidades —los más viejos y por ende los más sabios— cosas que ya intuía pero ahora daba por ciertas. Tanto tiempo de su corta vida había transcurrido a cielo abierto huyendo por la sierra, comiendo yerbas, raíces, liebres y peces del río, que casi le pareció natural escuchar a Elder Joseph Durrant hablar de la conveniencia de ser abstemio, de no abusar de la comida y no tomarla muy caliente, de no beber café, té ni carne roja, de practicar la templanza, y el amor al prójimo. De buscar en todas las cosas un alma y un sentido oculto, y tratar de encontrar su razón de ser en la vida.

De escasa cabellera rubia sobre un lozano rostro joven aún, a pesar de la edad, era Durrant, el jerarca mormón, una muy afortunada mezcla de doctor en teología, sabio, historiador, antropólogo, indigenista, bibliófilo y especialista en todo aquello relacionado con los apaches, cuyas incursiones habían sufrido sus padres cuando empezaban a instalarse en la colonia Dublán en 1886, precisamente el año de la última acción importante entre los apaches y las tropas federales en Temósachic, distrito de Guerrero. Aquel también fue el año de la escandalosa compra que hizo el barón de Rotschild de 800 mil hectáreas de tierra en el estado.[5]

Ya desde entonces, el joven Joseph Durrant —que era así como se llamaba; lo de Elder, que significa anciano, es un título de dignidad entre los mormones— se interesaba por cuanto acontecía en Chihuahua y guardaba documentos y apuntes en sus archivos "para que mis hijos conozcan la verdad de los acontecimientos en esta que será su tierra", decía.

Su formación científica era sólida. Había terminado sus estudios de física en la Universidad de Provo, Utah, una de las más grandes y prestigiadas instituciones de enseñanza superior en los Estados Unidos, y después había viajado por Europa.

Era también buen crítico de arte, gustaba de la pintura impresionista, de la poesía y de la ópera. Y, pese a ser mormón —lo que por aquellos años equivalía a ser puritano, casi tan cerrado como los cuáqueros de la Nueva Inglaterra—, poseía un amplio criterio al influjo de las ideas liberales de finales del XIX.

—Así que eso se vale... —se repitió a sí mismo una y otra vez Villa cuando supo de boca del mormón que no siempre debía considerarse un crimen, un pecado o un delito tener más de una mujer.

—Cómo la ve, compadre —le dijo un día a Tomás Urbina, amigo y compadre suyo desde los años mozos—. El gringo me explicó muy bien cómo está ese asunto y cuáles son las razones históricas en que se apoyaron los mormones para practicar lo que nombran "matrimonios múltiples" que ya no se acostumbran entre ellos desde años pasados, pero que obedecieron a una inaplazable necesidad de proteger a las mujeres de su comunidad. Y me contó también de otras culturas y otros países, donde el hombre puede tener varias mujeres, como en el Islam o en el Oriente.

"Nomás oiga, compadre, le voy a leer algo de este libro que me prestó el señor Durrant; pare bien oreja porque nunca volverá a escuchar nada igual —agregó aquel Villa juvenil de apenas 19 años y, dirigiéndose a su caballo, sacó de una de las cantinas de cuero un libro muy antiguo cuya pasta de piel desgastada por el uso retenía apenas las letras del título, grabadas en oro, que anunciaban el nombre del texto sagrado para los mormones *Doctrinas y convenios*, tan sagrado casi como la biblia, por ser el compendio de las revelaciones que John Smith, el profeta, recibió directamente de dios en 1843, según afirmaban los santos de los últimos días, como también se llamaban ellos a sí mismos, por mandato del mismo Smith.[6] Y leyó Villa:

> Abraham recibió concubinas que le dieron hijos. También Isaac y Jacob. David recibió muchas mujeres y concubinas, lo mismo Salomón y Moisés, siervos del Señor (...) La pluralidad de esposas es

aceptable únicamente cuando el Señor lo manda. Si un hombre se casa con una virgen y desea desposarse con otra, y la primera consiente y él se casa con la segunda, si son vírgenes y no han dado su palabra a ningún otro, no puede cometer adulterio, porque se entregan a él y no a ningún otro. Y si le fueren dadas 10 vírgenes por esta ley, no puede él cometer adulterio, porque le pertenecen y le son dadas, por tanto, queda justificado. Mas si una o cualquiera de las 10 vírgenes, después de desposarse, recibiere a otro hombre, ella ha cometido adulterio y será destruida, porque le son dadas a él para multiplicarse y henchir la tierra, conforme a mi mandamiento (...)

"Como le digo, en esto fundaban, durante los primeros años, la legalidad de la poligamia. Pero ya no se usa más. También me contó el gringo —continúa Villa— la historia de las revelaciones que los llevaron a la fundación de su religión, y cómo fue el establecimiento de lo que nombran matrimonio plural, por la gran necesidad de proteger, en sus pequeñas comunidades y por razones morales y religiosas, a las mujeres solas, abandonadas, viudas y solteras necesitadas de la fortaleza y protección de un hombre. Así desterraban el peligro de la prostitución y el adulterio. Eso no me parece tan mal, compadre, ¿usted que opina?

"Deje le cuento algo más, compadre. Dice el buen gringo que lo verdaderamente importante es la actitud responsable del hombre. Que proteja a la mujer y la respete, que le dé su nombre, así como a los hijos que procreen, y provea de casa y sustento a su familia. Es muy común en México, y de ello se jactan y hacen motivo de orgullo, el irresponsable comportamiento del macho que embaraza a una mujer tras otra y luego se hace el desentendido. Deja a los hijos regados por todas partes y jamás vuelve a acordarse del asunto. Es la suya una paternidad vergonzante sobre la que tiende una densa cortina de disimulo. Como consecuencia, la madre bajo cuya exclusiva responsabilidad queda el sostenimiento de los hijos, debe buscar la manera de sacarlos adelante trabajando en lo que buenamente pueda o aun prostituyéndose, si la situación extrema la obligara a ello.

"Podría atreverme a afirmar que en este país existen más madres solteras que casadas, y muchos más niños sin padres que con uno. Ricos o pobres, los hombres de México se comportan de la misma manera promiscua, y lo peor es que las mujeres parecen tolerarlo, "para eso son hombres, y mientras nada nos falte, sean discretos y no nos falten al respeto, nada hay que reprochar", he oído decir por ahí a más de una católica, apostólica y romana (me dice Elder Durrant, compadre) y luego todavía me aclara que desde el punto de vista de los mexicanos el macho puede hacer cuanto le plazca, siempre y cuando no lo sepa su mujer ni las amigas de ésta, para así mantener una apariencia de fidelidad y rectitud de varón intachable. El pecado está en que lo descubran, porque entonces sí, el albo manto de la virtud se cae y queda al descubierto todo cuanto el 'justo' pretendía ocultar.

"¡Ah!, pero eso sí, los únicos que deben enterarse son todos sus amigos, para matarlos de envidia. Ser adúltero o bígamo o polígamo en México se considera un galardón (dice mi amigo el gringo), pero yo digo que aquí y en todo el mundo es lo mismo, ¿no lo cree usted así, compadre?"

Soñaba Villa con Librada porque nunca pudo tenerla, y no es que se le hubiera ido viva la paloma como se dice allá en el norte; es que la dejó ir. No se atrevió a tomarla, pese a que la tuvo en sus manos y ansiaba entregarse a ella.

Las razones por las cuales contuvo sus impulsos amorosos estaban relacionadas con sentimientos que él mismo, en soliloquios interminables, analizaba por las noches tumbado en su cama con la vista fija en el techo; por las mañanas mientras descargaba hachazos en los troncos de pino para llevar leña a la estufa de sus protectores de la colonia Dublán; al trotar a pelo por los valles de aquella inmensa sierra y al bañarse en el río. Hablaba solo y eso era una señal inequívoca de amor.

¿Por qué entonces nunca se atrevió a hacerla suya?

La había tenido asida a la cintura, incrustada en su cuerpo, pegada la fresca piel de su cara adherida a la de él, curtida al sol por las largas horas de intemperie y encendida con la sangre agolpada en las sienes. Hubiera bastado tan sólo un paso más, que nunca se atrevió a dar porque de pronto la urgencia amorosa se disolvía en ternura, en compasión en la imposición de deberes a los que la nobleza obliga. Pensaba en todo lo recibido de manos de aquellos seres generosos, en los conocimientos adquiridos de ellos, gracias a los cuales su ignorancia de las cosas del mundo y de la vida habían disminuido notablemente, dado que allá en su aún no remota niñez la escuelita rural del pueblo solamente le había dejado una lectura rudimentaria, una escritura aceptable y un buen conocimiento, aunque elemental, de la aritmética.

Ávida su natural inteligencia de información de lecturas, al lado de Elder Durrant, su amigo y maestro, el destino ponía a su alcance un mundo ilimitado de conocimientos. ¿Cómo entonces podía haber pensado en otra cosa con Librada?

Cada vez que la situación amorosa lo obligaba a refrenar sus impulsos, soltaba a Librada de sus brazos, la tomaba de la mano y caminaban juntos bajo la tenue luz de las estrellas.

—¡Ay, Librada, Libradita, clarito dice tu nombre, de ésta ya te libraste, a ver si para la otra te libras de nuevo de mí y de mi amor!

Pancho le hablaba de su soledad, de los días eternos huyendo por las montañas, durmiendo a cielo abierto con la silla de montar por almohada, de sus miedos, de la incertidumbre de su vida, y la dejaba asomarse a todos los rincones de su alma juvenil.

Ella hacía lo mismo. Se abrazaban, se besaban e intercambiaban promesas de amor para otra ocasión, para mejores días en un futuro menos violento, menos incierto y más seguro, en el cual se amarían eternamente.

Luego Villa se fue de la colonia Dublán. Se alejó con el espíritu enriquecido y muchos conocimientos nuevos. Salió de allá menos ignorante que cuando llegó, o más conocedor de las cosas logradas por el talento humano y por el espíritu. Y nunca olvidó a Librada, tal vez porque nunca pensó volver a encontrarla. O quizá —¿quién podría saberlo?— en un futuro, que él veía borroso e incierto.

Y ahí, frente a él, en plena alameda central de la Ciudad de México, casi 10 años después de la despedida y muy lejos de la serranía chihuahuense el futuro había acudido a encontrarlos.

—¿Es usted, Pancho? apenas puedo creer lo que ven mis ojos —dijo ella.

—¡Válgame dios! Lo mismo digo yo, Libradita, pero mire nomás cómo se ha puesto de bonita, más mujer, más embarnecida, más sazona —dijo Villa, utilizando, a falta de las palabras adecuadas, que no acudieron a su boca por el sofocón de la sorpresa, todo el vocabulario que se estila en estos casos.

No se abrazaron. Ella extendió sus manos hacia las de Pancho, que él tomó entre las suyas. La veía de arriba abajo una y otra vez. Era la misma Librada con su cara paliducha, inocente, y libre de afeites, su cabello ensortijado recogido en la nuca y la mirada transparente y juguetona que lo había seducido. Apenas podía creerlo.

La gente que pasaba por ahí se detenía un poco a verlos:

—Es Pancho Villa, el que derrotó a Victoriano Huerta —murmuraban, y algunos se aventuraban a pedirle un autógrafo, a lo que Villa accedía, divertido por el hecho. Era el hombre más famoso del país y los habitantes de la capital lo consideraban en esos momentos víctima de la ingratitud de Carranza, el primer jefe que apenas unas semanas antes había tenido el nervio de desfilar victorioso por las avenidas principales de la ciudad sin haber invitado a compartir el triunfo con él al general Villa, el artífice de la gran victoria en Zacatecas. Le hacían lo mismo que años atrás le había hecho Juárez a Porfirio Díaz —según recordaba la gente mayor—, y eso era una monstruosa injusticia.

El paseo por la alameda, el más hermoso jardín de la ciudad después del inmenso bosque de Chapultepec, es una tradición en México. Bardeada y protegida por puertas que se cierran cada noche después del toque de oración, la alameda es el parque donde todo el *beau monde* se luce al caer la tarde para luego volver a sus casas a tomar el chocolate con pan de huevo y dirigirse después a la tertulia, al teatro o a la ópera, según la temporada. Por eso, aquella tarde el provinciano general Villa quiso saber de qué se trataba ir a dar la vuelta a la alameda y allá fue a pasear acompañado por un reducido grupo de su escolta, y a dar de qué hablar al mundillo capitalino que ahora tendría un tema adicional de plática que duraría en tanto no ocurriera algo de mayor interés: habían visto a Francisco Villa en persona, en la alameda.

Librada y Pancho caminaron un poco. Se detuvieron a comprar un cucurucho de nueces, se sentaron en una banca y se pusieron a pelarlas como si nada hubiera más importante en este mundo. Olvidaron a sus respectivos acompañantes y todo lo que tenían que hacer después.

—Es linda esta ciudad, ¿no le parece, Pancho?

—Así me parece a mí, Libradita. Muy linda y muy antigua. Aquí sí se siente el pasado, la tradición que en Chihuahua no existe porque es una ciudad muy nueva en relación con ésta. Aunque aquélla es la más cercana a mi querencia.

—¿Cómo están mis amigos de la Dublán, sus padres, Elder Durrant? —preguntó Villa al tiempo que hacía señas a su escolta para que se retirara.

—Están buenos. Yo vine acá con un grupo de misioneros para abrir dos iglesias. Ya llevo tres meses en México y nos vamos de regreso en dos semanas más. Debemos seguir fundando nuevas congregaciones.

—¿Se casó usted, Librada? —preguntó Villa titubeante.

—Sí, general, me casé —responde ella esquivando la mirada de su interlocutor. Y luego de un largo silencio agrega—: Hace poco más de un año quedé viuda. Vivíamos en Torreón, donde yo nací, ¿se acuerda? —De nuevo se hace un largo silencio y enseguida, con voz entrecortada y casi inaudible, continúa—: Usted sabe cómo es esto en nuestras comunidades. Debemos casarnos jóvenes, tener muchos hijos, ver por la convivencia de la colonia y obedecer ciegamente las sugerencias de nuestros padres. Yo luché e intenté oponerme. Todos sabían de mi amor por usted, pero se burlaban, me llamaban ilusa, me enseñaban los periódicos donde se hablaba de sus grandes triunfos y afirmaban que jamás volvería usted a acordarse de mí, que ya se había casado con otra y que debía olvidarlo y aceptar mi realidad. Entonces mis padres acordaron casarme con el hijo de un amigo de la colonia Juárez. Era un buen hombre, murió por accidente cuando estaba pescando, a causa de la bala perdida de una gavilla obregonista que le pegó, en un fuego cruzado dizque con el enemigo. Si viera cómo han cambiado las cosas por allá. Se acabó la paz para siempre, ya ni sabe uno quién es quién; estamos desesperados.

Él guardó silencio, tomó una mano de Librada y la besó. Era la segunda ocasión que se inclinaba galantemente a besar la mano de una mujer; lo recordó por un instante, cuando pasó por su memoria la misma escena, con los dedos largos y blancos de Lupe Coss frente a sus labios. Pero eso había quedado atrás. Ahora estaba al lado de su viejo amor y descubría que en algún lugar de su corazón había permanecido agazapado el sentimiento amoroso de juventud, y revivió de golpe la emoción de aquellos recuerdos entrañables, la ternura, el impulso refrenado, las ilusiones primeras.

Ella retiró suavemente la mano y la colocó junto a su mejilla, como queriendo repasar el beso por su cara. Cerró los ojos para que él no advirtiera la humedad en ellos y permaneció en esa actitud cercana al éxtasis unos segundos. Era todo un cúmulo de sensaciones, era el encuentro y la cercanía, era el beso del hombre de sus sueños, era que no había mujer más afortunada en la tierra porque lo había encontrado. Era como un milagro, porque Librada, en sus oraciones cotidianas, había suplicado, con fe mormona, durante los últimos 10 años, la gracia de volverlo a ver siquiera una vez más. Y ésta era la respuesta.

—¿Puedo invitarla a cenar, Libradita? —preguntó él.

Ella asintió con un movimiento de cabeza y agregó:

—Me hospedo en el hotel Gillow; puede usted pasar ahí por mí.

—¡Ah, caray!, pero mire nomás qué feliz coincidencia; ahí mismo me estoy quedando yo con mi gente. Bueno, pues ya no la detengo, a las ocho estaré esperándola en el vestíbulo —agregó para terminar, y ambos se marcharon, justo cuando se encendió el alumbrado eléctrico de la alameda, por el rumbo que llevaba cada quien al encontrarse.

El restaurante Gambrinus era uno de los más famosos del país por su buena cocina y, en fechas recientes, por haber sido el lugar que eligió Victoriano Huerta para arrestar a Gustavo Madero, de donde lo sacó para atormentarlo y darle muerte, igual que a su hermano Francisco. También era el lugar de moda preferido por la "gente bien" y los políticos del antiguo régimen, el grupo de los bienamados de don Porfirio. Ahora lo frecuentaban también los revolucionarios, la plebe. Penetraba el bajo mundo donde antes la admisión estaba reservada para la gente decente. ¡El fin del mundo! Los pelados arribistas pretendiendo codearse con nosotros —comentaban al borde del desmayo los parientes de los científicos que se quedaron en México, y que ya muy poco frecuentaban el lugar; los antiguos liberales que triunfaron con Porfirio Díaz, la encarnación del liberalismo triunfante encabezado por Juárez...

—¡La chusma en el poder! —susurró entre dientes un distinguido comensal cuando vio entrar a Villa con Librada colgada de su brazo— ¡Que dios tenga misericordia de nosotros!

—Bola de rateros hijos de la chingada, eso es lo que han sido y son ustedes. ¿Quién cree usted que es? ¿Piensa que corre por sus venas la sangre de los Habsburgo? ¿Cree que no sé que en su árbol genealógico tiene ancestros tocando el teponaztle? —le respondió al instante y muy de cerca, con un tono de voz que no dejara lugar a dudas, otro parroquiano que saludó sonriente y con una inclinación profunda de admiración al general Villa a su paso hacia la mesa reservada.

Villa tenía el portentoso don de atraerse no únicamente a la gente del pueblo, sino también a la gente ajena a la pandilla porfirista; es decir, a la gente de bien. Por eso, y pese a que vestía esa noche de "paisano", con un austero traje gris y su escolta había quedado fuera, y tan sólo cuatro de sus hombres, vestidos igualmente de civil, se habían ubicado estratégicamente en aquel lugar de modo que pudieran pasar inadvertidos, la concurrencia se puso de pie y aplaudió el arribo del general Villa al restaurante de moda.

—¿No te dije, Luis, que esto debía mantenerse dentro de la más estricta discreción? —reprochó el jefe a su secretario, sin dejar de agradecer, con inclinaciones de cabeza y sonrisas, aquellas muestras de simpatía.

—Nada pude hacer, general, perdóneme; la noticia se supo quién sabe por dónde. Si no ordena otra cosa, con su permiso, me retiro. Estaremos esperándolo a las 11, como nos lo indicó —dijo y desapareció.

Una mesa al fondo del local, cerca de una ventana. Un quinqué de cristal francés que alumbraba con luz tenue la faz de Librada, fresca, linda y azorada ante tantos honores a los que no estaba acostumbrada. Una cena frugal al estilo de Villa, de una austeridad escandalosa, donde no hubo ni vino ni café; donde abundaron los silencios, las frases triviales, las descargas de adrenalina al rozarse las manos sin proponérselo. Turbación de adolescentes, ansia contenida por arrojarse uno en brazos del otro, exaltación del reencuentro. Villa recordó sus estancias en la colonia Dublán y trajo a la conversación poco a poco la última promesa hecha entre ellos el último momento anterior a su partida.

—Parece como si el tiempo no hubiera pasado —dijo levantando con su mano la barbilla de Librada para verla mejor a la luz temblorosa del quinqué—. Está usted más bonita y yo estoy descubriendo dentro de mí el mismo sentimiento que cuando nos despedimos allá en la sierra de Chihuahua hace tantísimos años.

Librada le respondió ya sin titubeos que nunca había dejado de amarlo y que nada había deseado más en esta vida que volverlo a encontrar para nunca volver a dejarlo. Que soñaba con él todas las noches, aun cuando estuvo casada, y que el dolor más grande de su vida había sido considerarlo perdido para siempre en brazos de otra.

—Pero ¿qué podría, qué puedo yo ofrecerle, chula, si mi vida es la revolución? ¿No sabe usted que las mujeres que han pasado momentáneamente por mi vida viven solas y muy desdichadas? Yo no puedo ser esposo ni padre de familia común y corriente, capaz de hacer feliz a una mujer, ni me atrevo siquiera a soñar con eso mientras haya guerra en México y no se haya solucionado el problema del hambre y el abandono de tantos hermanos míos de raza y sangre; mire, Librada, el tiempo apremia, y para que no se repita la pesadilla porfirista, para que seamos deveras fuertes y libres, los mexicanos debemos aprender a pensar, para ser capaces de decidir nuestro destino, pero para eso se necesita educación, salud, trabajo, alimento. La gente de Porfirio Díaz, y con esto quiero decir todos los vejetes que aún andan por ahí dando órdenes y negándose a soltar las riendas del poder; el señor Carranza incluido, —nos quieren ignorantes y muertos de hambre para poder dominarnos.

"¿Se atrevería usted a dejar a su gente para venir a pasar penas a mi lado? ¿Dónde va usted a creer que voy a tener tiempo para ir hasta el templo de Utah en Lago Salado para casarnos por la eternidad, como acostumbran los de su fe y como sé que le gustaría, si vivo de combate en combate y puedo quedar en cualquiera de ellos?”

Librada levantó la vista hacia él y profundamente seria tomó la mano derecha de Villa entre las suyas y le repitió lentamente las bíblicas palabras del libro de Ruth, versículos favoritos de una de las historias aprendidas de memoria desde niña, en la escuela dominical de su iglesia:

> No me pidas que me vaya ni me aleje de ti; porque donde quiera que tú vayas, iré yo y donde quiera que vivas, viviré. Tu pueblo será mi pueblo y tu dios será mi dios. Donde tú mueras allí moriré yo y allí seré sepultada, que sólo la muerte hará separación entre tú y yo.

Villa se conmovió con estas palabras tanto como nunca imaginó que podría hacerlo. Nada respondió, pero oprimió con fuerza las manos de Librada, y pudo ver cómo brillaban sus ojos con las lágrimas que empezaban a escurrir lentamente por sus mejillas. Tomó el pañuelo blanco que asomaba a la bolsa superior de su saco y cuidadosamente secó el rostro de Librada.

—Pero mire nomás, qué velada tan lacrimosa hemos tenido. Mejor será que nos vayamos, no vaya yo también a ponerme a llorar. Porque ahí donde me ve, soy un llorón y me conmuevo hasta con un amanecer o con la sonrisa de un niño —dijo Villa poniéndose de pie para ayudar a Librada a levantarse de su asiento.

A la salida del restaurante, el auto de Villa esperaba con dos ayudantes que se apresuraron a abrir las portezuelas posteriores del vehículo donde harían el recorrido de regreso al hotel.

Llegaron tomados de la mano. Villa acompañó a Librada hasta las puertas de su habitación en el tercer piso, ya que los dos primeros estaban ocupados por generales y jefes de la División del Norte.

—Me ha hecho usted muy feliz este día, Libradita. Volví a mis años mozos. Mañana, nomás despache los asuntos pendientes, vendré a buscarla a eso de las tres o cuatro de la tarde —dijo él con alborozo de adolescente, y agregó—: No he tenido tiempo de conocer la ciudad, ¿Me acompaña a recorrerla?

—Claro, claro que sí, y muchas gracias por este rato. Yo también lo he pasado muy feliz —respondió sin intentar moverse de la puerta y con la mirada fija en su pareja. Turbado, Villa la contempló y dijo dulcemente en voz baja:

—¡Ay Librada, Librada, qué no diera yo por llevarla conmigo muy lejos de todo este barullo que es el país en guerra! —La miró muy hondo, tomó en sus dos recias manos el rostro de ella y la besó suavemente. Librada le echó los brazos al cuello para prolongar aquel beso, que entonces se tornó largo e incandescente, pero Villa tomó aquellos brazos que lo ataban para librarse de ellos, besó la frente de la apasionada mujer y se despidió diciendo:

—Hasta mañana, preciosa, mejor me voy —y dándole la espalda, se marchó.

—Buenas noches, mi general —respondió ella enviándole un beso con la punta de los dedos.

Llegó Villa a su habitación donde ya lo esperaba un ayudante con las puertas abiertas, las luces encendidas y la cama dispuesta para el descanso nocturno.

—¿Alguna novedad? —preguntó.

—Sin novedad, mi general —respondió, cuadrándose con un enérgico choque de tacones—. ¿Ordena usted algo más?

—Nada, gracias, mi teniente, puede usted retirarse. Me despierta a las seis. Que pase buenas noches —le dijo, palmeándole la espalda afectuosamente.

Solo, feliz, en paz y picado nuevamente por las inquietudes del amor, Villa se despojó del saco, la corbata que tanto le molestaba, los zapatos, y echó a andar el fonógrafo RCA Víctor que lo acompañaba a todas partes. Colocó en la tornamesa uno de sus discos favoritos de 78 revoluciones y, con los brazos tras la nuca, se dispuso cómodamente a escucharlo recostado en su cama:

Tiene los ojos tan zarcos
la norteña de mis amores,
que se mira dentro de ellos
como si fueran destellos
de las piedras de colores.

Cuando me miran contentos
me parece un jardín de flores,
y si lloran me parece
que se van a deshacer.
Linda, no llores...

Pensaba en Librada con preocupación. Las desilusiones anteriores lo habían dejado muy lastimado y todas las mujeres que se han acercado a él con requiebros e insinuaciones, desde su llegada a México, lo han encontrado indiferente y frío. Librada acaba de romper ese hielo, pero él tiene sus dudas. Con ella no puede casarse por la iglesia porque no es católica, y ante la fe de los mormones, el matrimonio religioso tiene otro significado. Tampoco desea convertirla en su amante, porque ella no es de ésas. ¿Qué hacer entonces? "Ya veremos", pensó, apagó la luz, se desvistió y se metió a la cama con los ojos de Librada clavados en su mente.

Tan concentrado estaba en sus cavilaciones y en la música, o tan adormecido, que no escuchó la puerta que se abría, ni los pasos acercándose a él, ni percibió siquiera el momento en que un cuerpo se deslizó junto a él en la cama; un cuerpo fragante y quizá presentido, cuya tibieza lo hizo volverse sin sobresalto, como si hubiera estado esperándolo. Era Librada.

Esta vez no hubo palabras. Ella se entregaba por amor al amor de su vida y él la aceptaba y correspondía con el mismo ardor. Como lo hubiera hecho años atrás, intensa, locamente, hora tras hora, sin tregua hasta el amanecer.

—De otro combate de éstos no salgo con vida, mi alma —dijo Villa a su pareja bromeando, pero exhausto, cuando el sol comenzó a penetrar por la ventana.

Ella sonrió, mordiéndose el labio inferior, en un gesto que Villa le conocía desde siempre, y cerró los ojos apretando fuertemente los párpados. Estaba eufórica, radiante. Enredó en una sábana su cuerpo desnudo y abrió de par en par uno de los ventanales. Se acercó al balcón y respiró profundamente el primer aliento fresco de aire purísimo de "la región más transparente".

—Son las seis en punto, mi general —dijo una voz acompañando los golpes de los nudillos del ayudante de turno sobre la puerta de la habitación.

Villa, alucinado con la imagen de la mujer que tenía ante sí, no respondió. Le complacía el entusiasmo vital que mostraba Librada, y su asombro de niña al observar el paisaje urbano que frente a ella comenzaba a recuperar sus colores alumbrado por el sol mañanero. Admiraba ella la armonía de la serie de edificios neoclásicos, señoriales, sobrios y embellecidos por los años, que se repetían a lo largo de la calle y competían unos con otros en belleza con sus relieves de cantera tallada, sus hornacinas con santos y vírgenes, sus portones de mezquite tallados magistralmente, sus balcones de hierro forjado fabricados por manos expertas y conocedoras de un oficio muy antiguo.

Sentía Librada con fuerza otro placer nunca antes experimentado ante una calle, un grupo de edificios, un paisaje urbano: el estético. Nacida en una ciudad como Torreón, fundada apenas ayer, donde las calles anchas y sin gracia no conocían de construcciones tocadas por el arte ni la tradición, y las casas "americanizadas" y por ende, prescindibles, demolibles, carecían totalmente de blasones o señorío, de tallas y mascarones, de barroquismo y herrerías, era natural que estuviera perpleja ante la belleza que contemplaba, porque lo hacía, además, a través de unos ojos que todo lo embellecían, y porque tocado por el amor, el espíritu humano, magnificando su capacidad de sentir, es más sensible a las cosas bellas y más receptivo al arte.

Tampoco se sabía, allá por la Laguna, de templos o capillas churriguerescas ni cosa alguna que pudiera documentar la memoria histórica de un pasado esplendoroso; por eso sentía Librada la emoción de encontrarse en una ciudad antigua, poseedora de una historia artística y cultural como pocas en el mundo.

Y recordó con qué entusiasmo Elder Durrant recomendó al grupo de misioneros que viajarían hacia la Ciudad de México todo aquello que no podían, bajo ningún pretexto, dejar de ver poco a poco, en el tiempo libre. El buen gringo, tal vez porque sabía bien que México era la ciudad más hermosa del continente americano, les recomendó recorrer la calle de Plateros (que Villa acababa de bautizar como calle de Francisco I. Madero), la plaza mayor y la catedral. Las casas del estado, las de los marqueses de

Jaral de Berrio y la de los azulejos. La Universidad, en el antiguo convento de San Ildefonso, la alameda y el bosque de Chapultepec, barrios y mercados.

También debían asistir al teatro y a los museos, al Desierto de los leones y a Xochimilco, de acuerdo con las recomendaciones de Durrant "y abran muy bien los ojos, porque el colmo de la belleza lo representa el telón de fondo de los dos volcanes que vigilan la ciudad, que ustedes podrán admirar cuando vayan hacia el sur. Deben ver todo aquello que alimenta el espíritu, porque, además de nuestra fe, debemos promover la apertura de los hombres hacia las artes. Es parte de nuestro ministerio tratar de alejar a las personas de la vulgaridad y la violencia".

Ahora, con la ilusión recobrada, ahora que tenía quien la llevara a hacer esos recorridos, Librada lo haría del brazo de su antiguo amor, y de paso cumpliría con su misión. Al menos eso era lo que creía.

—Está en mi destino que Pancho Villa debe ser para mí. Si no, ¿qué caso tendría habernos vuelto a encontrar? —pensó, mientras aspiraba con deleite el aroma del café recién preparado que subía hasta ella desde la cocina del hotel, y se le ocurrió que sería delicioso probarlo, pese a ser una bebida prohibida (¿o desaconsejada?) por su fe.

—Venga, mi general, vea nomás qué preciosidad de calle. Nunca, pero nunca imaginé así de hermosa esta ciudad. ¿O será que el amor me hace ver todo radiante y bello?

Saltando de la cama, Villa enreda rápidamente una toalla a su cintura y acude al balcón, echa un brazo sobre los hombros de Librada y contemplan juntos todo un desfile de personajes de la ciudad que a esa temprana hora salen a ofrecer sus mercancías. Confundidos con los toques de las campanas llamando a misa, escuchan el silbido del carrito que ofrece los camotes vaporosos, perfumados y cocidos bajo ceniza, y de plátanos tatemados a las brasas. Ven pasar a un afilador de tijeras y escuchan el pregón melodioso de unas indias que venden chichicuilotes y flores. Las calles recién barridas y regadas huelen a limpio y todo resplandece a sus pies.

Librada nunca había imaginado siquiera cómo sería la felicidad perfecta, ni por su mente había pasado que el amor pudiera ser eso: comunión absoluta del espíritu y la carne. Acababa de experimentar sensaciones jamás descubiertas en el lecho conyugal junto al esposo, durante su corta vida matrimonial, porque ahora que se había unido con deleite al cuerpo del amado, había sentido por vez primera, la intensidad, el estallido de un placer nunca soñado.

—Si tuviera que morir en este momento, mi general —le dijo volviéndose hacia él— me iría agradecida con mi creador por haberme concedido saber de la felicidad del amor verdadero.

Él, hombre de pocas palabras, sin retirar el brazo de los hombros de Librada, la condujo de nuevo al lecho y se amaron una vez más.

Caía ya la tarde cuando Librada, preocupada y algo molesta por el retraso de Villa, salía del hotel para caminar un poco por los alrededores, cuando vio acercarse el automóvil y la escolta del general y detenerse justo frente a ella.

—Adónde va, chula, ¿No quiere que la lleve mi chofer? —preguntó Villa dando un salto para bajar del vehículo— ya me andaba por volver a verla —agregó.

—No, no, gracias. Si nomás iba a dar una vueltecita para matar el tiempo; como ya me estaba cansando de esperar...

—Venga, vamos caminando aquí cerca. La voy a llevar a conocer un lugar donde la gente se reúne a tomar café. Ya sé que usted no lo toma, pero podemos pedir una soda, porque quiero enseñarle algo que me tiene muy contento.

Tomados del brazo caminaron rumbo a Sanborns deteniéndose frente a los escaparates de las elegantes tiendas, divertidos y deslumbrados por la intensidad de la vida de aquella hermosa ciudad, que, por si no bastara, ostentaba, además, un telón de fondo que lucía dos grandes volcanes hacia el oriente. De pronto, Villa se detiene frente al aparador de la joyería La Esmeralda y dice:

—Nunca le he regalado nada, ¡caray!, con todo lo que ustedes me dieron durante tanto tiempo, y yo sin ser capaz de retribuir aquella generosidad. Venga, vamos a entrar.

—Eso no es necesario, general. Ya ve que yo soy muy simplona en mi arreglo, no uso joyas. No, no es necesario, deveras, no quiero nada.

—¡Que no ni que no! —dice Villa con determinación, al tiempo que sujeta con fuerza el brazo de Librada y la obliga a entrar a la elegante joyería.

—Deseo que nos muestre unos anillos —ordena el general al solícito empleado que los recibe con todo género de cortesías y les ofrece asiento frente a una pequeña mesa, para desaparecer y regresar enseguida con una serie de anillos de los más variados estilos y precios.

—Elija usted, Librada; escoja lo que más sea de su agrado.

—No, deveras, gracias, no necesito nada de esto. Son elegancias a las que no estoy acostumbrada.

—Bueno, mire, voy a elegir yo; pero usted me va a prometer aceptar lo que a mí me guste ¿sí o sí?

Librada asiente y mira cómo su pareja, sin titubear, elige un anillo de oro, sencillo, con un nudo del mismo metal por adorno. Luego toma la mano izquierda de Librada y lo coloca en su dedo anular.

—Es muy lindo, gracias, lo llevaré hasta el día de mi muerte —dice ella.

Villa indica a su secretario Miguel Trillo, quien lo seguía en el auto, que entre para liquidar la cuenta, le entregue el papel que trae guardado en su portafolios, y continúan su camino rumbo a Sanborns.

—Pues mire usted, Libradita, cuando recién llegué aquí a la Ciudad de México, acudí a una cena que en mi honor ofreció un grupo de personas. Había ahí escritores, poetas, maestros, banqueros, comerciantes, en fin, gente de diversos quehaceres. Entre ellos se encontraba un gran personaje del Perú, el poeta José Santos Chocano, a quien, según me informaron, llaman "El Cantor de América". Bueno, pues sabiendo él de esta cena, escribió una poesía en mi honor que leyó esa noche. Y hoy me encuentro con que no se conformó con eso que yo le agradecí profundamente, invitándolo a cenar y entregándole un obsequio, sino que lo publicó en la prensa. Además, lo repartió en volantes que nadan circulando por todas partes. Vea nomás, Libradita, léamelo, quiero oírlo en su propia voz.[7]

Sentados frente a frente una vez más, Villa ha sacado del bolsillo interior de su saco la hoja que le acaba de dar Trillo, la pone en manos de Librada y ésta lee:

Caes... caes... no importa, bandolero divino.
Remo, Rómulo: el crimen es a veces ritual.
Una voz, como a Pablo, te llama al buen camino...
Pero ¿quién te diría: obras bien, piensas mal?

Un demonio y un ángel en rebeldes porfías
disputándose el signo de tu oculta intención,
y así, como a veces, al dudar sentirían
un trajín de cuatro alas dentro del corazón.

Loco de alegría hiciste tal aprendizaje
de tus desorbitadas artes en la lección,
que te habló deslumbrante tu espíritu salvaje,
de Hércules, asesino, de Mercurio, ladrón.

Por dentro de tus lauros con que ilustras tus sienes,
la locura sacude tu poderosa crin;
tan grande en el delito como en la gloria tienes
apta al puñal la diestra y el oído al clarín.

Hijo de águila y tigre, sientes en las entrañas
yo no sé qué delirio de metal en crisol;
agua pura que gime bajo negras montañas
o arrebol salpicado con la sangre del sol.

Sábelo: ya tu espada se siente fatigada...
Sábelo: ya su entrada te cierra el porvenir.
Está bien que te obstines en esgrimir tu espada
como el ave que bate sus alas al morir.

Serpenteantemente caes con la caída
que en las sombras eternas desenvuelve Luzbel.
Caes... caes... mirando con desprecio la vida
y a la vez sujetándote a la frente el laurel.

Olvidar no podrías tus gloriosas locuras,
ni rendirte al acaso ni dar un paso atrás,
que cuando se desprende también de las alturas,
la piedra cae a plomo y el rayo hace zig-zags.

—¡Qué fuerte y qué hermoso poema! Su sonido, su ritmo... Me gusta eso de "bandolero divino", deveras que me gusta. ¿Ve cómo hasta los poetas están de su lado? —dice Librada.

—Aunque eso de "bandolero divino" no me cuadra bien a bien, puede que no esté mal, como dice usted. ¡Yo qué sé de versos! —dijo, y agregó—: ¿Verdad que tengo razones para estar tan entusiasmado por los efectos que las batallas ganadas por la División del Norte han causado más allá de mi patria?

"¡N'ombre, cállese la boca! Nomás viera la de periódicos y revistas de todo el mundo que hablan diciendo cosas que llegan muy profundo, dentro del corazón mío y de mi gente. Nomás le digo que Luis lleva ya coleccionados 60 corridos escritos en mi honor, y no ha podido dar con uno solo, uno tan siquiera, dedicado al primer jefe don Venustiano, ni para mi compañero Álvaro Obregón. Como que algo quiere decir todo eso ¿no cree?, como que no la estamos haciendo tan mal, ¿verdad?

"El pueblo entero está con nosotros, eso ya lo sé. Incluidos los artistas, los intelectuales, la gente que piensa y que deseaba ya un cambio después de tan larga dictadura. Ahora verá, mañana le enseño todo lo demás, los periódicos esos que le dije y los corridos. Y nos vamos a pasear desde que dios amanezca. Ya usted se dará cuenta del aprecio que me manifiesta la gente común y corriente. Si hasta pena me da. Por lo pronto vamos a ver que hacemos el resto del día, chula. ¿Cómo la ve si la invito al teatro?", preguntó Villa, y sin esperar respuesta tomó del brazo a Librada y salieron de Sanborns.

Los tres días siguientes transcurrieron entre diurnos recorridos por la ciudad y nocturnas e interminables sesiones de amor. Villa vivía para complacer a Librada y ella, que descubría día con día los secretos del arte de amar, sólo deseaba hacerlo feliz. Pero no todo es para siempre, eso bien lo sabía Librada.

—Hermana Librada —decía frente a ella con voz grave y profundamente seria Edward Redd, el jerarca mormón responsable de aquel grupo de misioneros—, la hemos hecho venir hasta este punto de reunión porque deseamos mantener dentro de la mayor discreción y confidencialidad lo que vamos a decirle.

"Mucho nos mortifica hablar de este asunto, pero no podemos esperar más para poner un hasta aquí a hechos que dañan gravemente nuestra reputación como grupo religioso honorable que profesa una fe en Jesucristo nuestro señor, y ponen en tela de juicio cuanto predicamos.

"Su escandalosa conducta, querida hermana Librada, ha trascendido ya los muros de la alcoba del señor general Villa y anda usted en boca de medio mundo. Así que le pedimos encarecidamente nos diga de una vez por todas si vamos a contar con usted en lo sucesivo para continuar la tarea evangelizadora, o si de plano ya no debemos tomarla en cuenta porque piensa usted seguir por el camino que la lleva directamente a su destrucción. Sabemos cuánto se estima al señor general en nuestras comunidades y el gran afecto que él nos dispensa, así como a los norteamericanos en general, pero lo ocurrido entre ustedes dos rebasa lo tolerable. Aquí la queremos exhortar a tomar una decisión: o vuelve usted a nuestro lado para seguir adelante con su vida de misionera y de viuda honorable, o continúa por su lado en la pendiente que la lleva directamente a su perdición. Elija usted con toda libertad. Esperamos su respuesta en 24 horas.

"Ahora, hermanos —agregó Redd dirigiéndose al pequeño grupo que lo rodeaba— pongámonos de rodillas, inclinemos nuestras cabezas y oremos para que el señor dios fortalezca la voluntad de nuestra hermana Librada y la vuelva al buen camino."

Después de la oración se marcharon todos, y dejaron sola y aniquilada a la joven mujer que permaneció de rodillas derramando ríos de lágrimas. Debía reflexionar, debía ayunar y orar, debía asomarse a su interior —cosa que la aterrorizaba— y decidir, en un acto de honesta introspección, cuál era el camino a seguir.

Estaba más que dispuesta a convertirse en soldadera si Pancho se lo pedía; en su amante, si él así lo decidía, y a seguirlo o a permanecer donde él se lo ordenara. Haría lo que fuera con tal de no volver a perderlo; sólo que Villa se mostraba tan dispuesto a dejarla ir. Y todo porque la amaba, según afirmaba él y, ¡qué paradójico!, ella le creía. Por no perderlo a él, ella perdería su alma, a lo que estaba más que dispuesta, pero él no lo permitiría. Ése era el dilema.

—¿Qué hacer, dios mío? ¿Qué camino debo tomar? —se preguntaba una y otra vez sacudida por el llanto, atormentada por los sentimientos contradictorios que luchaban dentro de su ser.

Todo el día estuvo en oración y en ayuno para hallar una respuesta.

Así la encontró la noche.

Por esa razón no acudió a la cita, ni dejó mensaje para el general en el casillero correspondiente al número de su habitación en el hotel, ni nota explicativa alguna con el cabo de guardia en el piso donde se hospedaba.

—Luisito, ¿ha visto usted entrar o salir del hotel a la señorita Librada? —preguntó preocupado Villa.

—No señor, en todo el día no la he visto. ¿Ordena usted que indague su paradero?

—No, mi cabo, no se moleste. Vamos a esperar —le respondió.

Villa estuvo inquieto y preocupado todo el día siguiente, y cuando volvió a su hotel y se encontró de nuevo sin noticias de Librada, tomó la decisión de mandarla buscar temprano por la mañana.

Durmió mal pensando en ella. De pronto, como la primera noche, sintió a su lado la fragancia y la tibieza de un cuerpo que se pegaba a su espalda y lo acariciaba; que tomaba su mano y colocaba en el dedo meñique el anillo de oro que él le había comprado unos días antes.

—¿Pos ónde andaba, Librada? Llevo dos días esperándola —le reprochó.

Se volvió para abrazarla, pero ella había salido de la cama y sólo pudo percibir él su silueta dibujada contra la luz tenue que entraba por la ventana. Librada, sin responder, se acercó de nuevo a Villa, le besó la frente, los ojos, rozó apenas los labios y, colocando su dedo índice en la boca para impedirle que siguiera hablando, le dijo con una voz que parecía venir de lejos, como un eco:

—Ponme como un sello sobre tu corazón, como una marca sobre tu brazo. Porque fuerte, como la muerte es el amor.[8]

—Qué hermosas palabras, ¿eso también es de la Biblia? —preguntó y ya no escuchó la respuesta, porque se quedó profundamente dormido, ahora sí, tranquilo. Librada había vuelto.

A la mañana siguiente, cuando su ayudante corrió las cortinas para despertarlo en punto de las seis, entró Luis tras él, con un sobre en la mano:

—Olvidaron en la administración darme este mensaje; es para usted, mi general. Lo colocaron en el casillero equivocado desde ayer por la mañana. Ya los puse pintos por el día de retraso, caray, ojalá no haya sido nada urgente, porque entonces sí que va a arder Troya.

Villa tomó el sobre, lo rasgó con incontrolable nerviosismo y leyó:

> Mi general:
> Cuando reciba esta carta yo estaré ya muy lejos de México. He vuelto a poner los pies en la tierra y he tomado conciencia de mi realidad. La misión que me corresponde en esta vida es hacer mi mejor esfuerzo por convertir cada pueblo de este desdichado país en un sitio de bienaventuranza y fraternidad, donde queden atrás el odio y la violencia que han crecido como plaga en el alma de los hombres, envenenándolos para convertirlos en seres envilecidos que hacen sufrir y matan a sus semejantes con el único fin de satisfacer su avaricia.
>
> Yo busco lo mismo que usted, a quien tanto han hecho sufrir esos hombres, igual que a sus hermanos de raza y sangre, sólo que yo lo hago por el camino de la fe y de la paz.
>
> Estaré orando siempre por que triunfe su buena causa.
>
> Me voy pensando en la tristeza con que leerá esta carta, pero también en el peso que le quito de encima porque ya entré en razón. Sé que nunca hubiéramos podido estar juntos, pero con estas dos semanas de amor doy por bien vivida mi presencia en la tierra. Quiera mi creador recogerme pronto. Yo ya no soy yo, mi vida no me pertenece.
>
> Aunque no estemos juntos, usted estará conmigo cada día de lo que me resta de vida. De nadie será mi amor sino suyo, por la eternidad. Que el señor dios lo cuide y lo bendiga siempre. Librada.

Sentado en la cama, Villa terminó de leer la carta con los ojos nublados por densas lágrimas y con un dolor intenso en el pecho. Cubrió su rostro con las dos manos y sollozó muy quedo, él, que nunca lloraba por una mujer.

—Entonces lo de anoche fue un sueño solamente —se dijo a sí mismo con voz entrecortada por el desconsuelo—. Librada estaba ya muy lejos y yo la creí realmente junto a mí...

Descubrió su cara nuevamente y vio la humedad del llanto en la palma de sus manos. Entonces el corazón le dio un vuelco: en el dedo meñique de su mano derecha brillaba el anillo de oro que unos días antes él mismo había colocado en la de Librada. Volvió la mirada al lecho donde tenía la certeza de haberla abrazado la noche anterior antes de quedarse dormido y encontró una pequeña hoja de papel de lino con tres líneas escritas con la letra de ella que decían:

> Ponme como un sello sobre tu corazón
> como una marca sobre tu brazo,
> porque fuerte, como la muerte, es el amor.

El general triunfador permaneció toda la mañana en su habitación, derrotado, oprimido por un dolor profundo y muy triste. Durante toda su existencia había buscado desesperadamente la felicidad que ahora pensó por fin le había sido concedida. Estaba equivocado.

El sol se había apagado de repente para él. Ni modo.

Por la tarde envió flores a María Conesa y después de la función de teatro la invitó a cenar.

Esa noche, el general Villa no volvió a su hotel.

Notas

(1) Aurelio de los Reyes. *Con Villa en México. Testimonios de camarógrafos norteamericanos en la Revolución*, México, UNAM, 1985, p. 203

(2) Guadalupe Villa, *Chihuahua, una historia compartida*, México, Gobierno del Estado de Chihuahua, Instituto Dr. José María Luis Mora, Universidad Autónoma de Ciudad Juárez, 1988, pp. 260-261

(3) Federico Cervantes M., *Francisco Villa y la Revolución*, México, Ediciones Alonso, 1960, p. 335

(4) Guadalupe Villa y Graziella Altamirano, *Chihuahua, textos de su historia*. México, Gobierno del Estado de Chihuahua, Instituto Mora. Universidad Autónoma de Ciudad Juárez, 1988, vol. II. pp. 306-309

(5) Guadalupe Villa, *op. cit.*, p. 378

(6) *Las doctrinas y convenios de la Iglesia de Jesucristo de los Santos de los Últimos Días. Revelaciones dadas a José Smith, el Profeta*, Salt Lake City, Utah, Publicación de la iglesia de Jesucristo de los santos de los últimos días, 1955, pp. 242-245. En el gran templo mormón de Salt Lake City, estado de Utah, consta que, en la ceremonia del bautismo por los muertos y en busca de la salvación del alma del general Francisco Villa, de acuerdo con la fe mormona, llevó a cabo esa ceremonia un misionero de nombre Martin H. Durrant, originario de Evanston, Wyoming, quien estuvo en México durante los años de 1957 y 1958. El último año lo pasó evangelizando a los habitantes de San Cristóbal de las Casas, Chiapas.

(7) Antonio Vilanova, *Muerte de Villa*, México, Editores Mexicanos Unidos, 1966, pp. 43-44

(8) *El cantar de los cantares* de Salomón, capítulo 8, versículo 6.

Estoy como vacío
Quisiera hablar, hablar, pero no puedo
no puedo ya conmigo.
Una mujer que busco, que no existe,
que existe a todas horas, un antiguo
cansancio, un diario despertar
medio aburrido.

Jaime Sabines

Comenzaba a resentirse el frío de la madrugada cuando Luz Corral y Austreberta Rentería fueron conducidas por un asistente del hotel a las habitaciones privadas del último piso donde, a invitación de la otra viuda, Manuela Casas, podrían tener un par de horas de reposo.

Tantas revelaciones insospechadas, tantas emociones, tan intensos y dolorosos sentimientos habían soportado en carne viva en las últimas horas, que era natural el agotamiento de sus cuerpos y sus mentes.

De nuevo el morbo alertó a la amodorrada concurrencia donde unos cabeceaban, otros, acurrucados en los sillones, dormitaban y algunos más, fuera del recinto donde yacía el cuerpo, estiraban las piernas entumidas dando unos pasos y fumaban. Pero todos a una se volvieron expectantes hacia las escaleras por las cuales ascendían las dos viudas y las tres niñas rumbo al descanso momentáneo.

Y de nuevo nada ocurrió. Tomadas por el brazo apoyaban recíprocamente las fatigas que ocasiona el desconsuelo. Se veían envejecidas las dos viudas, ¡y eran tan jóvenes aún! Caminaban lentamente, como si llevaran a cuestas un peso enorme, como si no pudieran con su propio esqueleto, y a pesar de ser aún fuertes y flexibles, apenas podían con su alma.

Al advertir que se dirigían hacia las escaleras, el gerente del hotel se apresuró a alcanzarlas y juntos llegaron hasta donde las esperaba Manuela, cuyo hijo recién nacido, Trinidad, dormía en su cuna, ajeno a la tragedia que la madre padecía.

—Pasen ustedes, Lucita y Betita, hay unas camas listas en el cuarto de al lado para que las niñas se recuesten un rato, y dos más para ustedes en el que sigue. Los dos se comunican por dentro para que duerman sin pendiente.

Luz recorrió la habitación con la mirada. Era una amplia sala con piso de encino bien pulido y encerado y dos ventanales que daban a un balcón de herrería de buena factura, cubierto ahora totalmente por un largo crespón negro.

Del cielo raso pendían dos grandes candiles venecianos y, sobre un inmenso tapete chino, armónicamente colocados, tres conjuntos de sala —uno de bejuco, estilo austriaco y dos de estilo francés Luis XIII, con tapicería bordada en *petit-point*— daban un toque de refinamiento al departamento aquel del último piso. Consolas de talla francesa, grandes espejos de marco dorado, lámparas de mesa, relojes de bronce y macetones de mayólica con palmas complementaban un conjunto elegante y armónico. En ambos extremos del salón, las puertas de madera, pintadas de blanco igual que toda la ventanería del piso, se abrían hacia las recámaras y contrastaban con el tapiz a rayas color guinda con pequeños ramilletes de flores sobre fondo blanco que cubría las paredes.

—¡Válgame! ¿Pero qué es esto? Más parece la corte de Versalles que un hotel de Parral. No me digan que Pancho pudo dormir en un lugar como éste —dijo Luz un tanto escandalizada por aquel lujo que consideraba excesivo e impropio para un hombre como su esposo.

Amueblada también al estilo francés, la alcoba del general era precisamente la negación de la austeridad que él acostumbraba, y cuantas veces la ocasión se presentó hizo él referencia al excesivo y suntuoso mal gusto decimonónico representado por el afrancesamiento, tan caro al ostentoso indio oaxaqueño que acababan de echar del país, y lo contradictorio que resultaba a la austeridad revolucionaria todo aquello "a lo que no tenemos derecho mientras haya en México hermanos de raza y sangre que mueren de hambre" —decía.

Pero ahí en el hotel reinaba —según los anteriores dueños— el buen gusto, y mucho se esmeraron en remodelar el último piso antes de poner en manos del general Villa las llaves del hotel Hidalgo como una muestra de su gratitud por haber salvado su vida y sus propiedades de un ataque de los carranclanes.

Su recámara —cursi la llamaba Villa— era una de las cuatro que se encontraban en aquel piso y la más lujosa. Al centro, una mesa ovalada de roble, con cubierta de mármol de Carrara, lucía un enorme jarrón chino con flores frescas, y la cama, de la misma madera y el mismo estilo Luis XV, llevaba sobre la cabecera un dosel que sostenía dos cortinillas de brocado inglés, del mismo diseño que la colcha. En un extremo del enorme aposento, un no menos enorme ropero de cuatro lunas biseladas ocupaba el mayor espacio; en el lado opuesto, una cómoda con cubierta de mármol sostenía una palangana y un aguamanil de peltre con racimos de tulipanes y rosas multicolores pintados a mano, igual que las dos bacinicas con sus respectivas tapaderas colocadas debajo de la cama.

Un tocador, una cómoda semanario de Boulle sobre tapetes persas de lana y una *chaise-longue* al lado de una mesita de porcelana de Sévres completaban el conjunto del que Francisco Villa se escandalizó cuando el acaudalado minero Rodolfo Alvarado, hijo del famoso ex peón y acaudalado don Pedro Alvarado, dueño de la rica mina La Palmilla y de todos los fundos mineros que la circundaban, le entregó el acta de donación y la gruesa llave de la entrada principal del hotel Hidalgo.[1]

—Porque si le digo que quiero regalarle este edificio y le pido que me acompañe al notario para formalizar las cosas, me manda usted al carajo, mi general; por eso preferí darle la sorpresa. Yo le suplico que lo acepte como una muestra de inmensa gratitud por haber defendido nuestras minas de la rapacidad carrancista — le dijo Alvarado a Villa frente a la entrada del hotel aquella noche en que, con el pretexto de invitarlo a cenar, pudo llevarlo hasta donde le tenía preparada una aparentemente privada ceremonia de entrega.

—Pero hombre, mi amigo, no faltaba más; era mi deber defenderlo del tropel de bárbaros que todo se querían "carrancear", como le llama la gente a sus raterías; además, no era cosa de permitir sus fechorías en mis territorios. ¡Faltaba más!

—Pero venga conmigo, hágame el favor, mi general, permítame mostrarle este hotel que desde ayer es suyo y presentarle al personal encargado de la administración y a los empleados —le dijo Alvarado tomándolo del brazo y encaminándolo hacia adentro.

Al abrirse el portón presenciaron ambos una escena de esas que se convierten en el tema de plática de los habitantes del pueblo durante mucho tiempo: en el amplio vestíbulo de la entrada esperaban al nuevo dueño los grandes de la región, los notables de Parral y sus alrededores y algunos ingleses y norteamericanos recién llegados a visitar sus fundos mineros.

Todos aplaudieron la llegada de Villa y Alvarado bajo una lluvia de confeti y serpentinas arrojados por los empleados, al tiempo que una pequeña orquesta de músicos de la capital del estado tocaba una “diana”. Los dos salones contiguos y el gran comedor fueron insuficientes para contener aquella multitud de invitados que recorrieron admirados el recién restaurado hotel equipado con lo más moderno de la hotelería norteamericana, con eficientes oficinas y personal bien capacitado en Nueva York y listo para ofrecer al público una atención nunca antes vista en Parral y a la altura de cualquier hotel de los Estados Unidos o de Europa.

—En este hotel[2] hemos atendido, desde su fundación, a los mineros y hombres de negocios más importantes del mundo, señor general —dijo Rodolfo Alvarado mostrando a Villa con orgullo el libro de visitantes distinguidos—. Vea usted nomás esta relación de celebridades:

Recorrió Villa las páginas y leyó:

—Familia Guggenheim, John P. Jones.

—Antiguo senador por Nevada —aclaró Alvarado.

—John K. Cowen...

—Consejero general del ferrocarril de Baltimore, Ohio, cuya empresa es una de las más grandes y ricas de los Estados Unidos —interrumpió otra vez Alvarado.

—Norman B. Ream...

—Presidente de la junta directiva de la compañía de carros Pullman —señaló de nuevo.

—J. Pierpont Morgan, Charles Steele, la familia Vanderbilt, los Astors, los Gates. Todos llegaron forrados de oro para invertir porque querían más.

—Y vinieron a Parral por él, señor general. Los que siguen son banqueros de Nueva York y Filadelfia —explicó don Rodolfo Alvarado— y negociantes de Boston muy famosos por sus inversiones. Todos han viajado frecuentemente a Parral porque han adquirido tierras y fundos mineros, como el de la "Lluvia de oro", cerca de Batopilas, que usted conoce muy bien, mi general. Con toda seguridad recuerda usted que su dueño, don Bernardo García, la vendió a dos ricachones mineros gringos en dos millones de pesos oro —dijo para concluir; tomó nuevamente a Villa del brazo y continuaron el recorrido.

Cuando llegaron a las habitaciones privadas del último piso, Villa se quedó sin habla. No creía lo que estaba viendo. Ésas eran suntuosidades propias de los científicos del porfiriato, excesos que no eran para gente simple, común, de trabajo, y menos revolucionaria.

—Esta parte del hotel ha sido remozada especialmente para usted, señor general, para que pase cómodamente instalado los días que tengamos el honor de recibirlo aquí en Parral.

—¡Ah, qué bárbaro será usted!, pero mire nomás... N'ombre, pos cómo va a ser que duerma yo en una cama de éstas, ¡si mi madre murió en un triste catre! —dijo, sorprendido por aquel excesivo desprendimiento de su amigo Alvarado.

—Acéptelo, por favor, con nuestra gratitud sin límites —insistió Alvarado dando un paso atrás para que entrara, en primer lugar, el nuevo dueño y su invitado de honor en aquella fiesta.

Flanqueaba la puerta el personal uniformado: un mayordomo, dos recamareras, un ayudante de cámara y una doncella; asignados exclusivamente para atender el último piso, saludaron con una inclinación respetuosa a su nuevo patrón.

—Esto es demasiado, amigo Rodolfo; yo soy gente sencilla, ni estoy acostumbrado a tanta elegancia, no me siento bien rodeado de tanto lujo.

—General, permítame recordarle que está usted en la cima y ahora le toca disfrutar un poco de los bienes de la vida. Alguien ha dicho por ahí que la sociedad se parece a los calidoscopios, que giran de vez en cuando y van colocando de distinto modo elementos considerados antes como inmutables, con los que compone otra figura. Pos ahora es su turno, mi general, ya dio la vuelta el calidoscopio y yo mero deseo ofrecerle esta comodidad, que bien merecida la tiene, y no es nada comparado con lo que usted ha hecho por mí y por muchos como yo, por no hablar de los que llama usted con razón sus hermanos de raza y sangre. Además, usté bien sabe que nada espero a cambio; no lo estoy sobornando, a nada lo comprometo. Es tan sólo, repito, una mínima muestra de mi gratitud.

—¡A que usté, mi amigo! —dijo Villa moviendo la cabeza sin alcanzar a creer lo que estaba sucediendo. Y aunque finalmente aceptó de buen grado aquel espléndido regalo, pocas veces durmió en el ostentoso departamento. Cada vez que lo hacía tenía pesadillas.

Las niñas cayeron en un profundo sueño tan luego sus cabezas tocaron las respectivas almohadas. Las tres viudas, en cambio, después de refrescarse un poco y pasarse un peine por el cabello, se sentaron en la sala y tomaron una nueva taza de té de flor de la pasión, tan perfumado, tan delicado, tan propicio para las revelaciones. Y continuaron, un poco trastornadas por las alucinaciones, con una conversación jamás imaginada que a ellas mismas sorprendió:

—¿Por qué no estará aquí Chole? —preguntó Luz.

—Yo calculo que no ha podido resistir la idea de que Pancho esté muerto. Ya ven cómo es ella de sensible —respondió Austreberta—; es pintora, es poeta... quién sabe qué pensará; la pobre debe estar sufriendo con sus dos niños, Toño y Miguelito, allá en Canutillo igualito que nosotras. Y de seguro allá a su casa fueron a dar Tavo y Agustín; los pobrecitos querían venir, pero ¿qué necesidad había de hacer sufrir a tanta criatura?

Toda envuelta en luto, Manuela escuchaba la plática iniciada por las dos mujeres que hablaban entre ellas y la ignoraban, tal como si hubiera sido invisible. Fingía en realidad. Los largos silencios así lo denunciaban. Se habían declarado la guerra en la hacienda, apenas hacía unos meses, y ahora, por una de esas raras jugadas del destino, volvían a encontrarse frente a frente, unidas por el mismo dolor y sufriendo —porque las revelaciones les causaban un dolor tan agudo como el de la pérdida del hombre amado al saber lo que más valía haber ignorado para siempre, por efectos del té que saboreaban a pequeños sorbos y casi con deleite.

Aquel té de pétalos de una rara flor secados al sol venía de muy lejos hasta la despensa del hotel Hidalgo por disposición de sus antiguos dueños, y siguió llegando después, igual que otros productos lejanos y exóticos, cuando el edificio pasó a manos del general, como una constante presencia de doña Purita Alvarado, esposa del donador y rendida admiradora de Villa, quien recibía de París cada seis meses una remesa grande de productos de la casa Fauchon, la más prestigiada importadora de hojas de té oriental desde 1880.

Las tres viudas, apagadas, silenciosas, y con una lucidez apenas perceptible, se miraban de reojo, volvían la vista a las paredes, a los muebles, al techo, a donde fuera, con tal de evadir el encuentro de sus ojos, y se cuestionaban en su fuero interno sobre el futuro inmediato.

—Por respeto a Pancho tolero la presencia de este par de putas —cavilaba Luz, quien desde el primer momento tuvo que contener su rabioso carácter y condescender con ellas, no le quedaba de otra—. Ahora debo ponerme muy lista y pensar serenamente. Betita es ambiciosa y audaz. Se fue tras Pancho a la hacienda creyéndolo dueño de inmensas riquezas y con sus intrigas me desbancó. Se quedó con él, con los hijos y con el título de señora de la casa. Cabrona, zorra, no le importó nada con tal de salirse con la suya. Me lo merezco por haberla subestimado. Fue bastante más hábil que yo, de modo que si me sigo atarugando me deja encuerada. Después de todo, mi posición es privilegiada frente a ellas. La primera, la única esposa soy yo; nunca hubo divorcio, así que el vínculo permanece intacto. ¡Cuidado, Luz, no te apendejes! —se repitió a sí misma.[3]

—Por consideración a mi difunto esposo, que dios tenga gozando ya de la gloria eterna —pensaba Austreberta—, debo soportar la presencia de esta gorda lépera y egoísta de Luz, que no contenta con haber abandonado casa y marido durante cuatro largos años, los más difíciles en la vida de mi viejo, todavía se sintió con derechos para ocupar el lugar de "señora de Villa" que voluntariamente abandonó. Es muy audaz, majadera y muy ambiciosa. Va a hacer cuanto esté a su alcance para dejarme en la calle, no obstante que soy madre de dos hijos de Pancho, mi chiquito y el que espero en dios nazca sanito en unas cuantas semanas más. Y por algo él me encargó a mí y no a ella cuidar de Agustín, Octavio, Micaela, Celia y Juanita. Luz no tiene ya a ninguno, así que mi posición es ventajosa, aunque me repatea tener que soportar a esta zonza, insípida y taimada de Manuela que se siente la gran dama dueña del hotel y va a tratar de quedarse con él. Pero yo soy la última esposa, la de todos los derechos, la única heredera de sus bienes, porque los niños me reconocen a mí como su madre y todos son menores de edad. Tendré que conversar con ellos y explicarles la conveniencia de que se mantengan unidos a mí. Tendré que fingir ecuanimidad e irme con tiento según se vayan presentando las cosas. Pero no cederé ni un ápice en mis derechos. La única y verdadera esposa soy yo.

—Por respeto a mi señor, que en paz descanse y se encuentre gozando ya de la luz perpetua —piensa Manuela con los ojos entrecerrados—, debo ser atenta y cortés con este par de brujas avariciosas que no supieron retener ni amar a mi viejo como lo hice yo. ¡Qué penitencia tener que aguantarlas! Sea por dios. ¿Qué va a ser de nosotras ahora? Yo y mi Trini tenemos al menos un techo, la casa de la calle Zaragoza está a mi nombre y puede que si me pongo lista, este hotel sea mío también. Pancho me dijo que me lo daba el mismo día en que el señor Alvarado le entregó las llaves. ¿Cómo le haré para saber si es cierto? Sería la única solución para podernos mantener mi hijo Trini y yo; si no, ¿cómo subsistiremos?, ¿cómo voy a defenderme de la ambición de estas dos que son capaces de todo?

Notas

(1) Antonio Vilanova, *Muerte de Villa*, México, Editores Mexicanos Unidos, 1966, pp. 43-44

(2) Guadalupe Villa, *Chihuahua, una historia compartida*, México, Gobierno del Estado de Chihuahua, Instituto Dr. José María Luis Mora, Universidad Autónoma de Ciudad Juárez, 1988, t. II, p. 283

(3) El general Villa contrajo matrimonio civil y religioso con Luz Corral en 1911. Luz Corral, *Pancho Villa en la intimidad*, Chihuahua, Centro Librero La Prensa, SA de CV Editores, 1977, p. 228-230

Pétalos quemados,
viejo aroma que vuelve de repente,
un rostro amado, solo, entre las sombras...

Jaime Sabines

La Güera Luz entorna los párpados y trata, sin lograrlo, de descansar. El sueño había huido de sus ojos dolientes, pero sabe que el día próximo será largo y tal vez más pesado que esta interminable jornada de velorio.

La vigilia y la lucidez están ahí, con las insospechadas imágenes que continúan como un milagro de revelación presentándose ante ella. Ella, que había soportado estoica y resignadamente los amoríos de Pancho; ella, que creía haber conocido los secretos más íntimos del esposo y había padecido los más insoportables celos durante aquellos largos años de alejamiento a causa de los chismes constantes que le traía el correo en las cartas de sus amigas, o de su imaginación desatada, o de sus presentimientos y corazonadas, ahora tenía que aguantar el tormento de conocer aspectos nunca imaginados, historias jamás sospechadas, traiciones de ningún modo admisibles, al menos voluntariamente, aunque tragadas por la fuerza, con tanta dificultad como la que sufriría quien comulgara con ruedas de molino.

—¿Cómo puede fluir aún esta corriente vital en mí si mi Pancho se ha ido y yo estoy vacía? ¿Qué importan ya las historias de sus yerros y debilidades que yo hubiera preferido ignorar? ¿Será verdad todo lo que ha venido apareciendo en mi mente? Pancho Villa, mi esposo, mi primero y único amor es grande y grande fue todo cuanto hizo por aliviar, a su paso por el mundo y a costa de su propia felicidad, la condición de vida infrahumana de sus semejantes, y en ese empeño dejó la vida. A todo renunció, a su comodidad, al dinero, a la paz del hogar. ¿Y para qué? ¿Y yo qué gano con hacerme toda esta sarta de preguntas si siempre estuve dispuesta a perdonar y a olvidar todos los agravios? ¿Por qué será que ahora trabaja así mi mente y veo o imagino cosas insospechadas? —se preguntaba Luz, ignorante de los efectos del té de flor de la pasión.

Recuerda ahora la Navidad de 1914. Un mes de diciembre feliz en que Pancho —con el país en un puño después de su paso por la soberana convención de Aguascalientes y su rompimiento definitivo con el primer jefe, de la histórica entrevista con Emiliano Zapata en la Ciudad de México y la firma del pacto de Xochimilco— repasaba con ella las falacias de don Venus. En el texto redactado entre ambos se acusaba a Venustiano Carranza del incumplimiento del pacto de Torreón,[1] mediante el cual de acuerdo con la cláusula sexta, "el presidente interino de la república convocará a elecciones generales tan luego como se haya efectuado el triunfo de la revolución y entregará el poder al ciudadano que resulte electo". Y conforme a la octava: "ningún jefe constitucionalista figurará como candidato para presidente de la república en las elecciones de que trata la cláusula anterior".

Y luego acude a su mente la emoción que sacudía el alma del esposo al desfilar por las principales avenidas de la capital del país, al lado de Zapata y al frente de 30 mil hombres de la División del Norte que marcharon perfectamente uniformados, marcialmente y con gran disciplina haciendo alarde de su fuerza, la que habían usado para derrocar a Victoriano Huerta. Y después de toda esa gloria que saboreó igual que si se hubiera tratado de su entrada al paraíso, le dio la espalda a la silla presidencial y al poder para volver a Chihuahua y a su hogar, la quinta Luz. Volvió el glorioso general, a pesar de sus grandes victorias, a los brazos de ella. Luego, la amaba.

Se ve Luz ahora rodeada por 20 costureras confeccionando ropa y envolviéndola para el reparto navideño a cinco mil niños. Enseguida se recuerda a sí misma abriendo los regalos que le entregó su esposo: un juego de tres armiños y unos aretes de brillantes. Y también los regalos de parte de los amigos: una vajilla de plata maciza, un biombo chino con aplicaciones de jade y marfil, un estuche de viaje, un abanico de seda y marfil, un kimono de seda bordado a mano e infinidad de cajas conteniendo las maravillas del mundo para ellos.

Y escucha una vez más la voz de su esposo que le dice: "es una sopa de nuestro propio pan, Güera; ya quisiera yo que si mañana nos ven en malas condiciones hubiera siquiera quien te saludara con cariño".

Luz veía con claridad que habían arribado finalmente a esa etapa de su vida, lejana, promisoria, inalcanzable que llamaban futuro. Ya estaba aquí, de esto se trataba, y ahora les tocaba disfrutar después de tanto haber padecido.

Pero otro diciembre va entrometiéndose en su recuerdo y lo ensombrece. Es el siguiente. Es la vuelta en redondo que da la vida; la rueda de la fortuna que pronto sube a los que están abajo y precipita la caída de los de arriba. Una vuelta de 360 días que cambió su vida y la obligó a despedirse para siempre, sin saberlo, de la porción de dicha terrenal que le había tocado vivir. Debía salir del país para estar a salvo del peligro que a partir de ese momento afrontaría su esposo por decisión propia.

Los Estados Unidos habían reconocido al gobierno de Venustiano Carranza el día 8 de octubre de 1915 y con ello habían herido mortalmente a Villa ¿Por qué esa incongruencia en la política norteamericana? Luz había escuchado decenas de versiones, otras tantas habían pasado por la cabeza de su esposo agraviado y muchas más habían llegado a él tratando de explicar lo que legítimamente consideraba una traición.

Si apenas cuatro meses antes el presidente Wilson había declarado que mientras no se llegara a un acuerdo con Carranza, el gobierno norteamericano otorgaba un abierto apoyo a Villa, pretendiendo convertirlo, así, en el hombre fuerte de México,[2] ¿por qué entonces pasó lo que pasó? ¿Por qué, si un gran sector de las fuerzas armadas norteamericanas y el pueblo y las compañías estadounidenses instaladas en México, a las que siempre dio protección y garantías, habían manifestado su abierta inclinación hacia él?

Al hablar de Villa, el presidente norteamericano había expresado su admiración hacia él —recordaba Luz— "por haber logrado gradualmente inculcar en sus tropas suficiente disciplina para convertirlas en un ejército". Y aún más, Wilson llegó a confiar en "quizá este hombre represente hoy día el único instrumento de la civilización en México. Su firme autoridad le permite crear orden y educar a la turbulenta masa de peones, tan inclinada al saqueo y al pillaje".[3]

Es natural que así piense el presidente norteamericano —opinaban los articulistas de la prensa especializada, que Luz devoraba cada día para comentar con su esposo lo que desde hacía varias semanas era la causa de su optimismo y su alegría—. "La impresión de autoridad se fortalece debido a que Villa ha logrado, mucho mejor que la mayoría de los generales revolucionarios, frenar los saqueos y los abusos después de la toma de ciudades y pueblos. Y ninguna propiedad extranjera, salvo la de los españoles, ha sido tocada, dañada o confiscada."

Desde 1913, tiempo antes de ser nombrado gobernador de Chihuahua, se recibían en la quinta Luz enormes cantidades de publicaciones de todo el mundo donde analistas políticos, observando con lentes de gran aumento los movimientos de Villa en el norte de México y la repercusión de los mismos en el país, escribían amplios reportajes ilustrados que mostraban al mundo, pese a los afanes carrancistas por desvirtuarlo, el verdadero rostro del villismo.

Se obtenían incluso copias de los informes de los embajadores a sus respectivos gobiernos, conseguidos quién sabe por qué conductos, así como traducciones y transcripciones de diversos documentos que eran cuidadosamente clasificados y archivados en lugares especiales y secretos, lejos de los archivos generales.

Entre todo ese mundo de información, le atraía particularmente a Luz, auxiliar perpetuo de aquella oficina, la opinión de un alto funcionario norteamericano expresada ante el embajador de Francia en Washington, quien transcribió en su informe la conversación entre ambos:[4]

> A diferencia de lo que se dice generalmente, dijo mi interlocutor, Villa no es precisamente un hombre sin propiedades. Sus padres poseían un rancho y gozaban de cierta comodidad. Su educación no pasó de la primaria, pero al menos llegó hasta allí; no es el analfabeto que describen los periódicos; incluso sus cartas están bien escritas.
>
> Es, como Huerta, de extracción indígena, excelente jinete y tirador. Exento del temor al peligro físico o a la ley, desde muy temprana edad llevó la vida de un "ranchero". Es la misma vida que muchos de nosotros llevamos hasta hace poco en las distintas regiones del oeste, regiones que quedan

> fuera del alcance de las autoridades, donde cada hombre era su propio amo y a veces mandaba a otros, a veces tenía seguidores y creaba su propia ley (...)
>
> Villa gana popularidad fácilmente y se asegura de que esa popularidad perdure. Cuida a sus soldados, los ayuda, vigila la satisfacción de sus necesidades y es muy popular entre ellos. La historia romántica de su supuesto matrimonio con una joven de Chihuahua durante la ocupación de esta ciudad no es cierta. Esta casado y no está separado de su esposa.
>
> Sería incapaz de gobernar, pero podría muy bien crear el orden si lo quisiera. Si yo fuera presidente de México, le encargaría esta tarea, estoy plenamente convencido de que la cumpliría estupendamente; también obligaría a todos los rebeldes a guardar la paz. En la situación actual de México, no veo a nadie más que pudiera con éxito realizar esa tarea.

Luz bien sabía que no había conflicto entre Villa y los norteamericanos, al contrario. Del norte se veía venir abierta simpatía. Así lo hacían ver las expresiones que sin ambages dejaban salir de la Casa Blanca el presidente Woodrow Wilson y su secretario Williams Jenning Bryan. Como consecuencia, la prensa interpretaba el hecho en artículos y ensayos diciendo:

> (...) ambos pertenecen a una tradición liberal norteamericana que apoya a un nuevo tipo de revolucionario latinoamericano prácticamente inexistente hasta la fecha. Un revolucionario que lleve a cabo cierta

> modernización y reformas que pudieran traer estabilidad al país y que lo pusieran a salvo de acciones revolucionarias más intensas, pero que se abstuvieran de tocar los intereses norteamericanos.

Wilson había sido en todo momento muy claro al respecto:

> Nosotros haremos saber a todo el que ejerza el poder en cualquier parte de México (y se lo haremos saber de la manera más clara), que velaremos muy cuidadosamente por los bienes de aquellos norteamericanos que no puedan abandonar el país, y haremos responsable a estos políticos por cualesquiera daños y pérdidas que sufran los ciudadanos norteamericanos. Les haremos saber esto con absoluta claridad.

No había, pues, puntos de fricción entre Villa y los estadounidenses. Entonces, ¿qué era lo que estaba ocurriendo?

Tratando de entender la situación, Luz se recuerda ahora, en esta noche triste, repasando una y otra vez la documentación archivada, los recortes de la prensa internacional, las revistas, los diarios nacionales, los informes. Se ve revolviendo papeles y observando cuidadosamente las fotografías de su esposo al lado de los generales norteamericanos Hugh L. Scott y John Pershing, comisionados especialmente por su presidente para hablar con él, quien siempre los trató con franqueza, aunque también con mucho tiento, y les demostró sincera amistad.

Hugh L. Scott, el mismísimo jefe del estado mayor del ejército norteamericano en persona, le había ofrecido hacía un par de meses su apoyo ante el presidente Wilson para que el gobierno de la convención, de cuyo ejército era Francisco

Villa jefe de operaciones, fuera reconocido por el gobierno norteamericano, e incluso se había fijado el 1°. de enero de 1916 para que el régimen constitucional fuera restablecido en el país. Y le había asegurado el mismo general que serían ellos, y nada más, objeto del reconocimiento, en congruencia con las declaraciones del presidente Wilson, quien había afirmado apenas el 2 de junio anterior que

> prestaría su apoyo moral al hombre o grupo de hombres que pudieran unir a las facciones en pugna, *volver al orden constitucional*, y establecer en México un gobierno al que las potencias mundiales pudieran reconocer; con el que se pudiera tratar y cumpliera con el programa de la revolución.[5]

Y después, a su regreso a Washington, una vez que el general Scott hubo informado al presidente Wilson de la misión cumplida, expresando su preocupación por los rumores respecto de un posible reconocimiento a Carranza y urgiéndolo para que no lo hiciera, se comunicó con su amigo Pancho a través de un propio y lo puso al tanto de las gestiones, con optimismo bien fundado.

—Tan gran país los Estados Unidos, con gente tan buena, ¿cómo es posible que se cuelen tamaños gángsters en su gobierno? ¿Cómo pudo pasar esto? Es la guerra total. Ahora sí, que dios nos coja confesados —pensaba Luz, sintiendo a flor de piel el dolor de la herida profunda y mortal de su esposo—. Pinche Wilson, traidor, no podía esperarse otra cosa de él; yo no sé cómo Pancho llegó a estimarlo y a creer en sus mentiras. ¿O sería la candidez de Félix Sommerfeld, nuestro torpe representante en los Estados Unidos, lo que obligó a mi pobre marido a caer en el error? Interpretó mal las señales, como dicen los políticos. Si como secretario del señor Madero y ex jefe del servicio de inteligencia de su gobierno en Norteamérica pasó lo que pasó, ¡vaya inteligencia la del inepto de Félix, que no fue capaz de ver, hace tres años, el complot entre el embajador Henry Lane Wilson y Victoriano Huerta! Cómo, dios mío, pero cómo fue posible que a Pancho Villa se le ocurriera nombrar al mismo ciego y pendejo de Sommerfeld su representante en ese mismo país. ¡Se repitió el numerito y tampoco pudo Félix Sommerfeld esta vez ver más allá de sus narices!

"No advirtió las gestiones encubiertas de Carranza, no se dio cuenta de sus intrigas y componendas para quedar bien con los gringos. Tampoco advirtió los compromisos que estaba asumiendo, que por ultrasecretos que hubieran sido, un servicio de inteligencia eficiente estaba obligado a descubrir; ni se las olió el muy imbécil que Carranza andaba hilando finito finito ante los meros ojos de todo Estados Unidos. ¡Por dios!, si en Washington está Eliseo Arredondo, el mismísimo yerno de don Venustiano, como su representante, y no se dio cuenta Félix de sus maniobras a favor del reconocimiento norteamericano a un gobierno presidido por Carranza, ni de cómo manejó y compró a la prensa norteamericana, ni el entreguismo negociado del primer jefe para obtener el ansiado e improbable reconocimiento.[6]

"Así, el garrotazo traicionero de míster Wilson entró sin obstáculos a la cabeza de Pancho Villa, quien todavía un día antes hubiera podido apostar y poner su mano en la lumbre por la sinceridad del presidente de los Estados Unidos."

—¿Y el general Scott? —pregunta azorada Tencha, la mecanógrafa de aquella oficina, a doña Luz—. ¿No que intervino ante su presidente para evitar el error de reconocer al hombre equivocado?

—Sabrá dios, pero desde luego se ve que la opinión de los altos jefes del ejército norteamericano le vale un serenado cacahuate al míster ese. No se advierte la influencia de esos generales en la política internacional de su país —vocifera Luz frente a los secretarios del general Villa, caminando nerviosa de uno a otro lado de la oficina instalada en la quinta que lleva su nombre.

"No entiendo la incongruencia, ¿no que sólo reconocería Wilson un gobierno organizado con apego a la constitución de la república y que patatín y que patatán? ¿Cuál gobierno, chingados? —imprecaba Luz—, ¿cuál pinche gobierno tiene ese viejo depravado? Suponiendo que lo que él representa fuera un gobierno, no obedece a un orden legal, porque sería en todo caso un gobierno militar, con Carranza como dictador. ¿No ha acabado este señor con los tribunales y con todo el poder judicial, como en sus buenos tiempos de porfirista? ¿No atacó la libertad religiosa, amordazó a la prensa y prohibió las reuniones públicas? ¿No ha violado sistemáticamente el derecho de propiedad e incluso se habla de que piensa derogar la constitución del 57? ¡Hágame usted el favor!, la constitución por la cual hubo una guerra en la que se derramaron ríos de sangre en este país, y ahora resulta que no le gustó y la va a derogar. ¡Carajo y mil veces carajo!, son puras pinches tanteadas del cabrón Wilson.

—No sea inocente, doña Luz, las cosas tienen que ser así. Bien sabemos que los gringos no tienen amigos, sino tan sólo intereses políticos —respondió con un dejo de ironía Miguel Trillo a la esposa de su jefe—. Necesitaban los Estados Unidos tener bien agarrado del pescuezo al señor Carranza para vigilarlo de cerca. Como lo saben capaz de entregar a su madre si le llegan al precio, y saben que anda coqueteando con Alemania, país que en plena guerra busca aliados para el caso de que los gringos entraran al conflicto europeo. Los Estados Unidos han desplegado una actividad vigorosa para contrarrestar a los alemanes, y todo el mundo puede ya ver a nuestros vecinos metidos en la guerra. Y como conocen bien la germanofilia de Carranza y el dinamismo y la inteligencia de los agentes germanos que apoyados por el primer jefe trabajan en contra de los norteamericanos, pues ahí está ya clara la respuesta.

—Pos yo no la veo tan clara. Con negarle el reconocimiento, pierde toda la fuerza solito, o se lo acaba mi viejo, y entonces ya no tiene importancia su germanofilia ésa que dicen ustedes.

—Esto que dice Trillito es muy cierto, doña Luz —interviene Luis Aguirre—. ¿Recuerda usted el incidente aquél de los marines en el puerto de Tampico en abril del 14, los combates de Veracruz y la intervención norteamericana? Bueno, pues el origen real del problema fue el descubrimiento, por parte de los gringos, de una base de información alemana en el Golfo de México disfrazada de barco pesquero. Carranza ha exhibido una pública y abierta amistad con los alemanes. Y se sabe que además de sus reuniones frecuentes con el conde Bernstorff y el capitán Franz von Pappen en la embajada alemana, tiene relación con el capitán Kurt Jahnke del almirantazgo germano; con Maximilian Kloss, del ejército constitucionalista; con el barón Hörst von der Goltz; con el saboteador Luther Witcke, cuyo alias es Luther Wetz, y con el capitán Franz von Kleitz, del servicio de inteligencia de la marina alemana y organizador de huelgas en los Estados Unidos.[7]

—Entonces, doña Luz, con el reconocimiento al primer jefe, los gringos le cortaron las alas a los alemanes, que ya se habían echado a la bolsa a Carranza —dijo Trillo para finalizar la argumentación de Luis Aguirre, y agrega extendiendo la hoja de un periódico norteamericano a la señora—: vea nomás, doña Luz, hasta parece que el general Scott la hubiera estado escuchando; aquí están sus declaraciones a la prensa norteamericana:

—Se me hace demasiada truculencia —responde Luz, quien toma el diario y lee:

> El reconocimiento a Carranza tuvo como efecto la consolidación del poder del hombre que nos había pateado en diversas ocasiones y el convertir en proscrito al hombre que siempre nos ha ayudado. Devolvió a sus dueños más de un millón de dólares en propiedades que había requisado a ciudadanos norteamericanos.
>
> Permitimos a las tropas de Carranza el paso a través de los Estados Unidos por nuestras vías férreas para aplastar a Villa. Hice lo que pude para evitarlo pero no fui lo bastante poderoso para lograrlo. Nunca en mi vida me había sentido en tan tremenda situación.[8]

—Mire usted, doña Luz —interviene de nuevo Aguirre—, hay todo un enredo de intereses británicos y norteamericanos que nosotros ni siquiera imaginamos. Carranza debe haberles prometido entregarles el país en bandeja de plata a los gringos. Nos llegaron rumores, informes aislados, en fin, datos muy difíciles de comprobar, como esta transcripción que tengo aquí donde se nos señala que el embajador de la Gran Bretaña intentó aplazar el reconocimiento a Carranza, pero el secretario de estado norteamericano Lansing y el presidente Wilson se negaron. Por razones estratégicas el reconocimiento urgía. Le voy a leer lo que anotó Lansing en su diario:

> Al estudiar la situación general he llegado a la siguiente conclusión: Alemania desea mantener vivo el conflicto en México hasta que los Estados Unidos se vean obligados a intervenir; por lo tanto no debemos intervenir.
>
> Alemania no quiere que haya una sola facción dominante en México; por lo tanto debemos reconocer a una facción como la dominante.
>
> Cuando reconozcamos a una de las facciones como gobierno, Alemania procurará indudablemente crear un conflicto entre ese gobierno y el nuestro; por lo tanto debemos evitar todo conflicto independientemente de las críticas y quejas del congreso y la prensa.
>
> Todo se reduce a esto: nuestras posibles relaciones con Alemania deben ser nuestra primera consideración; y nuestras relaciones con México deberán conducirse de acuerdo con esto.[9]

—Pues peor se va a poner todo de ahora en adelante en este país —dijo Luz con los ojos enrojecidos por la ira. Se desploma en un sillón y toma un ejemplar de *El Paso Morning Times*, fechado el 9 de octubre de 1915. Comienza a leerlo pero no puede seguir adelante, los sollozos la sacuden y las lágrimas inundan sus ojos. Lo arroja al piso y esconde el rostro en las palmas de sus manos. Ahora comienza a entender la perversidad de los políticos.

Las más importantes declaraciones en la vida del general Francisco Villa

Así cabeceaba el periódico texano el texto de la entrevista concedida en Ciudad Juárez por el más popular general revolucionario a la prensa norteamericana, que Luz Corral no pudo seguir leyendo en aquel momento.

> Estoy completamente agotado. Mis fuerzas físicas han sido sometidas hasta el límite. El mes pasado ha sido el más agotante de mi vida, pero nunca he dudado de la justicia de nuestra causa. Durante 22 años he peleado por lo que yo he creído la causa de la libertad, de la libertad humana y de la justicia.
>
> Siendo yo joven, me di cuenta de la gran injusticia que se hacía a la gran masa de mis compatriotas. Yo mismo fui víctima de tal opresión. En mi rudeza, yo vi que 15 millones de entes estaban siendo agobiadas bajo el cruel talón de la opresión, y que millones tenían que sufrir para que unos cuantos se hicieran ricos y vivieran lujosamente. Vi y sentí todo eso muy hondamente, hasta cuando estuve en prisión; juré solemnemente que si yo escapaba, atacaría ese sistema y le pegaría fuerte, tan fuerte como pudiera.
>
> Puede ser que yo no sea el indicado para llevar a cabo la lucha hasta el triunfo final. Puede ser que me falta educación y experiencia para hacerlo. Puede ser que yo haya errado mis procedimientos. Indudablemente he cometido errores. Puede suceder que mis percepciones respecto a las más delicadas cuestiones de la vida, no sean las que deben ser. Yo no pido excusas. Solamente estoy afirmando hechos. Las posibilidades de millones de mexicanos eran muy pocas bajo el viejo sistema. Yo lo supe y decidí que si yo podía lograrlo, deberíamos tener una nueva vida que diera a nuestro país igualdad de oportunidades e igualdad en la naturaleza humana. En mi

tal vez crudo y rudo pensamiento, he peleado con esa aspiración. He luchado por llegar a esa meta.

Hace un año, creímos que habíamos ganado la pelea, pero cuando la victoria parecía a nuestro alcance, la traición hirió al pueblo. Líderes en quienes confiábamos, traicionaron nuestra causa. Perversas influencias dividieron nuestras fuerzas. La vieja tripulación que nos agobió por centurias, entró secretamente en nuestros consejos y corrompió algunos de nuestros líderes. Era la vieja táctica que siempre han empleado: "divide y vencerás".

Ellos lograron lo que querían. Dividieron nuestras fuerzas en dos campos hostiles, jugaron con el uno contra el otro y encendieron la lucha entre nosotros. Yo no condeno a los soldados honrados que fueron inducidos a apoyar a Carranza; no condeno a los bravos oficiales subordinados que han seguido su bandera; pero no tengo palabra para expresar mi desprecio por hombres —y sabemos quiénes son— que sin arriesgar sus vidas en la línea de fuego, han permanecido a buena distancia del peligro y nos han atacado con la más mortífera de todas las armas, con el maldito dinero. Estos hombres, refugiados en el extranjero y sostenidos por intereses económicos aliados en tierras extrañas, han dado no su sangre, sino su oro a fin de debilitar nuestras fuerzas y cegar nuestra causa.

Piensan ellos que lo han logrado. Así lo creen. Dejemos que continúen creyéndolo; ellos están incurriendo en el más grave error que pueda cometerse: las fuerzas que impulsaron y están dentro de la revolución mexicana, no pueden ser aplastadas con el dinero. No pueden ser destruidas restableciendo la injusticia. Las quejas de nuestro pueblo podrán ser embotadas por algún tiempo, pero surgirán de nuevo, más poderosas que antes.

La política de represión es la peor de todas las políticas. Fue empleada por Porfirio Díaz. Pareció tener buen éxito con él; pero hasta el general Díaz fracasó. Cada vez que recurría a ese procedimiento, era más segura su caída final. Y no hay que olvidar que cayó. El general Porfirio Díaz falló y fue llevado del país al destierro. Si él cayó, ¿qué otro hombre en México que adopte su política puede esperar buen éxito?

Ciertamente que mis propias fuerzas han disminuido; no tenemos los hombres ni tenemos el dinero que antes tuvimos. Todos los que hicieron dinero con nuestra causa nos han abandonado, porque piensan que ya no podrán sacar más. Han emigrado a otras tierras, donde viven de las ganancias que acumularon a costa de la agonía de los patriotas y la amargura de las viudas y huérfanos como medio de hacer dinero.

Mis enemigos dirán que yo me enriquecí con la revolución y que tengo depositada en el extranjero una gran fortuna. Esa afirmación es una vil calumnia y una deliberada mentira. Si alguien puede decirme dónde está ese dinero, en el acto le extenderé un cheque por toda la cantidad. Yo no tengo dinero, y aunque no soy un ángel, le doy las gracias a dios de no haber sido tan bajo de acumular dinero mientras mis compatriotas peleaban y morían en mi apoyo y en apoyo de la causa que represento.

México es mi país, estoy en Juárez, pero éste es el lugar más al norte que llegue. No correré de aquí. Aquí viviré y aquí pelearé. Puede ser que aquí muera, y tal vez pronto, pero estoy contento. Pueden matarme en el combate o pueden asesinarme en el camino; pueden matarme dormido en mi cama, pero la causa por la que he peleado 22 años vivirá. Es la causa de la libertad humana, la causa de la justicia largamente negada a mis sufridos compatriotas. Yo no importo, lo que importa es mi país, los millones de pobres oprimidos del pueblo, por quienes el gran presidente de ustedes, el señor Wilson, ha dicho que tiene "apasionada simpatía".

¿Es cierto? ¿Están ustedes seguros de que esos informes son auténticos? Carranza... ¿Carranza reconocido? ¡El gobierno de Washington reconoce a la facción carrancista! ¿Están ustedes completamente seguros de que sus informes son correctos? ¡Washington reconocerá a Carranza! ¡El presidente Wilson reconocerá a la facción carrancista! ¡Y otros gobiernos pueden reconocer a Carranza! Bueno, mi buen señor, lo que sea, será. Esperaremos para desengañarnos.

De cualquier manera, Carranza no tiene gobierno. Quiero decir que Carranza no tiene ningún gobierno. No tiene ni la forma de gobierno. No tiene gabinete, ni administración civil, ni siquiera la sombra de algo que pueda llamarse gobierno. Pero aun cuando eso tuviera, sería un gobierno violatorio de todos, de todo principio y de toda política representada por revolucionarios mexicanos. Significaría el triunfo del movimiento reaccionario y el completo fracaso del movimiento progresista de México.

No soy yo solo quien así piensa. Sé perfectamente de qué hablo, porque si algo conozco en este mundo es a Carranza y todo lo que Carranza significa. El reconocimiento de hombre semejante, y de semejante gobierno, aun cuando fuera reconocido por todas las naciones del mundo, no traería la paz a México. Traería revolución tras revolución, la guerra de los últimos cuatro años sería un juego de niños. Significaría ruina, guerra, destrucción. El pueblo de México nunca lo soportaría. La situación en México es bastante mala, pero si Carranza es reconocido, la situación será 10 veces peor. Reconocer a Carranza es invitar a nuestro país a la anarquía. Sí, anarquía, y anarquía en la forma peor y más salvaje.

El señor Carranza no puede controlar al país. No puede controlar ni a su propia gente. De hecho, nunca ha sido capaz ni de controlarse a sí mismo. Un hombre que no tiene confianza en sí mismo, no puede esperar que su país y el mundo tengan confianza en él. Su reconocimiento por poderes extranjeros significaría que la propiedad y la vida extranjera carezcan de seguridad en todo su territorio. Bandas de ladrones sin jefatura reconocida devastarán al país de un extremo a otro. Lo saquearán y lo destruirán.

En el territorio bajo mi dominio, yo veré que mis tropas no cometan abusos; pero no asumiré responsabilidad por actos de la población civil o bandas disfrazadas con uniformes, de cualquier facción que sean. Ustedes han visto recientemente en las cercanías de Brownsville, Texas, pruebas de la efectividad del cacareado poder de control de Carranza. Esa evidencia será insignificante comparada con lo que sucederá en caso de que Carranza sea reconocido.

No necesito asegurar a usted o al pueblo norteamericano, que, donde yo domino, sus propiedades y sus vidas han sido respetadas. Algunas irregularidades han ocurrido, la guerra es la guerra, pero yo creo que norteamericanos caracterizados atestiguarán que he dado protección efectiva a las vidas y propiedades norteamericanas, desde que empecé a tomar parte en la revolución. Carranza no ha hecho eso. No ha mostrado estar dispuesto a hacerlo. No ha tomado en consideración los intereses norteamericanos y ha sido insolente con las autoridades norteamericanas. De hecho él ha capitalizado las consideraciones que yo he tenido para la vida e intereses norteamericanos hasta llegar a afirmar, él y sus satélites, que yo entrego mi país en mano de extranjeros.

Cuando yo vine aquí a la frontera, hace dos meses, a conferenciar (el 10 de agosto de 1915) con mi amigo el general Scott, la facción carrancista, que ahora puede ser reconocida por Washington, propagó ampliamente por todo México la noticia de que yo "había vendido a mi país a los gringos y había convenido en ceder la Baja California". En mis esfuerzos, no por favorecer a los norteamericanos, sino en hacerles justicia, me he expuesto a las cobardes e infames acusaciones hechas por Carranza y sus partidarios. Toda su política está basada en semejante mendacidad.

Pero, mi buen señor, hay otro punto que, cuando lo considero, me causa admiración: ¿cómo Carranza podrá ser reconocido por el gobierno de Washington o ser apoyado por su presidente?

En su nota de hace pocos meses, el presidente Wilson invitó a todas las facciones mexicanas a unirse, y sugirió, como medio para esa unión, una conferencia de paz en la cual saliera algún plan para que la paz fuese establecida en México. Él asentó prácticamente en esa nota, que no sería más reconocida la fuerza militar, pero en el momento en que alguna autoridad civil fuese organizada para representar a la masa del pueblo, ese gobierno podría ser apoyado por naciones civilizadas. A esta invitación, nuestra facción y la de Zapata dieron pronta y completa aceptación. La única facción que se negó fue la de Carranza. Sólo él cerró el camino a una paz honorable. Sólo él despreció la invitación de los gobiernos panamericanos.

Sólo él desechó las sugestiones hechas por su honorable presidente. ¿Vamos a creer que como premio a su insolencia se le va a ofrecer el reconocimiento? ¿Cómo, señor, puede semejante política servir para armonizar con la política adoptada por el señor Wilson para con Huerta? Yo le confieso que como hombre de muy limitada comprensión, no puedo ni siquiera contemplar semejante acción sin, no diré resentimiento, sino con una gran extrañeza y asombro.

Pero suceda lo que suceda, no todos los gobiernos en el mundo podrán sostener a Carranza en pie. Está destinado a caer.

En su discurso de Indianápolis, su honorable presidente nos aseguró que mientras estuviera en la Casa Blanca, no habría intervención por la fuerza en México. Hay fuerzas de muchas clases, mi buen señor. Hay intervenciones de muchas fuerzas. Los Estados Unidos pueden intervenir con hombres y pueden intervenir con oro. El arma es diferente, pero el propósito y el efecto son los mismos.

> La causa de la libertad puede ser muerta por grandes cañones de Washington, Berlín y Londres, tan pronto como si fueran cañones de tiro rápido sobre la Ciudad de México...
>
> Usted me dice que Carranza será reconocido. Yo no lo creo. ¡No puedo creerlo!

Miguel Trillo y Luis Aguirre salen al patio, encienden un cigarro y dejan a doña Luz sola con sus cavilaciones y su hondo pesar.

—Nadie entiende nada —dice Trillo.

—Ni madre, Trillito. Éstas sí que son chingaderas mayúsculas que duelen en el alma, que matan más que las balas. Mira, ni los gringos son capaces de entender su política exterior. Nomás lee lo que dicen en esta revista *Army and Navy journal*; es el último número, salió apenas ayer.

El coronel Trillo la toma y lee en voz alta:

> Reconocimiento de Carranza como jefe de gobierno. El cambio de administración (en Washington) de Villa a Carranza, es considerado como un segundo misterio en su política respecto a México. Nadie fue capaz de dar una explicación satisfactoria para que Veracruz fuese tomado, a menos de que se intentase seguir con la intervención en los asuntos de México. La satisfacción pedida a Huerta no se obtuvo nunca y la toma de Veracruz no tuvo resultado en restaurar la paz en el país. Nada pasó mientras nuestras fuerzas estaban en posesión de Veracruz que justificara el retiro de las tropas, si había alguna razón para estar ahí.
>
> ¿Por qué Villa es ahora desacreditado? No puede ser explicado, como no lo es la toma de Veracruz.

> Él estuvo siempre deseando hacer lo que de su poder dependía, lo que fuese por la administración, mientras que Carranza desafió abiertamente a este país. Cuando la administración apoya la causa de Carranza, parecería que controla más territorio que Villa.
>
> Al mismo tiempo, no es un secreto que Carranza no controla ningún territorio fuera de algunas ciudades. Aún ahora, Carranza no se atreve a ir de la Ciudad de México a Veracruz por la línea ferrocarrilera directa. Hay pocas comunicaciones por ferrocarril entre Veracruz y la Ciudad de México, pues los trenes corren de cuando en cuando, y ese movimiento no se mantiene continuamente.
>
> Informes recientes dicen que Villa ha organizado un nuevo ejército, y antes que Carranza haya sido reconocido oficialmente Villa puede surgir de nuevo.[10]

Para rematar lo que pudiera quedar de la maltrecha División del Norte, Carranza decretó el embargo de las armas y el carbón destinado al territorio villista. Con ello también se afectaron los trabajos de las minas de oro y plata del estado, de las cuales se obtenían importantes ingresos destinados a sus fuerzas.

Nadie, fuera del alto sector oficial del país, podían en los Estados Unidos entender lo que ocurría. Tampoco en México. Pero ocurrió.

Notas

(1) Jesús Silva Herzog, *Breve historia de la Revolución Mexicana*, México-Buenos Aires, Fondo de Cultura Económica, 1960, t. 2, p. 147

(2) Guadalupe Villa, *Chihuahua, una historia compartida*, México, Gobierno del Estado de Chihuahua, Instituto Dr. José María Luis Mora, Universidad Autónoma de Ciudad Juárez, 1988, pp. 270-271

(3) Federico Cervantes M., *Francisco Villa y la Revolución*, México, Ediciones Alonso, 1960, p. 250

(4) Friedrich Katz, *La guerra secreta en México*, México, ERA, 1982, vol. 1, p. 176

(5) Ibid.

(6) Ibid., vol. 1, pp. 104-105

(7) Dr. R. H. Ellis, en *Pancho Villa, intimate recollections by people who knew him*, New York, Hastings House Publishers, 1977, p. 137

(8) Ibid., p. 143

(9) Friedrich Katz, *op. cit.*, pp. 505-509

(10) Federico Cervantes, *op. cit.*, pp. 505-510

Me he vuelto llanto nada más ahora
y te arrullo, mujer, llora que llora

Jaime Sabines

Ahora recuerda Luz con cuánta dificultad terminó de leer aquellas informaciones de prensa que tanto la habían hecho llorar, y trae a su mente todos los hechos desencadenados a partir de aquel reconocimiento del gobierno norteamericano a Carranza. Evoca los ruegos al esposo para que no la apartara de él, cuando le informó que debía partir hacia Cuba con los niños para mantenerse a salvo, lejos, ahora que las cosas se pondrían más difíciles en el país.

Cuando Pancho volvió a sentir el amargo sabor de las derrotas sufridas por la traición de Samuel Rebel, el judío norteamericano que le vendió el parque para los combates de Celaya y se prestó al complot de enviar a la División del Norte balas con sólo la mitad de la pólvora; y también por la intervención de los consejeros alemanes de Carranza, quienes sugirieron a Obregón utilizar alambre de púas para frenar las cargas villistas de caballería, lo cual se logró y causó estupor y desaliento en las filas, y sabrá dios por cuántas razones más la derrota se instaló al lado de los nuestros, yo le suplicaba que me dejara permanecer a su lado, deseaba estar con él, era mi obligación consolarlo y alentarlo, había prometido ante dios estar a su lado en la alegría y en la adversidad, pero él se negó.

—Déjeme sostener mis promesas, quiero vivir y morir a su lado, Pancho, ya me han tocado los años de las vacas gordas y he caminado junto a usted, porque usted me llevó de su mano, en su ascenso al triunfo. ¿Por qué no me deja ahora estar también a su lado mientras vemos lo que sucede?

—No, Güera, quién sabe qué resultará de todo esto, pero las cosas van a empeorar. Algo muy gordo se está cocinando; lo huelo, lo siento. La semana pasada, cuando volví a reunirme con el general Scott, el único hombre decente en el gobierno de Wilson, le conté que trataron de llegarme al precio los japoneses y los alemanes para que me uniera a ellos en un complot contra los Estados Unidos. Me preguntaron, entre otras cosas, qué pensaba yo que haría México en el caso de que Japón, usando como base las islas del Pacífico, hicieran la guerra contra los norteamericanos. Entonces Scott rápidamente me preguntó: "¿qué les respondió usted, general?" Y yo le contesté: "le dije al japonés que si su país se lanzaba a la guerra en contra de los Estados Unidos, se encontraría con que todas las fuerzas de México se unirían para rechazar a los orientales".[1] También le dije que me retiraría un tiempo a Chihuahua para pensar y poner en orden todo cuanto ahora siento que se me sale del huacal.

"Váyase sin pendiente, mi Güera —recuerda que le dijo acariciando su cabello suelto y húmedo aún por el baño reciente—. Nada me va a pasar, pero por si acaso, será mejor que usted, los niños y Martinita mi hermana se vayan lejos un tiempo. Chihuahua está ocupada por los constitucionalistas, ¿quién puede encontrarse seguro en esta ciudad?"

Y me fui —dice Luz para sí en voz muy queda—. Dejé mi casa aquel mes de diciembre y me la llevé en el alma con su olor prendido a mí, saturado cada poro de mi cuerpo y tan vivo que aún parece que lo aspiro.

Había dejado todo dispuesto días antes para que prepararan la calabaza de castilla en tacha que siempre acostumbrábamos servir durante el desayuno o la merienda invernal, por eso mi casa olía a piloncillo y a clavos de olor mezclados con el tierno aroma de la calabaza recién cocida. Olía a pan recién horneado y a café. Era el mismo perfume de mi casa en San Andrés, cuando me alejé para siempre de ella, recién casada, sólo que ahora no llevaba yo alegría en el corazón.

Me fui para obedecer a mi esposo y dejé absolutamente en contra de mi voluntad todo lo mío, lo nuestro. Y no paré de llorar durante el viaje de Nueva Orleans a Cuba, y mis lágrimas deben haber aumentado las aguas del Golfo de México, porque fluían de mí como aguacero. Tan abundantes eran.

Y lloraba también porque dejé mi lugar al lado de aquel hombre. Quedó vacante. Ahora sí Pancho podría perseguir libremente cuanta enagua se cruzara en su camino.

Y me decía yo tratando de consolarme: "pero, por dios, Güera, si serás pendeja, ¿cuándo ha tenido él necesidad de perseguir a nadie? Si es todo lo contrario, el perseguido es él, y quienes lo acosan y no lo dejan en paz son ellas, las legiones de ofrecidas que pululan a su alrededor".

Luz Corral pide que le sirvan otra taza de té, saca de su bolso una cajita, la abre y toma dos pastillas de prontal para aliviar la jaqueca que le comenzó a taladrar las sienes un par de horas antes, cuando subían a los departamentos privados del hotel.

La obstinada memoria extrasensorial acosa su cerebro y comienzan a aparecer en su mente historias que le causan temor y la hacen estremecerse.

En Cuba —ahora recuerda claramente— recibía noticias a través de la prensa mundial acerca de todo cuanto ocurría en México; pero tan monstruosas eran esas noticias entregadas a los corresponsales en boletines salidos de las oficinas encargadas exclusivamente de elucubrar atrocidades en contra de Villa, que nunca las creyó.

De vez en cuando, algún propio enviado por el esposo le llevaba las versiones reales de los acontecimientos que le servían tan sólo para confirmar lo que había imaginado o supuesto detrás de cada suceso narrado por la prensa. Conocía bien —¡vaya que si conocía los modos de actuar del general!—, porque las experiencias vividas a su lado la habían enseñado a aguzar ese instinto, o sexto sentido femenino, capaz de conocer o de saber antes de recibir el informe de viva voz. Ahora, sin embargo, Luz ve más allá; alcanza a percibir versiones no sabidas anteriormente de hechos cuya versión, siempre subjetiva, le trajeron los diarios hasta su exilio cubano, donde se hablaba de una guerra de guerrillas vengadora, revanchista, donde se comentaba una serie de asesinatos a sangre fría de personas inocentes en Santa Isabel. Y lo más atroz: se daba a conocer la alarmante noticia de un ataque sorpresivo por parte de las fuerzas villistas al pueblo de Columbus, Nuevo México, en territorio norteamericano.

Yo no creo lo que dice la prensa. Carranza la tiene a sueldo. Necesito conocer la verdad por boca de Pancho —pensaba entonces—. Por lo pronto hay que observar lo que pasa en México y esperar que se cumplan las promesas de prosperidad, bienestar, felicidad y paz ofrecidas por don Venustiano Carranza. Hay que ver bien. Desde acá se puede ver más claro.

Por aquel entonces, Luz no vio muy claro, pero sí alcanzó a darse cuenta de lo desastroso que resultó para el país el gobierno carrancista. Sin capacidad para controlar la crisis económica, cuyo primer efecto fue la escasez de alimentos, no pudo tampoco frenar las ambiciones norteamericanas por crear las condiciones más favorables a sus intereses y utilizarlas en beneficio de sus inversiones económicas.

En el discurso y en el papel, la política legislativa estaba encaminada a rodear de condicionamientos legales la inversión norteamericana en el país, así como a someter al orden constitucional a los norteamericanos con propiedades en México, y sujetarlas a las mismas condiciones legales de los propietarios mexicanos. En la realidad, las cosas estaba ocurriendo de otra manera.

Y mientras Pastor Rouaix, Luis Cabrera y Andrés Molina Enríquez pasaban largas noches en vela buscando la forma de enderezar la nave carrancista que comenzaba a hacer agua, otros cerebros menos dotados para el bien ideaban ataques por distintos flancos echando a andar a todo vapor el aparato propagandístico en contra de Villa.

Y vivió Luz nuevamente, en la distancia, la desazón y la angustia que se apoderaron de ella cuando la gitana de su pueblo de San Andrés predijo un destino fatal para Pancho Villa. Luz veía las señales desde su destierro y percibía con claridad que el vaticinio se cumplía.

La jaqueca de Luz se recrudece cuando aparecen en su mente escenas inverosímiles y escabrosas que ahora confirman la fe que siempre tuvo en Pancho.

Ve claramente a Carranza y a Obregón en El Paso, en un salón privado del hotel Del Norte, el último día del año de 1915.

Los rodean sus anfitriones, varios norteamericanos dueños de minas, que ofrecen esa noche la cena de gala a los mexicanos distinguidos. Éstos, a su vez, brindan para celebrar el que esperan será un próspero año lleno de grandes beneficios para los inversionistas norteamericanos, a los que invitan a regresar a México y reiniciar la explotación de metales preciosos asegurándoles que serán ampliamente protegidos ahora que existen garantías y seguridad bajo el gobierno carrancista.[2]

El 9 de enero de 1916, confiados en Carranza y alentados por las palabras de Obregón respecto a la seguridad que reina en el país vecino, un grupo de ingenieros en minas norteamericanos salió de El Paso hacia la mina Cusi, en Cusihuiriáchic, Chihuahua.

Al día siguiente —Luz ve la escena, perpleja ante la perversidad que se presenta a su mente—, cerca de la estación de Santa Isabel el tren fue detenido por una supuesta banda de villistas encabezados por Pablo López y José Rodríguez, que gritaban ¡viva Villa!

Uno saltó al frente del vagón donde viajaban los ingenieros y sus empleados. Eran 17 norteamericanos y un canadiense. El otro se colocó en el extremo opuesto, les ordenó descender del tren y enseguida, entre los dos, asesinaron a 16 de los 17, porque uno de ellos, Tom Holmes, escapó.

El brutal asesinato despertó tal indignación que fue preciso decretar ley marcial en El Paso cuando llegaron los cadáveres de los mineros.

Dos meses más tarde, en la madrugada del 9 de marzo del mismo año —continúa la revelación que estremece a Luz y recrudece su dolor de cabeza—, una partida guerrillera atacó el pueblo de Columbus, Nuevo México, tomando por sorpresa al destacamento de caballería al mando del coronel Herbert J. Slocum. Al grito de ¡viva Villa! se incendiaron edificios, se saqueó el pueblo, se asesinó a una veintena de norteamericanos y se arrasó con todo cuanto se encontraba en la retirada de aquellos hombres hacia territorio mexicano.

Los dos hechos sangrientos, la masacre de Santa Isabel y el ataque a Columbus, fueron atribuidos al que, por obra y gracia de los propagandistas de Carranza, del glorioso general, autor de los grandes triunfos de la revolución, ahora de pronto pasaba a ser el enemigo público, el bandolero ideal, y tan a mano para colgarle cuanto milagro pudiera ocurrírseles.

Los dos acontecimientos fueron magníficos ejemplos del perfecto funcionamiento de la maquinaria propagandística germanocarrancista, y a partir de entonces, las ocho columnas de los periódicos alrededor del mundo comenzaron a señalar a Villa como el más ruin, salvaje y vengativo asesino de ciudadanos norteamericanos que se vengaba así de Wilson por su reconocimiento al gobierno de facto carrancista y por haberle permitido el uso de las vías férreas de los Estados Unidos para transportar sus tropas y aniquilar a la División del Norte en Agua Prieta, Sonora. Se afirmaba también que Villa había jurado matar a todos los gringos de Chihuahua.

Eso fue lo que quisieron hacernos creer esos malditos en el poder —razonaba Luz para sí misma pero nadie lo creyó, aunque tampoco nadie entendió lo que estaba sucediendo. Cada quien aventuraba explicaciones y teorías de la más diversa índole, y cada hipótesis parecía lógica y fundada—. Pero esto —se repetía Luz—, esto que ahora se me revela, no sé si como pesadilla o como una verdad que ocurrió, es totalmente perverso y monstruoso. ¿Habrá sido cierto? ¿Cuál, dios mío, será la verdad?

Pero la historia revelada en su mente seguía diciéndole a Luz que la matanza de Santa Isabel y el ataque a Columbus fueron dirigidos por Luther Wertz, el espía alemán que contrató a Pablo López, uno de los hombres de Villa, y a José Rodríguez, para ejecutar las órdenes bajo la protección de Carranza. Wertz, a su vez, cumplía con las órdenes de Jahnke, el director de operaciones del gobierno alemán.

Los ataques fueron aprobados por Carranza y atribuidos a Villa. La población lo sabía perfectamente porque los atacantes eran bien conocidos por la oficialidad mexicana y por toda la gente. Gozaban de impunidad y de absoluta libertad, protección y estímulos constantes y sonantes. Ted Hutton, del rancho de Corralitos, afirma que los hombres de López habían sido vistos acampando cerca de Columbus antes del ataque.

Luz ve ahora claramente a Hutton frente a ella y lo escucha decirle:

—Es verdad, señora Luz, el ataque a Columbus fue perpetrado por los agentes de Carranza con el fin de volver a los Estados Unidos en contra del general Villa. Y es más, se contrató en El Paso a un hombre de la estatura y complexión de su esposo, doña, para que algunos de los soldados mexicanos que no lo conocían creyeran que era él y siguieran las órdenes de obedecerlo.

"En la oscuridad y la confusión del ataque a Columbus, en medio de los gritos de ¡viva Villa!, es fácil comprender que la substitución tuvo éxito. Así se completó una infamia más en contra de Francisco Villa, que escandalizó a la prensa mundial. Pero el general estaba muy lejos de Columbus; por esos días andaba en los alrededores de Sabina. Con él estaban el doctor Ellis, jefe de médicos del hospital del ejército villista.

"El 10 de marzo, el general envió hasta Washington como emisario ante el general Scott a Juan N. Medina, para llevarle su palabra de que acudiría al llamado que se le hiciera para aclarar la situación ante las milicias norteamericanas.

"Después del ataque a Columbus, la guardia nacional detuvo a varios soldados carrancistas uniformados que, al ser encarcelados, se declararon culpables en el acta correspondiente y admitieron ser carrancistas bajo las órdenes de Obregón y el agente alemán Luther Wertz. Con ello absolvían tácitamente al general Villa.

"Para que usted viva tranquila, señora doña Luz —siguió diciendo aquella imagen mental, producto de sus alucinaciones que causaba en las viudas de Villa el té de flor de la pasión—, sepa que Wertz fue aprehendido finalmente en Nogales, Arizona, y llevado al fuerte Sam Houston en Texas el 31 de marzo de 1918 y sometido a juicio en el que se le declaró culpable.

"Una vez sentenciado a muerte, declaró que el general Villa era inocente de la masacre de Santa Isabel y del ataque a Columbus. Esto puede usted consultarlo porque está escrito, firmado y archivado en Washington, D.C. Wertz fue ahorcado; sin embargo, tal y como era la costumbre entre los espías alemanes, otro agente adoptó la identidad de Wertz y durante algunos años continuaron sus actividades en los Estados Unidos bajo el mismo nombre de Luther Wertz.

"No obstante, a los Estados Unidos les convenía, por muchas razones, enviar tropas a México y ésa era una buena oportunidad. La llamada "Expedición Punitiva" llegó a México en marzo de 1916 y se fue, con su humillación a cuestas por no haber podido encontrar al general Villa, en febrero de 1917. Así se llamó al ejército que nos enviaron los gringos, "Expedición Punitiva"; eso usted lo leyó en los periódicos allá en Cuba, ¿verdad?"

Esta noticia logra distender un poco la presión que la invade, y disminuye su neuralgia. Luz recuerda ahora que esperaba ansiosa los diarios allá en su refugio cubano, y los devoraba leyendo hasta la última línea de cada uno. Así se enteró de que el 15 de marzo de 1916 penetró en territorio mexicano un contingente militar compuesto por dos brigadas, la primera de las cuales, comandada por el coronel James Lockett, estaba integrada por dos regimientos de caballería y una batería de artillería. La segunda era comandada por el coronel John J. Beacon, y la integraban dos batallones de infantería, cuatro compañías, un escuadrón aéreo y un cuerpo de señales. Poco después cruzaron la frontera otros cuatro batallones para reforzar a los anteriores grupos.

Al frente de esta invasión —que no era otra cosa la famosa "expedición"— se destacó a John J. Pershing como general en jefe.[3] Era aquello una exageración y una afrenta. El señor Carranza había propiciado una invasión militar, y ese sentimiento creció pronto entre la población para convertirse en agresión abierta hacia los intrusos, pero también hacia las fuerzas carrancistas que cooperaban con ellos.

—¿Dónde está Villa? —preguntaban los soldados gringos.

—En todas partes y en ninguna —contestaba la gente.

—¿Dónde se esconde Villa? —preguntaban los soldados carrancistas.

—En todas partes y en ninguna —contestaba la gente y se burlaba. Y todos los días aparecía un nuevo corrido que cantaba las hazañas del elusivo centauro donde se mofaba el pueblo de los gringos y de Carranza, y Villa crecía y crecía en imagen una vez más ante sus hermanos de raza y sangre, que lo consideraban víctima.

Nuestro México, febrero veintitrés,
dejó Carranza pasar americanos;
diez mil soldados, seiscientos aeroplanos
buscando a Villa, queriéndolo matar.

Pobrecitos de los americanos,
pues a sollozos comienzan a llorar.
Con dos horas que tenían de combate
a su país se querían regresar.

Los de a caballo ya no se podían sentar
y los de a pie ya no podían caminar,
y Pancho Villa les pasa en su aeroplano
y desde arriba les dice: "¡Goodbye!"

Pues ¿qué creían estos pinches tan cobardes?
¿Que combatir era un baile de carquís?
Con la cara toda llena de vergüenza
se regresaron otra vez a su país.

Villa les llegaba por detrás, les pegaba a unos y a otros y desaparecía. Esto exasperaba los ánimos y se mataban entre sí gringos y carrancistas. En El Carrizal quedaron los cadáveres de 70 soldados carrancistas y 100 norteamericanos, y lo único bueno que resultó de esa estúpida situación estuvo en el parte rendido por el capitán Morey, del bando invasor, donde declaró que los mexicanos habían sido provocados y que, en consecuencia, la responsabilidad de aquel fracaso se debió a la intransigencia de ellos mismos, que no supieron evitar el choque. Esto influyó en el ánimo del departamento de estado para precipitar el regreso de sus tropas, con un inmenso fracaso a cuestas.

Luz sonríe en el ensueño. Está rescatando toda una retacería de historias que creía perdidas en el tiempo, y ahora se le presentan tal cual, en una versión jamás imaginada, con sus pormenores, igual que si hubiera ella misma estado ahí.

Puede ver cómo la gente le da la espalda a los invasores, los desprecia y les azota la puerta en las narices. Y está presente en Valle de Zaragoza, cuando llega Tompkins a la presidencia municipal pisando fuerte y ordenado al alcalde, a través de un intérprete mormón: "mañana deberá usted tener listo el desayuno para la tropa. Quiero frijoles cocidos para todos a las cinco de la mañana".

¡Pero si es Jason Roberts! —reconoce Luz en su alucinación—, de colonia Dublán, a quien conocemos tan bien. Ése, podría jurarlo, aunque es gringo, jamás traicionará a mi esposo. Pobre, tener que cumplir una misión en contra del pueblo que ama.

—Diga usted al señor general que no existe un solo grano de frijol en todo el Valle de Allende, pero que si hubiera, tampoco tendría recipientes en que cocinarlos —respondió el alcalde.

Dirigiéndose al intérprete, Tompkins replica:

—Informe usted a ese señor que mi tropa deberá desayunar frijoles calientes o de lo contrario, a las cinco de la mañana, prenderemos fuego a su casa —concluye el gringo.

Los frijoles, como era de esperarse, estuvieron listos a la hora señalada. Nada grave causó el intérprete aquel de Tompkins, y aunque obedecía órdenes, no puso mucho empeño en buscar al invisible general Villa.

Luz repasa, como en una banda sinfín, un hecho tras otro. Recuerda vivamente el cariño inmenso de Villa por Hidalgo del Parral: "Parral me gusta hasta para morirme", le había dicho en alguna ocasión.

Y su gusto se cumplió la mañana del día en que exhaló su último aliento —evoca Luz—, pero en aquel aciago 1916, los parralenses lo arroparon con su devoción y su férreo propósito de proteger al perseguido, al acosado por el ejército más poderoso del mundo.

Las cavernas cercanas le dieron abrigo, y los complejos y larguísimos túneles de las minas fueron su mejor refugio durante aquella absurda cacería donde la población, máuser en mano, se levantó como un solo individuo a defender su suelo de la osada profanación no solamente del "extraño enemigo", sino del "hermano" carranclán, colaborador del invasor.

Alta traición a la patria —dice Luz—. Así se llama esta cabrona invasión con la que coopera el dizque presidente. ¿Que no debería haber sido enjuiciado y obligado a pagar por ello? —se pregunta—. Ahora ya se ve clarito a qué se comprometió con el gobierno norteamericano con tal de obtener el reconocimiento para su gobierno balín, espurio, ilegítimo. Con razón no duró en la silla, con razón se le volteó el que creíamos su incondicional, Álvaro Obregón —reflexiona Luz—, quien había estado viendo todo aquello que, en ausencia de un registro preciso y una memoria documental, le permitía, como en los tiempos en que fácilmente podía acceder a las publicaciones internacionales en la oficina de su esposo, conocer ahora, inexplicablemente, la verdad detrás de los hechos que estaban padeciendo los mexicanos bajo el gobierno de Carranza. Eran cosas increíbles, pero aún le faltaba saber algo que rebasaba todo lo imaginado.

En medio de una multitud enardecida que grita ¡viva Villa!, una mujer, con el rifle en la mano, exhorta al general Tompkins a que salga de Parral. Él se encuentra en el vestíbulo del club privado más exclusivo del lugar, donde pretende hospedarse, pero el albergue se le niega. Cuando el general en jefe del ejército invasor se dirige a su gente para dar la orden de montar y retirarse a las afueras del pueblo, la multitud comienza a tornarse agresiva y continúan los gritos de ¡viva Villa!, ¡viva México!

Es una multitud agraviada, fuera de control, donde manos armadas y rostros contraídos por la ira no dejan lugar a dudas acerca de la indignación de los parralenses ante los invasores, a los que dan alcance antes de que lleguen a las orillas del pueblo. Suenan entonces los primeros disparos que hacen caer muerto a un soldado y un cabo norteamericano.

Lo que vuelve inverosímil esta escena que aparece en la pantalla mental de Luz Corral es que quien encabeza a la multitud, máuser en mano arrebatado al armero de la guardia apostada en el club donde pretendía pasar la noche Tompkins, y a cartucho cortado, es la muy conocida señorita Elisa Griense, perteneciente a una de las más distinguidas familias de Parral, cuñada de don Pedro de Alvarado, el acaudalado minero, padre de Rodolfo, y dueño de la mina La Palmilla.

Es ella quien arenga a los parralenses y les despierta el patriotismo, y ha sido ella precisamente quien dispara los primeros tiros contra los norteamericanos. Y ella la que se dirige a Tompkins exigiéndole salir de Parral inmediatamente.

La columna está desconcertada. Ha visto caer a dos de sus hombres muertos al contacto con la multitud guiada por la valerosa mujer; multitud que poseída de incontrolable indignación los envuelve, los rodea, los acorrala llegando hasta el mismo Tompkins, a quien agobian con insultos y amenazas, hasta que éste, acobardado ante el peligro de ser linchado, se ve obligado a obedecer la exigencia del pueblo que, para dejarle libre el paso, lo obligan a gritar un estentóreo ¡viva Villa! en su carrera por alejarse de Parral.

Notas

(1) Dr. R. H. Ellis, en *Pancho Villa, intimate recollections by people who knew him*, New York, Hastings House Publishers, 1977, p. 146

(2) *Ibid.*, pp. 147-154

(3) Guadalupe Villa y Graziella Altamirano, *Chihuahua, textos de su historia*, México, Gobierno del Estado de Chihuahua, Instituto Dr. José María Luis Mora, Universidad Autónoma de Ciudad Juárez, t. 3, p. 516

No se dice.
Acude a nuestros ojos

Jaime Sabines

—Señora... doña Luz... —llama en voz baja un hombre joven que posa suavemente su mano en el hombro de la Güera para llamar su atención y hacerla reaccionar.

—Señora Villa —insiste al ver que la viuda, aun con los ojos abiertos, no le responde.

—¡Señora! —llama de nuevo acercándose a su oído y elevando apenas la voz. Luz parpadea volviendo de su ensueño y responde tartamudeando, con la boca muy reseca y con la confusión del que acaba de despertar.

—¿Qué... qué traen... qué pasa? —vuelve los ojos hacia quien la acaba de llamar y sonríe pasándose las dos manos por la cabeza, tratando de alisar un poco su cabello—. Ya me estaba pareciendo raro que no se apareciera usted por aquí —le dice y se pone de pie para abrazarlo. Recarga su cabeza en el hombro del recién llegado y solloza unos momentos, para recuperar de nuevo la compostura.

—Las lágrimas no le van nada bien, doña Luz; usted es el ejemplo de fortaleza y siempre fue el muro de los lamentos de mi jefe; vamos, no llore más.

—Parece que lo llamé con el pensamiento; pero, dígame, ¿cómo lo dejaron subir a los departamentos privados si se dio la instrucción de no dejar pasar a nadie?

—Válgame, doña Luz, yo soy de casa, y siempre me concedió mi general el privilegio de pasar a sus habitaciones privadas; claro está que cuando eso era posible.

—Le decía, Chema, que lo llamé con mi pensamiento porque mientras cabeceaba aquí, y desde que llegué al velorio, han aparecido no sé si en mis sueños, o en mi pensamiento, como revelaciones muy extrañas, como flamazos, donde me he enterado de sucesos ocurridos durante la invasión de los gringos en busca de mi viejo y que yo bien a bien nunca llegué a comprender por hallarme refugiada en Cuba con los niños. Pero, bueno, yo qué le digo, si usted conoce mi historia mejor que yo, si fue usted testigo cercano en todos esos años de cacería organizada por Carranza y luego por Obregón en contra de mi esposo.

El hombre que ahora le toma la mano para oprimirla suavemente en una actitud consoladora y de asentamiento es el coronel José María Jaurrieta, devoto secretario particular de Francisco Villa de 1916 a 1920, años feroces del acoso carrancista y norteamericano.[1]

Era Jaurrieta miembro de una familia acomodada de Chihuahua con intereses en los negocios de boticas. Estudiaba en el colegio militar, en Chapultepec, cuando supo de la incursión de las fuerzas norteamericanas de la expedición punitiva al territorio nacional en busca de Villa y decidió incorporarse a los cuerpos de defensa villista que estaban integrando bajo el mando del coronel Mario Tamés.[2]

—¿Quién le presentó a usted al general?, ¿cómo fue que confió en usted para hacerlo su secretario particular, su ayudante personal? ¿Qué diablos pasó en realidad durante todo ese tiempo? —inquiere Luz Corral.

Jaurrieta inhala profundamente una bocanada del humo de su cigarrillo y la deja salir muy despacio, mientras pone frente a él aquellos años, tan cercanos aún, y comienza su relato:

—Verá usted, doña Luz, cuando llegué al lado de mi general usted ya se encontraba en Cuba y yo quise sumarme a las legiones de mexicanos que repudiamos la invasión extranjera, facilitada nada menos que por el presidente de la república. Llegué a su lado cuando todas las comodidades del ejército villista habían terminado. Llegué a rifármela a su lado porque Pancho Villa era, para los alumnos del colegio militar, el arquetipo del guerrero, el ideal del mexicano patriota, el modelo a seguir. Vivíamos constantemente arrestados por la bronca perpetua que se suscitaba entre nuestros maestros, militares del ejército federal, o sea carrancista, y los jóvenes estudiantes, testigos de las barbaridades tramadas en contra del general Villa. A cada momento les recordábamos la humillante derrota del "glorioso" ejército federal de Huerta en Zacatecas, y eso ¡les daba una muina!, que ya se ha de imaginar.

"Con tal de conocerlo y lograr que me admitiera a su lado, nada me importó saber que las proveedurías habían cerrado sus puertas y las pagadurías sus libros por falta de dinero. El haber declarado Carranza proscrito a Francisco Villa en enero de 1916 fue la causa de que se agigantara la figura del que desde entonces comenzamos a llamar "centauro" (por cierto, en el colegio militar), porque nos dimos cuenta de todas las maniobras sucias del gobierno para justificar su persecución y, de haber podido, su aniquilamiento. Usted seguramente no lo supo, no tenía por qué, pero el decreto emitido por Carranza estipulaba que "cualquier ciudadano de la república puede aprehender a los cabecillas Francisco Villa, Pablo López y Rafael Castro y ejecutarlos sin formación de causa".

Esto dijo Jaurrieta a doña Luz en tono solemne e irónico, y continuó explicándole que su publicación causó una tremenda indignación general, que fue en aumento al saberse de la dichosa expedición punitiva permitida y tolerada por Carranza.

—Como consecuencia —explicó Jaurrieta—, me incorporé como instructor de las defensas nacionales que se reclutaron en Ciudad Juárez al mando del coronel villista Mariano Tamés.

"Por todo el país cundió la indignación y se exacerbó el patriotismo, lo que dio lugar a una serie de conferencias celebradas en aquella ciudad entre los generales Álvaro Obregón, ministro de guerra de Carranza, y Hugh L. Scott, jefe del estado mayor del ejército norteamericano. Del resultado de estas conferencias no tuvimos noticia, pero me inclino a creer que nada pasó porque los gringos ya se movían en territorio mexicano como Juan por su casa.

"Permanecimos inactivos como un mes por la sierra de Huérachic, hasta que llegaron a nuestro campamento tres carros con órdenes de que nos incorporáramos al núcleo principal de la guerrilla al mando del general Villa. Cuando llegamos a su campamento lo encontramos recostado dentro de una pequeña tienda de campaña, de la que salió apoyado en dos muletas, pues aún no se restablecía completamente de su pierna herida. "¿Ustedes qué traen? —preguntó a manera de saludo—, ¿qué anda haciendo aquí, muchachito?, ¿que no sabe usted que en esta vida he visto llorar y rajarse a los hombres?", agregó dirigiéndose a mí. Respondí con un movimiento de cabeza que no recuerdo si fue afirmativo o negativo tal era mi susto o la emoción que me embargaba al verme codo con codo y al habla con el famoso Francisco Villa.

"Después nos invitó a tomar unos elotes asados y café, para indicarnos que acampáramos en un sitio cercano al suyo y, dirigiéndose al coronel Tamés, nos citó para otro día a la salida del sol; y después de aclararse un incidente en el que se dudó de la sinceridad de nuestra adhesión a su movimiento guerrillero, nos fue asignando los respectivos nombramientos. Volviéndose a mí, me ordenó: "Usted, muchachito, se queda en la 'casa grande'. Recíbase de mis papeles y documentos", y me señaló un costal de ixtle que contenía una libreta de papel para notas taquigráficas, varios lápices y un rollo de documentos que constituían el archivo del cuartel general. ¡El alma nos volvió al cuerpo! Dentro de aquel morral de ixtle, que daría lo que no tengo por conservarlo, venía un triple nombramiento a tantos puestos vacantes: secretario particular, jefe del estado mayor (sin estado mayor) y el más honroso de todos para un joven de mi edad, el de ayudante de campo en las batallas del más glorioso y bueno de los soldados del pueblo.

"A partir de ese momento fui testigo de la etapa más larga y sangrienta de la revolución. Y tuve el privilegio de estar al lado de mi general en aquellas fogatas nocturnas que tienen el poder supremo de reunir y hacer hablar a los hombres, porque brinda la lumbre la oportunidad de estudiar, comprender y llegar, si se es observador, hasta el fondo del corazón humano, pues considero imposible que se pueda olvidar la fisonomía y ademanes de una persona si son vistos a la luz de una fogata y mucho menos olvidar sus palabras. En estas fogatas siempre estaba mi general con su gente, como un soldado más, como uno de nosotros, llamándonos por nuestros nombres y preguntándonos por nuestros familiares. De este tipo de cosas surgía la veneración que todos le profesábamos.

"Frescas tengo en mi mente todas y cada una de las acciones militares con sus triunfos y derrotas, pero siempre vi, al formular por escrito la orden general del día, los servicios de puestos avanzados y los rondines montados para la seguridad del campamento, la sabiduría, la seguridad y la brillante intuición de nuestro jefe, con el que tuvieron finalmente que pactar la amnistía y luego matarlo a traición, porque nunca pudieron con él.

"Recuerdo la toma de Chihuahua el 16 de septiembre de 1916 y la liberación de presos. Y a pesar de la enorme desventaja nuestra frente a los carrancistas, quisiera saber cómo fue que el general Jacinto B. Treviño se pudo justificar ante la Secretaría de Guerra al rendir sus partes relativos, pues de haber informado la verdad, tenía forzosamente que haber confesado la terrible sorpresa que sufrió, pues no obstante sus servicios de vigilancia, si los tuvo, Villa se coló al interior de la ciudad tomando la penitenciaría y libertando a unos reos políticos próximos al paredón; nulificó con unos cuantos valientes la efectividad del doceavo batallón, más uno de los depósitos de vestuario. No sé ni me imagino cuál haya sido la justificación del general Treviño, máxime cuando la tarde anterior, o sea el día 15, habían llegado a Chihuahua dos periodistas de diarios de México, en viaje de observación patrocinado por Carranza y, ¡oh ironía!, fueron hospedados en el antiguo hotel Vidal, situado justo a espaldas del palacio de gobierno.

"Guardo tantas memorias de ese atroz periodo guerrillero de mi general Villa, doña Luz, que aquí me estaría los días enteros platicando con usted, pero así como le digo una cosa le digo esta otra: lo que sí debe saber es que así como quedó exhibido el general Treviño, todos los que combatimos al general Pancho Murguía, el mero jefe de operaciones militares contra Villa, nos descubrimos ante él. Nos mató a muchísimos villistas, y los colgó como racimos en los árboles de la avenida Colón, pero era un gran guerrero y un hombre fiel. Tanto, que acompañó a Carranza hasta Tlaxcalantongo y, a pesar de verse rodeado del pánico y fuga de sus compañeros, él sólo defendió con su pistola el cuerpo ensangrentado de don Venustiano. Del odiado don Venus, a quien a punto estuvimos de secuestrar para ejecutarlo. ¿Llegó usted a enterarse de esto, doña?"

—¡Ah dio! ¿Pues cómo así? ¿Está usted seguro de lo que dice, Chema? Yo me enteraba de casi todo lo que Pancho planeaba atando hilos aquí y allá, preguntando, husmeando y sacando mis deducciones, porque él jamás hablaba de sus campañas militares sino hasta que ya estaban concluidas. A ver, cuénteme, ¿cómo estuvo eso del secuestro a Carranza?

—Verá usted, doña Luz, un buen día, en el camino a Satevó y durante una de esas largas pláticas a cielo abierto, al calor de la fogata que solíamos encender cuando sabíamos que no había enemigo cerca, mi general me preguntó: "¿recuerda usted, muchachito, que cuando tomamos Torreón le platiqué de una expedición que pensaba llevar a cabo si acaso la suerte se nos hubiera volteado?" Como yo no recordaba nada, nada respondí y solamente moví la cabeza negativamente. Sin notarlo siquiera, mi general continuó: "pos sí señor, vamos a la Ciudad de México a ajusticiar al viejo Carranza. No hay otra forma de componer las cosas en este país. Mire usted, Chema, mi plan es éste: voy a escoger 50 de mis mejores hombres, los voy a dotar de un oro que acabo de recoger de las goteras de Chihuahua. Son 50 mil pesos que cubrirán muy bien esta misión que emprenderemos en caminatas nocturnas hasta la mera capital". Así me dijo mi general y, conociéndolo como lo conocía ya por aquel entonces, no me extrañó lo descabellado del plan, aunque la sorpresa sí me causó un buen sofocón.

"Empezamos el avance formal hacia la capital del país en Torreón de Cañas, Coahuila, y a partir de ese momento fuimos instruidos para hacernos pasar por carrancistas de las fuerzas del general Joaquín Amaro. Izamos los guiones de la columna que consistían en dos banderas de piratas. Éstas eran las contraseñas usadas en Chihuahua por las fuerzas carrancistas de Murguía. Los problemas surgieron cuando advertimos que nuestra propia gente, confundiéndonos con carrancistas y al grito de ¡viva Villa! nos atacaba. Entonces teníamos que andar escondidos y a salto de mata. Se nos ordenó izar bandera blanca para evitar el choque de villistas contra villistas, pero todo fue inútil. Recuerdo que en la primera escaramuza nos gritaban cobardes, maricas, que nos queríamos rendir por evitar el combate o preparábamos una celada contra ellos, muy en boga por aquellos días del lado de los carrancistas, para asesinar a determinados jefes revolucionarios. Por fortuna alguno de los nuestros pudieron hacerse reconocer entre los atacantes, con lo que cesó la balacera sin que por fortuna haya habido víctimas.

"Ya se imaginará, doña Luz, las penurias sin fin que pasamos en aquellas marchas nocturnas hacia el sur, en tierras llenas de carrancistas. Cuando había luna llena, nuestro camino era seguro y el paso rápido. Pero en la oscuridad de las noches, que se antojaban interminables, el avance era lento porque no podíamos encender ningún fuego, ninguna luz. Fatiga, hambre, frío, enfermedad, de todo sufrimos, pero siempre al parejo con el jefe, que sufría lo mismo sin quejarse jamás. Y siempre su astucia y su inteligencia nos sacaron adelante.

"La caminata hacia Aguascalientes, como le digo, fue la etapa más difícil de nuestra aventura. Siempre de noche, con tres o cuatro hombres en la retaguardia encargados de borrar las huellas de nuestros caballos barriéndolas con ramas. Durante el día dormíamos emboscados en los terrenos más altos y observábamos a diferentes partidas de caballería carrancista empeñadas en rastrear las huellas de la "misteriosa expedición" (como llamaron a nuestro grupo), cosa que jamás lograron porque ya la noche anterior las habíamos borrado.

"Padecimos chubascos y sequías, además de enfermedades de todo tipo, sobre todo estomacales, ya que comíamos lo que buenamente podíamos cazar, o cuando bajábamos a algún pueblo a comprar comida sin ningún riesgo. Recuerdo a nuestro compañero Sabino Terrazas. El pobre tan malo se puso, que hasta mi general Villa, preocupado y compadecido, le preparaba tecitos con yerbas del campo para curarle su estropeado estómago. ¿Y sabe cómo le pagó Sabino a mi general Villa sus atenciones y sus cuidados? Traicionándonos y uniéndose al enemigo.

"Con Aguascalientes a la vista, mi general Villa nos ordenó a Trillo y a mí que llegáramos a esa ciudad para dirigirnos de allí, en el tren pasajero, a la Ciudad de México y preparáramos su llegada a la capital. Las órdenes fueron precisas y debíamos partir de inmediato. Avanzamos cautelosos por entre un maizal bien alto y tupido, más muertos que vivos. La verdad ya soñábamos con un restaurante limpio, con manteles blancos, tiendas repletas de ropa y zapatos. Alucinábamos, y yo tuve que hacer sacrificios sobrehumanos pues sólo uno de mis zapatos conservaba algo de suela, ya que el otro llevaba por suela un pedazo de cartón atado por un trozo de correa. El ardor de los pies y el dolor de mis piernas eran ya a estas alturas insoportables.

"A eso de las cinco de la mañana llegamos a las orillas de la ciudad, justo en el momento en que pasaba un hombre a caballo con un canasto enorme de pan fresquecito y oloroso. Casi arrastrándome le pedí que me vendiera un peso de pan surtido, y cuando empezaba a envolverme la gran cantidad de piezas que podían comprarse con un peso, Trillo se acercó para preguntarme: "¿cuánto vas a comprar?" "Un peso nomás", le respondí. "¡Cómo que un peso, hombre, pide cinco!", me contestó haciéndosele agua la boca con sólo ver aquel canasto de pan exquisito. Cinco pesos de pan era una locura. Hubiera alcanzado para comprar el caballo, el canasto y puede que hasta el jinete, pero el hambre nos hacía desvariar.

"En Aguascalientes encontramos un hotelucho de mala muerte para poder descansar unas horas sin ser notados en espera de la salida del tren, que sería después de media noche. Así, con pena y todo por nuestra desastrosa apariencia, solicitamos una habitación al empleado de turno en el mostrador, que resultó ser un gringo desconfiado (¡y quién no iba a desconfiar de un par de harapientos como nosotros!) que nos dijo:

"Sí hay cuarto disponible, pero vale 50 centavos diarios que deben pagarse por adelantado." (¡Y pensar que nosotros llevábamos 5 mil pesos en oro!)

"Cuando le puse sobre el mostrador a aquel hombre una moneda de 10 pesos, advertimos su cara de asombro. Veía la moneda, nos veía a nosotros, volvía a ver con incredulidad la moneda y al fin nos dijo: "Bien, bien, sólo que debo rendir un informe del movimiento de huéspedes a la jefatura militar, es mi obligación, ¿cuáles son sus nombres?" "Sí, hombre, sí, está bien —le respondimos—: José Enríquez y Miguel Centeno, de la hacienda de Peñuelas. Llévenos al cuarto, que venimos muertos de sueño, y si no tiene cambio, ai nos lo dará mañana", le respondimos de mala gana, urgidos por dejarnos caer en un catre, cama o lo que hubiera.

"Por supuesto que la preocupación no nos dejó pegar los ojos. Aquello del aviso al cuartel nos tenía nerviosos, así que para no pensar en ello, por la tarde me fui al centro de la ciudad en busca de algo de ropa, ya que al tren sí que no podíamos subir en esas fachas. Trillo se quedó en el cuartucho inmundo aquél por haberse sentido mal luego del comelitón que dimos al mediodía. Hambreados como estábamos, devoramos más de lo que nuestros estómagos vacíos podían soportar.

"Algo repuestos, bañados y estrenados, abordamos el tren a las tres y media de la madrugada y llegamos por fin a la capital del país, donde iniciamos los preparativos para recibir a mi general en un mes a más tardar y cumplir la misión de observar los movimientos del primer jefe en su rutina diaria.

"Vivía por entonces don Venustiano en la casa de la familia Braniff, por las primeras calles del Paseo de la Reforma. Lo seguimos todos los días durante su paseo mañanero a caballo. Entre las seis y siete se dirigía al bosque de Chapultepec acompañado en ocasiones por el general Pablo González, y en otras, por el general Jesús Agustín Castro, subsecretario de guerra en el gabinete. Lo seguía una escolta de dos o tres ayudantes que marchaban a la retaguardia a una distancia de unos 100 metros. De Chapultepec tomaba el rumbo de los llanos de Anzures, contiguos al bosque, donde había una pista de obstáculos para las prácticas de equitación. Ése nos pareció el lugar más adecuado para llevar a cabo el secuestro de don Venustiano.

"Tuvimos la suerte de encontrar, sobre la calzada de la Verónica, que corre al lado de esos llanos, una casa deshabitada y perfectamente bien situada para nuestro propósito, que alquilamos haciéndonos pasar por compradores y vendedores de ganado, caballada y mulada. Pagamos un anticipo al propietario y le informamos que en el plazo de un mes, a partir del cual iniciaríamos nuestras operaciones de compra y venta de ganado en México, entraríamos en posesión de la casa. Y así quedó acordado.

"También consistía nuestra misión en conseguir 50 uniformes de guardias presidenciales para vestir a los Dorados el día del secuestro, así como comprar 50 caballos escogidos. Los uniformes podíamos adquirirlos en El Palacio de Hierro, uno de los principales almacenes de ropa en la capital, y en cuanto a los caballos, los había en abundancia y podían adquirirse en cualquier momento. La compra debería efectuarse al recibir un correo que nos enviaría mi general Villa al llegar a las cercanías de Tula, Hidalgo.

"Seguimos al primer jefe durante un mes. Un mes en que esperamos con ansia el correo de mi general y nada. Esperamos pacientemente otro largo mes, y ante el silencio y la falta de noticias de nuestra gente, salimos de la capital en tren hacia Laredo, rumbo a San Antonio, Texas. Trillo y yo nos preguntábamos a cada rato, ¿qué habrá pasado?

"Tiempo después tuvimos ocasión de platicar con don Adolfo de la Huerta, por aquel tiempo oficial mayor de la Secretaría de Gobernación, y nos contó a Trillo y a mí que el gobierno carrancista tuvo conocimiento de la llegada a México de unos enviados de Villa y dio la orden de que se nos buscara por cielo, tierra y mar. El general Villa duró tres días en la sierra de Peñuelas después de nuestra separación. Ahí ordenó a la mitad de su gente el regreso a Chihuahua para aligerar la marcha, y él siguió hacia México seguido por la otra mitad del grupo original, pero en las cercanías de León, Guanajuato, le salieron al paso fuerzas carrancistas destacadas en busca de la "expedición misteriosa" que venía del norte. Copado y sin salida, dio la orden de regresar a Chihuahua en tren desde León, ya sin armas ni caballos. Él se quedó con cuatro hombres, pero viendo lo imposible de llevar a cabo el plan, regresó también al norte con una rapidez increíble y sin ningún problema.

"Así terminó nuestra fallida 'expedición punitiva' a la capital del país para secuestrar y ejecutar a don Venustiano Carranza. Nuestras pérdidas en esta aventura consistieron en un solo hombre, el coronel Julián Reyes. Los carrancistas perdieron cerca de 90 efectivos, de los cuales 20 fueron guías capturados en diferentes pueblos para que nos condujeran al objetivo siguiente."

Notas

(1) Documento recopilado por el ingeniero y coronel Federico M. Cervantes en El centenario de Francisco Villa, México, Biblioteca del Instituto Nacional de Estudios Históricos de la Revolución Mexicana, 1978, p. 620. Elías Torres, *Vida y hazañas de Pancho Villa*, México, El Libro Español, S.A., pp. 116-122

(2) José María Jaurrieta, *Con Villa (1916-1920). Memorias de campaña*, introducción y notas de Guadalupe Villa Guerrero, México, Consejo Nacional para la Cultura y las Artes, 1997, Memorias mexicanas, p. 25

Amanece el presagio al pie de la cama
Largos vestidos negros en el aire andan
Un gusano le casca el corazón al día
Y el miedo aúlla en el alma.

Ahora se abren puertas de cuartos vacíos
Se oyen pasos en el tejado que no existe...

Jaime Sabines

Allá en la hacienda de Canutillo reinaba la confusión y el pesar. Nadie duerme y la gente, toda la gente del casco y de los ranchos pertenecientes al fundo, de los poblados vecinos y de quién sabe cuántos otros lugares, han venido a unir sus preces a las de quienes allí sufren el dolor de la orfandad por la muerte de Villa.

Soledad, la "otra" señora de la hacienda, encabeza el duelo y recibe las condolencias asumiendo el papel que desde la muerte de Juana Torres reclama para sí, porque ella se casó con Pancho Villa por las dos leyes en Valle de Allende el 1 de mayo de hace cuatro años. Y ya es madre de un hijo suyo, y se hace cargo, además, de Miguelito, el de María Dominga Barraza, que en gloria esté; luego, le asiste el derecho de esposa legítima según su manera personal de ver las cosas.

En la casa de la calle de la Soledad, nombrada así en su honor, ahí mismo, a unos cuantos metros de la casa grande, donde habían reinado como dueñas y señoras por riguroso orden de aparición la Güera Luz y Austreberta, duermen los dos hijos mayores del general, Agustín y Octavio, al lado de sus medios hermanos: los dos de Soledad, y Panchito, el más pequeño de Austreberta.

Maestra de escuela acostumbrada a lidiar con niños, mujer sensible y madre al fin, sintió compasión y ternura por ellos y los consoló, porque así nomás, de repente, como suelen sobrevenir las cosas inconcebibles por su aterradora injusticia, los hijos de Pancho Villa se quedaron sin su padre. Separados de sus respectivas madres apenas tres años atrás, habían quedado solos, además, en la hacienda, aquella inmensa propiedad cuyo futuro era por ahora impredecible, ya que dos mujeres, sin el control recio de Villa, pronto estarían frente a frente peleando la propiedad y el título de madre adoptiva de ocho niños; siete ajenos para Austreberta, los ocho ajenos para Luz, no obstante haber sido una madre sustituta de Agustín y Mica.

Sólo dios sabía cómo irían a salir de semejante embrollo.

Chole —así la llamaban todos— miraba a su alrededor sin recato en la casa grande que pisaba por primera vez. Era la casa reconstruida por su esposo y arreglada por Luz Corral. Y cada mueble, cada cuarto, cada adorno resultaba un doloroso recordatorio que le hablaba de ellos dos y, aun no queriéndolo, tomaba conciencia de su papel de intrusa y de la necesidad urgente de destruir ese pasado, plantarse en el papel de viuda oficial y preparar el futuro de sus hijos.

¿Qué iría a ser de esos niños? —pensaba con preocupación como madre de Toño, madrastra de Miguelito, rival irreconciliable de Austreberta, la madre de Panchito y de uno más que estaba por nacer. En esto le llevaba ventaja doña Beta, pero tenía a su favor el hecho de que Agustín, Octavio, Micaela, Celia y Juana María la aborrecían como madrastra. La bruja Beta la llamaban por los castigos que les imponía a espaldas del padre. Y por regañona y malencarada.

Pancho Villa había reunido a sus hijos en la hacienda después de haber pactado la pacificación que ponía fin a casi cinco años de guerra de guerrillas contra la dictadura de Carranza, gracias a la obstinación del ingeniero Elías Torres, un buen hombre, patriota de corazón, quien concibió la idea y se propuso lograr una entrevista con el general para convencerlo de que, una vez muerto Carranza, ya no tenía razón de ser su persistente guerra, por lo cual él mismo —Elías Torres— se ofrecía como mediador si el general accedía a escribir una carta al presidente sustituto de Carranza, Adolfo de la Huerta, ofreciéndole dejar las armas en bien de la pacificación del país.

Villa accedió y desde la hacienda de Encinillas, donde tuvo su último refugio, el 2 de julio de 1920 escribió al presidente:

> Señor:
> Al dirigirme a usted por medio de la presente, me guía sólo el amor a mi patria, pues demasiado sé comprender el peligro que tenemos. No se lo pintaré en ésta, porque creo que ustedes también no lo ignoran. Así pues, señor presidente, sobre mi amor propio está mi patria y como yo pienso sobre este particular deben pensar todos los que sean honrados con ella.
>
> Para llegar a unos arreglos definitivos sobre la pacificación de la república, necesito yo que el señor general Obregón no trate detrás de la puerta conmigo. Yo estoy dispuesto a darme un abrazo de hermano con usted, con el señor general Obregón, con el señor general Calles y con el señor general Hill.
>
> Si ustedes se sienten avergonzados de ser mis amigos rechácenme, porque yo estoy dispuesto a

> luchar en contra de las injusticias, sin medir el peligro, ni el número del enemigo, pues sólo me concretaré a escuchar la voz de la justicia.
>
> Si ustedes son honrados conmigo, mándenme una carta firmada por todos ustedes como se los explico, para comenzar a tratar en bien de la república. Mientras tanto, voy a suspender las hostilidades.
>
> Ya el ingeniero Elías L. Torres, a quien he tenido el gusto de guardar toda clase de consideraciones, dará a usted verbalmente apuntes y detalles de las traiciones que me han pasado en estos días.
>
> Un hermano de su raza que les habla con el corazón. Francisco Villa.

El resultado de todo esto fue la suscripción del "Acta de unificación del general Francisco Villa y el gobierno emanado del Plan de Aguaprieta", en Sabinas, Coahuila, a las 11 de la mañana del día 28 de julio de 1920.[1]

Villa comenzó entonces a vivir un breve periodo de tres años de paz y casi fue feliz trabajando intensamente en el campo y reconstruyendo la hacienda de 25 mil hectáreas que le donó el gobierno federal. Para ello contrajo deudas en dólares, porque aquel hombre por cuyas manos habían pasado millones y millones de monedas de oro no era dueño de una fortuna personal. Villa no buscó nunca atesorar riquezas, y lo obtenido mediante la eficiente administración de las haciendas incautadas fue invertido en la División del Norte, en pagar bien y puntualmente a su gente y en auxiliar a las viudas y huérfanos de guerra. Villa, a pesar de ser el comandante en jefe de la División del Norte, bajo el mando de Carranza —al menos hasta la convención de Aguascalientes—, nunca recibió un solo centavo ni del primer jefe ni del gobierno constitucionalista para su sostenimiento. Se bastó a sí mismo. Pero ahora, en la vida privada, debía echar mano del crédito para poner en pie el que sería, en lo sucesivo, su hogar.

Creyó durante tres años que había alcanzado la felicidad al lado de sus hijos, quienes también en la inconciencia de su edad fueron felices porque, una vez repuestos del trauma de haber sido arrancados, algunos de ellos, del lado de sus madres, se identificaron rápidamente y sin dificultad con aquel personaje de quien todo mundo hablaba pero que ellos jamás habían conocido, aunque al escuchar las expresiones de admiración y reconocimiento, los corridos y los frecuentes gritos de ¡viva Villa! en boca de los personajes más disímbolos de las ciudades y pueblos donde vivían, les producía una íntima sensación de orgullo saber que era su padre a quien vitoreaban. Y aunque jamás lo hubieran visto más que en retratos, llevaban su apellido y sus respectivas madres les habían dicho que eran hijos de él.

Ansioso de recuperar el tiempo perdido, o tal vez por una corazonada de origen desconocido que lo obligaba a presentir lo reducida que sería la cuota de felicidad hogareña asignada a él para su disfrute en la tierra, donde la desdicha y el sufrimiento le habían sido suministrados en abundancia, Villa dedicaba largas horas a jugar con sus recién recuperados hijos, a pasear a caballo, a enseñarles todos los secretos del buen jinete, a nadar, a contarles, en versiones adaptadas por él a la sensibilidad y entendederas de los niños, sus andanzas por la sierra, sus victorias guerreras, sus penas y de sus sueños.

Octavio y Agustín, de siete y nueve años, eran su orgullo. El mayor estudiaba la primaria en un internado de El Paso, pero iban por él dos veces al mes para que pasara con su padre los fines de semana. Octavio estudiaba en la escuela de la hacienda —escuela modelo en el país— y ambos hermanos practicaban fuertemente, guiados por su padre, el manejo de las armas de aire y el tiro al blanco.

Y así, con el renovado goce de tener cerca a sus hijos, hablaba lleno de satisfacción de sus logros en la hacienda con los periodistas mexicanos y extranjeros que acudían frecuentemente a la hacienda para ser testigos de la paz en que vivía Pancho Villa. La única condición para recibirlos era no hablar de política. No quería tocar el tema ni verse inmiscuido en declaraciones frecuentemente tergiversadas por la prensa.

A Regino Hernández Llergo, reportero enviado por *El Universal*, le presentó a los niños y le dijo:

> Éste, Agustín, es el que quiero que sea doctor. El otro, Octavio, militar, y el más chico, Panchito, de siete meses, será abogado. Tengo cifradas mis esperanzas en mis hijos. Así que vayan terminando sus estudios preparatorios quiero mandarlos a los mejores colegios de Francia, España y Alemania.[2]

Había sido un padre ausente; ahora quería serlo de tiempo completo en cuerpo y alma, y en ello estaba empeñando su mejor esfuerzo, sus cinco sentidos y su amor.

Deseaba inculcar en sus hijos las virtudes capitales y ayudarlos a desentrañar —para que lo entendieran pronto, para que aprendieran de sus errores y sus aciertos— la contradicción que él mismo representaba ante ellos como hombre perseguido y acosado, como guerrero, como triunfador victorioso de las más importantes batallas de la revolución, como ser humano falible y mortal, como general derrotado, como padre preocupado por la felicidad de sus hijos.

Era corto el tiempo, lo intuía, para encaminar a sus muchachitos por el mundo, para situarlos en él con sus atributos bien puestos y visibles; para enseñarles a convivir como hermanos, a entender y tolerar sus afinidades y diferencias, y a sostenerlos de pie en tanto no fueran capaces de andar en el mundo por sí mismos. Era el cuidado y el amor paternal que se expresaba en reglas no escritas. Era que Villa se había convertido, al fin, en el hombre hogareño común y corriente que soñaba llegar a ser.

Los hijos de Villa se movían libremente por la hacienda y no temían a nada, sino a lo que su padre les había enseñado que debían temer. Miraban todo con sus ojos de venado curioso, transparentes e ingenuos y obedecían sin chistar las órdenes del padre, que eran indiscutibles e inapelables. Villa era enérgico y cariñoso; era duro y consentidor. Jalaba la rienda y la aflojaba después un poquito, tal como lo hacía con sus potros.

Las niñas acudían a la magnífica escuela de la hacienda y Mica, la mayor, daba clases de inglés y de piano a los niños más aplicados, como premio. La vida transcurría en paz; pero Villa no era un hombre destinado a la dicha terrenal.

Era todo demasiado bello para que durara.

Notas

(1) Ernst Höffen, *Pancho Villa "El brazo armado de la Revolución"*, México, Visual, 1994, Biografías, p. 108

(2) Antonio Vilanova, *Muerte de Villa*, México, Editores Mexicanos Unidos, 1966, p. 34

Mi corazón me recuerda que he de llorar
por el tiempo que se ha ido, por el que se va

Jaime Sabines

Soledad sabe cuál es su lugar en la hacienda y se cuida de guardar para sí sus opiniones y su distancia entre Pancho, sus hijos y las señoras de su señor, que ha tenido la desgracia de conocer. Admira y teme al esposo, lo respeta. Ahora lo ama un poco, pero no lo amaba cuando se casó con él cuatro años atrás.[1]

Entonces su amor era de otro, de Ignacio Gurrola, un profesor de primaria, como ella, y compañero suyo de la infancia con quien estaba comprometida para desposarse cuando Villa cruzó por su vida. Fue un encuentro breve allá, en San Isidro de las Cuevas. Ella bordaba su ajuar de novia sentada en el pórtico de su casa con un grupo de amigas cuando pasó un auto. En él iba Villa. Lo seguían dos autos más, pero los ojos de ella se encontraron con los de él durante una fracción de segundo.

—A ver, date otra vueltecita —ordenó Villa al conductor.

Y volvieron a pasar frente a las muchachas que, alborozadas, comentaron:

—Era Pancho Villa, ¿se fijaron? Era él —y dejando la costura, siguieron, asomadas al barandal y paradas en las puntas de sus pies, el trayecto de los vehículos hasta que se perdieron al dar la vuelta en la cuadra siguiente, dejando atrás una polvareda.

Y dieron todavía una vuelta más, pero esta vez la marcha fue reducida a la pura inercia del vehículo, y las miradas volvieron a encontrarse. Eso fue todo. Era el año de 1917 —recuerda Soledad— y Villa convalecía de una herida en su pierna izquierda.

Dos años más tarde volverían a encontrarse en Valle de Allende, su lugar de origen, adonde ella volvió con su familia para instalar un taller de costura, continuar con sus grupos en una escuela primaria e impartir, además, clases de pintura. El novio había muerto la víspera de la boda y ella no había dejado de pensar en Villa.

Un buen día, las amigas llegaron a su casa con el mismo regocijo de antes para avisarle de la llegada del famoso general al pueblo e informarle que él estaría como invitado de honor en una fiesta a la que medio mundo había sido invitado.

Villa andaba tristón. La noticia de la muerte vil y a traición de Emiliano Zapata el día 10 de ese mes de abril de 1919 lo había afectado.

—¿Qué tan ruin hay que ser, qué tan bajo, para formar una guardia de honor, hacer creer a un invitado enemigo con el que se pretende pactar que se dará una fiesta para agasajarlo, y hacer que esa misma guardia de honor lo fusile? Pobre de mi general Zapata, tan bondadoso, tan valiente y tan ingenuo. A quién se le ocurre creer en Carranza.

"Para eso me gustaba don Venustiano. Si nunca ve de frente, escondido siempre tras sus gafas, si no da la cara a su interlocutor, cualquiera puede esperar de él que mate a traición, porque lo que es de frente, ¡qué esperanzas! Así decía Villa y lo repetía ante su gente a cada rato. Sabía que Carranza era sanguinario desde que puso en vigor nuevamente aquella ley jaurista de 1862 que autorizaba las ejecuciones sin un previo juicio a los inculpados."

¡Cómo recordaba ahora el encuentro con Zapata en Xochimilco! Le encantaba contar esa historia, y reía cuando lo platicaba; pero también se le revolvía la muina, porque fue entonces cuando sus limitaciones en el terreno político fueron palpables. Entonces no se dieron cuenta, pero allá, en la cumbre de su gloria se anunció, sin haberse dado cuenta ellos, el comienzo de la caída.

—Parecíamos novios de rancho, todos tímidos, sentados ante aquella mesa ovalada en el salón de clases de la escuela del pueblo; así lo dejó escrito mi cronista, un pelao bueno para la estenografía que invité para que tomara nota de todo lo que ahí dijimos. Fue una de las pocas veces que rompí mi propósito de no tomar jamás una copa. ¡Por poco me ahogo! Mi general Zapata mandó traer una botella de coñac muy fino para romper el hielo. Me pareció ridículo negarme; alcé mi copa y nomás hubiera visto la tos que me agarró. ¡Ah qué bien quedé!

"Nos habíamos caído bien desde mucho antes de conocernos. Éramos casi de la misma edad. Yo vi la luz primera en el 78, él en el 79. Nacimos campesinos y pobres y los dos buscábamos la mejor manera de mejorar las infames condiciones de vida de nuestra gente. Yo me enamoré de don Panchito Madero; Zapata siempre desconfió de él. Yo acepté los términos de los tratados de Ciudad Juárez; Zapata se insubordinó negándose a licenciar sus tropas.

"Eché de la presidencia a Victoriano Huerta y ante esta nueva realidad, todos los partícipes de la revolución en esa segunda etapa definimos nuestras posiciones. Y nos unimos zapatistas y villistas, porque ya se veía venir que nuestros anteriores aliados ahora se habían propuesto dejarnos a un lado, porque ahora traían entre manos planes políticos y sociales que no incluían a quienes sólo habíamos servido a sus propósitos como carne de cañón. A la hora de los grandes proyectos nacionales y las grandes decisiones, ya no hacíamos falta.

"¡Ah, qué ingenuos fuimos, o qué tarugos! En diciembre del 14 éramos dueños del país. Cubiertos de gloria, como se dice, estábamos. Y estábamos también, como un par de niños, sentados ante aquella mesa, tanteándonos, conociéndonos, sin una agenda nacional que precisara qué íbamos a hacer con el país, sin saber qué decir. En lo que estuvimos de acuerdo desde el principio fue en que ninguno de los dos queríamos al viejo Carranza en el poder.

"Era un tipazo con toda la barba el buen general Zapata. Delgadito él, muy hombre, llevaba ese día su traje negro de charro, con una camisa de color turquesa muy brillante y un paño de seda azul atado al cuello. Yo iba de caqui con mi sarakoff tipo inglés y polainas. Mi gente toda andaba estrenando uniforme, y el armamento reluciente pos la verdad sí se miraba diferente del riflerío de todas marcas y calibres de los zapatistas. "Yo soy un hombre que no me gusta adular a nadie; pero usted bien sabe tanto tiempo que estuve pensando en ustedes", le dije. "Así nosotros. Él es, decía yo, la única persona segura", me contestó.

"Nos faltó malicia, no pudimos, no supimos o no quisimos enfrentar y asumir las responsabilidades políticas de aquel espectacular triunfo. Y no supimos tampoco elegir al hombre adecuado para dirigir el país.

"Nos asustó la gran ciudad: 'nomás puras banquetas. Yo lo digo por mí; de que ando en una banqueta hasta me quiero caer', dijo Zapata. 'Este rancho está muy grande para nosotros; está mejor por allá afuera', dije yo.

"No hicimos planes para aliarnos y derrotar a Carranza en Veracruz; ése fue nuestro mayor error. Les dimos tiempo para reorganizarse y preparar el contrataque, tanto en el terreno ideológico como en el del combate.

"Nos dijimos, en aquel entonces, cosas que sentíamos; nos hablamos con la verdad. Yo le confesé que no me interesaban los cargos públicos porque no sabía manejarlos. Y que veía claro que nosotros, el pueblo ignorante, somos los que damos la pelea que sólo aprovecha a los gabinetes.

"Los dos insistimos en que debíamos controlar a los 'gabinetes' en el poder y que debíamos nombrar a los que no nos fueran a dar problemas. Zapata reforzó: 'aconsejaré a todos nuestros amigos que tengan mucho cuidado; si no, sentirán el filo del machete... No nos engañarán. Nos limitaremos a jalarles las riendas, vigilarlos muy bien e irlos orientando'.

"Dicen que de lejos se ve más claro y ésa es una gran verdad: las revoluciones campesinas no han triunfado nunca, en ninguna parte del mundo, y la que nosotros protagonizamos en la búsqueda de redención para los pobres, que somos la mayoría, no fue sino un episodio más de esa historia.

"Hablamos mucho, y no hicimos nada, o como dicen, nos dormimos en nuestros laureles. Qué güeyes. Nuestro encuentro en Xochimilco no hizo variar para nada el estado de las cosas. Nos separamos y nunca más nos volvimos a encontrar. Cada uno de nosotros regresó a su tierra y ahí quedó mi general Zapata, en el mismo lugar donde tenía enterrado su ombligo."

Andaba triste Pancho Villa; andaba cabizbajo, de ánimo enlutado. Por eso bajó al pueblo a buscar un poco de diversión y por eso aceptó la fiesta en su honor.

Después todo sucedió como se daba en los cuentos que Chole conocía desde niña. Llegó ella a la fiesta. Llegó él. Recorrió con la mirada a todas las muchachas del pueblo que ataviadas con lo más selecto de sus roperos esperaban, sentadas en torno al salón engalanado, trémulas de emoción, que la mirada del famoso Pancho Villa se detuviera en alguna de ellas.

El ojo bien entrenado del general sabía, sin tener que esforzarse, cuál o cuáles de aquellas flores del desierto chihuahuense estaban listas para acudir al encuentro amoroso tan luego sus miradas se encontraran.

Pero él esperaba que la dama en cuestión diera el primer paso, fiel a su costumbre de dejarlas llegar, de no tomar él la iniciativa, de echarle nomás el pial a la presa y esperar que ella solita cayera.

Soledad, vanidosa, se presentó resplandeciente e investida por la fama que sus amigas habían hecho correr cuando esparcieron por el pueblo la noticia de que Villa, hacía un par de años, había estado pasando a vuelta y vuelta por su casa, y se le había quedado viendo con unas miradas que todas hubieran deseado para ellas esa noche. No obstante, Soledad se hallaba turbada y, sentada entre sus amigas, esperaba a ver qué le había deparado el destino.

Villa, después de recorrerlas con un rápido vistazo, permaneció de pie y no se movió de ahí sino hasta que Soledad, acompañada por dos de sus amigas, se acercó a él para darle la bienvenida.

—Nos conocimos hace dos años en San Isidro, señor general. ¿No me recuerda? —le pregunta extendiendo la mano para saludarlo.

Los ojos y oídos de toda la concurrencia quedaron pendientes de la respuesta y el silencio fue absoluto. Villa la tomó de la mano, la jaló suavemente hacia él y le dijo:

—La mera verdad, yo ¡en mi vida la había visto, chula! —y luego, dirigiéndose en voz alta a los invitados, exclamó—: Con esta mujer voy a casarme pasado mañana. Todos ustedes están invitados a la boda.

Luego se pusieron a bailar y no pararon en toda la noche. Y por supuesto dieron de qué hablar para el resto del año a todos los habitantes de aquel pueblo polvoso, mojigato y aburrido.[2]

La boda se celebró el día primero de mayo de 1919. Ella tenía 22 años y él casi le duplicaba la edad.

Chole recuerda ahora el miedo —que rayaba en terror— conque llegó a la alcoba nupcial. Toda aquella euforia por haber sido la protagonista estelar, al lado del general Villa, del acontecimiento público en que se convirtió su matrimonio, se le bajó a la hora de la verdad. Pero Villa era un gallo ya muy jugado, y aunque hacía tiempo que no se casaba ni celebraba una noche de bodas, tomó el asunto con toda calma y esperó pacientemente— "a ver a qué horas a ésta se le pasa el susto"—, lo que ocurrió hasta el amanecer del otro día.

Él decidió comenzar por cantarle canciones bonitas que hablaban de amor, y nada intentó. Luego, sentados en el borde de la cama, él le preguntó, nomás para sacar plática, acerca de su vida como maestra, sus aficiones y sus sueños, y le pidió que fuera su maestra para continuar con el aprendizaje iniciado hacía muchos años allá en la colonia Dublán, entre los mormones.

Esto era lo que hacía falta para que ella no parara de hablar en toda la noche.

Le encantaba la música a Chole, y le cantó también canciones que Villa conocía. Tomándole las manos, que el esposo acarició con delicadeza, cantaron a dueto: "una araña que teje en el viento me ha dicho que ansina te debo de amar... ¡Ay! amémonos como los peces, debajo del agua se saben amar".

Le habló de la gran música y de los conciertos extraordinarios a los que asistirían en Chihuahua; de lo bueno que es para el alma de los seres vivos la música culta, cantada o instrumental, la música de conciertos y la ópera.

Amaba Soledad, como artista y como simple espectadora, la pintura y le platicó cuanto sabía de los artistas mexicanos y europeos.

Él, mientras la escuchaba con toda atención, deslizó sus manos por los brazos de Chole hasta sujetarla por los hombros y le pidió, mirándola de frente y con visible interés, que le explicara qué cosa era eso que nombraban "impresionismo", y quien era un tal muy sonado que apodaban "Picaso".

También era Soledad adicta a la poesía, y tomando uno de los libros que siempre incluía en su equipaje, le leyó rimas de Bécquer y poemas de Darío, el poeta de moda, iniciador del escandaloso "Modernismo". Mientras ella leía, Villa aspiraba el perfume de los cabellos de Soledad muy suavemente y besaba su cuello. Luego la tomó por la cintura al tiempo que hacía comentarios sobre los poemas que Soledad leía.

Le llamó la atención aquello de "saluda al sol, araña, no seas rencorosa", y filosofaron un rato con Darío hilvanando hipótesis sobre la pregunta del poeta: "¿tantos millones de hombres hablaremos inglés?... ¿Callaremos ahora, para llorar después?"

Sonrió Villa con amargura cuando escuchó los versos que lo dejaron pensativo:

> Mas empecé a ver que en todas las casas
> estaban la Envidia, la Saña, la Ira,
> y en todos los rostros ardían las brasas
> de odio, de lujuria, de infamia y mentira.
> Hermanos a hermanos hacían la guerra,
> perdían los débiles, ganaban los malos,
> hembra y macho eran como perro y perra
> y un buen día todos me dieron de palos.

—Hasta parece que es mi historia en verso, Soledad —le dijo—; bien apaleado que he andado estos últimos años.

Levantó la barbilla de la joven esposa con delicadeza y la besó. Ella no lo rechazó, pero continuó con su lección de poesía. Le habló de los místicos y repitió el poema, uno de sus favoritos: "En una noche oscura".

La sangre caliente de Villa corrió más aprisa por obra y arte de san Juan de la Cruz:

> ¡Oh noche que guiaste!,
> ¡oh noche hermosa, más que la alborada!
> ¡Oh, noche que juntaste amado con amada,
> amada en el amado transformada!

—¡Ah qué místicos éstos, tan pasionales y cachondos! —comentó Villa, mientras sus labios buscaban los de Soledad, que ella entregó con una pasión tal que se desvaneció. Él la reanimó, le hizo beber un vaso de agua y le pidió que continuara con los versos.

Gustaba Soledad igualmente de los poetas latinos y leyó, ya acomodada en el lecho conyugal, con toda alevosía y al oído del esposo, poesía erótica de Catulo y Ovidio. Amanecía cuando él finalmente la tomó sin encontrar la menor resistencia. Esta vez no hubo desmayo.

Para no haber estado enamorada de él, Chole respondió con ardor y en lo sucesivo su vida amorosa fue tan intensa como feliz. Le dio por pintar al óleo retratos de Villa y con frecuencia incurría en lirismos que lo desconcertaban, y lo hacían reír y en ocasiones ruborizarse.

—Cómo será usted cursi, oiga —le decía divertido—; está usted reloca.

Cuando supo que su nueva mujer estaba embarazada, la envió a El Paso para ponerla a salvo de los carrancistas, que ya andaban oyendo pisadas en la azotea, desesperados y en las últimas, devolviéndole sus tierras a los Terrazas, reconciliándose con los dueños de los interminables latifundios, y dándole la espalda al pueblo que habían jurado redimir, para evitar el desastre que venía pisándoles los talones.

—Ya verá usted, Chole, cómo ahora que ya se acabó la guerra mundial, los gringos que reconocieron a Carranza no van a volver a meter mano por él, aunque me vinieron a contar que luego del berrinchazo entripado que hizo el "primer jefe" cuando leyó el manifiesto que Zapata mandó publicar el primero de enero de este año, culpándolo de todos los males que padece el país, congruente con su naturaleza, lo mandó matar el mes de abril. La felicitación del siniestro Frank Polk fue de las primeras en llegar y le expresó además su deseo de que mi muerte fuera la próxima.[3] ¡Qué brincos diera Carranza!

"Ya anda dando sus últimas patadas de ahogado el carrancismo, Chole. Don Venustiano, tratando de jugarle al vivo, hizo una serie de propuestas en cuestión de extracción de petróleo a los ingleses y a los franceses, que se negaron a aceptar. Quiso emular a don Porfirio; pero, porfirista y todo, no salió bueno el discípulo. No se dio cuenta de que esos países quedaron muy debilitados después de la guerra y ¡qué esperanzas que le vayan a querer llevar la contra a los gringos aquí en este país, donde ni siquiera el mismo presidente don Venustiano se atrevió a sujetarlos al mandato del artículo 27 de su nueva constitución, no se fueran a molestar por el celo carrancista en la aplicación de la ley. Mal andamos con los carranclanes acorralados, verá que no tardan en caer, Chole —le dijo Villa profetizando.

Se fue Soledad y apenas salió del pueblo rumbo a los Estados Unidos, llegaron los temidos y desesperados constitucionalistas e hicieron detener a la madre y a dos sobrinas de aquélla para obligarlas a confesar dónde se escondía Pancho Villa, quien se había ido detrás de Soledad pero había tomado otro rumbo, únicamente conocido por él, como era costumbre. Las tuvieron prisioneras dos semanas, las trataron mal, pero no tardaron en darse cuenta de lo absurdo de su pretensión y las dejaron ir.

A la tristeza por la muerte de Emiliano Zapata, Villa tuvo que agregar, antes de finalizar el año, una todavía mayor: la muerte del general Felipe Ángeles, su consejero, su amigo, y el único capaz de aplacar las iras del centauro.

Nada pudo hacer para evitarlo, pese a la intervención de diversas personalidades ante Carranza para que se conmutara la pena de muerte. El rencor del presidente era inextinguible. Ángeles lo había denunciado como dictador; lo había combatido desde la División del Norte y desde su destierro en los Estados Unidos, adonde se fue mientras Villa era perseguido por Tompkins y por Carranza.

Escribió y publicó en México, Canadá y los Estados Unidos artículos denunciando lo maligno del gobierno del ex primer jefe y su pequeñez moral. Era el momento de vengar las afrentas.

La ejecución se llevó a cabo el 26 de noviembre de ese aciago 1919.

"Mi muerte hará más bien a la causa democrática que todas las gestiones de mi vida. La sangre de los mártires fecundiza las buenas causas", dijo Ángeles al final de un vibrante discurso en defensa de su causa, que era la misma que la de Villa, su jefe, su amigo.

Comenzó entonces de nuevo a soplar el viento de la rebelión en el país. Al no poder sostener más su poder dictatorial, Carranza trató de imponer a Bonillas como su candidato.

En contra de esta imposición que buscaba prolongar el poder tras el trono, se organizó un movimiento encabezado por los "leales" hombres de Sonora que habían sido la piedra angular del constitucionalismo: Álvaro Obregón y Plutarco Elías Calles, ministros del gabinete carrancista, y Adolfo de la Huerta, gobernador de Sonora, quien lanzó a los cuatro vientos el Plan de Aguaprieta desconociendo el gobierno de Carranza y convocando al pueblo a la rebelión. Villa había sido invitado por ellos a secundar el plan y a unirse a él, cosa que aceptó encantado.

—Cómo no, amigo Alonso —dijo al enviado de Obregón— acepto, pues mi aceptación no es otra cosa sino el sostenimiento continuado de mi posición de hace cinco años en la convención de Aguascalientes, donde rechacé al señor Carranza porque no era él el hombre que México estaba esperando.

"Y ahora, ¡hasta ahora!, cinco años después, mi general Obregón y los seguidores de don Venustiano, arrepentidos de haberle entregado su mejor esfuerzo y su apoyo, me conceden la razón. Pos ya pa' qué —agregó Villa con desaliento y un dejo de tristeza—. Zapata y yo nos opusimos a la imposición de Carranza en el poder, que todos ustedes apoyaron. Y mire nada más, ahora es el mismo brazo de ustedes el que lo quiere tumbar. ¿En qué quedamos, pues? ¿Dónde quedaron las congruencias y la lealtad? ¿Cuánto habrá costado a nuestra patria en dinero y en sangre este inmenso error de apreciación?, ¿cuánto, mi estimado don José Alonso?", pregunta Villa al emisario.

No fue necesaria la participación de Pancho Villa en la rebelión porque un mes más tarde, el 21 de mayo de 1920, Obregón decidió ir por la vía más rápida y ordenó a su gente, la que escoltaba al presidente para salvaguardar su vida, que lo asesinaran, lo que cumplieron cabalmente en el pueblo de Tlaxcalantongo, cuando huía el ex primer jefe una vez más hacia Veracruz.

—Ya se estaban tardando —fue todo lo que dijo Villa cuando se enteró. Y no volvió a hablar más del asunto. Después intervino el ingeniero Elías Torres, y Villa dijo adiós a las armas para siempre dos meses después.

Muchos muertos y cinco años más tarde, el país entero se daba cuenta de que Villa y Zapata habían tenido la razón. Pero ya el tiempo de las grandes decisiones había quedado atrás.

Antonio, el hijo de Soledad Seañez nació a su debido tiempo y la madre y su crío vivieron en El Paso más de un año, hasta el día en que Pancho Villa fue por ella a su casa de la calle North Oregon para llevarla a Canutillo, donde ya se encontraba Luz Corral, la señora de Villa que anduvo exiliada en Cuba y en los Estados Unidos y había vuelto, porque era ella la señora de la casa.

Notas

(1) "Nunca amé a Pancho Villa: doña Chole", en *Novedades*, jueves 19 de noviembre de 1987, p. 10 A. Entrevista de Adriana Candia de *El Fronterizo*.

(2) Soledad Seañez, en *Pancho Villa, intimate recollections by people who knew him*, New York, Hastings House Publishers, 1977, pp. 249-258

(3) Friedrich Katz, *La guerra secreta en México*, México, ERA, 1982, t. 2, p. 240

Amor mío, mi amor hallado
de pronto en la ostra de la muerte...

Jaime Sabines

La noche del duelo parece no terminar nunca. ¡Cuántas horas llevan en el hotel Hidalgo las tres viudas, viendo desfilar ante sus ojos escenas que jamás hubieran querido imaginar e historias que hubieran preferido seguir ignorando!

Austreberta se siente incómoda. La presencia de Luz la inhibe y su mirada altiva y acusadora la hacen sentirse disminuida. Está inquieta. No había vuelto a toparse con ella desde que salió de la hacienda hace ya dos años, los mismos que lleva como gran dueña y señora de Canutillo gracias a una labor larga, obstinada, inescrupulosa e inteligente para ocupar el sitio que perteneció a Luz.

No es cosa de volver atrás. Ha borrado de su mente las escenas desagradables, pero ahora vuelve la siempre incómoda memoria al momento en que Luz regresó de Cuba y Pancho le dijo:

—Vamos a dejar de vernos un rato, Betita, ya sabrá usted de mí —y nada más agregó, fiel a su costumbre de no decirle jamás nada a nadie referente a sus planes inmediatos, cuantimenos a una mujer. Adónde iba o dejaba de ir era cosa de él y, a veces, del jefe de su escolta, si acaso.

Por eso creyó que lo perdía para siempre cuando él se despidió y ella intuyó, con el alma en un hilo y pidiéndole a toda la corte celestial estar equivocada, el regreso de Luz, la esposa legítima que volvía, ¡quién lo creyera!, después de cinco años de ausencia, cuando todos, Austreberta entre ellos, habían puesto su desaparición vitalicia del lado del general.

Poco tardó en confirmar su sospecha. Con todo detalle supo del regreso de la que consideraba su rival por boca de las chismosas de siempre: que si estaba más guapa, que si muy leída y cultivada por sus lecciones de música y de pintura, además del idioma inglés que hablaba a la perfección, de a tiro como gringa, que si los niños Mica y Agustín le decían mamá y no se le despegaban.

Las chismosas del pueblo llevaban y traían noticias hasta los oídos de Austreberta, e inventaban todo aquello que no alcanzaban a ver con los ojos, atribuyendo a la que volvía milagros, virtudes y defectos en abundancia. Con todo ello fastidiaban de paso a Austreberta, lo que completaba la satisfacción de todas aquellas arpías de pueblo ocupadas en fastidiar a quien se dejara. El resuello se les iba describiendo todo cuanto ella escuchó con ansia al principio, con curiosidad después y con cierta tolerancia luego, hasta que se hartó y decidió callarlas:

—Ya déjense de andar de prontitas —les dijo un día— ya no me interesa lo que tengan que decirme— y ahí paró la cosa. Después se dedicaron a hablar del deplorable estado de Betita al enterarse de todo lo que ellas le informaron.

—Nomás la vieran cómo se sofoca cuando oye de Luz la infeliz Betita. Resuella fuerte, con aquella ansia, aquel oguío, aquella cosa, aquella desesperina. A ver si de ésta no se nos muere —repetían por todo el pueblo de boca en boca. Y la compadecían, regocijadas en el fondo por la desdicha ajena.

En la quinta Luz había trabajado Austreberta Rentería, la hija del sastre de Ciudad Jiménez, a la cabeza de un grupo de costureras, confeccionando ropita para canastillas de recién nacidos y para niños huérfanos, en sesiones demenciales de trabajo social ordenadas por el general Villa en su afán porque la justicia, el alimento, la ropa, la educación, la salud, las oportunidades y el bienestar llegaran pronto a su gente.

—El tiempo se nos acaba, apúrense, dénse prisa, muchachitas, porque los norteños llevan muchos siglos esperando ver la suya —les decía el general cuando las visitaba para andalearlas y saber cómo iba su encargo. Luz, la señora de la casa, trabajaba todo el tiempo al lado de ellas codo con codo durante días y semanas, sin parar hasta no ver concluida la tarea, que presentaba satisfecha y agotada al exigente esposo.

Y cuando el tiempo se acabó, porque había otros hombres con las armas en la mano empeñados en que las cosas continuaran como estaban antes de que Villa apareciera en escena, y cesó la lluvia de bienes sobre todos esos norteños que llevaban siglos esperando ver la suya —que duró tan poco que apenas tuvieron tiempo de darse cuenta de lo ocurrido, con la probadita de bienestar que alcanzaron a saborear, como si lo hubieran soñado—, y volvieron a instalarse a su lado la amargura y el crujir de huesos, Luz no estaba ya junto a Pancho. Su lugar había quedado vacante.

Por eso, cuando algo llegó a ofrecerse, o aun sin que se hubiera ofrecido nada, Austreberta se aprontó comoquiera para estar cerca del general por si en algo podía servir, por si era menester asistirlo, por si había un chance de arrimarse tantito, por si acaso se puede, quién quita. "Al venado hay que perseguirlo hasta que se eche", decían los sabios tarahumaras de la sierra, y éste no ha de ser menos —pensaba ella con razón.

Y se echó, justo a los pies de ella, donde quería tenerlo.

Su perseverancia tras la huella de la presa fue recompensada con una serie de tórridas noches de amor carrereado, escondido, con susto; Villa estaba en plena guerra de guerrillas peleando contra los gringos invasores y contra los carrancistas. Ella, trabajando con el grupo de costureras a domicilio, tenía buenas razones como excusa para ausentarse del hogar, aunque no por mucho tiempo.

Austreberta se jugaba el todo por el todo aun sabiendo que causaría un desastre espiritual en el hogar paterno, donde había sido criada con apego a los más rígidos preceptos morales: el honor, la honradez, la verdad, el recato; el pudor y la virginidad ocupaban un lugar estelar en la educación de las niñas, y con apego a ellos había vivido Austreberta, hasta que se le metió el diablo en el cuerpo y decidió jugarse el todo por el todo en la cacería del centauro —como llamaban ya por todo México al hombre que iba penetrando a galope tendido en la historia universal.

El haberlo tenido comiendo de su propia mano hubiera bastado tal vez a cualquier mujer, pero no a Austreberta Rentería, que buscaba un lugar vitalicio al lado de ese hombre precisamente. Así lo había decidido años atrás, cuando le echó el ojo mientras cosía para los pobres de Chihuahua.

Recuerda ahora vivamente el terror que le infundía la ira de su padre, el honesto y bien acreditado sastre de Ciudad Jiménez, y el derrumbe que el dolor causaría en su madre al saber en qué pasos había andado la niña durante el último mes y medio en que no asistió a su casa.

Y aunque enviaba recados con un propio de las confianzas de Villa, ya ni el padre ni la madre creían en las historias aquéllas: "estoy bien, papá, no se preocupe por mí, ando trabajando con unas monjitas". O: "no he podido comunicarme con ustedes porque ando en unos ranchos en las afueras de Juárez". Y así, sucesivamente. Hasta que un día se enteró de la grave enfermedad de su hermano y decidió volver al hogar, inventándose la más fantástica historia a fin de evitar recibir un portonazo en las narices como señal de repudio, o ser recibida sin muchos reproches, temerosa como estaba de haber quedado embarazada.

—Perdóneme usted por haber estado ausente tanto tiempo, papá, y déjeme confesarle toda la verdad de mi desaparición. Fui secuestrada por uno de los más feroces secuaces de Pancho Villa, el que llaman "mochaorejas". Su nombre es Baudelio Uribe y me llevó con engaños hasta el campamento del general. Yo le supliqué llorando y asustada que me dejara volver a mi casa, pero él, convencido de que yo no accedería a sus deseos por el amor que él se creía capaz de inspirar en cualquier mujer en cuanto lo conocía, me hizo suya por la fuerza.[1] Me violó, papá, se lo juro por esta santa cruz —argumentaba Austreberta con vehemencia, sacudida por los sollozos y besando repetidamente la cruz que con los dedos índice y pulgar de la mano derecha hacen los católicos al persignarse.

"Yo lloré, apá, lloré mucho, pues imaginaba el dolor que les iba a causar mi deshonra —decía ahora arrodillada ante su padre—; pero el general también lloró y me dijo que lo perdonara, porque clarito se veía que yo no era como las otras mujeres, y que se casaría conmigo, ya que al fin había encontrado a su verdadero amor. Luego me depositó en casa de unas personas muy bondadosas aquí mismo en Jiménez, pero les advirtió que con su vida pagarían si no cumplían con mantenerme oculta de todo mundo. Cuantimás si le avisaban a usted que yo estaba con ellos."

El padre de Austreberta creyó, o hizo como que creía, la historia de su hija. Cambió su negocio a Gómez Palacio, ciudad lagunera entre Torreón y Lerdo, no muy distantes de su natal Ciudad Jiménez y ahí, donde nadie los conocía, excepto sus familiares, ocultaron durante unos meses su deshonra y su vergüenza.

Cuando la arrepentida y mancillada joven supo que Villa se había instalado en Canutillo y había depuesto las armas, volvió a desaparecer del hogar paterno inventando otra historia de repentina preocupación por la salud de las tías ancianas que vivían en la misma ciudad. Dos días estuvo con ellas y al tercero escapó a Mapimí en busca del camino que la llevaría de vuelta al lado de Pancho Villa. Una vez ahí, lo demás sería pan comido porque ya la favorecía, sin ella saberlo, una red de intrigas bien tejidas por Matías García, el encargado de la administración del gasto de la familia Villa, quien durante los cinco largos años de ausencia había hecho su tarea de demolición en el alma del general acusando a Luz de entenderse con Hipólito, su cuñado, allá bajo las palmeras de Cuba, cuando la Güera le echó en cara al infiel administrador, antes hombre digno de toda confianza, la tentativa de fraude y el despojo de los que pretendía hacerla víctima. García entonces dejó caer en los oídos adecuados la intriga ponzoñosa que voló rápidamente hasta el general. Y aunque de momento no surtió el efecto esperado, la duda quedó sembrada y floreció a su tiempo, para constituir el mejor argumento aniquilador de la postura arrogante de Luz frente a su rival en amores, en la disputa de ambas por su lugar como señora de la hacienda.

Todo era nomás cosa de escribirle una carta a Villa para abrir brechas hasta Canutillo, y luego quedar bien plantada junto a él. Lo demás ya correría por su cuenta; sería sólo "coser y cantar" —pensaba Austreberta aplicando siempre con tino los dichos populares alusivos a su oficio.

"Dígame si se encuentra en ésa mi hija Austreberta, pues hace como una semana que desapareció de la casa en donde yo la tenía en Gómez Palacio con sus tías", decía el telegrama enviado a Villa y firmado por el padre de la prófuga.

—¡Ah, qué viejas éstas! Le dije a Betita que esperara noticias mías, y ya veríamos si podía venir a la hacienda. Para nada quiero tenerla aquí —pensó en voz alta estrujando el papel que arrojó al cesto de papeles junto a su escritorio.

Al día siguiente, sobre el mismo escritorio y cuando revisaba su correspondencia, encontró un nuevo sobre dirigido a él, con una información que trataba el mismo tema: "hace unos días se encuentra en ésta Dolores Uribe en compañía de otra persona que usted ya sabrá quién es. Dígame qué hago con ellas".

—Otra vez la burra al trigo —dijo entre dientes visiblemente molesto porque ya comenzaba a sentirse presionado, acorralado, y arrojó el papel al mismo lugar que el anterior.

Una tercera carta fue entregada en manos del señor de la hacienda por una mujer que venía de Mapimí. Decía en uno de sus párrafos: "(...) sé que usted es casado, si Ud. pudiera probar lo contrario, hable con mi tío Manuel Becerra que vive en Parral. A.R."

Al cesto fue a parar también esa carta, pero Luz, que ya advertía un cambio en la conducta de Pancho hacia ella, la recogió cuando husmeaba en busca de no sabía ella con precisión qué cosa; pero buscaba señas, indicios, signos, pistas indicadoras de lo que estaba pasando. Y en ese momento le llegó la corazonada. Lo demás fue atar cabos. Villa andaba nervioso, distraído.

—Trae usted los dedos manchados de tinta, Pancho. ¿Qué, no tiene secretarios que escriban sus cartas? —le preguntó a quemarropa un día en que ya las corazonadas de que entre su esposo y ella había "alguien".

—No, no es nada —dijo él titubeante y escondiendo sus manos atrás, como niño a quien acaban de sorprender en pleno delito—. En ese momento tuvo Luz la certeza de que su esposo se carteaba con ese "alguien".

Austreberta, sentada ahora frente a Luz y en pleno duelo velando ambas al esposo, comienza a ver en su mente, con toda claridad, la verdadera historia del desastre que ocasionó en la hacienda con su presencia, y la invade un íntimo regocijo. Todo le salió a pedir de boca. Era protagonista laureada de una historia donde había desempeñado un papel de villana formidable, aunque ella no lo sabía por aquel entonces, no se había dado cuenta o pretendía no hacerlo. Dos años de desventura compartida, de los cinco que llevaba Pancho en guerra de guerrillas contra Carranza, debían tener alguna recompensa.

Nos unen tantas cosas —afirma Austreberta en su yo interno—. Sufrimos y reímos juntos. Pancho no podrá olvidar jamás cómo, dentro de su angustia, la vida le deparó la satisfacción de comprobar que tenía razón respecto del viejo barbas de chivo, cuando vio que la prensa nacional se le vino encima acusándolo de rapacerías y barbaridades sin fin y llamando a los constitucionalistas "consusuñaslistas". Ya desde que se había autonombrado "primer jefe" y alegando "altas razones de estado" o "en razón del sagrado interés público", se clavó la plata pura del tesoro nacional y colocó en su lugar bilimbiques, billetes de papel que para nada servían como fuera para inspirar a los poetas callejeros que ingeniosamente escribieron: "El águila carrancista/ es un animal muy cruel/ se come toda la plata/ y caga puro papel". Y se puso de moda el verbo carrancear, como sinónimo de robar. Cuando el señor Carranza ofreció como recompensa las perlas de la virgen a cambio de la cabeza del atrevido y anónimo poeta, la respuesta le llegó también rimada: "¿Recompensa?/ ¿y eso con que se paga?/ ¿Con lo que el águila come/ o con lo que el águila caga?"

Todo esto hacía reír a Pancho, pero también lo entristecía porque —recuerda Austreberta que le decía él— "hunde y arruina más a nuestra gente, Betita; fue un error de los gringos reconocer el gobierno de este viejo sátrapa y hasta ahora se dan cuenta. ¿Quién fue el que dijo 'pobre México, tan lejos de dios y tan cerca de los Estados Unidos'? Quien haya sido, ¡ah!, qué razón tenía. Vea nomás qué caras nos cuestan sus equivocaciones".

Ahora continúa desfilando por su memoria adormecida la verdad de lo ocurrido cuando envía Pancho aquella carta confesándole su amor y sus deseos de correr para vivir a su lado "si pudiera probar que no es hombre casado", aunque bien sabía ella que lo era, porque, además, el retorno de Luz se había extendido por todo el territorio villista como la noticia más espectacular del momento.

La carta aquella inquietó a Villa, pero al fin hombre de recursos diversos comenzó a buscar salidas. La primera a la mano se la proporcionó una antigua amiga, Cuquita Ochoa, recién llegada a la hacienda "nomás a visitarlos", y a quien él se dirigió en busca de complicidad.

—Cuquita —le dijo— tengo un compromiso que no sé cómo salvarlo, pues Lola Uribe, tal vez queriendo congratularme para que yo le ponga una tienda o una casa de huéspedes en Parral, se ha traído a Austreberta de la casa donde la tenía su padre y acaban de avisarme que ya se encuentra en Mapimí. ¿Que usted se la quiere llevar a su casa? Yo le pasaré una mensualidad.

Cuquita le respondió:

—General, yo siempre lo he estimado y usted me ha guardado muchas consideraciones; por lo mismo, quisiera que nuestra amistad siguiera como hasta hoy porque yo no podría aceptar en mi casa una persona que con sólo su presencia me compromete, pues siempre hemos considerado como su única esposa a Lucita, para quien sí está mi casa disponible.[2]

Convertida en ese instante en persona non grata para Villa, Cuquita tuvo que marcharse de regreso ese mismo día.

Y como el tiempo transcurría sin que se viera clara una solución a las ansias de Austreberta, y como en cosas del amor el tiempo apremia, pero en asuntos donde se involucra un muy probable y radiante futuro de poder y riqueza apremia más, una buena tarde, también de primavera, se presentó así nomás, de buenas a primeras, Austreberta Rentería en la hacienda. Y otra tarde, también de primavera, pero que a Luz y a los hijos de Villa pareció una triste y oscura noche invernal donde el sol que brillaba para ellos se apagó de repente, la Güera salió para siempre de Canutillo y de la vida de su señor.

Se fue porque no estaba dispuesta a vivir bajo el mismo techo con la inesperada rival, cuya presencia le dio muy mala espina en cuanto le dijo Villa, presentándosela:

—Aquí le traigo a esta muchacha para que le ayude con las costuras.

Austreberta supo en ese momento que tenía ya la situación bajo su control, con el pie adentro, era cosa nomás de esperar que la Güera reventara.

Y reventó. Y se fue dejando tras de sí todo un rosario de resentimientos, dolores, agravios, disgustos y enormes dosis de desilusión. Y se llevó dentro del corazón oprimido el llanto de Mica y Agustín, que fluyó abundante de sus ojos inmensamente tristes al verla partir; y se llevó con ella el pesar de haber perdido el amor de Pancho.

Se fue sin llevarse nada. Por órdenes del esposo, que se sintió agraviado cuando Luz le dijo que quería marcharse, dejó en dos grandes baúles sus objetos más preciados, las alhajas que le había regalado en tiempos de las vacas gordas, las pieles. Y sólo se llevó las cartas, las poquísimas cartas de Pancho que le envió al exilio. La última de ellas, que leyó y releyó para comprobar que sí, que Pancho la amaba por encima de todas sus debilidades, y que si la echaba ahora de su lado era porque con seguridad aquella mujer lo había enyerbado, decía:

> A mi adorada esposa:
> Con cuánto placer escribo esta cartita para comunicarte mis queridos recuerdos y lo muy contento que estaré cuando haya terminado este trabajo por mi querida patria, y este profundo sufrimiento de mi alma por estar separado de ti será cosa del pasado. Creo que cuando estoy lejos de ti soy un desdichado para el que no hay perfume, ni luz del sol, ni nada. Extraño poder confiarte mis pensamientos más íntimos con la certeza de que tú entenderás, pero confío en dios que nos permita estar juntos de nuevo, y juro que nunca más nos separaremos, porque aprecio cada día más tus virtudes y tu sabiduría ganada en la experiencia, y tú eres y siempre serás el amor de mi corazón que me pesa cuando no estás conmigo.
>
> Se te manda algún dinero para tus gastos, y para el 20 de este mes esperamos mandarte más (...) Besa a mis hijos por mí. Tu esposo,
>
> Francisco Villa.[3]

Todo esto ha podido ver Austreberta en la noche de su duelo y ha sido capaz de leer la carta remitida a Luz como si la hubiera tenido en las manos. Prosigue con su monólogo interior.

"Sí, Luz, Pancho te quería, tú fuiste su amor verdadero, y eso todavía no lo puedo soportar. A mí también me quiso y, al final, el resultado es el que cuenta. Yo fui quien le hizo casa, yo le cuidé a sus hijos durante casi tres años, yo le alegré sus días de paz. Y fui yo quien tuvo que inventar otra historia ante mis amigos, familiares y conocidos, para que vieran cómo Pancho me tenía voluntad por ser diferente a las demás mujeres y cómo fue que me prefirió sobre ti al echarte de la hacienda. ¿Quién iba a dudarlo?"

Austreberta, aún dormida, sonríe al recordar su versión inventada de lo ocurrido.

—Verán —contaba a quien se le pusiera enfrente—; después de instalarse en Canutillo, Pancho me pidió que me reuniera con él, y yo tuve que escapar de la casa de mis padres. Pancho me llenó de atenciones y regalos, y delante de mí, en una escena extremadamente humillante, corrió a Luz Corral de Canutillo. Cuando me hallé por primera vez en su recámara, entró en la habitación una señora alta, gruesa, y que me sonreía amablemente.

—"Al verla entrar, Pancho se puso de pie con un salto."

—¿No te he dicho que no te quería ver y que te fueras? —gritó él.

"La mujer bajó la cabeza."

—¿No te dije que te fueras porque ya tenía a la dueña de esta casa? —repitió el general con mayor fuerza.

—Es que los niños... —se atrevió a responder la mujer.

Yo estaba atónita. Temblaba de pies a cabeza; sentía desplomarme. La mujer aquella era Luz Corral, la primera esposa de Francisco Villa.

—Deja a los niños; que de ellos se encargará Betita, ¡porque Betita es mi esposa, mi verdadera esposa!— gritó él de nuevo.

Luz Corral, que se había acercado a mí iba a responder de nuevo, cuando sintió sobre su hombro la mano de Pancho, quien al ver que yo lloraba, reclamó con furor a Luz:

—¿Qué le has hecho, qué le has hecho...?

—Hable, señora, hable... —me imploraba Luz temerosa de que Pancho creyera que aquellas lágrimas que yo derramaba eran el resultado de algún golpe material recibido.

—La señora no me ha hecho daño y solamente le ruego que salga de aquí —contesté.

—¡Fuera de aquí! —ordenó Pancho, y agregó—: y si no se me va mañana mismo de la hacienda, ya verá lo que le pasa, y sepa usted que esta señora es mi esposa, y reconózcala como mi esposa.

Luz Corral, sin decir una palabra de protesta, salió de la habitación.[4]

Ésta era la versión de Austreberta; pero la historia verdadera la conocían todos en la hacienda. Fue Luz quien dejó a Villa con la esperanza de que fuera tras ella, quien entonces pondría sus condiciones. Eso no ocurrió jamás.

La Güera se refugió en el hogar de Martina, su cuñada; después en el de Hipólito, el hermano de Pancho, en Ciudad Lerdo, Durango. A veces iba a Chihuahua, visitaba su casa, la quinta Luz, que seguía siendo suya porque, además, Pancho nunca se atrevió a llevar ahí a ninguna otra mujer, ni le prohibió vivir en ella, ni le quitó las llaves, ni cambió las chapas. La casa seguía siendo suya, era el lazo de unión entre ella y el esposo perdido. Y eso le producía a Luz, dentro de su inmenso dolor, una íntima satisfacción.

Austreberta la vio partir, y todos fueron testigos de cómo en ese momento ella, la madrastra, se esponjaba y crecía hasta alcanzar la estatura de un árbol. Era guapa, arrogante, de rostro sombrío a causa de sus ojeras, y de muy pocas pulgas. Panchito, su primogénito, nació a los nueve meses de haber llegado a la hacienda, y poco después de un año quedó nuevamente embarazada del niño que su padre no conoció, al que pusieron por nombre Hipólito.

Nunca logró llevarse bien con los niños ni ganarse su voluntad, menos su afecto. Pero ni falta le hizo. Tenía a Pancho Villa en un puño. O al menos eso era lo que creía, porque la realidad era otra y Luz siempre estuvo bien consciente de ello: nadie jamás lo tuvo en realidad.

"Fue muy corta mi felicidad, y muy largo mi pesar. ¿Por qué tenía que tocarme a mí presenciar el final desde tiempo antes de que ocurriera?", se pregunta Austreberta en su ensoñación.

Ahora recuerda aquella visita del periodista que vino de México, y el efecto que al leer la entrevista causó en la sensibilidad siempre a flor de piel de Panchito Piñón. El fiel, el discreto, el querido por todos, el hijo adoptivo y administrador de la hacienda...

—¡Betita, Betita!

—¡Voy, señor!

Y apareció una señora alta, blanca, bien parecida, de grandes ojos negros y melancólicos, ojos tristes, opacados, como que había llorado mucho. El rostro pálido de la señora acusaba sufrimiento.

Él, al verla, en tono lacónico le ordenó iniciando él la marcha:

—Vamos al comedor. Debo advertir que en Parral, entre las condiciones que me impuso el general Villa para visitar Canutillo, fue que no hablara nada de política, ni le dirigiera ninguna pregunta relacionada con los hombres del gobierno.[5]

Pancho Piñón suspende la lectura, siente que el corazón le va a romper las costillas de lo fuerte que le golpea por dentro. Tiene en sus manos un ejemplar del periódico

El Universal donde se publica con grandes titulares en extenso la entrevista que días antes le había hecho el enviado de ese diario, Regino Hernández Llergo, al general Villa obviamente manipulada, lo que advierte de golpe, en la primera lectura. Termina de leerla, subraya con lápiz rojo los dos renglones del texto donde afirma el reportero que se le prohibió hablar de política y sale corriendo de su habitación en busca del general Fernández. Va alarmado; presiente, con una especie de certidumbre que le hiela la sangre, que el texto aquél va a traer graves consecuencias, muy graves.

Por el camino relee el párrafo comprometedor de la entrevista. Le enfurece pensar que el reportero, con toda mala fe, mintió a sabiendas, y que hubo una negociación de por medio para escribir lo que escribió.

El autor de la entrevista —piensa Piñón— se pone el huarache antes de espinarse cuando afirma para entrar de lleno al tema espinoso de la política, que "respetó el deseo del general". ¡Cabrón!, sabía muy bien que esto podría costarle la vida a su entrevistado —dice para sí y sigue leyendo, hablando en voz alta y haciendo comentarios, hablando solo, tan enfurecido, que se sofoca y se pone rojo, al borde de la asfixia.

"Pero, como más adelante se verá, de lo que con mayor amplitud me habló el general Villa, fue de política, y eso sin que yo iniciara la conversación (...)

"Últimamente, las prensas se han ocupado de mí diciendo que he pensado lanzar mi candidatura para gobernador de Durango. Eso se debe —añadió Villa— a que en muchas partes de la república, de muchos distritos de Durango, me han enviado cartas y comisiones ofreciéndome mi candidatura, y pidiéndome autorización para trabajar a mi favor.

”Pero yo les he dicho que se esperen... que no muevan ese asunto por ahora. Les he manifestado que en los arreglos que hice cuando me arreglé con el gobierno, di mi palabra de que yo no me metería en asuntos de política durante el gobierno del general Obregón... y estoy dispuesto a cumplir con mi palabra.

”Fue mi palabra de honor la que yo di y para mí el honor es algo muy sagrado. A todos mis amigos les he dicho lo mismo. Que esperen, que cuando menos lo piensen llegará la oportunidad... ¡entonces será otra cosa!

”(...) en esta época hay muchos políticos ambiciosos, que ningún bien hacen a mi raza; pasan el tiempo discutiendo tonterías y robándose el dinero que le pertenece al pueblo. Aquí los quisiera yo ver, señores, en Canutillo, sembrando trigo y parándose a las tres de la madrugada. Yo a esos políticos de petate los tomaría de mi cuenta, los embarcaría en un tren especial y los haría recorrer toda la república para que en cada parte convocaran al pueblo para enseñárselos yo, diciéndoles: ¡pueblo, éstos te roban tu dinero! (...) ¡Oh, señor, aquí los quisiera ver yo trabajando como los hombres!

”(...) Eso de mi candidatura para gobernador de Durango no tiene mucha importancia para mí en estos momentos, pero eso le demostrará a usted el gran partido que tengo. Tengo mucho pueblo, señor... Mi raza me quiere mucho, yo tengo amigos en todas las capas sociales, ricos, pobres, cultos, ignorantes... yo creo, señor, que nadie tiene ahora el partido que tiene Francisco Villa... por eso me temen —añadió con naturalidad— por eso me temen los políticos... Me tienen miedo porque saben que el día que yo me lance a la lucha, ¡Uh, señor! ¡Los aplastaría! Pero no quiero. He dado mi palabra de honor y Francisco Villa respeta su palabra.”

Piñón siente que le estalla la cabeza. Ve venir contra todos ellos una andanada de contragolpes que ojalá —piensa esperanzado— pararan en eso. Pero sabe muy en el fondo que el peligro real es de dimensiones mucho mayores cuando lee:

"Fito (Adolfo de la Huerta) es un buen hombre, y si tiene defectos, señor, son debidos a su mucha bondad... Fito es un político que le gusta conciliar intereses de todos, señor, y el que logra esto hace un gran bien a la patria.

"Fito es buena persona, muy inteligente, muy patriota y no se vería mal en la presidencia de la república."

Pancho Piñón dobla cuidadosamente el periódico y con el semblante demudado llega hasta las caballerizas donde se encuentra Nicolás Fernández.

—Lea nomás esto, mi general —le dice extendiéndole el diario.

El semblante del general va cambiando conforme recorre las líneas hasta adquirir un aspecto sombrío.

—Esto va a dar al traste con las relaciones que existen entre el general Villa y el presidente Obregón, Piñoncito. ¡Tanto trabajo para limar las antiguas asperezas! Usted, por cuyas manos ha pasado toda la correspondencia cruzada entre los dos durante estos años en Canutillo no me dejará mentir, ¡qué chingaos!, apenas puedo creer lo que dice este reportero de mierda, con lo cuidadoso que es mi general, éstas tienen que ser mentiras.

—¿Qué podemos hacer, mi general? —pregunta Piñón—. El presidente Obregón sabe mejor que nadie que el general Villa ha cumplido cabalmente los acuerdos de paz que firmó en Sabinas y se encuentra trabajando intensamente en Canutillo. Además, sabe que él es el responsable ante su gobierno de los trabajos que se desarrollan en las cuatro colonias agrícolas donde repartió sus hombres, mismos que se han considerado un apoyo importante para el gobierno federal. No tenía por qué hacer unas declaraciones tan impolíticas el general Villa. El reportero miente para lograr el sensacionalismo que busca.

"Yo mismo soy testigo de una llamada telefónica que poco antes de la entrevista con el enviado de *El Universal* le hizo el general Murguía al general Villa invitándolo a que se uniera en contra del gobierno de Obregón; yo oí la conversación, allí estaba yo presente junto al general. Me consta que le contestó que no se uniría a ningún movimiento rebelde y que le daba dos horas para que abandonara la región, que si no lo hacía se vería en la penosa necesidad de tener que perseguirlo.[6] Soy, por lo tanto, el único que puede desmentir al señor Hernández Llergo por las falsedades que publicó. Estoy seguro de que mintió a sabiendas y que calumnió deliberadamente al general Villa con el único objeto de denigrarlo y predisponer en su contra a la opinión pública."

—Ahora empiezo a ver claro, Piñoncito —contesta Nicolás Fernández interrumpiendo los razonamientos de su interlocutor—. Ahora comienza a tener sentido todo cuanto he ido viendo últimamente. La prensa nacional y los periódicos locales de Chihuahua y Durango constantemente han estado publicando noticias alarmantes sobre cualquier cosa que sucedía en Canutillo para dar la impresión de que en la hacienda se vivía constantemente en un ambiente de rebelión, de tensión que estallaría en cualquier momento, y que el general Villa era un hombre feroz, incontrolable, al que era mejor...

Nicolás Fernández calla bruscamente y le da un trago al jarro de café que tenía servido en la pequeña oficina de las caballerizas donde todas las mañanas se reunía con los caballerangos.

—¿Exterminarlo? —concluye Piñón la frase inconclusa del general— ¿Matarlo para poder conspirar a sus anchas en contra del país, para librarse del único hombre que les puede parar en seco sus voraces ambiciones y echarles en cara su claudicación al sentimiento revolucionario, que ahora veo que era falso, que nunca existió? Yo también he sentido esa corazonada, mi general. He leído recientemente diversos artículos publicados en la prensa de Nueva York y San Antonio que son un ejemplo de todo esto. Son obras maestras de la calumnia, infamias de los periodistas detractores a sueldo que sostuvo primero Carranza y ahora Obregón, el hombre a quien el general Villa perdonó la vida. ¡Caray!, qué grave error aquél.

"Acuérdate nomás cuando don Adolfo de la Huerta y el general Villa pactaron la paz; entre todas las felicitaciones que recibió mi general solo faltó la de Obregón. Y no sólo se abstuvo de felicitarlo, sino que escribió a varios generales y gobernadores para que se opusieran al tratado de paz."

—Ahora recuerdo bien y puedo atar muchos cabos que traía sueltos. Mire usted, durante el viaje a Canutillo para tomar posesión de la hacienda, muchos periodistas se acercaron al general Villa y uno le preguntó si ya no habría revoluciones en México, a lo que respondió: "tanto así no sé; pero lo que sí le aseguro es que Francisco Villa no volverá a revolucionar. Ya quiero dedicarme a la vida tranquila".

—Y cuando se le preguntó respecto a los caudillos del movimiento de Aguaprieta y el asesinato de Carranza, contestó lentamente: "Al general Obregón no le tengo confianza; al señor De la Huerta lo quiero como a un hermano".[7] Pero oiga nomás esto, mi general Fernández —dice, y repite el último renglón del párrafo leído:

> Fito es un buen hombre, y si tiene defectos, señor, son debidos a su mucha bondad (...) y no se vería mal en la presidencia de la república.

—Esto va a alarmar a Obregón. Y cuidado con Calles y Amaro, esos tres sí matan a traición. Nomás recuerde lo que le hicieron a su jefe Venustiano Carranza.

—Hay que proteger al general Villa; ya ve usted que Enríquez, el gobernador de Chihuahua ha intentado asesinarlo, y Obregón lo sabe. No quieren vivo a Pancho Villa, le temen y van a hacer todo cuanto sea necesario para eliminarlo. Que dios nos agarre confesados —dijo Panchito con preocupación—. De milagro ha salido bien librado de celadas y complots; a ver ahora de a cómo nos toca...

La angustia se instaló desde entonces en el corazón de Austreberta y también desde entonces se acabó la tranquilidad en Canutillo. En la mente de todos se inició una cuenta regresiva, de angustiosa expectación, que terminó el 20 de julio de 1923, en Hidalgo del Parral, temprano por la mañana.

Notas

(1) Friedrich Katz, *Pancho Villa*. ERA, México, 1998, pp. 340-341. Esta descripción está basada en una entrevista de Valadés con Austreberta Rentería, publicada en *La Prensa*, San Antonio, Texas, el 19 de marzo de 1935, y así lo consigna Katz en la obra citada.

(2) Luz Corral, *Pancho Villa en la intimidad*, Chihuahua, Centro Librero La Prensa, SA de CV Editores, 1977, pp. 228-230

(3) Friedrich Katz, *op. cit.*, p. 340

(4) *Ibid.*, pp. 341-342

(5) Entrevista de Regino Hernández Llergo reproducida por la revista *Impacto*, núms. 1399-1404 de 1955.

(6) Rubén Osorio, *Pancho Villa, ese desconocido*, Chihuahua, Ediciones del Gobierno del Estado de Chihuahua, 1993, pp. 82-83

(7) Federico Cervantes M., *Francisco Villa y la Revolución*, México, Ediciones Alonso, 1960, p. 630

Sólo en sueños,
sólo en el otro mundo del sueño te consigo

Jaime Sabines

La larga noche de duelo comenzaba a llegar a su fin y el silencio profundo en que habían caído Parral y todo el inmenso territorio villista comenzó a romperse con el canto de los gallos, el ruidoso gorjeo de las palomas y el trino alborozado de los pájaros.

Para las cinco de la mañana, cuando el sol se iba deslizando poco a poco entre las polvosas calles del pueblo, poniendo toques de luz que reflejaban en destellos multicolores las gotas de rocío en las hojas de los árboles, y llegaba tímidamente hasta la sala funeraria, donde los cirios habían consumido ya la mitad de la cera y palidecían al recibir aquella primera tenue luz de la mañana, la vida parecía volver a instalarse en aquella multitud adolorida y medio muerta de pesar.

En la cocina del hotel Hidalgo, grandes peroles con frijoles recién cocidos se mantenían a fuego lento, mientras las cocineras y sus ayudantes deshebraban carne seca, picaban la cebolla y el chile serrano y rompían decenas de huevos para preparar la machaca que caería como bendición en la legión de estómagos hambrientos e irritados por el terror, por tantos cigarros consumidos y por tantas tazas de café bebido durante aquella eterna noche de aflicción, en espera del desayuno ritual acostumbrado en los velorios norteños antes del inicio de las ceremonias que culminan en el panteón.

El aroma de las tortillas de harina amasada con lágrimas por las cocineras que limpiaban su nariz con la orilla del delantal y el río de lágrimas cuyo curso hacia la olla del café se impedía con el dorso de la mano enharinada perteneciente a esa multitud desconsolada que afirmaba "en dios creemos y a Villa adoramos"; el apetitoso aroma de los tamales de chile, de dulce y de manteca cocinados al vapor entre sollozos y suspiros; el picante chile pasado, remojado la noche anterior, batido con las manos que quedan ardiendo por el resto del día, aderezado con queso mezclado con llanto amargo; y el chorizo crepitando en los sartenes y meneado con el lloroso desaliento de quien debe cumplir un deber pese a estar traspasado por el dolor hacían, no obstante, agua la boca de los dolientes que, estirándose, se despabilaban, ataban las cintas de sus zapatos, abrochaban los botones de sus sacos controlando a medias el temblor que el miedo y la incertidumbre les habían producido desde que tuvieron conocimiento de la noticia del asesinato; ajustaban la corbata y buscaban la más próxima palangana con un poco de agua para refrescarse y componer, en lo posible, la figura.

Durante un par de horas cesaron los rezos. Hombres y mujeres, ahora de pie, estiraban las piernas, salían discretamente de la capilla funeraria improvisada en el hotel y diseminados por los pasillos y salones hablaban en voz baja esperando la llamada para las primeras mesas del desayuno, que sería servido atendiendo a un riguroso orden jerárquico: primero los generales, los jefes, los políticos de postín, los notables del estado y del pueblo; luego, las damas.

A las viudas se les serviría un desayuno ligero en las habitaciones que por órdenes de doña Manuelita se les habían asignado en el departamento privado. El resto sería atendido en los dos o tres turnos posteriores.

Se llamó al primer grupo. Distribuidos en largas mesas, con caras sombrías y trasnochadas, rostros desencajados y sin afeitar, ojos enrojecidos y expresiones de estupor, de miedo o de profunda tristeza, los hombres tomaban su primer alimento en muchas horas.

Y como si el estar comiendo con tamaño dolor en el pecho les causara vergüenza, la actitud asumida por los comensales —los que se declararon incapaces de pasar bocado y los que un poco a fuerzas aceptaron comer porque los estaba matando el hambre— era coincidente: de reclamo inmediato de justicia; de recuento de virtudes del general Villa; de registro de programas y acciones de beneficio para sus hermanos de raza y sangre; de inventario de hechos gloriosos y catálogo de merecimientos; de nuestros improperios para los asesinos: fueron los jinetes del apocalipsis: Obregón, Calles y Amaro —afirmaban—, ¿quiénes si no?

Un coronel de la antigua División del Norte, sentado junto a Luisito Aguirre, el fiel secretario que se alineó a las filas villistas y se libró de morir el día anterior porque en su lugar viajó en el auto con el general su otro secretario, Miguel Trillo, dijo:

—La mera verdad, Luisito, yo quisiera que comenzáramos ahora mismo a reivindicar al jefe. Se nos va a venir encima de vuelta toda la prensa que en otros tiempos tenía comprada el viejo Carranza y ahora paga Obregón, quien ya verá usted cómo hará cuanto esté de su parte para llenar de desprestigio la memoria de mi general Villa, que en paz descanse, y por echar tierra sobre todos sus muy grandes merecimientos; para borrar su gloria y que nadie en el futuro sepa de sus victorias épicas, de su lucha hasta el fin a favor de nuestra raza, de sus avanzadas ideas sociales.

"Va a querer presentarlo como un ser oscuro y siniestro, indigno de figura en la historia. Verá usted que de aquí pa'l real todo va a ser poner piedras en el camino y agresión contra la memoria de Villa y los villistas. Pobres de sus chamaquitos y sus viudas, ¿qué irá a ser de ellos?"

Demacrados y ojerosos, asienten en silencio todos los que habían combatido al lado de su jefe, el jefe de jefes, Francisco Villa. Luis pasea su mirada por aquellos rostros endurecidos en los campos de batalla y se pregunta: "y de todos éstos, ¿qué irá a ser? ¿Qué irá a pasar con todos nosotros?"

Allí están los generales, los jefes y oficiales llegados de todas partes: Albino Arnada, Sóstenes Garza, Lorenzo Ávalos, Silverio Tavares, Baltazar Piñones, Eulalio Soto, Donato Rentería. Son decenas de Dorados, y de soldados de alta, mediana y baja graduación los que aprueban la propuesta.

—Estoy de acuerdo, mi coronel —dijo uno más de aquellos militares—; hay que mantener viva su memoria, que no nos vayan a robar su gloria. Debemos tomar, pero ya, medidas urgentes, porque ahora tendremos que combatir a un ejército embozado, que tiene todos los recursos de qué echar mano, inteligente y pérfido, encabezado por quienes, después de una cadena de traiciones, ganaron su guerra y ahora detentan el poder.

—Ellos mataron a mi general porque la envidia, el odio y el miedo no les permitían dejarlo con vida. Y desean aun más: destruir su herencia y borrar de la tierra su nombre. Pero no podrán, para eso tendrán que acabar primero con los Dorados y con todos los sobrevivientes de la División del Norte, con todos los pobres de México, porque son pobres los que pueblan el territorio de nuestro país; es una patria con una mayoría de jodidos y una minoría de rateros. Ganaron de vuelta los "científicos", los licenciados, los que no tienen llenadera y ambicionan con rapacidad la riqueza (que no son capaces de crear) y el poder, pa' darse lujos, pa' vivir como príncipes europeos. La historia nomás dio una vuelta en redondo y una nueva "madriguera de bandidos" (como llamó en el congreso Flores Magón al gobierno de Díaz) quedó nuevamente en el poder.

—Me sorprende su vehemencia, mi amigo; es contagiosa —dice otro de sus compañeros de armas— y esto y también de acuerdo con usted; cuente conmigo. Es una tragedia ésta. Perdió México. Ganaron los desleales, los intrigantes, los traidores, los egoístas, los pervertidos y enfermos. ¡Qué le vamos a hacer!

—Cuente conmigo, compañero. Lo importante, según creo yo, será comenzar por difundir a través de cuanto medio esté a nuestro alcance el gran pensamiento social del general Villa. Y yo colocaría en primer lugar su enorme esfuerzo precursor del reparto equitativo de tierras. Miren ustedes, con todo y el gran respeto que nos merece don Emiliano Zapata, con su Plan de Ayala y su obsesión por obtener la devolución de las tierras que los señores de horca y cuchillo les arrebataron a la mala allá en el sur, hay que reconocer que acá, en el norte, el primero en advertir el problema de la tierra como la verdadera causa de la revolución fue mi general Villa.[1]

"Recuerden ustedes que tan luego como volvió a Chihuahua después de la victoria de Ojinaga, expidió un decreto dotando con 25 hectáreas de tierras de buena calidad, de las recién confiscadas a los enemigos del pueblo, a todo varón mayor de 18 años. Fue el primer reparto de tierras en el norte. En el decreto aquél, recordarán ustedes que se dejaba establecido con toda claridad que las tierras otorgadas no podrían enajenarse y deberían formar la base del patrimonio familiar. Más tarde se hizo extensivo el decreto a los estados de Durango y Coahuila y posteriormente a todo el territorio controlado por las fuerzas de mi general Villa.

"Pero eso fue sólo el principio; no hay que olvidar un hecho importantísimo: *el primer documento expedido en el país donde se establece el compromiso de distribuir tierras a los campesinos* se encuentra en las actas derivadas de las conferencias de Torreón, celebradas del 4 al 8 de julio de 1914. En ellas prevalecieron los puntos de vista de los generales Roque González Garza, José Isabel Robles y del doctor Miguel Silva y el licenciado Manuel Bonilla, representantes del general Villa.

"Yo estuve presente —continúa el ex combatiente villista—. La comisión carrancista llegó a Torreón, nuestro cuartel general después de la victoria de Zacatecas, para buscar con los jefes de la División del Norte un arreglo a las diferencias surgidas entre nosotros y el señor Carranza con motivo de aquel capricho del primer jefe, empeñado en impedir que tomáramos Zacatecas y evitar así que mi general Villa fuera el protagonista del triunfo de la revolución con la caída de esa plaza.

"Era terco y envidioso el viejo, pero sus gentes lograron persuadirlo de buscar un avenimiento. Recuerdo (yo creo que todos lo tenemos muy presente, ¿cómo olvidarlo si hasta nos pusimos a apostar doble contra sencillo a que Carranza nunca cumpliría su compromiso?) que en la cláusula octava del pacto aquél se estableció con toda precisión el deber de "implantar en nuestra nación el régimen democrático; procurar el bienestar de los obreros; *emancipar económicamente a los campesinos haciendo una distribución equitativa de las tierras o por otros medios que tiendan a la resolución del problema agrario* y corregir, castigar y exigir las debidas responsabilidades al clero católico romano que material e intelectualmente hayan ayudado al usurpador Victoriano Huerta". Aquí está sintetizado el proyecto villista, éste fue su documento, que bien puede llamarse su programa. Más claro ni el agua.

”Aquí está de nuevo lo que preocupó desde antes de su ingreso a la bola a mi general Villa, y cualquiera con un mínimo sentido de la justicia puede fácilmente comprobar que de las resoluciones tomadas por los caudillos revolucionarios para resolver al incalculable y tremendo problema social de los desheredados de este país, ninguna es comparable a la contienda en esa cláusula octava de las conferencias de Torreón y constituye el antecedente de la ley agraria villista, porque contiene una síntesis del pensamiento social y político del general emitido por él mismo a través de sus representantes (los que ya les mencioné) seis meses, fíjense bien, seis meses antes del decreto del señor Carranza, que se difundió en enero del año siguiente.

”Después vino la ley agraria villista que todos recordamos, muy digna de estudio, y que deberá ser analizada y comprendida en el futuro porque propone la creación de una clase media rural constituida no ya por ejidatarios dedicados exclusivamente al autoconsumo, sino por agricultores dinámicos, rancheros prósperos que tengan por objetivo una abundante producción agrícola para cubrir el abasto de la nación.

”Esto marca la diferencia con mi general Zapata, porque mientras éste fue un comunero, calpuleque de su pueblo y caballerango al servicio del yerno de Porfirio Díaz, Ignacio de la Torre, afanado en busca de una reforma agraria tendiente a favorecer a la clase indígena y a la mestiza poco evolucionada mediante un reparto de minúsculas parcelas con fines de autoconsumo, equivalente más bien al reparto de miseria (y dicho sea con todo respeto), tanto su territorio pequeño en el estado de Morelos, como sus combates o sus tropas reducidas del ejército liberador del sur, fueron de corto alcance. Mi general Zapata luchaba por la devolución de sus tierras y ya. Mi general Villa, en cambio, tuvo una visión enorme, más amplia y ancha, como el territorio villista, como su División del Norte, como sus grandes batallas épicas. Ambos tenían, no obstante, grandes coincidencias y pensaban igual de los políticos que de los hacendados. "Les estorbaba el casimir para pensar derecho", solían decir.[2] Ambos fueron utilizados por los hombres que tenían un plan bien trazado para sentarse en la misma silla que ocupó durante más de tres décadas Porfirio Díaz y continuar con el mismo sistema dictatorial. Ambos nacieron campesinos y pobres y su sacrificio fue inútil. ¿O no lo creen ustedes así?", dijo para concluir su intervención.

—Muy cierto —dijo Luisito—. Nos vamos a meter en camisa de 11 varas, porque ir en contra de la envidia y la soberbia del gobierno asesino va a estar cabrón, pero no le aunque. Todo esto debe saberse, pero a ver cómo nos las arreglamos para publicar, para difundir. A ver cómo le hacemos.

—Tocante a esas diferencias entre villistas y zapatistas es bueno tener presente que una cosa es el norte y otra muy distinta es el sur, y que durante todo el año de 1914 se dejó venir una catarata de publicaciones respecto del problema agrario, que ahora, según dicen los abogados, forman un macizo cuerpo de doctrinas. Tanto el *Periódico Oficial del Estado de Chihuahua*, como el periódico *Vida Nueva*, órgano de difusión del villismo, analizan y señalan con precisión las causas y los efectos de la problemática estatal, así como sus posibles soluciones.[3] No hay que olvidar que en un principio la reforma agraria de Villa se limitaba a los soldados de la revolución, a sus familiares y a los campesinos despojados de sus tierras. No se incluyó en este decreto a los peones o campesinos sin tierra, pero mi general tenía buenas razones para hacerlo así. Distribuir inmensas extensiones de tierras de pastoreo a campesinos individuales, no era lo mismo que pequeñas propiedades cañeras.

"Para administrar las inmensas haciendas ganaderas, verdaderas empresas de gran alcance, era necesario ponerlas en manos de un organismo de gobierno como lo hizo mi general, porque, además, los ingresos de esas haciendas iban directamente al financiamiento del ejército villista. Mi general Zapata no tenía modo de vender el azúcar de los ingenios y promovía, tal vez sin proponérselo, una agricultura nomás de subsistencia.

"Por otra parte, la distribución inmediata de tierras en el estado de Morelos creó un campesinado dispuesto a luchar por sus tierras, pero no preparado para librar con éxito una guerra, como la del ejército villista en contra de Huerta. ¿Creen ustedes que Zapata hubiera podido derrotar a Huerta? ¡Ni pensarlo!

"Como les digo, mi general Villa pensaba en grande y siempre tuvo en cuenta el hecho de que sólo con una acción militar organizada profesionalmente podría aniquilar a Huerta, como se lo prometió a sí mismo al volver a México después de haberse refugiado en los Estados Unidos luego de su fuga de la prisión militar de Santiago Tlatelolco. ¡Y vaya si lo cumplió!"

—Era bien diablo para planear, y sabía muy bien que una reforma agraria como la de Zapata hubiera arraigado a los campesinos al suelo; en cambio, la promesa de un reparto de tierras al triunfo de la revolución era el mejor aliciente para la incorporación de los campesinos a la División del Norte. Siempre, siempre nos recalcó (y desde su proyecto de la ley agraria así lo afirmaba) que no fue hecha la revolución con el fin de regalar tierras; que lo prometido había sido reparar las injusticias del régimen de Díaz y no cometer más, cualquiera que fuera el pretexto invocado.

"Cuando se publicó la ley agraria del estado se instaló la dirección general de agricultura, que se encargó de hacer los estudios para efectuar el reparto agrario y obras generales como presas, bordos, canales de riego, caminos, etcétera, y mejorar así y aumentar la producción agrícola del estado.

—Y tampoco hay que olvidar —interviene el general Caraveo— que lo más importante fue esto: no le dio en la madre a la unidad productiva que es la hacienda; al contrario, la mantuvo trabajando en beneficio de su ejército y de sus soldados, las viudas y los huérfanos. Como consecuencia de su buena administración, las cosechas fueron más abundantes que nunca. Mi general no era enemigo, ¡qué va!, de la hacienda, sino de los hacendados bribones.

—Y para acabar pronto, por todo el mundo los grandes pensadores y analistas de nuestra revolución han dicho cosas que nos favorecen a los villistas. Todos los que estuvimos presentes en el banquete ofrecido en honor de mi general Villa en la Ciudad de México, cuando el poeta peruano José Santos Chocano leyó una poesía dedicada a él y luego mandó imprimir volantes donde, además de los versos, había un texto que luego publicó *El Paso Morning Times* el 14 de octubre de 1914. Cómo no voy a recordar la fecha, si éramos dueños de la capital del país.[4]

"Recuerdo que en su parte más sustanciosa decía más o menos esto:

> No parece sincero porque no es justo el temor que se expresa de que en la División del Norte quepa el peligro de la "reacción". Consta universalmente que en el territorio dominado por la División del Norte es donde con mayor rapidez y acaso mayor seguridad se han ensayado los procedimientos ultrarradicales para la implantación de las reformas más

> avanzadas de la revolución. Cuanto se ha hecho por la División del Norte en el territorio que ha ido dominando —así lo sé y no debo callarme— es una revolución, cuando menos de voluntad enérgicamente orientada hacia la satisfacción de las necesidades económicas más apremiantes.

—Por ai iba en su parte más sustanciosa lo que dijo Santos Chocano.

—¡Ah caray!, qué buena memoria tiene usted, mi general —dijo Luis.

—Me lo grabé muy bien en la memoria —respondió el general Caraveo— porque un extranjero dice con palabras muy claras la verdad del villismo. Yo creo que todos recordamos algo de aquel momento, porque anduvimos pasando de mano en mano el papel del poeta. Muchos lo conservamos y, sin duda, usted debe conservarlo en los archivos de mi general, ¿no es cierto?

En ese momento hace su entrada en el comedor el coronel Jaurrieta, que acaba de dejar en las habitaciones privadas a Luz Corral y baja a refrescarse un poco y a tomar el alimento que su estómago le está demandando. Interviene en la charla y dice:

—Yo estaba en el colegio militar en la fecha que ustedes mencionan, y también conservo el poema y la opinión del poeta. Permítanme agregar que también dijo, como todos han de recordar, que

> El problema agrario en marcha y su resolución atinada en su doble aspecto de tierras y aguas; el problema bancario, que se perfila en la necesidad de un nuevo sistema, con la instalación del banco del estado en Chihuahua; el problema religioso que, sin

> prescindir del castigo que en lo personal mereciera la mala clerecía, ha dejado abiertas y garantizadas las franquicias de la tolerancia de cultos (...) el cuadro que con mis propios ojos he observado, está bastante lejos de inspirar desconfianza a los espíritus fuertes más radicales: pudiera la División del Norte haber pecado por exceso, que nunca por defecto. Tal es la verdad.

"¿Por qué habría de levantarse en defensa tan elocuente del villismo un peruano, libre de compromisos y de prejuicios sobre nuestra gloriosa División? ¡Carajo!, no hubo mejor ejército, ni un ciego podría negarlo —agrega Jaurrieta con vehemencia y continúa—. Y lo que podría ver incluso un ciego, fue la maniobra del primer jefe para restarle méritos a las medidas agrarias de mi general. Estaba resuelto a evitar a como diera lugar el reparto de las haciendas.[5]

"Por eso, y para eliminar lo hecho por mi general Villa, don Venustiano adoptó las ideas ejidales de Pastor Rouaix en su ley del 6 de enero de 1915, porque el hecho de restituir y dotar de ejidos a los pueblos no lo comprometía a destruir las haciendas para la creación de la pequeña propiedad. El decreto del 12 de diciembre de 1914 y la ley del 6 de la que hablé antes fueron emitidas nomás para desgraciar lo hecho por los villistas. ¡Ah!, pero nomás lo logró, rápidamente aclaró don Venustiano que su ley agraria se refería exclusivamente a la restitución de los ejidos de los pueblos que en ese momento existían en la república, o a la dotación de ellos a los que no los tuvieran, *y de ninguna manera a los fraccionamientos de tierras que no formaran parte de los ejidos.*[6]

"Y para acabar pronto, mi general Caraveo —dice Jaurrieta—, no nos hagamos pendejos. Es bien sabido que el señor Carranza se opuso una y otra vez a repartir tierras y aun a hacer la restitución de ellas a pesar del flamante artículo 27 de la no menos flamante y recién estrenada constitución. ¡La estrenó violándola! Lo bueno es que había sido obra de los dos constituyentes que ya nombraron y de don Andrés Molina Enríquez, porque lo que es don Venus, nada tuvo que ver en el asunto. El sistema ejidal fue un recurso del primer jefe en su desesperado esfuerzo por no tocar a los terratenientes, de quien fue aliado, amigo y socio como gobernador de Coahuila durante el régimen de Díaz. Daba pasos con fines políticos que nada tenían que ver con las necesidades económicas y sociales de México. Don Venus quería poder, todo el poder... y nada más."

Los platones colmados de frijoles refritos, de machaca, de tamales, de chile pasado y los colotes de tortillas llegan y desaparecen como por arte de magia. Las mesas contiguas ven llegar y levantarse a las decenas de dolientes que devoran el alimento y se retiran para dejar el lugar a los que siguen. Sólo en la mesa de los antiguos generales y jefes del ejército villista continúan hablando de sus futuros planes reivindicatorios.

—Todo lo que han dicho ustedes me parece muy bien —interviene ahora el general Mariano Tamés, uno de los grandes compañeros de campaña de Jaurrieta— respecto de las ideas sociales y agrarias de mi general Villa. A este respecto no quedará duda y nos sobran argumentos bien fundados para desmentir cualquier falsedad que de aquí pa'l real nos quieran endilgar en la historia oficial que sin duda escribirán los sonorenses en el poder. ¿Qué otro aspecto consideran ustedes que debemos cuidar?

—Momento, mi general Tamez —dijo Luis—. Antes de cambiar de tema, déjenme rematar recortando esta otra flor del jardín de ese viejo cabrón que dios tenga en el lugar que le corresponde, porque sobre el asunto de las tierras hay mucha, pero mucha tela de donde cortar. Ríos de sangre han corrido en este país por la cuestión agraria y la causa de nuestra miseria ha sido la posesión de millones de hectáreas en manos de unos cuantos, y nada se ha resuelto, y los pobres siguen siendo pobres, tal vez más que antes, y no han visto la suya, y ni la educación, ni la salud, ni las oportunidades de educación, de empleo, de felicidad han estado a su alcance. Pero ya termino con esta historia.

"Cuando los zapatistas vinieron a Chihuahua a felicitar a mi general Villa por su triunfo en Ciudad Juárez, nos contó el compañero Magaña que, en una ocasión, el general Genovevo de la O escribió al señor Carranza para desengañarse de una vez y de plano conocer cuál era su parecer respecto del plan de Ayala. Entonces, el primer jefe no se midió y frente a los dos propios enviados por Zapata a entregar la carta aquélla, que eran los coroneles Miguel Zamora y Toricez Mercado, se abrió de capa y les dijo que la devolución de tierras la consideraba ilegal, porque era indudable que si a un terrateniente o a otra persona se le despojaba de sus propiedades (que de cualquier manera había adquirido con apego a la ley) tendrían que protestar y con eso vendría una nueva lucha, y que él consideraba imposible cumplir con un ofrecimiento como el hecho en el plan de Ayala sin que se ocasionaran nuevos trastornos armados. y que la paz sólo se haría con la sumisión incondicional de las fuerzas zapatistas, porque no estaba dispuesto a reconocer nada de lo que el Plan de Ayala anunciaba.

"Aquí sí se mostró el primer jefe tal cual era. Al final les dijo: 'eso de repartir tierras es descabellado. Díganme: ¿qué haciendas tienen ustedes de su propiedad que puedan repartir? Porque uno reparte lo que es suyo, no lo ajeno'. Ya luego los mandó a la chingada, pero cuentan los coroneles que se quedó hablando solo y ellos todavía alcanzaron a oírlo decir: 'no existe el problema de tierras, hay más tierra que gentes y no procede ningún reparto. Conviene, tal vez, fraccionar el latifundio, pero eso se logrará por una ley de impuestos progresivos...' Y con esto termino para que podamos seguir con otro asunto. ¿Con qué más dicen que sigamos? ¿Cuál es el siguiente?"

—¡Ah, pos si me permiten sugerir —dijo Calixto Contreras—, yo diría que el de las damas!

—Aquí Luisito siempre cargaba en su libreta una lista de nombres, direcciones, teléfonos, nombres de los chilpayates y demás para no hacerse bolas con las órdenes del general respecto del chivo que había que mandar a cada casa y todo lo referente a las señoras y a los niños; corríjame si miento, Luisito.

—Con perdón, mi general Contreras, tocante a ese delicado punto debo decirles que la vida íntima de mi general no me incumbe y a nadie le debe importar. Es un territorio privado que no tuvo nunca consecuencias ni dañó a nadie porque a sus señoras y a sus hijos nada les faltó en cuanto a respaldo económico. Frente a la hipocresía de los hombres que lo acusan de "incontinente sexual" hubo un Villa que dio la cara y aceptó su lado débil. Comparando sus andanzas amorosas con las de Obregón o de Carranza o de muchos otros a los que fácilmente se podría identificar, la vida amorosa de Villa resultaría con seguridad irrelevante. Sólo que la vida de aquéllos a nadie le interesa porque son seres grisáceos, sin el arrastre popular de mi general. Porque triunfador, lo que se dice triunfador, al fin de cuentas, el señor Obregón pero a la mala, mediante la traición y el crimen. Y situado así, en los cuernos de la luna, ¿cómo cuántas mujeres tantean ustedes que se le pongan enfrente a diario? ¿Tiene eso alguna importancia para alguien? ¿Cómo lo irá a calificar la historia, si es que algún día llegamos a conocer la verdad?

—Puede que tenga usted razón, Luisito; pero aquí no se trata de juzgar, antes por el contrario, de alzarnos en contra de las calumnias. Ya hasta se dice por ahí que si mi general era un secuestrador de viejas, que si un violador, que si se casó 50 o 60 veces; que si era peor que Barba Azul, y no sé cuánta tarugada más. No, no se trata de juzgar, dios guarde la hora; de modo que si tiene usted esa agenda, pues déjenos saber de qué se trata, para que luego no vengan a decirnos en nuestra cara cosas que la gente ociosa y desocupada da en inventar.

—Bueno, pues. Debo decirles, para empezar, que mi muy personal opinión es que, con todo y lo gallo que era mi general, que en gloria esté, nunca lo consideré, de ninguna manera, un fornicador enloquecido que haya andado tras las primeras enaguas que pasaran frente a él. Me consta, porque anduve pegado a él como su sombra, cómo lo asediaban las damas y el pegue bárbaro que tenía con ellas, fueran de la edad o la clase social que fueran.

"En mi agenda tengo consideradas únicamente a aquellas señoras que significaron algo importante en la vida de mi general Villa, varias de las cuales procrearon con él un hijo, o dos. La agenda aún me acompaña, y se van ustedes a sorprender, porque no es de la extensión que imaginan. Yo les puedo asegurar que la lista de las mujeres que han pasado por la vida de mi general Obregón por ahí anda parejeando con ésta, sólo que, como les digo, su vida es muy poco interesante, los tiranos a nadie interesan, finalmente, a menos que se les tenga alguna simpatía por razones de interés personal, como el de los directamente beneficiados por su régimen, la nueva oligarquía, los lambiscones y lamehuevos de siempre, los nuevos científicos, los millonarios y latifundistas, los aplaudidores a sueldo y las voluntades negociadas. ¡Ay, carajo, ya me estoy encabronando! —exclamó Luis al advertir cuánto había subido de tono su discurso.

"Bueno, como les decía, de la vida amorosa del señor Carranza tampoco tenemos nada que decir habría que recurrir a la prehistoria —dijo sonriendo y recobrando la compostura—; pero todos hemos visto alguna vez cómo se le empañaban los lentes cuando veía pasar una buena hembra, o cuando en los bailes lo rodeaban mujeres bonitas que lo sacaban a bailar. Tampoco es un personaje interesante. En sus últimos años fue un viejo libidinoso a quien llevaban, por encargo, carne tierna. No sé para qué. Era lo que llaman los gringos *a dirty old man*, pero eso a un hombre cabal tampoco debe importarle. Allá ellos.

"Ahora, yo les pregunto, señores generales y jefes: en cuestión de amores, ¿quién de ustedes arrojaría la primera piedra?"

Los interrogados sonrieron, se acomodaron en su asiento, carraspearon, tosieron y dejaron salir de sus labios expresiones vagas:

—No, pos sí. Ni hablar, todos tenemos cola que nos pisen. Todos somos machos, qué caray... tiene usted razón, Luis, la vida íntima es territorio prohibido adonde nadie debe asomarse si tiene un ápice de decencia.

Luis recorrió con un brillo burlón en la mirada, detrás de sus lentes, a cada uno de los que hablaron con un dejo de culpa y, palpando a manotazos su saco en busca de la agenda, la encuentra en el bolsillo interior, donde siempre guardaba aquella libretita amarillenta, medio deshojada y atada con una gruesa liga, llena de apuntes recordatorios, nombres, direcciones y claves que solamente él podía descifrar, de asuntos altamente confidenciales encomendados a él, uno de los hombres de mayor confianza de Villa. La abre con toda parsimonia, recorre las hojas hasta encontrar lo que deseaba y dice:

—La mayoría de ustedes conoce estos nombres, pero ahí les va; será mejor que estén bien informados, por lo que pudiera ofrecerse.[7] Les voy a leer de corrido y en orden de aparición los datos referentes a cada señora —dijo Luis y comenzó la relación:

"Uno. María Isabel Campa, originaria de Durango. Una hija, Reynalda, nacida en 1898. No conocí a esta señora, pero sí a su hija, la cual, como todos sabemos, murió hace apenas unos cuantos años al regreso del exilio. Fue un gran dolor para el jefe haber perdido a su primera hija.

"Dos. Petra Espinosa, de Santa Bárbara, Chihuahua. Una hija, Micaela, nacida el 29 de septiembre de 1910 en la ciudad de Chihuahua. Se casaron en 1909. Tampoco a doña Petra la conocí, pero todos sabemos del gran cariño de mi general por su hija, que vino a ocupar el lugar de hija mayor. Muy inteligente la jovencita, apenas tiene 13 años y toca muy bien el piano, habla el inglés como gringa y se ha ganado el cariño de todos. Doña Luz la adora, ocupó en su corazón el hueco que dejó Nena, la hija que murió antes de cumplir dos años. Se corrió el rumor de que mi general le quitó la niña a doña Petra en castigo por responder a los requiebros de uno de sus oficiales. Nada se supo a ciencia cierta, pero de que le quitó a la niña, se la quitó.

"Tres. Luz Corral, de San Andrés, Chihuahua. Una niña, Luz Elena, nacida en Chihuahua. Se casaron por la iglesia en 1911 y por lo civil en 1915. Doña Luz ha sido en realidad la mera patrona y, si me lo permiten, pos la esposa verdadera, ya que murió doña Petra, y en doña Lucita recayó la tarea de hacerse cargo de Reynalda, de Mica y de Agustín, cosa que hizo con mucho cariño a pesar de no ser hijos suyos. Ella se ha ganado a pulso el respeto de todos, ¿no es así?"

Todos los que rodean la larga mesa asienten. Conocen a Luz, saben de su templanza y su herida dignidad ante el infortunio, que ha sufrido con enorme discreción, como toda una señora. Guardan silencio inmediatamente porque la expectación por seguir escuchando la relación aquélla los obliga a callar. Alguien saca un cigarro de hoja con toda calma, inconscientemente y sin despegar los ojos de Luis, como quien tiene el hábito añejo de liar pitillos, abre la hoja rectangular de papel de arroz, saca el morralito de tabaco, lo abre y deja caer sobre la hoja el chorrito dorado de la aromática yerba seca. Enreda despacito el pequeño taco, pasa la lengua suavemente por el borde y lo coloca en sus labios para encenderlo enseguida con un rápido movimiento del cerillo de madera tallado contra la suela del botín y dice lentamente, como no deseando ser escuchado: "Pos eso de primera esposa estaría por averiguarse, porque la primera, lo que se dice la primera en ser su esposa por la ley civil, fue doña Juanita Torres. Nadie supo si hubo divorcio, con que, ahí se los dejo de tarea." Continúa Aguirre la lectura:

—Cuatro. Esther Cardona Canales, de Chihuahua, Chihuahua. Hijos gemelos, Esther y Francisco. Este último murió. Nacieron en 1912. No hubo matrimonio, ni vivieron juntos. Tengo entendido que doña Esther se casó después y desapareció de la vida de mi general.

"Cinco. Asunción Villaescusa, nacida en El Paso, Texas, y radicada en Durango. Un hijo, Agustín, nacido en 1912. Ella ingresó a un convento de redentoristas refundido en la selva guatemalteca. Si entregó el alma por allá, nunca lo supimos. No tuve el gusto de conocerla, pero sé tan bien como ustedes que se trataba de una mujer de fuertes convicciones, que fue a dar a la cárcel por haber matado al marido cuando supo de un complot preparado por éste para hacer fracasar el movimiento villista en el norte. Del joven Agustín se hizo cargo también doña Luz, y ya saben ustedes qué bien va con sus estudios en El Paso; es un escuincle inteligente, muy vivo y muy buen jinete.

"Seis. Guadalupe Coss Domínguez, de los Ranchos de Santiago, distrito de Guerrero, Chihuahua. Un hijo, Octavio, nacido el 16 de mayo de 1914. Se casaron en Chihuahua en septiembre de 1913. A doña Lupe también la conocí. Muy hermosa la mujer. Contrajo matrimonio, unos años después de haber dejado a mi general, con el señor Pilar Domínguez; pero cuentan que cuando el jefe mandó por su hijo Tavo para llevarlo a vivir con él a la hacienda, la señora sufrió un desmayo y su salud se alteró tanto, que quedó mal del corazón.

"Siete. Juana Torres Benítez, de Torreón, Coahuila. Dos hijos: Francisco, que murió, y Juana María, nacida el 29 de junio de 1915. Juanita también llegó a vivir a la hacienda y todos la conocemos. Es una niña que se lleva muy bien con sus hermanas Celia y Mica, y con Sarita la cubana, la entenada de mi general que vive con ellos. Conocí a doña Juana y, la verdad, fue difícil para mí ser parte del lío aquél donde fue a dar con sus huesos en la cárcel la abuela de la niña por haber dispuesto de un oro que tenía destinado el jefe para la División. Nunca se volvió a mencionar el nombre de las señoras frente a él; nos lo prohibió terminantemente, y el asunto acabó en divorcio, según supe, pero nunca vi el acta correspondiente.

"Ocho. Piedad Nevárez, de Ciudad Delicias, Chihuahua. Un hijo, Águedo, nacido en1913. Se casaron el mismo año. La señora murió en el parto y yo no alcancé a conocerla, pero se sabe que su belleza fue famosa. Victoriano Huerta le traía ganas, pero se la ganó el jefe Villa. Por eso fue toda la bronca aquella del fusilamiento (que Huerta, envidioso y soberbio, achacó a una supuesta "insurrección") y el envío posterior del general a la prisión de Santiago Tlatelolco. Era ella muy moderna, muy rebelde, muy ella, excelente jinete para correr y saltar a caballo. Al niño se lo llevaron sus abuelos, dicen que para el otro lado, y no se ha vuelto a saber de él.

"Nueve. Librada Peña, de Torreón, Coahuila. Una hija, Celia, nacida en Valle de Allende el 28 de enero de 1915. No hubo matrimonio, pero ¡ah!, qué feliz e ilusionado andaba mi general cuando volvió a encontrarse con ella en la capital; parecía un adolescente enamorado; pero está visto que los momentos de felicidad que el destino le deparó fueron siempre efímeros. Era ella una muchacha muy bonita, sencilla, de ojos claros, infantiles y transparentes. Mi general la recordaba siempre en sus momentos de nostalgia. Añoraba el tiempo pasado al abrigo de los mormones; nunca los olvidó. Recuerdo que un día me dijo, a propósito de un problema de tierras en una de las colonias mormonas: 'El gringo Durrant me dio a leer en una ocasión un libro de Lao Tse, el filósofo chino que tenía pensamientos muy semejantes a los cristianos, y nunca he olvidado esta frase suya: 'La gratitud es la memoria del corazón' Será bueno que se la aprenda usted también, Luisito, y la tenga presente cuando se ofrezca'. Yo la archivé en mi memoria y ahí está, por eso estoy aquí entre ustedes y me satisface ver que la memoria del corazón de todos nosotros está viva y fresca. Bien, volviendo al tema, su hija, la niña Celia, heredó la belleza de la madre, y aquí se encuentra, en el hotel Hidalgo, para decirle adiós a su padre.

"Diez. María Dominga Barraza, de Durango. Un hijo, Miguel, nacido en 1916 y entregado para su crianza a Soledad Seañez a la muerte de la madre. No hubo matrimonio y yo fui testigo de aquel extraño y farragoso idilio, tan efímero como muchos otros. La muerte de la mamá se la achacan a los Dorados que fueron por el niño Miguel para llevarlo a Canutillo, porque hay testigos de que ella les dijo que sólo muerta le quitarían al niño. Como apareció muerta al día siguiente, pues ahí está, ya tenemos a quién echarle la culpa. No creo que hayan sido cllos, pero sólo dios...

"Once. Francisca Carrillo. Un hijo, Francisco, nacido en El Paso, Texas, en 1917. No hubo matrimonio, nunca regresaron a México. Otro caso efímero de mujeres que se mataban por echarse en brazos de mi general, y luego que pasaba lo que ellas querían que pasara y él desaparecía de sus vidas porque tenía que seguir en la brega cotidiana, ellas se esfumaban también. Mi general intentó, sin éxito, localizar al niño. Parece que se los tragó la tierra porque nunca se volvió a saber de ellos.

"Doce. María Isaac Reyes, de Rosario, Durango. Un hijo, Samuel, nacido el 12 de julio de 1920. (Recuerden que había otro Samuel, a quien el jefe Villa adoptó y llevó a vivir a la hacienda; era hijo de Trinidad Rodríguez, uno de sus generales, muerto en la revolución).

"Trece. Soledad Seañez, de Valle de Allende, Chihuahua. Un hijo, Antonio, nacido el 17 de abril de 1920. Se casaron por lo civil y por la iglesia el 1° de mayo de 1919. A esa boda fuimos invitados muchos de los que estamos aquí, así que no hay más qué agregar. Madre e hijo vivieron un año en El Paso, Texas, para trasladarse luego a la hacienda de Canutillo, donde una calle lleva el nombre de "La Soledad", en honor a doña Chole. Nunca vivió en la casa grande, sino en una pequeña asignada por mi general.

"Catorce. Austreberta Rentería, de Ciudad Jiménez; dos hijos: Francisco, nacido en 1922, e Hipólito, ya mero, porque dijo mi general Villa que así se va a llamar ahora que nazca en 1923. Se casaron por lo civil el 22 de junio de 1921 en Parral, Chihuahua. Ya sabemos que doña Betita y doña Chole viven en la hacienda y que las dos señoras guardan sus respectivas distancias. Ahora, frente a esta tragedia, quién sabe cómo se vaya a resolver su situación; ojalá que no sufran más las pobres. Como quiera, les debemos respeto y consideración —dijo Luis, sin la menor intención de meterse en problemas al atreverse a expresar su opinión, cosa que jamás había hecho, a menos que el general se lo solicitara.

"Quince. Manuela Casas Morales, de Valle de Zaragoza (Conchos), Chihuahua. Un hijo, Trinidad, nacido en 1923, hace apenas unos meses. Se casaron por la iglesia en 1922. Y el general le compró una casa aquí en Parral, además de haberle regalado el hotel Hidalgo. La pobre doña Manuelita las debe estar pasando negras, con doña Luz y doña Betita juntas aquí en el velorio, pero las tres se han portado a la altura, y no podemos aventurar ningún juicio. ¡Quién sabe lo que vaya a suceder de aquí pa'l real!

"Dieciséis. Paula Alamillo, una hija, Evangelina. También doña Paula se casó y el esposo adoptó a la niña, ya que no quiso, por razones que ignoro, que llevara el apellido de Villa. Ésas son cosas que quedaron guardadas en el archivo secreto del general. Se fueron a vivir a México, eso sí lo sé.

"Diecisiete. Cristina Vázquez. Un hijo, con quien vivió en El Paso, Texas. La señora nunca volvió a México y tanto ella como su hijo adoptaron la nacionalidad norteamericana.

"Dieciocho. María Hernández. Un niño nacido en abril de 1920 que murió joven. Vivieron con Martina, la hermana del general Villa, pero mi general se hizo cargo de su manutención. Con la buena Martina iban a dar todas las señoras de mi general cuando tenían problemas; ella siempre las recibió de buen grado. Esa mujer es una santa."

—A esas dos últimas señoras nadie las conoció, Luisito, ¿de dónde obtuvo usted esos datos? —preguntó Francisco Gil Piñón, el hijo adoptivo del general, quien recién aparecía en el comedor después de haber permanecido encamado por órdenes médicas luego de haber sufrido un ataque de nervios al llegar al hotel Hidalgo.

—Esas damas, Panchito, no tuvieron en realidad un rol importante en la vida del jefe, y si las incorporé a mi lista fue porque las conocí y desaparecieron de pronto. Luego, de oídas supe adónde fueron a parar, mas nunca volví a verlas —respondió Luis Aguirre, quien a su vez preguntó—: usted, a quien todos reconocemos como el hijo mayor de mi general, díganos, ¿qué otra faceta importante de la vida de su padre debemos cuidar, difundir, dar a conocer?

Antes de que Piñón respondiera, la voz del coronel Ernesto Ríos terció:

—¿No se le estará a usted olvidando el mentado asunto aquel de la francesa, cuando mi general se encontraba en la Ciudad de México en diciembre del 14?

—¡Ah que mi Coronel! Se me hace que usted lleva mejor que yo la contabilidad ésta tan especial.

—No, miren, si no la incluí en mi agenda fue precisamente por su carácter de asunto menor y sin consecuencias. Lo que pasó aquí fue que como el jefe estaba involucrado, pues se organizó toda una tormenta en un vaso de agua. La historia ocurrió así:

"Acababa de desaparecer de la vida del general la señorita Librada Peña y tomó él la decisión de abandonar el hotel donde se había desarrollado su breve idilio para trasladarse a una casa alquilada en las calles de Liverpool número 76. Una mañana llegó a desayunar al hotel Palacio, donde solía hospedarse Eulalio Gutiérrez, y encontró, como una distracción de su mal de amores, a una cajera muy guapa que mucho le cuadró desde la primera vez que la vio. Tanto así fue de su agrado, que a la hora de pagar la cuenta, decidió hacerlo él mismo, nomás para tantearle el agua a los camotes. Intercambiaron sonrisas y, a la hora de recibir él el vuelto, su mano rozó levemente la de ella. Yo fui testigo de esto.

"Al día siguiente pasó lo mismo, y así al otro y durante tres días más. Y en cada ocasión retenía mi general un rato más prolongado la mano de la cajera. Ya para el cuarto día, junto con el dinero, al pagar la cuenta, entregó a la guapa mujer, objeto de sus nuevas ilusiones, una notita que decía:[8]

> Señorita: si conforme me parece a mí, no provoca su disfavor este gusto conque yo la miro y me acerco a su persona y le hablo, dígame dónde y cuándo puedo encontrarla a solas para que nos comuniquemos con libertad todos nuestros sentimientos.

"A la mañana siguiente, seguro de que la muchacha tendría lista la respuesta, encontró con sorpresa que había otra cajera en sustitución de la anterior. Eso le molestó, pero cuando advirtió que la dueña del hotel, que no era mexicana sino francesa, se aconsejaba y cuchicheaba con la otra y se reían, burlándose de él, entonces se puso furioso y preguntó a la francesa: "¿dónde está la otra cajera? Me parece que la escondió usted nomás para burlarse de mí".

"La mujer aquella no pudo responderle porque seguía a risa y risa y se alejó, dejándolo sin respuesta y lo que es peor, haciendo el tonto delante de toda la gente. Entonces llamó a un par de sus Dorados, quienes la persiguieron hasta alcanzarla, la subieron al automóvil del general y la llevaron hasta su casa de las calles de Liverpool, donde la encerraron en mi cuarto con el ánimo de guardarla unos días nomás, según las órdenes del general, para que se le quitara la burlona y lo malora.

"No estaba él en posición de admitir que nadie se burlara de un general revolucionario, mucho menos una extranjera, máxime que él se comportó siempre en forma correcta estando en el hotel de la mujer aquélla. Y tenía razón, según pienso yo. "Por mi mente no ha pasado hacerle nada, Luisito —me aseguró mi general— porque, además de tratarse de una francesa que ya no se cocina al primer hervor, es una vieja flaca y fea."

"Bueno, pues se armó tal escándalo a causa de aquella peripecia, que apenas se conoció la noticia en los círculos de gobierno y entre los diplomáticos extranjeros, que todos empezaron a incriminarlo, sin conocer a ciencia cierta la verdad y sin haber hablado con ninguno de nosotros. Ya se decía que si sus bajos instintos la habían hecho víctima, que si su incontinencia, y no se cuántas cosas más.

"Al día siguiente recibimos en nuestro nuevo domicilio la visita de los embajadores de Francia y de Brasil, que también iba en representación del de los Estados Unidos, y le preguntaron: "es verdad que ha privado usted de la libertad a una ciudadana francesa y que la ha encerrado aquí para mancillarla? En nombre de Francia, de Brasil y de los Estados Unidos le pedimos, señor general Villa, que la deje usted en libertad".

"Entonces él respondió: "sí señores, tengo prisionera a la mujer que se ha burlado de mí. Pero yo les prometo bajo mi palabra que nada le ha pasado ni le pasará, y tan pronto concluyan sus horas de castigo, quedará libe". Así lo prometió y así lo cumplió.

"Una vez vencido el plazo, se dio orden a la guardia para dejar en libertad a la francesa aquélla, propietaria del hotel Palacio. Me llamó de nuevo el jefe y me entregó 200 pesos después de instruirme al respecto: "Si ya nada puedo hacer para librarme de las calumnias de la gente que armó tanto barullo, tampoco puedo consentir yo que esa mujer permanezca en nuestro país como una supuesta prueba viviente de que Pancho Villa es violento hasta con las mujeres que no le agradan. Así que se presenta usted ante ella, y le transmite mis órdenes de ausentarse de México. Y le dice usted, además, que como no es mi deseo perjudicarla en sus intereses para que no vaya a convertirse éste en un incidente internacional, en pago de su hotel le entrego 200 mil pesos, que es mucho más de lo que vale su dichoso hotel. Y que ahí termine el asunto, no quiero volver a oír hablar de esto". Ahora sí, Piñoncito, ¿qué iba usted a sugerir como de importancia prioritaria?"

—Hay dos cuestiones que yo propondría como de alta prioridad, porque tienen que ver con sus ideas sociales: primero, su interés obsesivo, desmedido por la educación.[9] Será que a él le costó tanto trabajo aprender (y en mucho fue autodidacta) que le entusiasmaba sobremanera la idea de que la gente más pobre tuviera acceso a una escuela. Y no me dejarán ustedes mentir, porque la mayoría recuerda el sofocón de doña Luz cuando recibió desde México un telegrama del general avisándole que se apreviniera porque en dos días más recibiría a 300 niños enviados por él en un tren militar.[10]

—Claro que me acuerdo —dijo Luis—. Yo mismo envié el mensaje. Estábamos en la Ciudad de México en ese 1914 del que tanto hemos hablado en esta mesa, cuando una noche, al regresar al hotel con mi general después de cenar, por cada calle que pasábamos íbamos viendo niños dormidos en los quicios de las puertas, tapados con costales o con periódicos. Eran niños de la calle, desamparados, huérfanos, boleritos, limosneros, papeleros, ¡qué sé yo!

—Ándele, así fue —intervino Piñón—. Los recibió doña Luz en Chihuahua y los llevó a la Escuela de Artes y Oficios. ¿Se acuerda, Luis, qué negras nos las vimos para conseguir los 300 catres, las 300 cobijas...

—Seiscientas —corrigió Luis.

—Es cierto —respondió Piñón—; era necesario tener cobija doble en cada catre porque empezaban los fríos del otoño en Chihuahua. Y peor se las cuento: tuve que hacer un viaje carrereado a El Paso para comprar 300 bacinicas porque con aquellos fríos los escuincles se la pasaban meando toda la noche.

"Y todos aprendieron un oficio, y cuando estaba el general en su casa, mandaba traer a los 10 niños más aplicados para que comieran con él. Platicaba con ellos, les hacía preguntas sobre la escuela y sus estudios. Los chavalitos soñaban con esa invitación.

Pancho Gil Piñón es un joven de 23 años, distinguido, culto y tímido, introvertido y extremadamente sensible. En su rostro muy blanco; destaca su nariz ligeramente aguileña, unos ojos pequeños y maliciosos y una mata abundante de cabello castaño claro prematuramente entrecano. Ha sido leal y fiel a su padre adoptivo y sufre intensamente la muerte del hombre que más ha admirado desde que era niño. El dolor ha sido demoledor, le ha hecho perder el conocimiento, y le ha destruido la fuerza espiritual que siempre ha presidido los momentos críticos de su vida. ¿Qué hará en lo sucesivo? Toda su existencia giraba en torno al general. Era él quien custodiaba todas las llaves de la casa grande, de las bodegas y de los arsenales. Era él quien administraba la tienda y hacía las veces de administrador general. Era él quien escuchaba las confidencias de su padre durante las tardes que se tumbaban bajo el pirul grande en el patio de la casa después de la comida o durante las noches estrelladas a la luz de la luna.

—Mírenme, véanme bien, porque de aquí en delante yo voy a ser un defensor vitalicio el honor del general —dice Piñón dirigiéndose a los comensales con la voz quebrada por la emoción y continúa—: yo mismo soy un ejemplo de la compasión, de la bondad sin límites, de la generosidad de mi padre adoptivo.

"Lo que soy, a él se lo debo. No tenía por qué hacerse cargo de un huérfano de guerra y me recogió y me dio educación, la mejor del mundo. Y también acogió con amor de padre a Eugenio Acosta, a Ignacio Baylón, aquí presentes, y a Zenaido Torres, que ahora es doctor, a Manuel Baca y a Eustaquio Rivera. Todos fuimos compañeros en la academia militar norteamericana Mount Tamalpais. Otros compañeros igual de afortunados fueron enviados por el general a la Hychitok Military Academy; eran colegios de gran calidad situados cerca de San Francisco, California.

"Entre mis compañeros norteamericanos destacaba uno, por estudioso, llamado Harry S. Truman, muy interesado en la historia y en la política. Chistosito, de sangre medio densa. Me late que va a seguir esos caminos.

"A mediados de 1915 nos envió el general al State College en Las Cruces, Nuevo México; éramos como 15 muchachos, que luego ingresamos al Palmore Business College en El Paso. Ya de ahí el general se fue a la sierra a pelear contra los carrancistas, y yo me fui a Cuba con doña Luz; los niños y otras personas, al exilio. Recuerdo con cuánta deferencia recibió a doña Luz el presidente de Cuba Mario García Menocal. Frecuentemente la invitaba a las recepciones y a las ceremonias oficiales. Pero yo me regresé para estar al lado de mi protector. Ya estaba crecidito para ser de alguna utilidad junto a él, pero no me permitió y me ordenó regresarme a la escuela a El Paso.

"Vean nomás qué cantidad de jóvenes han desfilado por aquí desde ayer —indicó Piñón viendo con sus ojos tristes y enrojecidos a través de la ventana del comedor—. Sepan que una de las características distintivas del general (y éste será el segundo punto respecto de lo que les señalé al principio) fue su sentido del equilibrio y de la justicia. Era recto, como plomada, y reflexivo; fíjense bien en lo que estoy diciendo yo, que lo vi analizar los hechos antes de aplicar el castigo o la absolución, a excepción de los casos en que la ira intensa o la decepción por haber sido traicionado lo impelían a actuar violentado por la emoción. Entonces, por su seguridad, actuaba en legítima defensa. Es verdad que se excedió en ocasiones, como cuando mandó fusilar a las mujeres que lo quisieron envenenar, o cuando fusiló a los Herrera por traidores. Pero, pregunto yo, ¿en qué guerra no se dan este tipo de excesos?, o ¿qué castigo hubieran dado a alguien así los carrancistas o los gringos o quien fuere?"

—Si vamos a ser justos —se alza una voz en la mesa contigua—, hay que agregar a los argumentos en favor de la causa villista el éxito del proyecto educativo del general en la hacienda de Canutillo. Esto va estrechamente vinculado a lo que acaba usted de decir, Panchito, sobre su empeño desmedido en la educación, del cual es usted un digno ejemplo.

Quien así hablaba era una maestra enlutada de pies a cabeza, alta, flaca, blanca, desabrida y pecosa, de cara simpática, que frisaba los 40 años.

Inmediatamente se puso de pie Enrique Pérez —el secretario al servicio de Villa que sucedió a Luis Aguirre después de que aquél abandonó las filas tras la derrota en Sonora en 1915— al mismo tiempo que Piñón y le dijo:

—Por supuesto, señora, acompáñenos aquí en la mesa para que nos explique y nos ponga al tanto del asunto con precisión.

Luis Aguirre Benavides y Enrique se miran con cierto recelo, pero están presentes para despedir a su general, a quien siempre sirvieron fielmente. Sólo falta Martín Luis Guzmán, quien habiendo aceptado ser el sucesor de Luis y antes de asumir el cargo, le dijo a Villa que deseaba su permiso para visitar en Chihuahua a su madre enferma. Después se negó a regresar para cumplir con su compromiso y salió del país hacia España.

—Yo sí sé de qué habla —dijo Piñón—; los otros no, cuénteles.

Agregaron una silla más a la mesa aquella donde departía una docena de hombres, ordenaron llenar de nuevo las tazas de café y se dispusieron a escucharla. La mujer saludó de mano a cada uno de aquellos ex combatientes, quienes puestos de pie esperaron a que ella tomara asiento.

—Para los que no me conozcan, me llamo Ramona Illarramendi; llegué a la hacienda de Canutillo hace ya casi tres años. El 15 de agosto de 1920, fíjense bien, el 15 de agosto. El general firmó la paz el 28 de julio; al día siguiente tomó posesión de la hacienda y 15 días después ya estaba en marcha su plan educativo para todos los habitantes de Canutillo. Llegué, les decía, junto con un grupo de profesores enviados por el maestro José Vasconcelos, en atención a una solicitud del general Villa, para abrir una escuela. Nos llamaban "misioneros culturales" en el país porque íbamos, de verdad, con la misión de echar a andar las mentes de los niños, a crear inquietudes por aprender, por saber.[11]

"Los primeros cinco que llegamos a Canutillo fuimos: Jesús Coello, Alfonso de Gortari, Varela, Ojeda, Rodríguez y yo. Nos instalaron en una casita con un gran patio central y aulas alrededor; un salón grande de actos y una pequeña y modesta biblioteca. En poco tiempo esa casita se convirtió en la preciosa escuela general Felipe Ángeles.

"Todos nosotros venimos desde la capital movidos por la curiosidad de ver de cerca qué había de verdad en todo cuanto habíamos oído de la revolución en el norte, y muy especialmente sobre el famosísimo Pancho Villa, y aunque teníamos la oportunidad de irnos a otro lugar y nos atraía el hecho de vivir una experiencia única en nuestras vidas, la incertidumbre, no obstante, nos acobardaba. ¿Quién era en verdad Pancho Villa? ¿Hacia dónde nos conduciría nuestra ingenua curiosidad, nuestra inexperiencia?

"Cuando nos llamó el maestro Vasconcelos para proponernos el viaje a Durango, teníamos nuestras dudas. No lo decidimos de inmediato porque, cobardes y miedosos, no nos hacíamos el ánimo de aceptar esa atractiva y arriesgada, según nuestros prejuicios, oferta de trabajo. ¿Y saben ustedes cómo terminaron nuestras vacilaciones?"

—No tenemos la menor idea —respondió Piñón. Los demás movieron la cabeza al mismo tiempo negando y pendientes de las palabras de la maestra Ramona.

—Pues fue cuando leímos la carta del general Villa al presidente De la Huerta. Esto sí que nos conmovió y nos mostró claramente quién era Villa. El señor escribía con el corazón y nos hizo sentir, a través de aquellas líneas, la angustiante conciencia de justicia social que poseía. Se palpaba la urgencia de empezar a hacer algo por los pobres de este país, que él llamaba "hermanos de raza y sangre". Y puedo asegurarles que nunca, ninguno de nosotros había sabido de un hombre en todo México con esa obsesión, esa urgencia por tender la mano a los desheredados. Pero ya, sobre la marcha, sin perder tiempo ni esperar para mañana. Y ya no dudamos, y, sin ponernos de acuerdo, todos juntos expresamos nuestra aceptación, sin condiciones, aunque el sueldo no era ningún aliciente.

"Y como los profesores no podemos alardear de abundancia en nuestro alrededor, ni jamás alguien ha podido afirmar que vivimos con holgura del producto de nuestro trabajo (y eso Villa bien lo sabía), apenas un mes después de haber comenzado las clases en Canutillo, nos echó una buena mano y escribió al presidente. Nomás oigan esto —agregó, llamando la atención de todos en tono de maestra que se dirige a sus alumnos—; recuerdo claramente un párrafo que decía:

> No estoy de acuerdo con los sueldos que ganan los profesores que atienden la escuela; el día que un maestro gane más que un general, entonces se salvará México.
>
> En consecuencia, quiero que le subas el sueldo a los maestros que atienden la escuela Felipe Ángeles.

"Entonces se nos concedió un aumento de dos pesos a los maestros y ocho pesos al director. Pero es lo único que recibimos del gobierno, porque de la hacienda, es decir, de la generosidad del general, recibimos todo: casa, comida, lavado de ropa, armas para cazar. Todo nos lo dio él. Y como no teníamos en qué gastar, ¡vieran ustedes cuánto dinero hemos ahorrado! Desde hace ya casi tres años nuestro experimento educativo ha marchado estupendamente y nada, absolutamente nada nos ha faltado. Y aquí desearía que no olvidáramos la honradez a toda prueba del general, su desprendimiento en cuestiones de dinero, honradez que resulta más inverosímil cuando nos damos cuenta de la austeridad en que vive, de las deudas que ha contraído y de lo generoso que siempre fue, luego de haber manejado las millonadas que pasaron por sus manos en la División del Norte. Aquí Piñoncito ha estado pendiente de la entrega del material escolar pagado también por la hacienda."

—Sí, es cierto —responde Piñón respaldando lo afirmado por la maestra—. El general decidió hacerse cargo de los gastos, aunque no debemos olvidar que la Secretaría de Educación nos ha enviado, en ocasiones, algo de apoyo: unos libros, cuadernos... viéndolo bien casi nada.

—Eso sí será, Panchito: prácticamente nada. Miren ustedes, hemos hecho en Canutillo un ensayo educativo establecido lo que llamamos gobierno escolar, donde los alumnos participan directamente en la marcha de la escuela. Hemos sabido que en Europa está muy de moda este método llamado escuela activa, desarrollado por una señora de nombre María Montessori, mediante el cual los niños proponen lo que desean para el día. En ocasiones salimos al campo, vamos a pescar, y todo cuanto se hace es enseñanza. Los niños cuidan muy bien su escuela porque la consideran su casa y vigilan el cumplimiento del orden y la puntualidad.

"A la media hora de haber iniciado las clases, ya sabemos quiénes faltaron y ya van unos niños comisionados rumbo a la casa de los faltistas. Nuestro ensayo es precursor de este tipo de educación en el país. Sin consentir demasiado a los niños, somos amigos de ellos, jugamos y nos divertimos de lo lindo juntos; pero cuando se trata de trabajar, ¡a trabajar!

"Ahora, no sabemos qué vaya a ser de nuestros niños, ni de nuestro trabajo, ni mucho menos de nuestra linda escuela. ¡Tanto trabajo, tanto empeño puesto en construir física y académicamente nuestro colegio!, el más importante del país en estos momentos, créanme, lo digo con orgullo. ¿Qué va a ser de esos 300 niños? ¿Y de los hijos del general?

—dijo sin poder ocultar el punzante dolor que el sólo pensamiento de ver todo perdido le causaba—. ¡Tantísimos niños de Torreón de Cañas, de la hacienda Carreteña, de las Nieves! De todos los ranchos de la hacienda tenemos niños que acuden a clases de lunes a viernes y se hospedan durante toda la semana en casa de sus compañeritos. A todos se les alimenta y se les viste por deseos del general. Y bien se sabe que sus deseos eran órdenes. ¿Quién verá ahora por ellos? ¿Quién como el general Villa se preocupará por la comunidad de su educación?"

Conmovida, la maestra debe suspender un momento sus reflexiones porque su voz se quiebra. Toma un sorbo de café, recobra la compostura y continúa:

—Y la escuela nocturna, ¡dios santo, por poco me olvido de ella! Nos llega el montonal de gente tan ilusionada en aprender a leer y a escribir, y es tan gratificante verlos tan aplicados haciendo sus ejercicios, y luego tan emocionados porque ya pueden escribir su nombre o leer un librito de enseñanza primaria —dijo la profesora ya con la voz quebrada por el llanto, y no pudo continuar. Suavemente volvió a sentarse y siguió llorando con un sollozo casi oculto en su interior y apenas perceptible, porque estaba consciente de que no habría marcha atrás, con el apoyo desmedido del general habían hecho posible aquel milagro. Sin él todo estaba perdido. Lloraba profundamente triste por el daño que niños y adultos resentirían para el resto de su vida por la muerte de un hombre extraordinario, obsesionado por desterrar la ignorancia y el analfabetismo de sus hermanos de raza y sangre.

Notas

(1) Federico Cervantes M., *Francisco Villa y la Revolución*, México, Ediciones Alonso, 1960, p. 88

(2) Margarita Carbó, *Francisco Villa y Emiliano Zapata. Dos vidas y un destino*, ponencia presentada en la UNAM con motivo de la publicación del libro *The life and times of Pancho Villa*, en su versión traducida al español, del doctor Friedrich Katz, ciudad universitaria, 3 de marzo de 1999.

(3) Guadalupe Villa y Graziella Altamirano, *Chihuahua, una historia compartida*, México, Gobierno del Estado de Chihuahua, Instituto Dr. José María Luis Mora, Universidad Autónoma de Ciudad Juárez, pp. 236-237

(4) Federico Cervantes, *op. cit.*, p. 818

(5) *Ibid.*, p. 221

(6) *Ibid.*, pp. 89-93 y 220-221

(7) Vilanova anota en *Muerte de Villa*, Editores Méxicanos Unidos, pp. 122-123, una relación de 17 señoras. Roberto Blanco Moheno, en su libro *¡Pancho Villa, que es su padre!*, toma la misma lista y ambos incurren en el mismo error: la hija de María Isabel Campa se llamó Reynalda y vivió con Luz Corral. Murió a los 21 años cuando vivía en el exilio, junto con sus hermanos Agustín y Micaela, en San Antonio, Texas. Su foto aparece en esta obra. Cfr. Luz Corral, *op. cit.*, p. 81. Les faltó anotar asimismo a Piedad Nevárez, de Ciudad Delicias, madre de Águedo.

(8) Martín Luis Guzmán, *Memorias de Pancho Villa*, México, Botas, 1974, pp. 807-809

(9) Francisco Gil Piñón Carvajal entrevistado en Rubén Osorio, *Pancho Villa, ese desconocido*, Chihuahua, s. e., 1990, pp. 59-98

(10) Luz Corral, *Pancho Villa en la intimidad*, Chihuahua, Centro Librero La Prensa, SA de CV Editores, 1977, p. 176

(11) Eugenia Meyer, Ma. De Alba Pasto, Ximena Sepúlveda y Ma. Isabel Sauza, "La vida con Villa en la hacienda de Canutillo", en *Secuencia*, México, Instituto Mora, mayo/agosto, 1986, No. 5, pp. 170-183

Te quiero, amor, amor, absurdamente,
Tontamente, perdido, iluminado
Soñando trosas e inventando estrellas
Y diciéndote adiós yendo a tu lado.

¡A la chingada la muerte!, dije,
sombra de mi sueño...

Jaime Sabines

Por los ventanales del comedor del hotel podía verse el desfile de sirvientas con un chal negro en la cabeza y de negro vestidas, que como hormigas arrieras acarreaban enormes bultos de paños hacia los lavaderos donde toda la noche las lavanderas habían velado tiñendo de luto la ropa del personal femenino del hotel, así como manteles, sábanas, toallas, servilletas y trapos de cocina.

Y era que este ejército de empleadas del hotel Hidalgo representaba a todo ese mundo femenino que, humildes, de clase acomodada, soldaderas o "catrinas", habían idealizado y amaban a Villa con delirio y sentían en carne viva una imaginaria viudez que las había dejado desoladas para el resto de sus vidas.

Por eso fue que en todas las casas del territorio villista se decretó luto riguroso: se colgaron crespones, se cerraron los visillos, se corrieron las cortinas y hombres y mujeres dejaron de cantar. Enmudecieron las pianolas y los fonógrafos. Se prohibió a los pájaros su canto y se cubrieron las jaulas, los pianos y los espejos con paños negros.

Y durante todo el novenario no se comió en las casas de fervor villista otra cosa que tortillas de maíz negro, frijoles negros y mole negro; se bebió únicamente café negro, té negro y champurrado hecho con agua para que el chocolate tiñera de negro, y se hurgó por las milpas en busca de elotes tiernos infectados de hongos para poder guisar el huitlacoche negro.

Se horneó pan negro solamente y sólo "alma negra" aceptó como postre todo aquel que tuvo el ánimo de darse un gusto así en medio de tan gran pesar.

Aquel día del sepelio amaneció saturado de una atmósfera húmeda y fresca, y la tenue bruma de la madrugada había sido vencida ya por la luz solar cuando se sirvieron las últimas mesas del desayuno. Para entonces, bien prendida estaba ya en el ánimo de todos los dolientes la voluntad de perpetuar a como diera lugar los méritos del general Francisco Villa, tan injusta y cruelmente tratado por la vida. Y continuaron surgiendo ideas que traspasaron rápidamente las paredes del comedor, salieron a la calle y contagiaron a los de afuera.

Por los alrededores del hotel Hidalgo, la gente hacía la lucha por desentumirse y esperaba impaciente su turno para llevar a la boca el jarro de atole y los tamales, o el trozo de cecina pasado por las brasas. O ya de perdida un tazón de pinole remojado en leche de vaca, de burra o de chiva, y aun de agua.

Filas de anafres agrupaban en torno a sus crepitantes comales a grupos de 15 o 20 trasnochados y hambrientos ex combatientes villistas desmañanados y hambrientos que habían llegado a Parral quién sabe cómo y quién sabe en qué, pero era una bola tan grande aquella de hombres y mujeres como sólo una vez se había visto en esa ciudad minera, cuando el general Villa tomó la decisión de mandar a las soldaderas a su casa y dotar a la tropa de raciones alimenticias ligeras y prácticas.

—¿Cuándo se ha visto un ejército profesional que traiga a rastras a todo un viejerío? —dicen que dijo. Y se acabaron las soldaderas.

Y también se afirmaba que su decisión influyó en el hecho aquél que tanto lo enfureció cuando intentaron envenenarlo; decían que si por encargo de los gringos, que si de los carrancistas. Eso no se supo, pero él, como escarmiento contra la traición, mandó pasar por las armas como a 200 mujeres.

Ah, qué tumulto aquél de enaguas y rebozos el que apareció afuera del hotel Hidalgo la tarde fría de aquel mes de noviembre ya tan pasado.

Villa, recién llegado a Parral, se detuvo a comer en su hotel en compañía de algunos de sus Dorados y el jefe de su escolta. A la mitad del convivio, se presentó el oficial de guardia para informarle:

—Con la novedad, mi general, que allá afuera se está juntando una bola de mujeres —dijo cuadrándose.

—'Ta bueno; sígame usted informando —le respondió.

No habían pasado 10 minutos cuando llegó hasta Villa el rumor de voces y los ruidos de la multitud reunida en la calle, a las puertas de su hotel.

Con parsimonia se puso de pie, pasó sus manos por la guerrera un tanto estropeada por el viaje y la estiró un poco; se mesó el cabello, dio un pequeño sorbo a su vaso de agua de seltz y salió del comedor para plantarse en medio de la entrada principal de aquel edificio neoclásico de su propiedad, donde pudo advertir que, en efecto, ahí estaba reunido todo el viejerío imaginable aclamándolo y dispuesto a hacerse escuchar.

Como si obedecieran a la orden de un director de orquesta, todas callaron al verlo aparecer y comenzaron a aplaudir. La comisionada para hablar en nombre de todas ella se acercó tímidamente a él e intentó decir algo, pero Villa le ganó la palabra:

—Pos qué relajo es éste; ¿qué se traen, muchachitas?

—Aquí nomás, mi general, con la molestia de que nos permita usté seguir partiéndonos la madre junto a usté y a nuestros señores en las filas —dijo, se cubrió la boca con el extremo de su rebozo y le empezó una risa nerviosa.

—¡Ah qué muchachas ésta! Cómo creen que vaya yo a dar marcha atrás a mi decisión. ¿Pos cuándo han visto que un ejército profesional cargue con mujeres? —les respondió—. Esto ya es un caso cerrado.

—¡Queremos seguir con la División del Norte! Nos hemos ganado el derecho, nos hemos rajado la madre en el combate, sabemos manejar las armas, somos útiles. Dénos otro chancesito, mi jefe —decían una y otra y otra empalmando sus voces a grito pelón y con voz chillona de tal manera que nadie entendía nada de lo que ahí se decía.

Villa, callado y sonriente, disfrutando como siempre el verse rodeado de mujeres, las escuchó paciente y apapachador todavía un rato más, hasta que no se les acabó la cuerda. Por último, la comisionada Baudelia Reséndez volvió a tomar la palabra para pedir en tono más firme que la anterior, que seguía muerta de risa con su ataque de nervios, lo que todas deseaban:

—Hablando en plata, mi general, queremos seguir con usted a la hora de los chingadazos. Por favor, señor, no nos corte de su lado.

A estas alturas la paciencia de Villa ya había llegado a su límite y le dijo ahora con la voz firme e inapelable que todos le conocían:

—Miren, muchachitas, yo les agradezco todos los sacrificios y sufrimientos que les ha costado andar siguiéndonos con la impedimenta de anafres, carabinas, chilpayates y hasta panzas preñadas a la hora de los chingadazos, como bien dice usted, Baudelia; pero, como les digo, la División del Norte es ya un ejército profesional, y me cabe la satisfacción de que sea el más grande y mejor organizado de la revolución, pero en él las mujeres ya no tienen cabida.

—Así que búiganle pa' sus casas, que aquí no tienen ya nada que hacer.

Terminó de hablar y fijó la mirada en la mujer, que bajó inmediatamente los ojos. No había quien pudiera sostener aquella mirada penetrante que cancelaba el acceso a su pensamiento porque, además, nunca nadie había sido capaz de penetrar o imaginar siquiera los pensamientos de Villa.

Con Francisco Villa como artífice, y sin el lastre de las soldaderas, a partir de entonces el ejército villista se constituyó en la fuerza armada más profesional e importante del país. Fue el primer ejército no sólo por contar con el mayor contingente armado, y uniformado, sino porque contó con algo inimaginable para las otras facciones: el tren hospital.

Se trataba de 40 vagones esmaltados por dentro, que llevaban pintada en el costado una gran cruz azul con la leyenda "servicio sanitario".[1]

En estos vagones, que estaban equipados con lo último en instrumentos quirúrgicos, se atendía a los heridos que llegaban del frente. Su personal consistía en 60 médicos mexicanos y estadounidenses que recibían cada noche los trenes de enlace que trasladaban los heridos graves de regreso al hospital base en Chihuahua o en Parral, y se ubicaba justo atrás del tren que transportaba las tropas. En todo esto. mucho tuvo que ver el general Felipe Ángeles, el artillero que vino de Francia, creyó en Villa y le fue leal hasta la muerte.

Agüitados y cabizbajos, con los ojos irritados por la larga noche a la intemperie y la garganta reseca de tanto fumar, los hombres se acercan, no obstante, a la lumbre y toman lo que se les sirve. Platican mientras comen y su plática es la prolongación de lo que se habla allá en el interior del hotel.

Junto a los hombres más humildes, antiguos soldados rasos, departen comiendo también con ganas el tamal y el atole individuos de toda la escala social que no consiguieron hospedaje y se pasaron la noche entera a pleno cielo.

Pancho Piñón sale del hotel; necesita tomar un poco de aire. Lo acompaña Jaurrieta y caminan despacio abriéndose paso entre el gentío.

—Parral amaneció de luto, Chema; mira nomás qué caras tan largas y compungidas por todas partes.

—¿Cómo no van a estar de luto por dentro y por fuera, si gran parte de los hombres y mujeres de Parral le deben la vida? Yo debo agregar, y lo pienso hacer de inmediato, antes de que se me olvide el montonal de cosas que traigo aquí en la memoria, que soy, como usted, un testigo personal de la generosidad, aquí mero, en Parral, del Villa perseguido y acosado por Francisco Murguía, el general carrancista implacable y cruel, y por las "defensas sociales", que, como usted bien sabe, eran el cuerpo persecutorio inventado por Carranza en el estado de Chihuahua para acabar con mi general.

"Era un domingo de resurrección de hace cuatro años, cuando le ganamos la batalla a un centenar de "defensas sociales" aquí en las afueras de esta ciudad.[2] Formados y desarmados por las fuerzas villistas, esperaban todos aquellos hombres la llegada del general Villa, que llegó montado en una briosa yegua. Al acercarse, un anciano se desprendió de grupo intentando ser el primero en saludarlo. Era don José de la Luz Herrera, padre de Maclovio Herrera, un declarado y rabioso anticarrancista de otro tiempo. Cuando en 1914 se opuso Carranza a que la División del Norte avanzara sobre Zacatecas y ordenó el retiro de mi general Villa como jefe de nuestro ejército, Maclovio, furibundo, pidió a gritos ser el primero en capturar, según dijo, "al viejo de las barbas". Después, sin una razón válida desertó de las filas villistas y encontró la muerte a manos de sus nuevos camaradas en las goteras de Lerdo. Don José de la Luz era también padre de Luis, el asesino de dos prominentes personas de Parral, a quien quitó la vida por su fidelidad a la División del Norte.

"Eran don José de la Luz en persona aquel anciano a quien tenía frente a mí esperando saludar al jefe. Imagínese nomás, Piñoncito, lo que sentí. Fue aquel que al conocer la deserción de su hijo Maclovio en Chihuahua, se fingió avergonzado de ese acto indigno y pidió con urgencia se le proporcionara un tren que lo condujera a Parral para convencer de su error al muchacho malcriado, para luego, desde esa ciudad, sorprender a mi general Villa con un mensaje en que lo tildaba de bandido.

"Y aun hay más: él fue el responsable de los culatazos y los caballazos que recibió el patriótico pueblo de Parral el día que rechazó gloriosamente la vanguardia invasora de Pershing. ¡Era el mismo don José de la Luz Herrera, de venerable cabeza blanca, quien abandonaba las filas de los primeros capturados aquel día en el fortín de La Cruz para disputarse el honor de ser de los primeros en estrechar la mano del general Villa!

"Todos estos recuerdos deben haber cruzado como relámpago en la mente de mi general obligándolo a lanzar su potente cabalgadura contra don José de la Luz, para arrojarlo a varios pasos de distancia mientras lo apostrofaba: "yo no saludo a traidores". Ordenó entonces que separaran del grupo a los tres Herrera (el padre y los dos hijos, que fueron amarrados codo con codo y acuartelados) y que el resto de la defensa social y varios federales fueran encerrados en la escuela de niñas, adonde acudiría después a dictar sus órdenes finales.

"Antes de contar el final de esta historia, quiero hacer hincapié en que lo que ocurrió en uno de los salones del plantel fue inspirado únicamente por el general Villa, sin que mediara segunda persona que lo aconsejara. Yo mismo juraba que las cosas iban a suceder de diferente manera.

"Llegamos a la escuela entre una aglomeración de señoras enlutadas de pies a cabeza, que suplicaban a los centinelas el paso al interior a fin de ver a sus hijos, hermanos o esposos tomados prisioneros. Eran los familiares de los miembros del cuerpo de defensa social.

"Con la entrada del general Villa a la escuela, los temores de las familias apiñadas fuera del edificio llegaron a su grado máximo, pues claramente se escuchaban desde el interior los sollozos y gritos lanzados por aquellas mujeres enlutadas pidiendo clemencia para sus familiares. El cuadro era imponente, pero más imponente fue lo que ocurrió después.

"De los 85 prisioneros, dos resultaron amigos míos y condiscípulos del colegio Palmore, en Chihuahua: José María Salas y Pablo Darancou a quienes cito como testigos, si alguien duda de esto.

"Después de tomar lista, me preguntó el jefe: "¿cuántos son?". "Ochenta y cinco", le contesté. Entonces comenzó su discurso dirigiéndose a aquellos hombres, que presentían por momentos un fusilamiento en masa. "Bueno, señores: yo tengo entendido que una defensa social la organizan los pueblos que temen la entrada de un bandido que no lleva más miras que el despojo y el ultraje a las familias honradas; ustedes forman esa defensa social. Yo, el bandido que ataca a la población y que los toma prisioneros, así es que no les queda a ustedes ni para preguntar cuál será su castigo". Reinó un silencio sepulcral en aquel salón; los rostros de todos los prisioneros palidecieron de manera atroz, atreviéndose únicamente el señor Salas, padre de José María, a preguntar al general: "¿qué va a hacer con nosotros?". El general Villa, con sus ojos rasados de lágrimas, respondió: "ponerlos en completa libertad para que cuiden de sus familias que en estos momentos se apiñan en la puerta lanzando gritos de dolor y espanto... pueden retirarse... y si desconfían de mi palabra, pueden pasar cuando gusten a mi cuartel a recoger un amplio salvoconducto con mi firma". El gozo de aquellos hombres fue inmenso y más el de sus familiares. Todos se retiraron de la escuela después de abrazar al general y hasta se dejaron oír entre los de la defensa social gritos de ¡viva Villa!

"Al alboroto llegó el general Ángeles, quien ansiosamente me preguntaba: "¿dónde están los muchachos de la defensa social?" "Ya los perdonó el general Villa, y los puso en completa libertad", fue mi contestación. Ángeles, muerto de júbilo, exclamaba: "¡magnífico, magnífico!" En esos momentos salía el general Villa del salón de clases y dirigiéndose al general Ángeles, le dijo: "mi general, en el otro patio se encuentran los prisioneros federales, ésos le corresponden a usted; haga lo que quiera con ellos". Ángeles los arengó y todos optaron por unirse a nuestras fuerzas.

"El perdón de las 'defensas sociales' nos dio resultados magníficos en la población de Parral. Toda la sociedad se mostró amable con nosotros, dispensándonos su confianza. Lo contrario hubiera sido desastroso pues sencillamente se hubieran cubierto de luto todas las principales familias de la localidad.

”Los tres prisioneros fueron trasladados al cuartel general villista. La medida fue tomada para redoblar la vigilancia de aquellos enemigos, pues el centinela de vista que tuvieron en el cuartel de la escolta, le informó al jefe del ofrecimiento de 10 mil pesos que le hizo don José de la Luz, para que fuera protegida su fuga acompañado de sus hijos.

”En el comedor, a la hora de la cena, el general Ángeles elogiaba el perdón de mi general para los “defensas sociales”, pero le sostenía que la obra sería perfecta si otorgaba el perdón a los tres Herrera prisioneros. “¿Qué dice usted? ¿Yo, perdonar a esos traidores?”, preguntó sorprendido el general Villa. “Sí señor, el perdón de esos hombres sería el complemento de una obra grandiosa. ¿Por qué excluirlos?”, volvió a repetir el general Ángeles. “Mire general, no sigamos discutiendo el punto. Si mi madre saliera de la tumba e hiciera igual súplica de rodillas, a mi madre le diría que no, mil veces no; todos los delitos de los hombres son perdonables en la vida, mi general, menos la ingratitud y la traición”.

”Ángeles guardó silencio sin volver a hacer para nada alusión del caso, mientras el jefe, dirigiéndose a mí, me ordenaba: ‘termine usted su cena y se me va al cuarto que ocupan esos amigos. Les lleva papel y lápiz por si desean comunicarse con sus familiares y dígales que se preparen para mañana muy temprano’. Otro día fueron ahorcados en el panteón de Parral los señores Herrera. Murieron virilmente, dirigiendo maldiciones y vituperios al jefe de la División del Norte, testigo ocular de la ejecución. Ésa fue la única nota trágica después del combate y toma de Parral. El pueblo hizo diversos comentarios del caso, la mayoría a favor de Francisco Villa. La historia será la que dicte su fallo imparcial.

"Pero yo digo, Piñoncito, vea nomás cómo está enlutada la ciudad; vea cuánta muestra de pesar... por algo será, ¿no cree usted?"

Pancho Piñón se ve mal; sigue pálido, inmensamente triste y apenas logra sostenerse en pie. Les cuesta trabajo abrirse paso entre la multitud; no obstante, saluda a diestra y siniestra.

—Quiúbole, Secundino —le dice Piñón palmeándole la espalda a uno de los domadores de caballos más apreciado por el general—. ¿A qué horas llegaste que no te había visto antes?[3]

—Aquí nomás, Panchito —le respondió—. Llegué en la madrugada de Pilar de Conchos a pasar lista. ¡Estoy presente, mi general! —dijo cuadrándose marcialmente, con la mano temblorosa y la voz quebrada por la emoción.

Secundino era nieto de Pedro Alvídrez, un comanche igualito a los que se veían en las películas. Montaba a pelo una yegua pinta, usaba lanza y aullaba como apache. Era muy valiente, y tanto admiraba a Villa, que le mandó a su nieto para que le apaciguara los caballos. Villa lo incorporó a la brigada del coronel Tavarez porque éste también era medio "indiao", y con él se mantuvo hasta el final.

—También mis hermanos tarahumaras bajaron de la sierra, Panchito, por aquí andan —le dijo con orgullo.

—Ya me lo imaginaba, Secundino, ¡cómo iban a fallar!

Delante de Piñón va Jaurrieta abriendo paso al joven hijo adoptivo del general, que continuó saludando sin detenerse demasiado. Trata de evitar que la gente repare en lo demudado de su semblante, en el temblor de su cuerpo, en su frágil estado de ánimo a punto de volver a derrumbarse.

Un brazo lo detiene por el hombro y lo obliga a volverse. Es Frank Fitzpatrick, el capitán piloto aviador que estuvo a la cabeza del escuadrón de Villa.[4] A su lado, con rostros graves y compungidos, Antonio Vergara, Waldo Poulanski y Terry Brighton extienden sus brazos para saludarlo. Son los "halcones Dorados" que reforzaron los efectivos de la División del Norte durante los años de cacería carrancista.

Habían sido pilotos de un circo aéreo, pero tomaron la decisión de unirse al ejército villista en cuanto supieron de la existencia de ese hombre cuyas ideas también ellos deseaban impulsar y querían dar a conocer para que el empeño de Villa, que les había calado hondo, pronto pudieran concretizarse en ese país de gente tan pobre, y ellos estaría a su lado cuando eso ocurriera. Se habían enamorado de México y no dejaban de sentirse un tanto horrorizados del abandono y la miseria en que la dictadura porfirista había dejado a la población. Pero eso era reversible; nomás había que estar al lado de Villa y ganar la guerra.

Volaban los halcones en cinco aparatos "Martin T modificados" y fueron la pesadilla de los carrancistas y de las "defensas sociales" del estado de Chihuahua, aunque de hecho su fuerza combativa no se utilizó en toda su capacidad, porque Villa publicó un manifiesto en diciembre de 1918 diciendo que no combatiría a sus hermanos lanzados contra él por la leva carrancista. Y la leva reclutada por Carranza, a su vez, convertida en villistas de corazón, como en el caso de Parral, jamás hicieron nada, realmente, para combatirlo.[5]

Se abrazan, se palmotean las espaldas e intentan, sin lograrlo contener las lágrimas. Piñón sigue adelante y se detiene una vez más cuando le ataja el paso un norteamericano que le toma la mano sonriendo compungido, lo jala y lo atrae hacia sí para estrecharlo fuertemente. Es Frank Thayler, un viejo conocido; ¿cómo no recordarlo si aún está fresca en la memoria de ambos la escena de su encuentro?

—¡Hi, Pinenut! —le dijo, llamándolo Piñón en inglés desde que lo conoció y le hizo gracia su apellido, y se burló amigablemente de él—: No conozco a nadie que se apellide nuez o cacahuate, ¿de dónde sacó tu familia ese apellido tan único y divertido?

Había entre ellos una amistad cordial desde que el primero llegó a Canutillo como representante de Harry E. Aitken, director general de la compañía norteamericana Mutual Films Corporation, acompañando al señor Alberto Salas Porras, con la encomienda de convencer al general para filmar una película producida por esa empresa.

Se puso en manos de Villa el libreto; le gustó y lo aceptó con la condición de que no se alterara el argumento que acababa de leer. Los enviados le aseguraron que así sería y Villa afirmó que les creía, mientras tomaba una pluma y firmaba una a una las páginas del *script*, por si acaso.[6]

—Bien, general, ahora sigue la parte más difícil de nuestra misión —dijeron con nerviosismo mal disimulado—. ¿Qué pedirá usted por tomar parte en la película?

Villa guardó un largo silencio, encendió un puro y luego respondió:

—Nada quiero para mí. Tomaré parte en la película con la única condición de que la empresa que la haga construya una escuela de agricultura en Santa Rosalía, donde puedan educarse mis hermanos de raza. Esa escuela deberá ser sostenida de todo a todo por cinco años y el costo de su construcción será un millón de dólares. Después pasará a ser del gobierno de mi país. Además —dijo enfáticamente— la escuela no deberá llevar mi nombre ni ningún otro, deberá llamarse simplemente "Escuela de Agricultura".

Los visitantes se miraron confundidos. El desinterés y la generosidad del general los dejó perplejos.

—Ésta es toda una lección, señor general —dijo Alberto Salas. Nunca creímos, en realidad, las historias tremendistas esparcidas por la prensa pagada por el presidente

Carranza, y lejos estuvimos la mayoría de los mexicanos de considerarlo un bandido cuando lo declararon, con toda saña, fuera de la ley. Pero algo como lo que acabamos de escuchar, así de generoso, así de desprendido, nunca lo imaginamos. Ahora ya podemos afirmar que lo conocemos tal cual es. ¡Nadie va a creer nuestra historia cuando contemos que hemos sido testigos de la renuncia de un millón de dólares!

Pero estaba visto que la envidia y los celos de un tercero estarían presentes para interponerse en los planes de Villa, pues la película no se realizó. Esta vez fue Álvaro Obregón el que se opuso.

Toda esta historia pasó en unos segundos por la mente de Pancho Piñón; quien devolvió el abrazo afectuoso del gringo aquél con quien él y el general habían sostenido una amistad cordial y breve aun después de aquel intento fallido.

Y continuó saludando y palmeando espaldas y recibiendo condolencias y agregando sus lágrimas al chorreadero de llanto aquél que hacía charco por las calles de Parral, hasta que se escucharon las oscuras campanadas que doblaban a difunto y resonaban por dentro del pecho del gentío poniéndolos de pie al instante, como impulsados por el reflejo condicionado del toque del clarín llamando a diana.

El lento, grave y pesado repicar volvió a acelerar los corazones angustiados y el quebranto. Se iniciaba la despedida, el adiós que ahora sí sería definitivo, porque nadie creyó antes que Villa, aun habiendo firmado un pacto de paz y retirado en su hacienda, se iría para siempre del combate o se olvidaría de amparar a los olvidados de su tierra.

Sabían bien que él velaba, que estaba ahí, en todas partes y en ninguna. Y su gente, toda la gente del norte esperaba nomás su llamado para acudir de vuelta a la bola.

Hoy, metida en el cajón, con su general, se les iba para siempre la esperanza.

Pancho Piñón no pudo seguir adelante. Como si las campanadas hubieran golpeado su cabeza para derribarlo, cayó a los pies de otro doliente, incapaz de sostenerse en pie, cuando lo abrazaba. Lo cimbró el sonido de las campanas que retumbaron dentro de su cabeza, y se desplomó.

Los empleados del hotel que acudieron a levantarlo, alarmados por los gritos de la gente, lo encontraron tirado de bruces y creyeron que estaba muerto hasta que escucharon sus sollozos convulsivos. Entonces pudieron darse cuenta de que vivía de milagro, porque tenía destrozado el corazón.

Notas

(1) Dr. R. H. Ellis, *Pancho Villa, intimate recollections by people who knew him*, New York, Hastings House Publishers, 1977, pp. 134-135. Dr. E. Brondo Whitt, *La División del Norte (1914) por un testigo presencial*, México, Lumen, 1940, p. 13. José María Jaurrieta, *op. cit.*, pp. 174-177

(2) Secundino Alvidrez Villa, entrevista en Rubén Osorio, *Pancho Villa, ese desconocido*, Chihuahua, 1990, pp. 3-4

(3) Carlos H. Cantú y Cantú, *Los balcones dorados de Villa*, México, Diana, 1969, p. 19

(4) En el *Manifiesto a las Defensas Sociales del Estado de Chihuahua*, del 15 de diciembre de 1918, Villa expone su sentimiento personal ante sus "hermanos de raza y sangre" lanzados en su contra por Carranza: "(...) En la completa seguridad de que en no lejano día (...) han de convencerse por sí solos del error en que ha querido sumírseles, presentando ayuda a un régimen corrompido, sin precedentes en nuestra historia, a hombres que los ultrajan, roban y matan sin razón, para quienes nada es el honor ni la patria, tengo resuelto no hacer aún contra ellos campaña alguna (...) para exterminarlos como yo lo hubiera conseguido sin gran esfuerzo, y sólo me he limitado a combatirlos cuando ellos lo han querido, que mis intenciones hacia los hijos del estado de Chihuahua, muy especialmente, son las mejores y que aun en los momentos más difíciles estoy dispuesto a darles toda clase de garantías (...)" Y después acusa a Carranza de "conducta extraña y tenebrosa" en lo que respecta principalmente a su política internacional. Cree Villa que existió un pacto secreto de entreguismo entre Carranza y el gobierno norteamericano. Cfr. Guadalupe Villa, *op. cit.*, pp. 597-600

(5) Luz Corral, *Pancho Villa en la intimidad*, Chihuahua, Centro Librero La Prensa, SA de CV Editores, 1977, pp. 236-239. Cfr. Aurelio de los Reyes, *op. cit.*, p. 41

Sexo puro, amor puro.
Limpio de engaños y emboscadas...

Jaime Sabines

—¡Arriba, niñas!, ¡vamos!, a lavarse la cara, a vestirse rapidito que no tardan en dar la primera llamada a misa —llamó Austreberta palmeando fuerte para despertar a las niñas—. A desayunar, muévanse; sobre el sillón están sus vestidos de luto y sus velos. Mica, ayuda a tus hermanas —ordenó con energía tratando de mostrar ante las otras viudas su autoridad.

En las habitaciones privadas del hotel Hidalgo, las tres viudas, que no han podido probar bocado, han dejado intactos sus alimentos y sólo esperan, sobre las amplias bandejas, el atole y los tamales que subieron para las niñas.

Las mujeres intentan componer un poco su ropa y su peinado, y se afanan escombrando a medias el desorden que su estancia en aquel lugar durante tantas horas había ocasionado.

Asomada a una ventana a través de los visillos entreabiertos, Luz observa curiosa a la multitud, y se vuelve cuando Mica se aproxima para saludarla con un beso en la mejilla. Austreberta, en el tono bravero que ya le conocen sus hijastros, le reprocha:

—¿No acabo de ordenarte que ayudes a tus hermanas?

Luz acaricia la fresca mejilla de la niña y le dice en tono cariñoso y conciliador:

—Ándale m'ijita, dale la mano a tus hermanitas, obedece a doña Beta. Luego nos vemos —la besa y vuelve a su punto de observación en la ventana.

¡Cuántas escenas de tumultos similares acuden a su mente: soldaderas, Dorados, jinetes, pueblo que aclamaba a su Pancho...

Asomada a otra ventana con su niño en brazos, al que acaba de amamantar y de cambiar pañales, Manuela Casas da pequeños pasos a uno y otro lado tratando de calmar el llanto del hijo que está impaciente, nervioso por toda la gente a su alrededor, por el cambio de rutina, porque la leche de su madre no sabe igual desde ayer y le produce cólicos.

Manuela Casas, al contrario de Luz, mira sin ver. Hay tantos rostros que no conoce, tantas historias ignoradas detrás de ellos, que siente celos de Luz y de Austreberta, celos que le causan un malestar físico. Se siente mareada, aturdida, enferma, urgida de que todo termine de una buena vez.

Ella fue el amor final para Pancho Villa, pero él había sido para ella el primero, el único y el último amor de su vida. Y aunque en su ofuscación no acierta a entender lo que está sucediendo, le reconforta saber que cuando Pancho huía de los problemas de la hacienda, harto de los líos que sus otras señoras le causaban, se arrojaba en sus brazos, donde ella lo arropaba amorosa, y en ellos encontraba la paz inmensa que su alma necesitaba.

Recuerda ahora Manuela escenas muy violentas del día anterior: los golpes desesperados de muchas manos llamando al portón por el que cinco minutos antes había salido su marido —porque Villa era su marido, se habían casado apenas el año anterior y tenían un hijo, se repite mentalmente para atrapar la certeza de que nadie podrá tacharla de su querida.

Ve pasar vertiginosamente por su memoria ofuscada toda una variedad de rostros, oye voces, gritos, siente que muchos brazos la empujan hacia el hotel Hidalgo.

Descubre con horror su vestido ensangrentado tirado a mitad de la recámara y recuerda ahora que se arrojó sobre el cadáver del esposo que yacía semidesnudo en una cama con el costado destrozado por una bala expansiva que ella quiso cubrir, ocultar a la vista de todos, con su cuerpo, aquel cuerpo amado, expuesto con toda crueldad al sadismo público.

—¡Por el amor de dios —gritó con horror—, traigan una sábana! —y se desmayó.

Y fueron los brazos piadosos que lo cubrieron los mismos que la recostaron en un diván y le acercaron sales de amoniaco para reanimarla.

Recuerda también que, trastornada, lo volvió a abrazar, y empapó con su llanto el cuerpo del esposo muerto; pero la masa amorfa y helada que tocaba con los labios y estrechaba entre sus brazos, no era ya más que el espectro de su amor.

Dos veces más cayó desvanecida por el choque emocional y un temblor incontrolable la sacudió desde entonces.

Luz Corral observa de reojo a Manuela y la adivina frágil, aunque le dicen la Charra, porque es muy buen jinete y participaba siempre en la escaramuza con el contingente femenino de los charros de Parral. Supo del matrimonio de Pancho con ella y hasta los mandó felicitar con la secreta esperanza de que la noticia hubiera sido sólo un chisme. Y luego intentó consolarse reflexionando:

—Al fin y al cabo mientras no nos hayamos divorciado Pancho y yo, todos estos matrimonios son de mentiras —pensó con frialdad y en el fondo burlona por el efecto que esto haría en el ánimo de la soberbia Austreberta, que ya se sentía triunfadora en el corazón de Pancho.

—Lo que son las cosas —se dijo—; esta que se ve tan zonza fue la que salió ganando, fue la tercera en discordia, fue la que estuvo con Pancho en sus últimos minutos de vida. Fue la última mujer con la que hizo el amor...

Era guapa Manuelita: alta, corpulenta, como le gustaban a Villa, quien frecuentemente al paso de una mujer de esta alzada, solía decir pasando los cuatro dedos de su mano derecha sobre los bigotes, como si se le estuviera haciendo agua la boca: "Caballo grande, aunque no ande".

Y también era ingenua, con esa ingenuidad mezcla de ignorancia e inocencia tan propia de las mujeres mexicanas que no ven más allá de la pared de enfrente, porque han recibido como dote desde el mismo día de su nacimiento, un equipaje bien surtido de prejuicios, supersticiones, lugares comunes y costumbres atávicas que a lo largo de su vida se encargarán de fomentar y nutrir las madres, los padres y los miembros del clero local.

¡Ah, los curas del pueblo y sus dogmas confesionales con los que ejercen un control absoluto sobre las almas de su grey! Con cuánta veneración y respeto los tratan las beatas y las niñas como Manuelita Casas. Obedecen ciegamente sus mandatos y su palabra, que es como la de dios puesto en la tierra. "¡Con lo que Pancho los aborrecía!", recuerda Luz.

Pancho tenía sus amigos sacerdotes, es cierto: "hay pocos santos en la tierra, Lucita, y estos dos curas son de ésos", le decía al referirse a uno de la sierra tarahumara y a otro que andaba por los lagartijeros de Mapimí. Pero eran la excepción; en general fue siempre comecuras, a los que veía con desdén e indiferencia. Ni fu ni fa. Pero si de castigarlos por hipócritas se trataba, les iba igual que a los traidores y no tenían salvación.

Todavía recuerda Luz las largas pláticas sostenidas con el esposo después de aplicar el castigo a uno de estos hipócritas y falsos sacerdotes. Uno de ellos en especial, el de Satevó.[1] ¿Quién podría olvidarlo?

Pancho traía atravesado a los gachupines enriquecidos mediante la explotación de los pobres de México y le repateaban los curas, que en su mayoría vienen de España, y tan pronto fue la autoridad en todo el territorio controlado por él, tomó la decisión de desterrarlos.

—Ya ha sufrido bastante mi raza por culpa de estos tales por cuales, Güera —le comentó un día—. Tres siglos de opresión ya han sido bastantes; sin embargo, se siguen comportando como en tiempos de la conquista.

"Acuérdese nomás que los gachupines apoyaron a Porfirio Díaz. ¿Y qué dejaron esos treinta y tantos años de "paz, orden y progreso" en bien de toda esta corte de los milagros en que se han convertido mis hermanos de raza? Y también celebraron el asesinato de Madero como si se hubiera tratado de una fiesta. Nos impusieron la mayor superstición del mundo para podernos controlar, la religión católica, y apoyaron a Huerta. De todo eso tienen que responder, ¡faltaba más!; no son ningunos buenos pastores, sino enemigos de nuestro pueblo, disfrazados con la máscara de siervos de dios.

"¿No va usté a creer que vinieron a verme para pedirme que no los desterrara?, y todavía tuvieron el nervio de decirme que 'el arte de servir a dios es tan complejo como el de la guerra, y quien no lo conozca o no lo comprenda, puede equivocarse al juzgar nuestra conducta, igual que nosotros podemos equivocarnos al juzgar la de ustedes, general'. ¿Cómo la ve?

"Yo les respondí a los sacerdotes que ellos no eran capaces, o no querían, de defender los intereses del pueblo e incluso los propios, ya que los extranjeros, a quienes intentaban proteger, los dominaban también a ellos. Y les dije claramente que los revolucionarios no atacaban la religión ni al clero, sino que luchaban por los intereses de la gente pobre, y me dolía contemplar cómo los sacerdotes extranjeros quitaban su pan a los mexicanos, y cómo los jesuitas, extranjeros y nacionales, predicaban una vida pobre y laboriosa al mismo tiempo que acumulaban riquezas. Era necesario librar al país de tales parásitos.

"Y ya van para afuera, Lucita; nadie los necesita aquí. En España deben estar haciendo mucha falta", le dijo para concluir.

No era antirreligioso Pancho Villa; abrigaba un profundo sentimiento de lo sagrado, oraba, platicaba con dios en sus largas cabalgatas a solas con su caballo, y no se libró del escapulario de fieltro café con el escudo de los carmelitas bordado en blanco que su madre le colgó del cuello, sino hasta el día en que se deshizo en pedazos de tan viejo. Creía en la fe católica, con ciertas limitaciones; pero de los curas, ni hablar.

—¿Un cura es dios? —preguntó a un reportero norteamericano durante una entrevista, y se respondió a sí mismo—: No lo son. Pueden enseñar las doctrinas de Cristo, pero eso no significa que porque enseñan qué es el bien, se les permita quebrantar casi todos los mandamientos, como en mi experiencia hacen siempre. Los curas, tal como yo los he conocido en los pueblos chicos e incluso en las ciudades de las montañas de Chihuahua, son miserables pordioseros de mente y cuerpo. Son demasiado débiles mental y físicamente para ganarse la vida.

"Viven como piojos: a costa de otros. Por lo que me dicen, en otras partes de México son iguales que en mi estado de Chihuahua. En primer lugar, hay demasiados. Tomemos por ejemplo la ciudad de Parral. Hay 14 iglesias y sabe dios cuántos curas. Y todos viven de la gente pobre que apenas tiene para comer y para medio vestirse.

"¿Que no los conozco? ¿No he visto que un cura no mueve un dedo a menos que vaya a conseguir dinero? Bah, no me discuta. Si usted es católico, no quiero herir sus sentimientos, mi amigo, pero déjeme decirle que si usted no les tiene tanto asco como yo, es porque los curas de su país son distintos a los curas de México."

Para mi Pancho —recuerda Luz—, la mayoría de los curas eran explotadores y ladrones. Me decía:

—Entre usted en cualquiera de nuestras iglesias en México y encontrará cajas para limosnas en cada puerta y en cada pared, a veces hasta 20 en una iglesia. Tienen rótulos que dicen: "Para la caridad", "Para san Pedro", "Para las almas que sufren en el purgatorio", "Para oraciones por los muertos", y cosas por el estilo.

"Los pobres nunca reciben un centavo de la cajita de limosnas. San Pedro no necesita las pobres monedas de cobre que deposita el pueblo hambriento en la caja que lleva su nombre. No se puede rescatar a un alma del purgatorio con dinero y dudo que a los muertos les sirvan de algo las plegarias compradas.

"¡Ah, los curas! pronto les va a llegar la hora. Posiblemente la religión es buena para los que tienen educación que les permita comprenderla. Pero un montón de curas mantenidos por los pobres no hace más religioso a México." [2]

Pancho visitaba con frecuencia a los familiares del presidente Madero, en especial a una señora ya mayor y muy mocha, llamada doña Ana Luz. Ella siempre lo recibía con gusto, se alegraba de verlo, lo invitaba a tomar chocolate y tamalitos, y lo regañaba en un afán iluso por apartarlo de lo que llamaba "el pecado".

—Ande a confesarse y a comulgar, general, descargue su alma y obtenga el perdón de dios, porque debe usted muchas muertes y vive en pecado con muchas mujeres. No vaya a ser que quede usted tirado por ai en un combate y vaya a dar al infierno —le dijo en una ocasión.

Pancho la escuchó respetuosamente, como siempre, pero luego le respondió riendo:

—No, doña, yo no me considero pecador, porque combato por la justicia. No ofendo a los peones ni a los campesinos, no robo a los obreros ni exploto a mis empleados. Los asesinos son los partidarios de Huerta y toda esa runfla de rateros que usted tiene por gente piadosa, de buenas costumbres y temerosa de dios. Los revolucionarios sólo castigan a los explotadores y a los tiradores. Si dios existe y es justo, como cree usted, sin duda está de parte de los revolucionarios.

—Usted se aprovecha de los bienes ajenos, general. Y dios ha ordenado: ¡No robarás!

—Pues no, doña Luz, está usted equivocada en su manera de ver las cosas. Yo jamás he robado. Únicamente he quitado a los ricos el exceso de bienes que poseen y lo he entregado a los que nada tienen. Personalmente nunca me apropié de lo ajeno, salvo en casos imprescindibles. Pero si el hombre está hambriento y toma el alimento allí donde lo encuentra, ¿es eso robo? Ratero es el rico, que ya posee todo lo que necesita y sin embargo sigue despojando a los pobres.

—Supongamos que todo eso es cierto —continuó alegándole doña Ana Luz—. ¿Por qué persigue usted a la iglesia y a sus sacerdotes? Recuerde que sin ellos no podrá salvar su alma en el día final. Es tiempo de cambiar su conducta, general; de lo contrario se va usted a condenar.

—No pase usted cuidados, doña Luz. Esperamos que una vez derrotados los diablos de este mundo, como son los huertistas, nos libraremos de ellos también en el otro. Y si a pesar de todo vamos a parar al infierno, nos encontraremos también con muchos curas, entre ellos el del pueblo de Satevó. ¿Quiere que le cuente lo que hizo ese bandido? —le preguntó, y de mala gana respondió doña Luz:

—Bueno, pues, ándele, cuénteme.

Y le contó la siguiente historia.

—En una de mis visitas a Satevó, cerca de Santa Gertrudis, la hacienda que fue propiedad del inglés Benton, me daban hospedaje en casa de la viuda de mi compañero de lucha, doña Luisa Godínez de García, mamá de una muchachita muy guapa, Luisita. Pues esa vez, ¿no voy viendo que la muchacha estaba muy abultada de la cintura? Eso me dio mala espina y le pregunté a doña Luisa: "¿pos qué pasó, qué trae Luisita?"

"Ay, general", me contestó muy avergonzada la señora, "la muchacha está encinta y no quiere decir de quién".

"Por toda respuesta llamé a mi asistente para encargarle que averiguara quién había sido el autor del atropello, y grande fue mi sorpresa cuando me informó el enviado que en el pueblo se afirmaba que el autor del desaguisado era nada menos que yo.

"Llamé a Luisita y platiqué con ella, y luego de un rato largo tratando de persuadirla para que me dijera la verdad, soltó el llanto y toda la verdad. El padre de la criatura era nada menos que el cura del pueblo; pero éste la había convencido para echar la culpa a Pancho Villa (una mancha más qué le hace al tigre, le dijo), al fin que nadie se atrevería a pedirle cuentas. Ella no dijo nada, pero él se encargó de correr la voz.

Al día siguiente, domingo, Luisita, su mamá y yo fuimos a la iglesia; interrumpí la misa y me subí al púlpito para dirigirme a los feligreses: "hermanos de raza —les dije—: se ha corrido la voz en este pueblo de que yo he abusado de la hospitalidad de la señora de García y he embarazado a

Luisita, su hija. Pero eso es una calumnia. El verdadero culpable es el señor cura. ¿Miento, señor?", pregunté dirigiéndome al sacerdote.

"Muerto de miedo, el 'casto padre' apenas pudo murmurar: 'sí, soy culpable y pido perdón.' 'En ese caso —continué— debe usted casarse con la muchacha.' 'Pero soy sacerdote, señor general; la iglesia me prohíbe el matrimonio.' 'Eso debió usted haberlo pensado antes; conque elija: se casa inmediatamente con Luisita o lo mando fusilar aquí mismo, al pie del altar'.

"No tuvo pa' dónde hacerse, pues, y se casó con Luisita.

"Tiempo después, el pueblo de Satevó fue tomado de nuevo por las tropas de Huerta. Entonces el cura aquél durante una misa les dijo que yo lo había acusado falsamente y lo había obligado a casarse. Y lo peor es que la gente le creyó a él y no a mí. ¿Cómo la ve, doña Ana Luz? ¿El cura ése irá a parar al paraíso o al infierno? Yo le mandé un recado diciéndole que donde lo encontrara lo iba a fusilar, por rajado. Y creo que ya hasta le entró azúcar en la sangre del puro susto."

La viejita no supo qué contestarle. Sólo meneó la cabeza y dijo algo así como "bueno, son hombres al fin, débiles..."

Y él le respondió: "sí, pero traen colgada al cuello etiqueta de hombres honrados, puros y 'representantes de dios' para engañara a las ilusas como Luisa y como usted, a quien ya sé que le sacan más lana que a un borrego australiano".

Luz vuelve de sus cavilaciones al reparar en el llanto del niño de Manuela, que se ha reanudado, y mira a la madre con compasión.

—Pobre muchacha —piensa—; ojalá que su familia la acoja y le dé la mano; si no, ¿qué irá a ser de ella y de su muchachito?

Manuela Casas es hija de una piadosa mujer viuda que en cumplimiento de una "manda" hecha a la virgen del Carmelo usaba, desde tiempo inmemorial, el hábito de las carmelitas descalzas, batón café que le cubría el cuerpo entero hasta los tobillos, con el escudo de la orden bordado en blanco en el pecho. Era feo, pero muy popular y de moda entre las beatas.

Era una buena mujer que no veía más allá de sus narices, practicaba los actos piadosos y frecuentemente obsequiaba a sus familiares y amigas ramilletes espirituales por navidad y por los días de sus respectivos santos, con lo que ella quedaba muy satisfecha, pues las imaginaba encantadas con el presente.

—Mira —les explicaba—: este ramillete lo hice especialmente para ti, consta de tres rosarios, cuatro idas a misa, seis avemarías y 14 padrenuestros.

La respuesta era invariable:

—¡Ay!, qué linda eres. Tus regalos son los que más nos gustan, no te hubieras molestado, tú siempre pensando en tenernos presentes en tus oraciones.

La señora era muy conocida y respetada en Parral y sus alrededores, porque no había casa con difunto donde no se aprontara doña Manuela viuda de Casas lista para amortajar al muertito e iniciar el primero de los 20 o 30 rosarios de rigor por el perdón de sus pecados y la salvación de su alma.

Tenía una pequeña mercería donde se vendía de todo lo requerido por una buena ama de casa; cosía y bordaba, hacía deshilados y frivolité, y tan bien hecha era, que hasta un verso le dedicó a doña Manuela una de sus asiduas clientas:

Para rejas, ojales,
deshilados y tejidos de bolita:
nadie como Manuelita.

La vida era monótona y opresiva dentro de aquel pueblo y aquella mercería donde la realidad cotidiana se sintetizaba en bordados, en metros lineales y en vísperas, rosarios, maitines y catecismos.

La hija de doña Manuela conoció a Pancho Villa durante los años difíciles de la persecución carrancista. Sabía de su existencia y lo había idealizado en su mente igual que la mayoría de las mujeres norteñas. Era la celebridad. ¡Cómo no, si había burlado a los gringos!, y todos soñaban con conocerlo.

Manuelita no era la excepción; era cosa de esperar la oportunidad. Y ésta llegó un día, y ella decidió acercarse a él con un pretexto cualquiera para saludarlo, para tocar su mano, o su ropa, o lo que se pudiera, para verlo de cerca, porque estaba loca por él, nomás de oídas, aun sin haberlo conocido, y ahora que estaba en Parral, apenas si se había atrevido a balbucear un simplón: "mucho gusto, general", cuando fueron presentados.

—Encantado, chula, tiene usted los ojos más bonitos que he visto —le dijo, galante, como siempre que estaba frente a una mujer.

Y se fue Villa y pasó medio año antes de que volvieran a encontrarse.

Mientras tanto, y con la secreta esperanza de volverlo a hallar, guardaba Manuela toda la información que hablara de él en los periódicos, recortaba las fotos y revistas que traían su retrato, los pegaba con engrudo junto a los santos de su cabecera y cantaba los corridos que ya abundaban sobre las hazañas villistas.

Su mamá advertía con susto la afición desmedida de su hija por todo lo relativo a Villa y le decía, aprovechando las largas horas que pasaban juntas bordando y cosiendo:

—Algún día llegará el hombre que te hará feliz, m'ijita. Matrimonio y mortaja del cielo bajan. Tú date siempre tu lugar; recuerda: "date a deseo y olerás a poleo; date a desear y olerás a azahar".

Manuela sonreía y, con un deseo maligno de escandalizar a la madre, preguntaba:

—¿Cómo es eso del matrimonio, mamá; qué pasa entre hombre y mujer el día de la boda?

El efecto era devastador. La pobre doña Manuela se sonrojaba, tosía y balbuceaba cosas como: "la gente decente no habla de esas cosas, niña, ¿con quién te juntas? No andes preguntando tonterías propias de pirujas. Tú debes guardar para un hombre digno, casto y honrado el blanco nardo de tu virtud, que nadie debe tocar antes del matrimonio".

Y ahí terminaba la consulta de la curiosa niña, y dejaba a la pobre madre más angustiada aún, porque consideraba que el solo hecho de pensar en Villa equivalía a un jugueteo del diablo intentando meterse en el cuerpo de la cándida Manuelita.

Luego acudía la preocupada madre con su confesor en busca de consejo:

—Hay que vigilarla muy de cerca, doña Manuela. Villa es el demonio que seduce con sus hechizos a las doncellas para hacer de ellas cuanto place a sus bestiales instintos. Rocíe usted con esta agua bendita todas las noches su cama, su ropero y muy especialmente sus prendas íntimas. Y no la deje ir sola a ningún lado cuando Villa ande cerca.

Cuando la oportunidad volvió a presentarse, Manuela se invitó a la casa de huéspedes, cuyos dueños conocía, que era el escondite de Villa cada vez que deseaba permanecer inadvertido en su paso fugaz por el pueblo.

Con la complicidad de su amiga, la hija de los propietarios, supo que el general estaría por ahí, de incógnito, dos días solamente, poco antes de firmar el tratado de paz con Adolfo de la Huerta. Nerviosa, apresurada y luciendo lo más atractivo que logró encontrar en su ropero, se presentó en aquella casa después de la cena, como había convenido con su amiga, para hacerse la encontradiza a la menor oportunidad.

Los señores fumaban un puro y tomaban café en el corredor abierto que daba al jardín, por el que decidieron pasear las dos amigas en aquella noche estival, clarísima y transparente en que parecía que las estrellas estaban al alcance de la mano y las tupidas enredaderas de madreselva perfumaban el aire escandalosamente.

—Al general le gusta caminar un rato por la huerta antes de recogerse en su cuarto —le dijo la amiga—, así que cuando lo veamos por aquí, yo lo saludo, te lo presento y luego, con cualquier pretexto, te dejo sola con él, ¿juega?

—Juega, pues —contestó Manuela, ya con el pulso acelerado.

Y así sucedió.

Las saludó desde lejos, cuando las divisó caminando al fondo del jardín. Luego se acercó a las muchachas guiado por ese bien entrenado olfato indicador de la cercanía de una dama dispuesta para la contienda, que de unos años a la fecha ya casi se le había estropeado de tanto guerrear y por no haber tenido tiempo para otra cosa. Charlaron un rato. De acuerdo con lo convenido, la amiga se retiró y Villa y Manuela se quedaron solos debajo de una rebanada de luna creciente en un cielo tachonada de estrellas.

Hablaron del clima, de lo caro que estaba todo, del gran invento que era el cine. Platicaron un rato y otro más, hasta agotar los temas importantes. Ella le dijo que ya se habían conocido meses atrás, y él respondió que cómo no iba a recordar esos ojos color miel, los más bonitos que había visto en su vida.

—Me alegra que me recuerde, porque la guerra vuelve a la gente muy rara, general; no les da tiempo para las cosas que deveras importan.

—¿Como cuáles, chula? Sépase que yo soy un hombre de acción, y que todo mi empeño, mi vida entera la he puesto al servicio de mis hermanos de sangre y raza. Ando guerreando desde que era un chavalito. Me conozco todo el norte de México como la palma de mi mano. Nomás le digo que si alguien me vendara los ojos y me dejara en una cañada, en medio de la sierra, yo sabría con exactitud donde me encuentro.

"Conozco cada río, cada cerro, cada pico; las llanuras me hablan de tú, ahí he comido hasta carne seca de coyote y víbora de cascabel tatemada. Conozco cada mezquite, cada huizache y cada palma china del desierto. No hay charco o laguna que no domine y las cuevas me las sé de memoria. ¿Por qué cree que volví locos y me les pude escapar a los gringos tarugos que vinieron a buscarme?

"Yo soy de estas tierras, soy parte de ellas; debo haber sido un coyote o un águila en mi otra vida, porque hasta los animales me conocen. Me sé los nombres de todos los indios tarahumaras y tepehuanes de cada aldea indígena; me conozco las comunidades mormonas y sé quién vive en todas ellas. Y todos ellos me escondieron, me alimentaron y me dieron protección para poder burlar a los gringos, porque me conocen. Y porque yo los defendí también muchas veces de los carranclanes, de los huertistas, de los abusivos explotadores. ¿Qué es entonces importante?"

—...

—Nunca me he sentido cómodo, la verdad no me hallo sentado tras un escritorio o al frente de una mesa de consejo oyendo a una bola de burócratas discutir puras pendejadas. Yo soy feliz en el combate al frente de mi gente, o cabalgando por la sierra, o paseando a cielo abierto en el desierto. Como ahorita, que estamos respirando el perfume de las flores, bajo el cielo con un cacho de luna. No diría yo que es cosa rara el combate, donde se pelea uno contra la muerte y da la cara y se la juega uno de todas todas. Eso sí es vivir, porque jugársela a diario le deja a uno la sensación de que alguien le ha concedido una nueva oportunidad. Y al aprovecharla, se renueva en nosotros la alegría de estar vivo, y la esperanza de que a la vuelta de nuestro andar por el mundo hallaremos algo mejor, más noble, diferente, equitativo. ¿Qué hay de raro en eso?

—Pues no sabría explicarlo, general, lo que sucede es que como se la pasan ustedes con la vida pendiente de un hilo y saben que en cualquier momento la pueden perder, pues me parece natural que aprovechen cada momento como se les va presentando. Pero otras veces, ni lo ven y lo dejan ir, y así se les va la vida, viviéndola tan de prisa, que no hay tiempo para el amor verdadero, para la vida familiar, para conocerse como esposos —los que son casados— o para tratar despacio, con tiempo, a quien habrá de acompañarlo por el resto de su vida... Y así nomás ven la vida pasar, y se les va, como no tienen en realidad tiempo para gozarla, quiero decir, para saborearla.

Se habían detenido junto al brocal del pozo e inadvertidamente sus cuerpos se hallaron muy cerca el uno del otro. Villa se daba cuenta de que Manuelita, la inocente muchacha que acababa de conocer, buscaba la forma de promover ahí un encuentro de otro tipo.

—Tiene usted razón —le dijo, acercándose a ella hasta tenerla contra las piedras del brocal—. Los hombres de la revolución no tenemos tiempo para hacer la corte, para andar de novios y dedicar largos días o años al romance, y todo eso que tanto le gusta a las mujeres. Por eso tampoco tenemos tiempo que perder y cada minuto de nuestra vida lejos del campo de batalla es preciosísimo porque si lo dejamos ir, con él se nos iría de las manos la oportunidad de apresar un momento de felicidad. ¿O no lo cree así Manuelita?

—Sí, general, yo soy de las que creen que el amor puede llegar así nomás de repente cuando dos personas se conocen y se sienten atraídas. Y yo pienso que no le soy del todo indiferente, ¿o me equivoco?

—A mí nunca me será indiferente una preciosidad como usted, aunque sean divergentes nuestras concepciones de la vida y del mundo que nos rodea —respondió Villa, quien no salía de su sorpresa. Solita estaba cayendo una paloma a sus pies, sin perseguirla, sin haber puesto trampa alguna, sin haber regado alpiste que la llevara hasta sus manos. Ahí estaba a merced de él. "Ni modo, ya estaría de dios", pensó y puso manos a la obra.

A medida que Manuela hablaba, las manos de Villa iban recorriéndola: los brazos, los hombros; luego la envolvieron. Después sintió ella los labios de él, que la besaron suavemente, y cuando él intentó apartarse, Manuela oprimió con fuerza su boca a la de Villa.

—¡Órale, muchachita! ¿Pos qué trae? —dijo él como por puro compromiso, jugando al azorado—. Mejor nos vamos; no vaya a ser que la echen de menos por su casa.

Pero cuando intentó la retirada, ella lo rodeó por el cuello con fuerza y ya no lo soltó. Gozaba Manuela con deleite aquel encuentro que había soñado noches enteras y que se prolongó hasta concluir debajo de una tasolera, cerca del corral contiguo al jardín de la casa de huéspedes donde se hospedó Villa aquella noche de luna creciente que resplandecía en un cielo azul muy oscuro sin nubes y tachonado de estrellas.

Eso era lo que Manuela tanto había querido. Cada vez que pensaba en Villa, antes del encuentro, se prometía a sí misma que sería él quien le tronchara el blanco nardo de su virtud —como le llamaban en el catecismo a "eso"— y nadie más que él. Sentía ella que a sus 20 años le estorbaba la virginidad y que ya estaba grandecita para intentar hacer algo interesante con su vida, aunque la señalaran las solteronas envidiosas del pueblo, que se morían por entregarse aunque fuera a un peón o a un soldado raso. ¡Qué no darían porque Villa pusiera el ojo en ellas!

Manuela buscó la ocasión y el lugar propicio para entregarse a él y a nadie más, al precio que fuera, sin condiciones.

Y así fue.

No mediaron promesas ni palabras ni compromisos.

Él se llevó el perfume de la blanca flor que tanto le estorbaba a Manuela. Se fue dejando atrás sus caricias ardientes y su presencia. Ella aprehendió el momento tan deseado y abrazándose a su almohada, soñó con Villa todas las noches... Nada pidió de él porque nada más deseaba y nada esperaba.

Con eso tuvo para ser feliz en lo sucesivo. Su rostro resplandecía, su mirada cobró un brillo nuevo, y hasta su modo de andar cambió.

Dos años después, Villa volvió un día a Parral con el solo propósito de buscarla y se casó con ella. A Manuela le habían contado mil cosas, y mil más había ella leído en los periódicos y revistas. Supo que Villa había firmado la paz, que el gobierno le había cedido una hacienda inmensa, que había tenido problemas con Luz Corral y Austreberta Rentería, sus dos señoras; que estaba hasta la cachucha de las dos y que tal vez nunca volvería a verlo.

Pero llegó de nuevo, se casó con ella, le compró una casa y puso a sus pies el hotel Hidalgo, el más importante de la región. Manuela tuvo un hijo de él al que llamó Trinidad, y ahí terminó la historia, efímera, igual que muchas anteriores, y tan vertiginosa, que ahora, a un escaso año de casada y viendo aquel gentío a través de la ventana, no acertaba a creer que le habían sucedido a ella, la mujer que amó a Villa más que ninguna otra porque nada le había pedido y nada esperó de él que no fuera su amor, que ya había sido suyo...

Las campanadas oscuras y lentas de la parroquia vuelven a sonar huecas, lúgubres. Es la segunda llamada a misa de difunto la que ahora interrumpe las cavilaciones de Luz y de Manuela, cuyas mentes continúan bajo los efectos del té de flor de la pasión. Es la hora de la despedida.

—Vamos —dice Luz y se encamina, escaleras abajo, junto con las niñas, Austreberta y Manuela para recibir las últimas condolencias y caminar al frente del cortejo rumbo a la misa de cuerpo presente. El cuerpo de Francisco Villa, el hombre amado por todas ellas.

El aroma de muchas coronas de flores y muchos ramos satura el interior de la parroquia. Los cantos gregorianos, el zumbido de las palabras monótonas e ininteligibles del ritual católico, recitadas fríamente en latín y entre dientes, y el exceso de personas dentro de la pequeña iglesia parroquial vuelven irrespirable la atmósfera.

El agrio olor de los sudores, de ropa que ha permanecido ya dos días en el cuerpo, de ingredientes humanos generales, mezclados con el calor del mediodía estival y la falta de oxígeno ocasionan desvanecimientos y desmayos.

Un coro de niños huérfanos que Villa sostenía en un asilo canta durante la misa, en la que ocupan las primeras bancas 200 jóvenes que también han recibido educación gratuita gracias a él.

Termina el oficio de difuntos y se inicia la larga marcha hacia el panteón, donde una multitud que no tuvo cabida en la parroquia espera la llegada de la carroza proporcionada por don Pedro de Alvarado, el hombre que guardó gratitud para Villa hasta el último momento.

Aguarda también al cortejo una compañía del primer batallón de línea al mando de un mayor, con música, banda de guerra y una sección de caballería para rendir los honores de ordenanza a un general de división.[3]

Más de una hora camina el cortejo rumbo al panteón. En cuanto llegan los dolientes, Luz Corral, con un vistazo rápido, encuentra que ya están ahí, ubicados justo a la orilla de la fosa abierta, dos rostros que le son conocidos, pero que aquí están fuera de lugar: el de José Vasconcelos, secretario de educación, y el de Andrés Molina Enríquez, autor del artículo 27 constitucional y a quien llaman ya, con esa inclinación tan mexicana hacia la grandilocuencia y la cursilería, de la que Luz hace burla cada que la ocasión se presenta, "apóstol del agrarismo". Se coloca lejos de las otras dos viudas, a la cabecera del féretro. Austreberta y Manuela se ubican a derecha e izquierda del mismo, pero también alejadas una de la otra. Se inician los discursos.

Toma la palabra en primer lugar el maestro Jesús Coello, director de la escuela de Canutillo, para dirigirse al comandante de la guarnición con voz sonora y enérgica:[4]

> Señor general de división Eugenio Martínez: Los laureles que circundan la guerrera y la gorra de usted como símbolo de la más alta jerarquía militar están manchados con la sangre de esta víctima cuyo asesinato tiene perfiles políticos y usted no cumplirá ni como hombre ni como militar, ni como compadre del general Villa si no hace las aclaraciones necesarias, caiga quien caiga.

Se hace un silencio más denso aún. Los dos hombres del gabinete de Obregón se hallaban ya al lado de Luz para presentar sus condolencias.

—¡Dos enviados de Obregón en este entierro! ¡Qué horror y qué cinismo! Como si lo hubiera visto con mis propios ojos, sé bien que fue él quien armó la mano del asesino de mi Pancho, como la del que asesinó a Carranza. Ya se le conocen sus métodos y ahora todos podemos ver claro que ya eliminados Zapata, Carranza y Villa, y sentado el manco de mierda en la silla presidencial, no va a soltar el poder más que muerto. Se salió con la suya. ¡Qué chingón! —piensa con rabia.

—Señora —dijo Molina Enríquez casi al oído de Luz—: he venido a rendir pleitesía al revolucionario más grande de todos los tiempos, con su permiso —y dirigiéndose a la multitud alzó la voz y dijo:[5]

> Señores:
>
> El general Villa, a quien conocimos personalmente y con quien compartimos un mes en prisión, pues estuvimos juntos en la penitenciaría, no era el bandolero cavernario y feroz que se han esforzado en pintar los españoles y criollos, era un indio mestizo bien caracterizado, mezcla de español y de indio en

> proporciones bien equilibradas; ranchero de buen parecer, alto, sano, robusto y vigoroso. De mirada escrutadora y penetrante; sencillo y llano en el decir, de escasa instrucción y vastísimo talento natural, a la vez desconfiado y dominador; audaz y temerario como ninguno.
>
> Arrojado desde la juventud por la injusticia social, como muchos de los nuestros, al bandidaje y a la depredación, había sido largamente perseguido y había desarrollado extraordinariamente sus facultades de equitador, de guerrillero y de aprovechador de todas las circunstancias favorables para sus fines que prontamente abarcaba con gran lucidez.
>
> Disciplinaba con mano de hierro a los suyos, los movía con rapidez y precisión y les inspiraba una confianza y una fe, que entre nosotros, ni antes ni después ha tenido igual. Fue un bello tipo de la contextura y la potencialidad de los hombres que van formando la nacionalidad mexicana.
>
> Él fue en la realidad positiva de las cosas, quien hizo triunfar la revolución a pesar del primer jefe señor Carranza, y quien impuso en Torreón las conferencias memorables.
>
> Por una y otra causa, debe ser considerado, con justicia, como el hombre más grande de la revolución.

Nunca se habían escuchado aplausos en un entierro, al menos no en Parral, pero esta vez, el estruendo de una ovación bañada en llanto se escuchó fuerte, y fuertes sonaron los ¡viva Villa! aquel día en la ciudad minera.

Tampoco se habían visto en un entierro mantas con leyendas, como las que se estilaban en las manifestaciones, pero aquí abundaban:

> Hombres como el "centauro del norte" aparecen a intervalos muy distantes en nuestra historia.
>
> Francisco Villa sólo tiene parangón, como militar, con las figuras de Aníbal, Napoleón y otros genios de las armas.
>
> Ningún gran general ha conquistado, como Pancho Villa, una docena de triunfos consecutivos, escalonados.[6]
>
> El nombre de Pancho Villa es el más famoso de su época, no Madero, Carranza o Wilson.
>
> Hubo muchos generales, pero sólo un Pancho Villa duradero.[7]

Con sus rostros impenetrables y tristes, sus ropas hechas jirones y paupérrimas, un grupo de indios tepehuanes, apretado junto al consejo supremo de la alta sierra tarahumara, acude también al duelo.

—¿Cómo pudieron llegar aquí tan pronto, si vienen del fin del mundo? —se pregunta Luz, quien, excusándose un momento ante el siguiente orador para que espere un poco antes de tomar la palabra, pide a un oficial que acerque a ella al grupo indígena, tan cercano siempre al corazón de Pancho, quien toda su vida confesó que les debía tanto, que no le alcanzaría la existencia para poderles retribuir en la misma medida cuanto por él habían hecho.

El hombre que ahora está a su lado, todo dignidad, es el Aporochi —el abuelo—, como le decían. De edad imposible de adivinar, de cuerpo delgado y seco, con un guaje lleno de agua a cuestas y un morral con unos dos kilos de pinole, es él quien representa la más alta autoridad del consejo supremo de la alta sierra tarahumara.

—Esos indios, Güera, de camisas de manta sucias y rotas, siguen siendo la denuncia viva (¿o medio muerta?) de que nada ha cambiado desde los tiempos de la conquista.

Mire —le dijo un día en que despidió al Aporochi después de haberlo sentado a su mesa como huésped de honor en la quinta Luz—: algo tiene que cambiar, pero ya, en este país. Para donde volteo las cosas andan mal. Veo por todos lados injusticia, miseria, hambre, insalubridad, falta de escuelas (de educación, que es lo que más importa en estos momentos). Pero donde ya de plano las cosas son inconcebibles, es en las comunidades de indios. Sobre todo en la alta tarahumara, donde los habitantes de Guachochi han sido refundidos hasta en casa del diablo, porque los mestizos, en complicidad con las autoridades porfiristas corrompidas hasta el tuétano, los han despojado de las mejores tierras.

"Los confinaron en la que nombran cumbre del madroño, por la loma del manzano, que es lo más lejos de lo más alejado que se pueda usted imaginar. ¿Es eso justo? ¿Y usted cree que con don Venus las cosas vayan a cambiar?

"Ellos nacieron con derecho a disfrutar de sus riquezas naturales; vea nomás: con ríos tan caudalosos que su fuerza sería capaz de proveer energía eléctrica a Chihuahua, Durango, Sonora y Sinaloa; bosques inmensos de pinares gigantescos; yacimientos minerales de riqueza inimaginable. Estos hermanos de sangre que no pasan de 40 mil tienen por todo patrimonio su hambre, el alcohol que puntualmente les vende el mestizo, confabulado con los políticos sin escrúpulos, y la muerte.

"Ésta es una situación estúpida y criminal que merece la atención urgente de alguien, y ese alguien voy a ser yo, así me lo pensé durante mi estancia entre ellos, y sigo pensando igual.

"Luego, una vez que pude bajar de la sierra hacia Chihuahua sin temor a ser aprehendido por la acordada, remaché ese propósito. Y fue por lo mismo que cuando me invitó don Abraham González le entré a la revolución, pensando que por ahí encontraría el atajo para realizar todos mis planes de ayuda a mi raza.

"Sólo que no contaba yo con que otros hombres pondrían igual empeño en que todo siguiera como antes; es decir, igual de injusto, igual de infame. Cosa de pervertidos, Güera, todo para ellos, la minoría, y nada para los desarrapados, nosotros, la mayoría.

Si viera qué de cosas aprendí.

"Me di cuenta —porque lo viví en carne propia— de lo difícil que es su vida y de que para ellos todo es motivo de esfuerzo sobrehumano. Que tan sólo, por ejemplo, para llegar a una comunidad situada a unos cinco o 10 kilómetros de distancia, es preciso recorrer tres o cuatro veces ese trayecto subiendo y bajando sin cesar las empinadas montañas y cruzando una y otra vez por el mismo valle y el mismo río. Y cuando llega el invierno, si una carreta o una troca se llegaban a atascar en medio de una tormenta de nieve, era urgente encontrar una cueva y encender una hoguera para no morir congelado, para sobrevivir, aunque su existencia sea un vivir muriendo. Y en el verano, durante las torrenciales lluvias, las trocas y las carretas se iban flotando con la corriente, como ramas arrastradas por las aguas crecidas. Y viera nomás qué de ahogados.

"¿Y sabe otra cosa, Güera? A ellos les debo la vida, porque hasta allá fui a dar, jovencito, asustado y perseguido por los perros de la acordada, en busca de una cueva. Y ellos me acogieron de vuelta cuando el consejo supremo de la alta sierra acordó darme protección y asilo contra la persecución de Pershing y los traidores carranclanes, porque ya me andaban pisando los talones. Allá, en una choza solitaria y ruinosa, enclavada en un bosque talado, donde una milpa enana plantada apenas había podido crecer unos centímetros porque la tierra no era la adecuada para criar maíz, entre niños hambrientos y desnudos, aprendí muchas otras cosas que acá no apreciamos, porque nuestros sentidos están atrofiados.

"Supe que el tiempo se mide de otra manera en aquel mundo, y que todo llega a su tiempo. Aprendí a utilizar mejor mis sentidos. Mi oído se enteró de que la sierra tiene sus ruidos menudos y su música escuchando cantar los ramajes y sus hojas, que el ritmo es diferente en la primavera que en el otoño, y que el acompañamiento de las cascadas y las risas del aleteo unánime de las garzas al alzar su vuelo se mezclan bien con el piar de las golondrinas nuevas que llegan puntualmente con la primavera.

"Ellos me enseñaron también a pegar la oreja a la tierra para estar preparado contra cualquier visita sorpresiva; al olfatear las lluvias y la proximidad de los hombres ajenos a su aldea, y a tantear la fuerza de los vientos antes de que lleguen. Mis ojos aprendieron a percibir la vibración en torno a los cuerpos, lo que otros llaman 'el aura', y llegar uno a ver con claridad si son buenas o malas las intenciones de los hombres. Mis manos pudieron tocar el aire, reconocieron el contorno y el filo de la piedras y adivinaron el daño que puede resultarnos de no evitarlas.

"Y mi boca aprendió a no mentir a sabiendas, con la intención perversa de causar un mal a alguien que me hizo el bien. ¿Con qué se paga eso, mi Güera?, recuerda Luz que le dijo Pancho en aquella ocasión, luego de despedir al Aporochi, el mismo hombre intemporal que tenía al lado de ella para despedir a Pancho Villa.

Rodeada por el grupo de indígenas, advierte el movimiento general para abrir paso a alguien que llega a incorporarse a los dolientes. Ve de quién se trata y aún duda. ¿Será quien yo creo que es? Luz se siente incómoda con esa presencia. Voltea a ambos lados buscando con la mirada alguna indicación de alguien. Es inútil. Sí, se trata del célebre José Vasconcelos, el célebre ministro de Educación Pública del gabinete obregonista. El mismo que sintió por Zapata y Villa una repulsión vital, el señor representante del gobierno de un hombre que se ha sentado en la silla presidencial mediante el crimen y la traición, millonario y latifundista. ¡Y falta ver si no se le ocurre reelegirse, para que se cierre el círculo contrarrevolucionario que lo rodea! Vasconcelos en este sepelio, ¡pero qué es esto!; el señorito perfumado enemigo de mi marido, ¿aquí? ¿Qué querrá en estos momentos de tanto dolor?

Vasconcelos se dirige a ella, la saluda besando su mano con una leve inclinación y le dice:

—Señora, vengo a presentarle mis respetos y mis condolencias en nombre propio, del presidente Obregón y del pueblo de México. Me encontraba yo en La Laguna visitando la zona escolar cuando supe del trágico atentado. El señor presidente Obregón me ordenó de inmediato por vía telefónica trasladarme aquí a expresarle sus más sentidas condolencias y las seguridades de que el crimen será investigado hasta sus últimas consecuencias y no quedará impune, caiga quien caiga.

—Sí, pues —dijo para sí Luz mientras esbozaba una mueca que no llegó a ser sonrisa—, como no... Eso está por verse —y sólo expresó un frío—: gracias, licenciado Vasconcelos.

—También deseo pedirle —continuó él— me conceda el honor de dirigir unas breves palabras antes de que descienda a su última morada el cuerpo del general; se lo ruego.

Luz asiente sin decir palabra. De nuevo las lágrimas inundan y derraman sus ojos, que cierra al tiempo que respira hondo para recobrar la compostura. Las otras dos viudas no cuentan. Austreberta llora silenciosamente amargada porque nadie la toma en cuenta. Manuela se estremece con un temblor constante, como si tiritara de frío. Es la pasión desfallecida, sollozante. Quienes conocen a Vasconcelos saben de la importancia de su presencia en ese lugar y escuchan atentos su voz fuerte y bien articulada:[8]

> Nadie ignora que fui admirador ferviente del general Villa cuando era el brazo de la venganza en contra del usurpador Victoriano Huerta; después, cuando circunstancias adversas para la patria llevaron al general Villa a ejercer funciones de gobierno que nunca debió asumir, me convertí en su enemigo franco y enconado, pero no irreconciliable con el hombre, sino con sus yerros, pues volví a ser admirador de Villa, derrotado por la carranclanería en sociedad con el extranjero, pero convertido por eso mismo en símbolo de un pueblo vejado.
>
> Y renové amistades con el Villa que depuso las armas en Canutillo una vez que se había cumplido una de las ambiciones de su valiente esfuerzo, librar al país de la carroña del carrancismo. Pero hay un Villa indiscutible y es todo el Villa que siguió a la derrota de Celaya. El Pancho Villa que traicionado por los que le habían prometido ayuda, se mira con las fronteras cerradas, con sus ejércitos sin municiones y enfrente Carranza firmemente apoyado por los Estados Unidos, dueño de la línea divisoria, poderoso en elementos de guerra o sea del dinero con

que compró lealtades, y no se doblega, no piensa en la rendición ni en la fuga.

Este Pancho Villa que desafía al mundo en la forma de dos gobiernos, uno nacional, el otro extranjero, porque tiene la convicción de que ni todas las potencias unidas habrán de hacer de Carranza un buen gobernante para su patria, ni tenía derecho el extranjero de decidir la pugna de las facciones, dando a uno de los grupos armas y protección, ese Pancho Villa es el valioso y el que vivirá en el corazón sencillo del pueblo.

Heroísmo es eso, enfrentarse al universo cuando se sabe que se tiene la razón contra el universo. Ganar todas las batallas no es precisamente heroísmo, puede ser egoísmo y cálculo, si no se ha sabido jugar siempre a la carta del bien absoluto. Sin aliarse de nuevo a Carranza después de desconocerlo en Aguascalientes, Obregón no hubiera triunfado en Celaya. Pancho Villa perdió, pero nunca fue a verle la cara, sumiso, al enemigo o al jefe que la víspera desconociera.

En el héroe auténtico ha de haber siempre un elemento desesperado. Y esta desesperación heroica llegó a proporciones épicas en el Pancho Villa que seguro de perder, hoy daba un albazo a los soldados de Pershing para caer mañana, a la retaguardia de los constabularios carrancistas y castigarlos por su colaboración con las tropas extranjeras.

Soberbio es el Villa que no se rindió durante los cinco años sin esperanza de la dominación inexorable de los carrancistas. En nuestra táctica militar tan pobre de ejemplos, las marchas de Villa por el desierto de Coahuila, para sorprender a

Cuatro Ciénegas, y sus escapatorias, sus sorpresas a los de la punitiva son pepitas de oro, entre tanta falsedad de oropeles que un simple giro de la política enmohece y destiñe.

El Villa guerrillero es indiscutible; el Villa caudillo fue un error. Y el Villa ciudadano fue siempre valioso y habría de sellar su virtud con el martirio.

No creo que haya insistido bastante acerca de esta última afirmación. Sí, el Villa ciudadano se lanzó en apoyo a Madero cuando eran pocos los que le tenían fe; el Villa patriota estuvo con Madero en Rellano y en tantas otras ocasiones en que su presencia puso turbación en el ánimo de los traidores.

Villa ciudadano se lanzó contra Victoriano Huerta, el usurpador sin conciencia. Y luego, ya en el retiro y la comodidad del hogar, cuando ya la gesta heroica de lo de Pershing había concluido y le sonreía la paz y la fortuna, Villa volvió a sentirse ciudadano y patriota, y se opuso con riesgo de la vida al gran delito nacional que fue la imposición de Calles.

Si Villa hubiese sido un interesado vulgar, en subasta como tantos, habría vendido la espada, comprometiéndose a dejar hacer. Pero Villa fue franco: "No me gusta —dijo— la candidatura del señor Calles". ¡Cómo deben haberlo temido los mismos que lo habían derrotado, cuando decidieron deshacerse de Pancho Villa, antes de hacer pública la intriga que tramaban contra la patria! La intriga de la presidencia de Calles. Gran honor es para Villa que su muerte fuese condición del éxito de un plan que hería el destino de los mexicanos.

> El miedo que inspiraba a sus enemigos lo mató. Y como ha dicho un coronel de sus íntimos: "pobrecito mi general, lo mató su franqueza, lo mató su lealtad... Dijo ¡Calles no! En vez de callarse la boca, en vez de agachar como tantos la frente".
>
> Y éste es el héroe, uno que se juega a la carta de la convicción, unas veces la vida —¡tantas veces se la jugó Villa en los combates!— y otras veces la comodidad, el bienestar de Canutillo.
>
> Vivió como héroe y murió como mártir...

Esta vez no hubo aplausos atronadores, sólo varios cientos de pañuelos blancos y paliacates enjugando lágrimas.

Una tenue llovizna acompañaba al silencio cuando la marcial escolta de Dorados y la sección de artillería del primer batallón presentaron armas al escuchar la orden del clarín.

Nadie se mueve. Retumban las salvas de los cañones de la artillería villista y enseguida se escucha lastimero y metálico el toque de silencio acompañando a los sollozos amargos y profundos que afloran desgarrando el pecho de hombres y mujeres que no aceptan, que no comprenden lo que está pasando.

Silencio.

Hay nubes sobre el cielo de Parral, pero la suave llovizna que apenas humedece el ambiente no logra amainar el calor del mediodía que cae sobre aquellos dolientes develados y adoloridos del alma y alivia apenas el frío mortal que los recorre por dentro.

Hay un silencio denso y tangible cuando desciende el ataúd en aquel hueco abierto en la tierra madre donde Villa había deseado descansar. "Parral me gusta hasta para morirme", dijo, y su deseo se cumplió, finalmente.

A lo lejos se escucha un zumbido que crece por momentos. ¿Relámpagos que anuncian una tormenta de verano?

El ruido crece y obliga a la gente a mirar al cielo.

Son aviones, muchos. Diez, 12, 50 aviones norteamericanos de uno y dos motores que reconocen el terreno, giran en torno al cementerio, descienden, uno a la vez en formación y dejan caer sobre el foso aquél que acaba de recibir los restos del centauro, una lluvia de orquídeas de Hawai.[9]

Es aquél un verdadero chubasco de flores, una tormenta florida, tan cerrada, que no se ven ya los dolientes, ni el féretro, ni los soldados, ni los sepultureros. Sólo se escucha el ruido suave de pétalos que chocan entre sí, como el arribo de las mariposas monarca en la primavera a su paso por los bosques de Parral. Lluvia perfumada, arco iris en pedazos, es lo que ahora cae del cielo.

Al rítmico sonido de la cascada de pétalos se mezcla el golpeteo constante, claro, del galope de un caballo que se aleja, y entre aquella tupida cortina de mil colores que obstruye la visibilidad, se alcanza a distinguir apenas la silueta de un jinete que cabalga hacia el norte.

¿Alucinación?

La gente voltea sin acabar de reponerse de la sorpresa florida. Parece el caballo del general Villa; pero no... debe ser la traicionera imaginación.

Cuando cesó aquella extraña lluvia y en la fosa clausurada y desbordante de flores ya no podían verse ni el féretro ni las losas con que lo cubrirían, y el cortejo fúnebre se hallaba parado sobre una gruesa alfombra perfumada y multicolor con los hombros, los sombreros, las chalinas y los rebozos colmados de pétalos de orquídeas, un rayo de sol se abrió paso entre los nubarrones para alumbrar allá a lo lejos la nubecilla de polvo que dejó atrás el caballo en su veloz carrera hasta perderse en las montañas de Parral.

Entonces la certeza volvió a instalarse en el ánimo de la gente:

"¡Villa no ha muerto!", gritó una voz atronadora. y otra lo repitió, y otra y otra más. Y el gentío gritó jubiloso: "¡Villa no ha muerto!".

Y todos volvieron aliviados al pueblo. Pancho Villa se fue a la sierra y pronto volverá triunfante, y esta vez para siempre.

Y dicen que acompañando al eco del galope, la resonancia de las salvas de artillería aún se escuchan por la sierra de Chihuahua, por los montes de Parral, por los bosques de Durango, por el desierto lagunero...

Y juran que se les oye repetir: "¡Viva Villa! ¡Viva Villa! ¡Viva Villa!

Notas

(1) I. Lavretski, *Pancho Villa*, Argentina, Lautaro, 1965, pp. 102-107

(2) Friedrich Katz, *La guerra secreta en México. Europa, Estados Unidos y la Revolución Mexicana*, México, Era, 1982, t. 1, p. 23-24

(3) Antonio Vilanova, *Muerte de Villa*, Editores Mexicanos Unidos. p. 93

(4) ídem

(5) Andrés Molina Enríquez, *La Revolución agraria*, citado por Federico Cervantes, *Francisco Villa y la Revolución*, México, Ediciones Alonso, 1960, pp. 646-647

(6) ídem

(7) Glenn Van Warreby, *Mercadotecnia y ventas al estilo Pancho Villa*, México, Panorama Editorial, p. 38

(8) Fragmento del prólogo de José Vasconcelos al libro citado de Luz Corral, *Pancho Villa en la intimidad*, Chihuahua, Centro Librero, La Prensa, S.A. de C.V. Editores, pp. VI-VIII

(9) "Mire usted, es que pasan cosas raras sobre el asunto de la muerte del general. Hace algunos años, cuando se realizó en el cementerio de Parral la primera ceremonia oficial en honor del general Villa, un grupo de americanos organizó en San Francisco, California, una caravana de avionetas para venir a dejar caer, en todo el trayecto que va desde el sitio en que fue asesinado, hasta su tumba, 10 mil orquídeas que trajeron de allá. ¿No estaba enterado? (...) pues vinieron como 50 avionetas y los americanos arrojaron 10 mil flores sobre Parral. Luego bajaron y se dirigieron al panteón a visitar la tumba del general Villa." Entrevista con Francisco Gil Piñón Carvajal, en Aurelio de los Reyes, *Con Villa en México*, México, UNAM, 1985, p. 97

Morir es retirarse, hacerse a un lado,
Ocultarse un momento, estar quieto
Pasar el aire de una orilla a nado
Y estar en todas partes en secreto

Jaime Sabines

Bibliografía general

Aguirre Benavides, Luis, *De Francisco I. Madero a Francisco Villa. Memorias de un revolucionario*, México, s.e., 1966.

Almada, Francisco R., *Diccionario de historia, geografía y biografía chihuahuenses*, Ciudad Juárez, Impresora de Juárez, 2a. ed., 1968.

Alonso Cortés, Rodrigo, *Francisco Villa, el quinto jinete del apocalipsis*, México, Diana, 1972.

Barrera Fuentes, Florencio, *Crónicas y debates de las sesiones de la Soberana Convención Revolucionaria*, México, Talleres Gráficos de la Nación, 1964—1965, 3 vv. (Biblioteca del Instituto Nacional de Estudios Históricos de la Revolución).

Blanco Moheno, Roberto, *¡Pancho Villa que es su padre!*, México, Diana, 1969.

Brondo Whitt, E. Dr., *La División del Norte (1914) por un testigo presencial*, México, Lumen, 1940.

Calzadíaz Barrera, Alberto, *Hecho reales de la Revolución*, México, Patria, 1969, 2 vv.

____, *Por qué Villa atacó Columbus. Intriga internacional*, México, Editores Mexicanos Unidos, 1972.

____, *Villa contra todo y contra todos*, México, Editores Mexicanos Unidos, 1963.

Cantú y Cantú, Carlos, *Los halcones dorados de Villa*, México, Diana, 1969.

Cervantes, Federico, *Felipe Ángeles y la Revolución de 1913. Biografía (1869-1919)*, México, s.e., 1942.

____, *Francisco Villa y la Revolución*, México, Editores Alonso, 1960.

Cockroft, James, *Precursores intelectuales de la Revolución Mexicana (1900-1913)*, México, Siglo XXI Editores, 1971.

Corral Vda. de Villa, Luz, *Pancho Villa en la intimidad*, Chihuahua, Centro Librero La Prensa, S.A. de C.V. Editores, 1977.

Cossío Villegas, Daniel (coord.), *Historia moderna de México*, Hermes, 1973, 10 vv.

Convenios y doctrinas. Revelaciones dadas a José Smith el Profeta, Salt Lake City, Utah, Publicación de la Iglesia de Jesucristo de los Santos de los Últimos Días. 1955.

Cumberland, Charles C., *La Revolución Mexicana: los años constitucionalistas*, México, Fondo de Cultura Económica, 1975.

Gómez, Marte R., *La reforma agraria en las filas villistas; años 1913 a 1915 y 1920*, México, Talleres Gráficos de la Nación, 1966 (Biblioteca del Instituto Nacional de Estudios Históricos de la Revolución Mexicana, 39)

Guzmán, Martín Luis, *Memorias de Pancho Villa*, México, Botas, 1974.

____, *El águila y la serpiente*, México, Compañía General de Ediciones, 1974.

Hovey, Tamara, *John Reed, testigo de la Revolución*. México, Diana, 1981.

Katz, Friedrich, "Agrarian changes in Northern Mexico in the period of the villista rule. 1913—1915", en *Contemporary Mexico. Papers of the IV International Congress of Mexican History*, Berkeley, University of California Press, 1976.

____, *La guerra secreta en México. Europa, Estados Unidos y la Revolución Mexicana*, México, ERA, 1982, 2 vv.

———, *Pancho Villa*, México, ERA, 1988, 2 vv.

Lavretski I., *Pancho Villa*, Argentina, Lautaro, 1965.

Márquez Montiel, Joaquín, *Hombres célebres de Chihuahua*, México, Jus, 1953.

Meyer, Eugenia, *et al.*, *Museo histórico de la Revolución del estado de Chihuahua*, México, Secretaría de la Defensa Nacional-INAH. 1982.

Obregón, Álvaro. *Ocho mil kilómetros en campaña*, México, FCE, 1959.

Osorio, Rubén, *Pancho Villa, ese desconocido*, Chihuahua, s.e., 1990.

Peterson Jessie, y Cox, Knoles, *Pancho Villa*, New York, Hastings House Publishers, 1977.

Pietro Quimper, Salvador, *El Parral de mis recuerdos*, México, Jus. 1948.

Reed, John, *México insurgente*, México, Ediciones de Cultura Popular, 1973.

Reyes, Aurelio de los, *Con Villa en México*, México, UNAM, 1985.

Rivas López, Ángel, *El verdadero Pancho Villa*, México, Costa—Amic, Editores, 1976.

Rufinelli, Jorge, *John Reed y la Revolución Mexicana*, México, Caracas, Buenos Aires, Nueva Imagen, 1983.

Salinas Carranza, Alberto, *La expedición punitiva*, México, Botas, 1936.

Torres, Elías, *Cómo murió Pancho Villa*, México, El Libro Español, 1951.

———, *Vida y hazañas de Pancho Villa*, México, El Libro Español, 1951.

Van Warrenbey, Glenn. *Mercadotecnia y ventas al estilo de Pancho Villa*, México, Panorama Editorial, 1944.

Vilanova, Antonio, *Muerte de Villa*, Editores Mexicanos Unidos.

Villa, Guadalupe y Altamirano, Graziella, *Chihuahua, una historia compartida. 1824—1921*, México, Gobierno del Estado de Chihuahua, Instituto de Investigaciones Dr. José María Luis Mora, Universidad Autónoma de Ciudad Juárez, 1988.

____, *Chihuahua, textos de su historia*, México, Gobierno del Estado de Chihuahua, Instituto de Investigaciones Dr. José Ma. Luis Mora, Universidad Autónoma de Ciudad Juárez, 1988, 3 vv.

Zetner Culp, Jane Borglum Lincoln, *Unfinished dream. Mount Rushmore*, Aberdeen, S.D. North Plain Press, 1979.

Este libro terminó de imprimirse en febrero de 2008 en Digital Oriente S.A. de C.V., Calle 15, Mz. 12, Lote 17, Col. José López Portillo, C.P. 09920, México, D.F.